Christine Heimannsberg
Gelobtes Land

Über das Buch:

Lore hat es mit ihrem Bruder Jame, ihrem Freund Jul und Sim ins *Gelobte Land* geschafft – der *Neuen Welt*, wie sie hier genannt wird. Und die bietet alles, was nötig ist: Nahrung, Kleidung; selbst technische Errungenschaften haben hier den *Vorfall* überstanden. Fasziniert begibt sich Lore in die Hände von Flüchtlingshelfern und Therapeuten, während der nun fast dreizehnjährige Jame durch die einheimische Yuna Anschluss an eine Gruppe Gleichaltriger findet und sich zum ersten Mal verliebt. So wie Lore brennt er darauf, sich schnellstmöglich zu integrieren, während Sim und Jul den Fremden skeptisch gegenüberstehen.

Außerhalb des Camps zeichnet sich ein Umbruch in der *Neuen Welt* ab, in der das geistige Oberhaupt Maklaren Gewaltfreiheit, Polyamorie und gemeinschaftliches Erziehen der Kinder propagiert. Jul erkennt instinktiv die Gefahr, die von dem charismatischen Führer ausgeht und lässt sich von Sisdal für das Oppositions-Lager anwerben. Lore gerät zunehmend zwischen die Fronten.

Als Jame durch Yuna in Schwierigkeiten gerät, erfahren die vier, was es in der *Neuen Welt* heißt, gegen die Regeln zu verstoßen.

GELOBTES
L A N D
[Gloov]

CHRISTINE HEIMANNSBERG

Copyright: Christine Heimannsberg
Jahr: 2019
Lektorat/ Korrektorat: Kristina Radtke
Illustrationen: Jessica Sicking / Simon Freiherr Heeremann
Covergestaltung: Jessica Sicking
Verlag: Bookmundo
Gedruckt in Deutschland

Christine Heimannsberg
c/o AutorenServices.de
Birkenallee 24
36037 Fulda

Die Deutsche Nationalbibliothek verzeichnet diese Publikation
in der Deutschen Nationalbibliografie; detaillierte bibliografi-
sche Daten sind im Internet über http://dnb.dnb.de abrufbar.

ISBN: 978-9-463-86007-9

[G l o o v] – Glaube

1

Eine Tür geht auf. Dahinter ist gleißendes, blendendes Licht, in das ich hineingeschoben werde. Von oben regnet eine penetrant nach Chemie riechende Flüssigkeit auf mich herab. Panisch presse ich die Lippen aufeinander und senke das Kinn auf die Brust. Hinter meinen geschlossenen Lidern brennen die Augäpfel. Ein beißender Geruch bahnt sich den Weg durch meine Nasenlöcher bis in die Lungenflügel. Hustend und blind taste ich mit ausgestreckten Armen umher, ohne auf Widerstand zu stoßen. Plötzlich bricht der Regen ab. Stattdessen kommt ein heftiger Wind auf, der an meinen Haaren und meiner Kleidung zerrt und mich innerhalb von Sekunden trocknet. Der Lärm dabei ist kaum zu ertragen. Ich schreie, ohne meine Stimme zu hören. Abrupt erstirbt auch der Wind und nur ein gellend hoher Ton hängt mehrere Augenblicke in der Luft, bis ich merke, dass er aus meinem Mund kommt.

Dann ist es still.

Ich wage es nicht, mich zu rühren, und spähe aus den Augenwinkeln umher.

»Jul? Sim? … Jame?« Mein Flüstern versickert im namenlosen Licht, das weder Anfang noch Ende hat. Nur mein keuchender Atem hallt in der Leere wieder. Wie kalte Finger wandert die Panik an meinen Beinen herauf, umfasst mein Herz und taucht meinen Kopf in Eis.

Fast unmerklich wird es matter und dunkler. Die Konturen fensterloser Wände schälen sich aus dem grellen Licht, welches, wie ich nun erkenne, aus Schlitzen am Boden dringt. Vor mir ist eine Tür zu erahnen.

»Hallo?«

Mit einem leisen Summen öffnet sie sich und eine Gestalt erscheint, von der ich nichts erkenne, außer einem unförmigen, kautschukartigen Anzug und einem Visier anstelle des Gesichts. Darin spiegeln sich meine Schwestern mit weit aufgerissenen, angstvollen Augen. Schnell drehe ich mich um, doch hinter mir ist niemand.

Die Gestalt streckt ihre Hand aus, die in einem Kautschukhandschuh steckt. »Ni bang sein, ne pas avoir peur.«

»Lives, Kieno!« Fassungslos taste ich nach ihren Gesichtern in dem verspiegelten Visier.

»Ne pas avoir peur!« Die Gestalt packt mich.

»Nein!«

Die Spiegelung meiner Schwestern verschwindet und hinter dem Visier erkenne ich Augen.

»Ni bang sein«, sagt eine tiefe, sanfte Stimme. Schluchzend winde ich mich in dem festen Griff.

»Hab keine Angst. Du bist in Sicherheit!«

Ruckartig fahre ich im Bett auf und lasse mich nach einem Moment der Orientierung auf das Kissen zurücksinken. Ich lege die Hand auf meine Brust, dort, wo ich mein Herz vermute, und schließe die Lider. Warte, bis sich mein Atem beruhigt.

Ich bin noch da.

Kurz ein-, lang ausatmen.

Ich bin noch da.

Langsam öffne ich die Augen wieder und blicke an die weiß getünchte, makellose Zimmerdecke. Ich brauche den Kopf nicht zu wenden, um zu wissen, dass es sich mit der Wand links von mir genauso verhält. Zur rechten Seite hin verläuft der Raum schlauchartig zu einem Fenster, das zum Bewegungshof hinauszeigt. Davor hängen schlichte, hellblaue Vorhänge, ebenfalls makellos und nach Blumen duftend. Wer rausschaut, glaubt, Bienensummen zu vernehmen, allein wegen des Dufts.

Unter dem Fenster steht James Bett. Wie ich höre, schläft mein Bruder noch, denn anders als meine, sind seine Atemzüge lang und tief. Ich wünschte, ich könnte ebenfalls weiterschlafen, aber schlafen bedeutet auch eine Rückkehr zur Panik, die mich heute nur langsam loslässt.

Lives. Kieno.

Die eine tot, die andere ohne Hoffnung zurückgelassen. Der Schmerz darüber gräbt sich brutal in meine Brust, so wie jeden Tag seit unserer Ankunft hier im Camp. Etwa drei Monate, so sagte man uns, dauert die Gewöhnungsphase. Bevor wir weitergeschickt werden in das echte *gelobte Land,* oder wie es hier heißt: die *Neue Welt.*

Ich horche, ob schon andere wach sind und tatsächlich dringen von den Fluren die ersten Geräusche der Bewohner unseres Camps herein: Flüchtlinge wie wir, die es auf die andere Seite der Mauer geschafft haben. Oder Wanderer, wie Sim sie nennt.

Ein Summen an meinem Handgelenk bestätigt, dass es Zeit ist, aufzustehen. Eine selbst gewählte Vorgabe, weil mir hier, anders als früher, niemand sagt, wann ich aufstehen, schlafen oder essen soll. Aber ich brauche diesen Anker, der mir eine Struktur gibt und meinen Tag in sauber abgetrennte Portionen teilt. Struktur heißt Aufgaben haben. Aufgaben haben heißt Teil eines Ganzen zu sein. Also stelle ich den Wecker.

Leise schlage ich die federleichte Decke zurück und stehe auf. Der Steinboden unter meinen Füßen ist warm. Mir wurde erklärt, dass unterhalb der Böden kleine Wasserleitungen verlaufen – eine Fußbodenheizung, die über ein riesiges Wasserrad mit Strom versorgt wird, sodass man praktisch überall und den ganzen Tag barfuß laufen könnte. Was viele der gebürtigen ›Neuländer‹ auch tun. Aber ich komme mir ohne Schuhe nackt vor und trage weiter meine alten Kautschukstiefel, obwohl sie mittlerweile verschlissen und längst nicht mehr wasserdicht sind. Doch auch das ist hier nicht nötig: Wenn es regnet, bleibe ich einfach drinnen.

Leise husche ich in das angrenzende Badezimmer, dass mich jeden Tag aufs Neue fasziniert. Ein Badezimmer nur für Jame und mich, mit einem kleinen Waschbecken und einer Dusche, aus der warmes Wasser kommt. Die ersten Tage mochte ich sie nicht benutzen – der Brausekopf sieht genauso aus wie der in der Desinfektionsdusche. Aber mir wurde erklärt, dass ich unter der normalen Dusche keine Atemnot bekommen würde und schließlich habe ich es versucht.

Heute entscheide ich mich für eine schnelle Katzenwäsche und streife eines der farbigen Gewänder über, die man mir am Tag meiner Ankunft gab. Es gibt einteilige, die mit einem Band in der Taille zusammengezogen werden, und zweiteilige, die aus einem Oberteil und dem dazu passenden bodenlangen Rock bestehen. Meine mittlerweile schulterlangen braunen Haare binde ich mir im Nacken zusammen und mache mich auf den Weg zum Speisesaal von Trakt B. Dort treffe ich normalerweise auf Jul und Sim, die in Trakt A untergebracht sind. Trakt

B beherbergt Familienangehörige wie mich und Jame, Trakt A die Alleinstehenden. Aber essen dürfen wir, wo wir wollen. Zwei Männer begegnen mir auf dem Weg. Sie senken schnell die Köpfe und murmeln einen kurzen Gruß.

»Go'n Morgen.«

»Go'n Morgen.«

Die flüchtige Begegnung lenkt mich kurz von der Vorfreude ab, Jul zu treffen. Noch immer erscheint es mir wie ein Wunder, dass ich ihn nun sehen darf, so oft und so lange ich will. Noch wundersamer ist die Tatsache, dass wir uns überhaupt wiederbegegnet sind, dort in den großen Wäldern. In absoluter Wildnis, ohne Wege und Straßen. Soweit hatten Sim und die Frauen der Gemeinschaft zumindest recht: Wir sind auf der ›klassischen Route‹ gewesen, und wie ich jetzt weiß, haben auch andere noch den Weg hierher gefunden. Dennoch, die Chance, Jul wiederzusehen, lag bei Null und damit ist es das größte Wunder, dass mir in meinem Leben widerfahren ist. Dabei dachte ich immer, dass bereits Liebe zu finden ein kaum zu erreichendes Glück sei.

Der Preis, den Jul dafür zahlen muss, ist unermesslich und ich weiß, dass es ihm die Freude darüber, hier zu sein, trübt. Weiß, dass er, wenn er still und in sich gekehrt ist, an seine Familie denkt, die nicht weiß, wo er ist und ob er noch lebt. Wir alle haben Opfer gebracht, aber, anders als bei mir, hat er seins freiwillig gegeben. Für mich. Und ich hoffe, dass ich eines Tages kein schlechtes Gewissen mehr deswegen haben werde.

Ich stoße die Tür zum Speisesaal auf und mir brandet ein fröhliches Stimmengewirr entgegen. So früh am Morgen stammt es hauptsächlich von den vielen freiwilligen Helfern im Camp. Auf fünf Flüchtlinge kommt ein Helfer. Wie ich lernte, ein überaus guter Schnitt, um die Integration von uns Neuen zu gewährleisten.

Mit dem Öffnen der Tür geht auch mein Herz auf und ich lasse meine Augen durch den Raum wandern. An einem Tisch unterhalten sich fünf Mädchen zwischen fünfzehn und achtzehn Jahren angeregt beim Essen. Ihre Kleider sind leicht und luftig wie meines, zusammen sehen sie aus wie ein bunter Frühlingsstrauß. Ein junger Neuländer schlendert mit einem Tablett an ihrem Tisch vorbei. Sie werfen sich ein paar Sätze zu, die Mädchen lachen auf. Grinsend geht er weiter. Vor der Essensausgabe ist eine Menschenschlange, die Männer in Leinen, die Frauen in pastellfarbenen Kleidern. Ruhig und gesittet geht es zu. Manche sind beim Warten in Gespräche vertieft, andere stehen einfach still da. Kein Grund zum Drängeln oder Schimpfen, es gibt genug für alle. Kurz schließe ich die Augen, als könne ich so das Bild abfotografieren und nach Hause schicken. *Sieh nur Mari, es ist alles wahr.*

»Warts ab, das dicke Ende kommt noch.« Sim hat sich von hinten an mich herangeschlichen. Seufzend öffne ich die Augen. Sie grinst. »Ich kenne doch deinen versonnenen Gesichtsausdruck, den du jedes Mal auflegst, wenn du hier hereinkommst.« Sim greift sich ein Tablett aus dem Ständer neben der Tür und reiht sich mit mir vor der Essensausgabe ein. Verstohlen mustere ich sie von der Seite. Ihre dunklen Haare verdecken mittlerweile die Kopfhaut, doch auch mit den kurzen Haaren sieht sie noch immer ein bisschen wie ein Junge aus. Sie gibt sich ruppig, aber auch sie ist hier im Schutz einer Gesellschaft, deren höchstes Gut Frieden ist.

Mit verengten Augen studiert sie die Tafel über dem Tresen.

»Porridge mit Apfel und Mango«, lese ich vor. »Reismüsli mit Sojajoghurt, Brotkorb mit Frucht- und Gemüseaufstrich.« Sim kann nicht lesen. Sie hat es mir nie gesagt, aber die Art, wie sie Schrift fixiert, verrät es. Ich habe es oft gesehen – die meisten Mädchen aus meiner Vergangenheit hatten nur rudimentären Unterricht. Wer kein Faible für Buchstaben hatte, vergaß im Laufe der Jahre schlicht und ergreifend, wie man sie entziffert. Als Unfreie hat Sim nie ein Schulgebäude von innen gesehen. Ihre Aufgabe war es zu dienen und ein Aufstieg war sicher nicht geplant.

Die Freiwillige vor uns schert nach rechts aus und wir werden weiter an den Tresen geschoben. Sim stellt ihr Tablett einer Brünetten hin, deren Haare in langen Wellen bis über die Schultern fließen. Kein praktischer Bubikopf wie bei uns Schwestern, kein nachlässig zusammengeknüllter Dutt wie bei Lida.

»Hase«, sagt Sim.

Die Frau betrachtet sie mit gleichbleibend freundlichem Gesichtsausdruck. »Fleisch ist nicht erlaubt.«

»Kein Fleisch? Mist!«

Die Servicekraft lächelt und reicht Sim einen Teller. »Probier mal Porridge. Es wird dir schmecken, außerdem ist es sehr sättigend.«

»Pfft.« Sim nimmt den Teller und wendet sich ab. Kurz schaut die Brünette ihr nach.

»Entschuldigung«, sage ich an Sims Stelle.

Die Servicekraft schüttelt den Kopf. »Du musst dich nicht entschuldigen. Jeder ist für sich selbst verantwortlich und sie wird ihren Weg finden.«

Was hätte Ooltest gesagt, wenn Sim so aufsässig zu ihr gewesen wäre, was Lida? Aber die Menschen hier sind anders. Gütig. Ich kann es kaum erwarten, alles zu lernen, um so zu werden wie sie.

»Das Reismüsli, bitte«, bestelle ich extra freundlich. Lächelnd reicht mir die Brünette das Essen. Mit meinem Tablett folge ich Sim zu unserem Lieblingsplatz, an der Fensterfront zum Garten.

»Warum machst du das?«, frage ich.

»Gehen die dir nicht auf den Geist mit ihrem ständigen Lächeln?«

»Nein, tun sie nicht. Ich bin dankbar und ich finde, das solltest du auch sein.«

Sie hebt den Löffel und lässt das Porridge zurück auf den tiefen Teller tropfen.

»Denkst du nicht, dass ihnen unser Respekt gebührt?«, setze ich nach.

»Wofür genau?«, fragt Sim.

»Dafür, dass sie uns aufnehmen.«

Sim lässt ihren Löffel auf den Teller sinken und betrachtet mich. »Ja, ich bin dankbar für das Essen, das Bett, die Kleidung. Aber was ist mit den anderen jenseits der Mauer? Und warum müssen wir hier sein? Wofür warten? Warum darf ich nicht selbst entscheiden, was ich essen will?«

»Vorher konntest du auch nicht entscheiden, was du essen möchtest, weil es da nichts gab«, sage ich. »Außerdem hast du hier sehr wohl eine Wahl. Sie gefällt dir nur nicht.«

Sim schaut auf ihr Porridge und taucht den Löffel abermals hinein. »Aber ich war frei.«

Ich schüttle den Kopf. »Frei? In der Gemeinschaft?«

Sie hebt trotzig die Schultern.

»Drei Monate, Sim, dann bist du frei. Wirklich frei. Mit Wissen, mit Fertigkeiten. Du wirst lesen und schreiben können …«

Sim schnaubt zweifelnd.

»… und wenn du es noch nicht kannst, wirst du es weiter lernen. Arbeit finden, ein Zuhause haben, Frieden.« Sie schaut von ihrem Teller auf. »Was soll ich denen schon nützen? Was kann ich denn? Jagen darf ich nicht, kämpfen erst recht nicht.«

»Du weißt, was sie sagen, gleiche …«

»… Chancen für alle«, beendet Sim meinen Satz. Sie seufzt.

»Bitte, versuch es. Bitte.« Ich fixiere sie. Ohne zu antworten, probiert Sim das Porridge und verzieht das Gesicht. Als sie meinen Blick bemerkt, reißt sie sich zusammen. »Okay. Für dich.«

»Nein, für dich«, erwidere ich.

»Alte Besserwisserin«, kontert Sim und grinst etwas. Einigermaßen beruhigt löffle ich mein Reismüsli. Reis ist ein merkwürdiges Getreide, das hier zu vielen Gerichten verarbeitet wird. Aus dem Stroh lassen sich sogar Papier und Schuhe anfertigen. Reisanbau ist eines der Seminare, die ich unbedingt besuchen will.

Die schlichten, weiß glänzenden Tische um uns herum sind mittlerweile fast alle besetzt. Altländer und Freiwillige sitzen zusammen, viele noch immer verhuscht, speziell an den

15

gemischten Tischen mit Frauen und Männern. Aber jeder ist bemüht, die lang trainierte Trennung zu überwinden, den Argwohn abzulegen und die neuen Regeln zu lernen. Auch Sim wird es.

Die starrt aus dem Fenster, das Porridge noch immer kaum angerührt, die Stirn in Falten gezogen, den Kiefer angespannt. Ich hoffe, sie kann den Argwohn ablegen. Irgendwann. Hinter der Glasfront ist das Gras grün und die Kirschbäume zeigen erste Blüten, die eine gute Auslese versprechen. Wenn sie doch nur sehen könnte, was ich sehe.

»Und, wie ist das Porridge nun wirklich?«,frage ich.

»Tofte«, sagt Sim und schneidet eine Grimasse. Ich grinse, aber irgendwie ist mir komisch. Schweigend essen wir unser Frühstück auf. Ich wäre gerne Teil des Gelächters um mich herum, traue mich jedoch nicht, Sim alleine am Tisch zurückzulassen. Außerdem kenne ich sowieso niemanden, also bleibe ich sitzen.

***

Nach dem Frühstück suche ich Jul, der enttäuschenderweise nicht im Speisesaal aufgetaucht war, und renne fast mit meinem Bruder zusammen.

»Warum hast du mich nicht geweckt?«, fragt er. Ich zeige auf sein Handgelenk. »Wecker?«

»Jetzt ist es zu spät für das Seminar ›Technische Errungenschaften, heute und damals‹«, ignoriert Jame meinen Hinweis.

»Wann?«

»Um 9 Uhr.«

Ich tippe auf mein Armband. »Du hast noch zehn Minuten. Geh dich waschen, so kannst du da nicht hin. Ich besorg dir ein Sandwich.«

Jame macht Anstalten, weiter zum Speisesaal zu laufen, aber ich drehe ihn an den Schultern herum und schiebe meinen Bruder zurück Richtung Trakt A. »Los jetzt.«

»Warum?«

Als Antwort rümpfe ich die Nase.

»Oh, du nervst!«, schimpft er, schlurft aber trotzdem zurück. Ich kehre zum Speisesaal um, das Sandwich besorgen. Im Gegensatz zu Sim hat Jame nur wenige Tage gebraucht, sich hier einzuleben. Kein Seminar, keine Schulung ist vor ihm sicher und ich bin stolz, dass er seine Chance ergreift.

***

Jul finde ich vor den Trainingsräumen.

»Hey!«

»He!« Sein Gesicht leuchtet auf. Kurz schaut er sich um, dann zieht er mich in seine Arme. Eine Vorsichtsmaßnahme, die hier nicht nötig ist, kein Gesetz der Volljährigkeit verbietet uns, zusammen zu sein. Ich drücke ihn fest an mich, als könne er sich andernfalls auflösen. Unter meinen gespreizten Fingern fühlt sich sein Rücken schon kräftiger und muskulöser an.

»Warum warst du nicht beim Frühstück?«, frage ich.

»Ich will vor den Beichten noch trainieren und war spät dran.«

»Oh, das hätte ich fast vergessen.« Schlagartig wird mir mulmig. Die ›Beichten‹ werden täglich von 10 bis 13 Uhr angeboten, und sollen uns helfen, die Erlebnisse vor und auf der Flucht zu verarbeiten. Heute, mit Woche drei, sollen wir zum ersten Mal daran teilnehmen. Die letzten zwei Wochen wurden wir hauptsächlich in die wichtigsten Gepflogenheiten der Neuländer eingewiesen, medizinisch versorgt und durften Gespräche bei Psychologen in Anspruch nehmen.

»Was sind Psychologen?«, fragte Jame. Drei Freiwillige, zwei Frauen und ein Mann, saßen ihm, Jul, Sim und mir gegenüber. Unsere Gesichter und Augen waren rot von der Desinfektionsdusche und die farbige Kleidung sah fremd an uns aus. »Ärzte, die euch helfen, eure Erlebnisse zu verarbeiten«, antwortete eine Blonde. Sim schaute mich aus rotgeränderten Augen an. »Mournen für Reiche«, sagte sie und lachte, doch in ihrem Blick stand Furcht.

Mittlerweile haben wir uns an die Gespräche gewöhnt, doch die Beichten machen Angst. Auf die Beichten in der Alten Welt folgte in der Regel nichts Gutes. Wer beichten musste, hatte etwas angestellt.

»Was trainierst du?«, frage ich Jul.

»Ausdauer, Gewichte, na ja.« Er senkt den Kopf und schaut auf seine Schuhspitzen. Er kann sich auch nicht ans Barfußlaufen gewöhnen. Ich kaue auf meiner Lippe herum. Irgendwie ist uns hier die Leichtigkeit abhanden gekommen, obwohl wir nun zusammen sein dürfen.

»Ich brauche eine Aufgabe.« Er hebt den Kopf. »Eine richtige, verstehst du? Nicht nur eine, die vergessen lässt. Ich will nicht vergessen, ich will nützlich sein.«

»Wir müssen erst ankommen, gesund werden, du weißt doch …«

»Ja, ich weiß, was sie sagen«, unterbricht mich Jul. Er lässt wieder den Kopf hängen. »Tut mir leid.«

»Nein, das ist okay.«

»Es ist die Tatenlosigkeit.«

»Ich weiß«, antworte ich.

Die Tatenlosigkeit, die mich jeden Tag den Wecker stellen lässt, Jame in die Seminare und Jul zum Sport treibt.

»Es wird sich ändern.«

»Ja.« Jul kneift kurz die Lippen zusammen, dann zieht er mich näher und drückt mich an sich.

»Wenn wir zusammenhalten«, flüstert er.

»Das werden wir«, antworte ich irgendwo in Juls Schulter hinein und halte ihn so fest es geht. Er wird seinen Hof nicht erben. Er wird seine Familie nicht beschützen. Er wird seine Brüder nie wiedersehen. Er hat sich entschieden. Für mich. Gegen sein altes Leben.

»Wir halten zusammen!«, versichere ich ihm.

Jul streicht mir über die Haare und küsst mich. Dabei presst er seine Lippen ein wenig zu fest auf meine, aber ich lasse ihn, will ihn nicht noch mehr in Verlegenheit bringen, nicht noch mehr seines Stolzes berauben. Abrupt löst er sich von mir und geht in den Trainingsraum. Eine Weile beobachte ich ihn durch die Sichtscheibe, wie er auf dem Laufband rennt, bis ihm der Schweiß das helle pastellblaue Leinenhemd durchtränkt.

2

Bei meiner Ankunft im Schulungsraum sind bereits fast alle Stühle besetzt und ich ergattere in der letzten Reihe noch einen der wenigen freien Plätze. Gleichzeitig mit mir betritt Kyron den Raum, ein ehemaliger Flüchtling, der nun die Neuankömmlinge mit den Regeln der *Neuen Welt* vertraut macht. Kyron ist der attraktivste Mensch, dem ich je begegnet bin, sogar noch vor Jame, der normalerweise mit seinen weizenblonden Haaren und dem sonnengeküssten Teint alle Blicke auf sich zieht. Selbst Sim blieb vor Staunen der Mund offen stehen, als wir den dunkelhäutigen Kyron mit den strahlend blauen Augen das erste Mal sahen. Später behauptete sie, das hätte nur daran gelegen, dass sie noch nie einen Menschen mit dunkler Haut gesehen habe, aber da knapp die Hälfte der freiwilligen Helfer nicht weiß und Ooltest ebenfalls dunkel ist, war klar, dass sie flunkert.

Entspannt stellt sich Kyron vor uns rund zwanzig Zuhörern auf und zwinkert mir freundlich zu. Irritiert wende ich den Kopf, ob noch jemand anderes hinter mir steht, aber er scheint tatsächlich mich gemeint zu haben. Mit heißem Gesicht schaue ich zu Boden.

»Herzlich Willkommen bei der heutigen Schulung ›Die *Neue Welt* – zusammen leben, zusammen lernen, zusammen voranschreiten‹!«, begrüßt uns Kyrons tiefe, warme Stimme.

Das Publikum klatscht, manche zurückhaltend, aber die meisten mit glänzenden, erwartungsvollen Augen. Verstohlen sehe ich mich um. Zwei Reihen vor mir sitzt ein älterer Mann, dessen Rücken so gebeugt ist, dass er Mühe hat, zu Kyron aufzuschauen. Links, einige Stühle entfernt, wackelt ein etwa Elfjähriger ungeduldig mit den Beinen. Sein Ausdruck hat bereits den Ernst von Erwachsenen, nur seine Füße scheinen sich nicht der Härte des Lebens beugen zu wollen. Die meisten Flüchtlinge im Camp sind zwischen zwanzig und dreißig, hauptsächlich Männer. Ich bin froh, dass hier Frauen und Männer sind, dann ist es ein bisschen wie an den Markttagen, der einzigen Zeit, die Männer und Minderjährige miteinander verkehren durften, ohne bestraft zu werden. Es gibt im Camp noch zwei Familien, nur eine Handvoll alleinstehender Frauen und ein paar Mütter, die ihre Flucht samt Kindern angetreten haben. Sie haben meine volle Bewunderung, während ich die Kinder eher beneide, solche Mütter zu haben.

»Unser Zusammenleben in der *Neuen Welt* unterscheidet sich in mehreren Punkten erheblich von den Gesetzen in der Alten Welt, wie einige bereits in anderen Schulungen erfahren haben. Einen der wichtigsten Punkte möchte ich heute mit euch erörtern.«

Kyron drückt auf einem kleinen Apparat eine Taste und ›GLEICHBERECHTIGUNG‹ erscheint in einem satten Grün hinter ihm auf einer Leinwand.

»Um diesem Wort einen Sinn zu geben, brauchen wir Bezugspunkte, und deswegen möchte ich zunächst mit euch betrachten, wie ihr bisher gelebt habt.«

Kyrons Blick schweift erwartungsvoll über unsere Gesichter und bleibt an mir hängen.

»Lore, wer hatte bei dir zuhause das Sagen?«

Verblüfft darüber, dass er aus dem Stegreif meinen Namen kennt, räuspere ich mich. Einige Zuhörer drehen sich zu mir um und ich werde wieder rot.

»Ähm, meine Mutter. Lida. Lida Rufersen.«

Ein paar Leute lachen.

»Danke, aber du musst keine Namen nennen«, schmunzelt Kyron.

»Ach so«, sage ich und sehe zu Boden.

»Aber interessant. Ungewöhnlich, oder nicht? Dass eine Frau bestimmt?«

Viele nicken zustimmend.

»Was war mit deinem Vater?«

»Der ist … war krank«, antworte ich. Kyron hält den Zeigefinger hoch. »Aha! Der Vater war krank! Gab es denn keine anderen Männer bei euch, die seine Aufgaben übernehmen konnten?«

»Nein, mein Bruder ist erst zwölf.«

Zufrieden nickt Kyron. Dann zeigt er wahllos ins Publikum. »Und wie war es bei dir?«

»Mein Vater hatte das Sagen.«

»Und bei dir?«

»Mein Mann war der Clan-Chef.«

»Mein Sohn hat alle Entscheidungen getroffen.«

»Und bei dir?«

»Ich habe den Clan angeführt.«

Überrascht sehe ich den Älteren mit dem Buckel an.

»Warum bist du geflohen?«

»Weil es falsch ist. Weil alles da drüben falsch ist. Keine Menschlichkeit.«

Gerührt betrachtet Kyron den Mann, der mühsam zu ihm hochlinst. »Danke Jarl, danke, dass du das mit uns geteilt hast!«

Ich zucke peinlich berührt zusammen, weil mir klar wird, dass Kyron die Namen aller Anwesenden kennt, wie auch immer er das anstellt.

Kyron hebt die Stimme. »In der Alten Welt bestimmt in der Regel der Mann, außer, dieser ist verhindert, dann übernimmt in seltenen Fällen, wie bei Lores Familie, eine Frau die Verantwortung. Ich denke, wir alle verstehen, warum Lore fliehen musste, wenn ihr Clan, außer einem Kind, keinen männlichen Vorsteher hatte. Kein Clan kann in der Alten Welt ohne Männer überleben.«

Zustimmendes Nicken. Als habe Kyron darauf gewartet, grinst er. »Oder aber ist es das, was man uns glauben machen wollte?« Er macht eine kunstvolle Pause. »Denn sind es nicht wir selbst, die die Regeln aufstellen? Können wir nicht selbst entscheiden, was erlaubt ist und was nicht? Was, wenn alle bestimmen dürften? Was, wenn Frauen die gleichen Rechte und Pflichten hätten wie Männer? Gingen wir dann zugrunde? Würden wir uns selber vernichten?«

Kyron drückt wieder auf den kleinen Apparat. Hinter ihm flimmern Bilder auf der Leinwand auf: Eine Frau steht vor Mädchen und Jungen in Tischreihen. Eine ältere Frau in hellem Kittel verabreicht einem Kind eine Spritze. Ein Mann und eine Frau beugen sich über die Zeichnung eines Gebäudes. Ein Grauhaariger hat ein Baby auf dem Arm und hält ihm eine Tasse an die Lippen. Ein Paar sitzt auf einem Trecker, die Frau am Lenkrad. All diese Menschen auf den Fotos sehen glücklich und zufrieden aus, die meisten lachen oder lächeln zumindest.

Neben mir verschränkt ein Zuhörer die Arme. »So ein Blödsinn.« Aber er sagt es so leise, dass nur ich es hören kann und sicher nicht Kyron.

»Das ist Gleichberechtigung«, erklärt der Freiwillige. »Männer und Frauen dürfen die gleiche Arbeit verrichten. Männer und Frauen haben das gleiche Recht, Entscheidungen zu treffen. In der *Neuen Welt* ist jeder Mensch gleich!«

Um mich herum Stille.

»Lasst das auf euch wirken. Wie viele Ressourcen damit freigesetzt werden. Wie sehr wahrer Frieden erblühen kann. Jeder Mensch ist gleich! Männer, Frauen, Kinder.«

Ein Raunen geht durch die Stuhlreihen. Kyron betrachtet uns, fast liebevoll.

»Das bedeutet auch, dass körperliche Gewalt tabu ist. Niemand darf geschlagen, getreten oder anderweitig verletzt werden. Weder Kinder, noch Frauen oder Männer.«

Beim Letzten gibt es ein paar ungläubige Lacher, hauptsächlich von männlichen Zuhörern. Kyrons Stimme schneidet dazwischen. »Wer sich nicht an diese Regel hält, wird im schlimmsten Fall ausgewiesen.«

Abrupt verstummt jedwedes Kichern.

»Dies ist das wichtigste Gesetz der *Neuen Welt*: Jeder Mensch muss – ausnahmslos – mit Respekt behandelt werden. Wer dieses Gesetz bricht, genießt in dieser Gesellschaft keinen Schutz mehr.«

Betretene Stille macht sich im Raum breit. Kyron schaltet die Bilder ab, die noch immer in Schleife über die Wand flimmerten. »Ich weiß, dass nun einige von euch Angst haben. Angst, alte Gewohnheiten nicht einfach ablegen zu können. Angst, von Gefühlen überwältigt zu werden und nicht mit dem Kopf zu handeln. Aber das müsst ihr nicht! Wir alle helfen euch, diese Muster zu durchbrechen. Dafür sind die vielen Gespräche da, die Beichten, die Trainingseinheiten, die Schulungen. Keiner von euch wird alleine gelassen und ihr bekommt alle dieselbe Chance!«

Er legt seine Hand flach auf die Brust, die andere legt er darüber. »Ich bin einer von euch. Und wenn ich es geschafft habe, dann schafft ihr es auch!«

Applaus bricht los. Kyron lächelt breit und sieht jedem Einzelnen von uns ins Gesicht. Entspannt wendet er sich ab und hantiert an der Fernbedienung, als sei er alleine im Raum, obwohl zig Augenpaare ihn ansehen. Heimlich betrachte ich seine sportliche Figur. Wie viele Mädchen wohl in Kyron vernarrt sind? Einen Neuländer als Freund zu haben, ist die Abkürzung in die echte *Neue Welt,* behauptet Sim. Eine aus ihrem Trakt hat ihr das erzählt. Ich schüttle den Gedanken ab und sehe mich um, ob Jul inzwischen von seinem Training gekommen ist. Tatsächlich lehnt er am Türrahmen hinter mir und lächelt mir zu, als sich unsere Blicke treffen. Er ist noch immer schmal, aber ohne seinen Zottelbart und mit sauberer Kleidung hat er wieder viel mehr Ähnlichkeit mit dem Jul, in den ich mich damals in der Markthalle verliebte.

»Damit dies nicht nur graue Theorie bleibt«, hebt Kyron seine Stimme wieder, »werden wir nun ein paar Übungen zu dem Thema machen. Findet euch bitte zu Paaren zusammen.« Die wenigen Frauen im Raum nehmen eilig Augenkontakt miteinander auf. Verlegen suchen sich die Männer ihre ebenfalls männlichen Lernpartner. Ich stehe schnell auf und steuere auf Jul zu, der mir bereits entgegenkommt. Flüchtig sehe ich zu Kyron, aber der nickt aufmunternd. Hier dürfen wir das.

***

Nervös lehne ich an der Wand des langen breiten Korridors, von dem viele Türen abgehen. Hier sind die Beichträume. Mein Termin ist bei Lilith, die schon zu unserem Begrüßungskomitee gehörte, und die mir sofort sympathisch war. Ich bin froh, dass ich ihr zugeteilt bin, und versuche, mir einzureden, dass die Beichten dann nichts Schlimmes sein können. Eine Gruppe Freiwilliger läuft im Korridor vorbei. Sie lächeln mir zu, zwei heben die Hände zum Gruß, den ich erwidere. Nein, sicher sind die Beichten nicht schlimm. Die Menschen hier sind ausgeglichen und zu den Beichten gehen auch Neuländer bei Bedarf.

Ich wische mir meine feuchten Hände am Kleid ab. Die Spur, die sie darauf hinterlassen, ist kaum merklich dunkler als das restliche Gelb und schon nach wenigen Momenten wieder getrocknet. Ich hebe den Rock etwas an und reibe ihn zwischen den Fingern. Er ist so dünn wie Pergament und nur durch die vielen Lagen blickdicht.

Mir gegenüber geht die Tür auf. »Willkommen Lore, bitte komm herein.«

***

Lilith fährt sich durch ihr hellblondes, schnurgerades, langes Haar und sieht konzentriert auf das Display vor sich auf dem Tisch, das einen Durchmesser von etwa zwanzig Zentimetern hat.

»So, bei den nächsten Fragen zeichnen die Sensoren an deinem Armband deine Werte auf und schicken diese dann an meinen Computer.« Sie weist auf das Display vor sich. »Wenn es ungewöhnliche Ausschläge gibt, also z.b. dein Puls sich steigert oder sich deine Temperatur verändert, dann behandeln wir die jeweilige Frage so lange, bis sich die körperlichen Symptome auflösen. Okay?«

Ich nicke, auch wenn ich nicht ganz verstehe.

»Sinn der Sache ist es«, erklärt Lilith, »alle unangenehmen Gefühle aus deinem System zu schwemmen.«

»Und das geht?« Wieder einmal muss ich an das Mournen der Waldgemeinschaft denken.

»Zumindest bemühen wir uns darum«, lacht Lilith. »Du wirst sehen, über die schmerzhafte Vergangenheit mit einem Psychologen zu reden ist eine Sache, den Schmerz so lange zu betrachten, bis er sich auflöst, ist eine ganz andere. Es macht dich frei, verstehst du? Du darfst allen Schmerz ablegen und kannst dann ein wirklich neues Leben beginnen.«

»Okay«, sage ich mit einem mulmigen Gefühl.

»Wir fangen ganz einfach an.« Lilith drückt auf das Display. Von dem Armband geht eine leichte Vibration auf mein Handgelenk über.

»Bereit?«

»Bereit.«

»Wie heißt du?«

Lilith lächelt erwartungsvoll, als würden wir ein lustiges Spiel starten.

»Lore Rufersen.«

»Wo kommst du her, Lore?«

»Aus der Region Graanz.«

»Land oder Metropole?«

»Land. Ich bin die älteste Tochter des Rufersen-Clans.«

»Alter?«

»Achtzehn, fast neunzehn.«

»Also kurz vor dem Wechsel.«

Ich nicke.

»Hattest du Angst davor?«

»Nein.«

Lilith sieht mich prüfend an.

»Was bedeutete Wechseln in deiner Familie?«

»Dass ich mit neunzehn volljährig bin und heiraten darf.«

»Musst?«

Ich betrachte die glatte Tischplatte vor mir.

»Was wäre gewesen, wenn du nicht geheiratet hättest?«

Immer noch mustert mich Lilith.

»Ich hätte den Hof verlassen müssen.«

»Wohin wärst du gegangen?«

Kopfschüttelnd zucke ich mit den Schultern.

»Warum bist du geflohen, Lore?«

Mir wird plötzlich warm.

»Lore?«

Wer dieses Gesetz bricht, genießt in dieser Gesellschaft keinen Schutz mehr.

Ich weiche Liliths hellblauen, forschenden Augen aus.

»Warum bist du geflohen?«

»Wir wurden überfallen. Unser Hof wurde zerstört. Meine Großmutter hat mich mit meinem Bruder fortgeschickt.«

»Das war der Grund?«

»Ja.« Ich schwitze unter den Achseln.

»Das Programm sagt mir, dass dein Puls beschleunigt ist. Lass uns noch einmal mit der Frage beginnen. Warum bist du geflohen?«

Ich starre auf meine Hände.

»Lore, bitte antworte.«

Ich räuspere mich.

»Warum bist du geflohen? Auch wenn es schmerzhaft ist, es ist wichtig, dass du dich damit konfrontierst«, erinnert mich Lilith freundlich. Ich presse meine Handflächen auf die Tischplatte, die Finger abgespreizt, als könnte ich mich am Tisch festsaugen wie ein Reptil.

»Ludewig Lunginger hat meine Mutter angefallen, sie hat sich gewehrt und ihn dabei getötet. Zur Strafe wurde unser Hof zerstört und meine Großmutter hat mich mit Jame ins *gelobte Land* geschickt, um ihn zu retten. Er ist der einzige Erbe.«

Zwei Herzschläge vergehen, dann hebe ich den Kopf und sehe Lilith fest in die Augen. Sie späht zum Display, nickt.

»Danke, Lore. Das war sicher schwer. Nächste Frage.«

Beherrscht atme ich aus und konzentriere mich auf Liliths Stimme, um nicht daran zu denken, dass ich gerade gelogen habe.

***

Drei endlose Stunden später taumle ich erschöpft aus dem Beichtraum. Bei jeder zweiten Frage schien das Gerät anzuschlagen, vermutlich ein Resultat der ersten Lüge. Irgendwann wusste ich selber nicht mehr, was wahr und was falsch ist.

»Warst du vor Jul schon einmal in jemand anderen verliebt?«

»Nein.«

»Das Programm zeigt mir an, dass sich deine Körpertemperatur verändert. Warst du vor Jul schon mal in jemand anderen verliebt?«

»Nein.«

»Sicher?«

»Ja, ich bin mir sicher.«

»Hast du zweideutige Gefühle gegenüber Jul?«

»Nein!«

»Lore, ich will dich nicht ärgern, aber wir müssen der Unstimmigkeit auf den Grund gehen. Etwas verbirgt sich in dir, und das müssen wir hervorholen, damit du es verarbeiten kannst.«

»Okay.«

»Hast du Jul gegenüber zweideutige Gefühle?«

»Nein, ich liebe ihn.«

»Und liebt er dich?«

»Ja.«

»Bist du dir sicher?«

»Ja.«

»Das Programm ...«

»Er sagt, dass er mich liebt.«

»Aber du bist dir nicht sicher?«

»Es ist nicht möglich, sich sicher zu sein, weil ich nicht er bin.«

»Bist du dir sicher, ja oder nein?«

»Nein.«

Es sticht in meiner Herzgegend.

»Hast du Angst, ihn zu verlieren?«

Pause.

»Hast du Angst, ihn zu verlieren?«

»Ja.«

Am Ende fing ich an, zu raten, was Lilith hören will, oder besser gesagt, was das Programm hören will. Schließlich tippte Lilith auf das Display und lächelte mich ohne eine Spur von

Müdigkeit an. »Prima, wir sind heute ein Riesenstück vorangekommen! Glückwunsch Lore, du bist auf einem guten Weg.« Sie stand auf und suchte ihre Sachen zusammen. Dabei war ihr Ausdruck unbekümmert und ich wunderte mich, wo sie all diese Informationen hinpackt, die sie jeden Tag hört.

»Darf ich dich auch etwas fragen, Lilith?«

»Natürlich.« Sie stoppte an der Tür, das Display unter den Arm geklemmt.

»Wie alt bist du?«

»Sechzehn. Wieso?«

Ich schüttelte den Kopf. »Nur neugierig.«

»Hm«, gab Lilith ein freundliches Schnaufen von sich. Dann rauschte sie aus dem Raum und der flatternde Stoff des Kleides folgte ihr wie eine weiche, rostrote Wolke.

***

Wie erwartet finde ich meinen Bruder in unserem Schlafraum.

»Jame!«

Er schreckt von einem Buch mit technischen Zeichnungen auf.

»Warst du schon in der Beichte?«

Jame starrt mich an.

»Warst du oder warst du nicht?«

Er schüttelt den Kopf.

»Gut, okay.« Ich setze mich an seine Bettkante. »Es gibt eine Befragung, sehr persönlich, sehr intensiv. Dabei überprüft das Armband«, ich zeige auf James Handgelenk zu dem gleichen breiten Armband aus Kautschuk, das auch ich trage, »... ob du schwitzt oder dein Herz schneller schlägt. Wenn das passiert, wird so lange gefragt, bis das Programm nicht mehr ausschlägt.«

»Und?«, fragt Jame.

»Sie werden dich fragen, warum du geflohen bist.«

Mein Bruder wird blass.

»Ich habe gesagt, dass es Lida war. Sie dürfen es nicht rausfinden, hörst du?«

»Aber es war Notwehr.«

Ich schüttle den Kopf. »Sie dürfen es nicht wissen, Jame. Wer weiß, was hier die Strafe für so etwas ist.«

»Aber es war in einer anderen Zeit, ich würde niemals hier …«

Ich packe Jame fest an den Schultern. »Du hast einen Menschen getötet und sie dürfen es nicht wissen!«

»Und wenn das Ding mich verrät?«

»Das wird es nicht, denn du wirst es überlisten.«

»Wie?«

»Ich sage dir jetzt, was geschah und du musst lernen, es zu glauben.«

Jame zieht die Brauen zusammen.

»Es ist deine einzige Chance, Jame. Betrachte es wie ein Spiel, okay?«

Skeptisch nickt er.

»Okay, versuchen wir es. Leg dich hin.«

Jame legt sich auf den Rücken.

»Du musst mir genau zuhören und dir alles ganz genau vorstellen, wie …«, ich zeige zu dem Buch, »wie in einer Geschichte. Und die musst du dann später wiederholen, jeden Abend, oder am besten ein paar Mal am Tag, bis es sich wahr anfühlt. Hast du verstanden?«

Mein Bruder nickt.

»Mach die Augen zu.«

Jame betrachtet mich einen Moment mit gerunzelter Stirn und schließt seine Lider. Ich nehme auf dem warmen Boden vor dem Bett Platz, lehne den Rücken an den Rahmen und mache ebenfalls die Augen zu.

»Es war an einem Spätnachmittag im Herbst. Du kamst aus der Kornkammer, als du Lidas Schreie hörtest …«

***

Es ist schon lange dunkel, aber heute kann ich nicht in den Schlaf finden. Die ganze Zeit gehen mir Kyrons Sätze durch den Kopf. *Jeder Mensch muss – ausnahmslos – mit Respekt behandelt werden.* Das bedeutet, dass man auch einem Lunginger, egal, was er angestellt hat, nicht den Schädel einschlagen darf. Oder gilt das Gesetz nicht rückwirkend für das Leben in der Alten Welt, das so viel roher und rücksichtsloser war als hier? Wen kann ich fragen, ohne Gefahr zu laufen, Jame zu verraten?

Kyrons blaue Augen lächeln mich durch die Dunkelheit an. Ein Flüchtling wie wir, der unsere Welt kennt. Nein, ich muss erst mehr über ihn erfahren, bevor ich weiß, ob er vertrauenswürdig ist.

Auf der anderen Seite des Raumes raschelt es.

»Jame?«

»Ja?«, kommt es zurück.

»Kannst du auch nicht schlafen?«

»Mhm«, verneint mein Bruder.

»Willst du herkommen?«

Einen Moment Stille, dann höre ich, wie Jame seine Decke zurückschlägt und auf leisen Sohlen zu mir herübertapst. Am Bett zögert er. »Ist das nicht komisch?«

»Stell dir einfach vor, wir wären im Wald.«

In der Waldgemeinschaft hatten wir in einem kleinen Verschlag gehaust, in den man nur hineinkriechen und mit Mühe zu zweit schlafen konnte. Eine warme, muffelnde Höhle, die uns Schutz vor Wind, Schnee und den nicht immer freundlichen Frauen der Gemeinschaft bot.

Jame schlurft zu seinem Bett und ich denke schon, er hat es sich anders überlegt, aber dann kehrt er mit seiner Bettdecke zurück. »Rück mal.«

Ich rutsche näher an die Wand und Jame legt sich mit dem Rücken zu mir, wie eine Raupe in die Decke gerollt. Ich lausche seinen schwer werdenden Atemzügen, bis ich endlich selber einschlafe.

3

»Und hochstemmen, Vorschwung, Rückschwung, Vorschwung
in den Grätschsitz – sehr gut – jetzt wieder Beine schwingen,
Beine anziehen und mit der Hockwende abgehen.«
James Füße landen fest auf der Matte. Er federt in den
Knien leicht ab und tritt zur Seite.

»Fantastisch!«, ruft Freiwilliger Nevin, ein etwa Fünfzig-
jähriger in kurzen Sporthosen und mit festen, behaarten Beinen. »Die Nächste bitte.«

Ich trete zwischen die Handläufe des Barrens.

»Hochstemmen …«

Ohne Mühe drücke ich meinen Körper hoch. Das monate-
lange Holzhacken im Wald zahlt sich nun aus. Ich bin zwar
dünn und sehnig wie ein ausgehungertes Hühnchen, aber
dahinter verbergen sich feste, kleine Muskeln, besonders in
meinen Oberarmen.

»Vorschwung, Rückschwung, Vorschwung …«

Ich schwinge meine Beine vor und zurück, werde mit der
Bewegung leicht, als würde ich fliegen. Bei der Anweisung
›Grätsche‹ lege ich kurz meine Beine auf den Handläufen ab,
schwinge dann weiter, ziehe die Knie an und springe über den
rechten Handlauf. Anders als Jame lande ich nicht fest, sondern
knicke mit dem linken Fuß um, sodass ich stolpere.

»Hoppla!« Eine Hand umfasst meinen rechten Arm und
bewahrt mich vor dem Hinfallen. Beim Aufblicken strahlt mich
ein Paar blauer Augen an.

»Ich würde sagen, fast zu viel Kraft für so eine schmale
Person«, grinst Kyron. Mir liegt die Frage auf der Zunge,

woher er so plötzlich kommt, als er sie selbst schon beantwortet und mich loslässt.

»Nevin, du wirst im Beichttrakt gebraucht. Eine deiner Schützlinge will ohne dich nicht weitermachen.«

Nevin wirft mir einen Blick zu. »Alles okay bei dir?«

Ich nicke und beeile mich, von der Matte zu kommen.

Nevin wendet sich Kyron zu. »Wer?«

»Suzan.«

»Sag ihr, dass ich in zehn Minuten komme.«

»Alles klar.« Kyron wendet sich zum Gehen und lächelt mir zu. »Viel Glück.«

Nevin klatscht in die Hände. »Gut, weiter gehts. Denkt dran, Kraft ist die eine Komponente, die andere heißt Selbstbeherrschung. Wer seinen Körper gut kennt, weiß im Voraus, wie und wo er aufkommt. Konzentriert euch auf diese Kraft.«

Der Nächste in der Reihe, ein junger Mann mit blassen, schmalen Gesichtszügen, geht schüchtern zum Barren und absolviert sein Programm fehlerlos.

***

Auf dem Weg vom Training kommen Jame und ich am Korridor mit den Beichträumen vorbei. Schnell ziehe ich meinen Bruder am Ellenbogen von der offen stehenden Glastür fort, in Richtung Gärten. Hinter uns ertönt das Geräusch einer sich öffnenden Tür.

»Guten Morgen, Lore. Wollen wir gleich da weitermachen, wo wir gestern stehen geblieben sind?«

Ich drehe mich um.

»Danke Lilith, aber wir sind gerade auf dem Weg zu den Gärten und wollten uns dort ein bisschen umsehen.«

»Oh fein, schöne Idee, du kommst ja aus der Landwirtschaft. Dein Wissen wird hier gebraucht«, strahlt sie mich an. Ich weiche ihrem Blick aus, teils weil ich mir unehrlich vorkomme, aber auch aus der Unsicherheit, wie ich mit Komplimenten umgehen soll. Sie schüchtern mich ein.

Lilith wendet sich meinem Bruder zu. »Wie siehts mit dir aus, Jame? Du hast bisher noch keine Beichte gehabt, richtig? Magst du es versuchen?«

Er wird blass. »Ich muss Lore helfen.«

Lilith schaut ihn interessiert an. »Helfen? Wobei?«

»Ich meine, wir wollten zusammen in die Gärten, sehen, wo wir uns einbringen können«, stottert Jame.

»Wenn es das ist, was du selber möchtest, kannst du das gerne machen. Aber es ist wichtig, dass du deine eigenen Entscheidungen triffst.« Sie lächelt. »Also? Was möchtest du tun?«

Jame schluckt. »Ich möchte mit Lore gehen.«

Lilith nimmt die Schultern zurück und eine gerade Haltung an. »Du hast soeben eine freie Entscheidung getroffen, Jame Rufersen«, sagt sie feierlich.

»Danke.« Verunsichert späht er zu mir.

Lilith lacht und schüttelt den Kopf. »Bitte, aber auch das brauchst du nicht. Dich bedanken«, erklärt sie. »Du machst alles richtig.«

Jame wird rot. So viel Lob an einem Tag ist einfach zu viel für uns.

»Okay«, nuschelt er.

Lilith hebt zum Abschied die Hand und verschwindet wieder in einem der Beichträume. Jame dreht sich zu mir um.

»Woher weiß sie meinen Nachnamen?«

Ich zucke die Achseln.

»Garten?«

Jame nickt. An meinem Handgelenk vibriert es kaum merklich. Ich blicke auf das Armband, das sich schwarz und glatt um mein Gelenk schmiegt.

»Kommst du?« Jame ist schon an der Tür. Ich betaste das Armband, aber die Vibration ist verschwunden. War wohl eine Sinnestäuschung.

***

Draußen empfängt uns die helle Frühlingssonne. Erste Blumenknospen strecken sich aus dem dunklen Boden, an den Bäumen sind die hellgrünen Blätter noch zusammengerollt, nur die Kirschen und Mirabellen stehen in voller, weißer Blüte.

»Wartet!«

Hinter uns kommt Jul aus Trakt A. Das Sonnenlicht verleiht seinen Haaren einen rötlichen Schimmer, wie das Rot einer Kastanie. Ich liebe dieses Farbenspiel und es löst den schwer zu bändigenden Wunsch aus, ihm mit gespreizten Fingern durch die Haare zu fahren.

Jul erreicht uns, streift meine Hand und nickt Jame flüchtig zu, der ein ebenso knappes »Hi« herauspresst.

»Wir wollen die Gewächshäuser besichtigen«, erkläre ich rasch. Erst nach der Flucht ist Jame klar geworden, dass Jul und ich uns heimlich trafen. Das sollte keine Rolle mehr spielen, aber Lida hat ihre Kinder und insbesondere den einzigen

Sohn erfolgreich geprägt. Jul ist in James Augen ein Straftäter, auch wenn seine eigenen Vergehen wesentlich schwerwiegender sind und der Grund für unser aller Flucht.

»Du kannst uns vom Obstanbau erzählen.«

Ich wende mich Jame zu. »Juls Familie hat Obstplantagen und die besten Birnen von ganz Langdaans! Ist doch so, oder?«

Mein Freund lächelt gequält. »Ja, stimmt.« Er schiebt sich an mir vorbei. Jame folgt ihm. Ich beiße mir auf die Lippen und ärgere mich, Jul ein weiteres Mal an seinen Verlust erinnert zu haben.

Wir betreten das erste Glashaus. Es hat das Ausmaß einer Fabrikhalle und ist das vorderste in einer Reihe von drei Gewächshäusern. Drinnen empfängt uns eine süß duftende Wärme und ich entledige mich als erstes meiner dicken Winterjacke: ein leuchtend gelbes, wärmendes Ungetüm, das ich am Tag nach der Ankunft erhalten habe, so wie jeder Winterankömmling. Wenn wir in Gruppen draußen unterwegs sind, sehen wir aus wie ein Schwarm Kanarienvögel. Unter der Jacke kommt mein königsblauer Zweiteiler zum Vorschein, ein festes Leinenoberteil, dazu der hier typische lange, mehrlagige Rock. Könige sind Menschen aus einer anderen Zeit, noch vor dem *Vorfall*. Hat mir Lilith erzählt, als sie mir am ersten Tag meine Kleidung überreichte.

»Wow«, staunt Jame. Vor uns breitet sich ein lichter Hain voller Obstbäume aus. Glaswände trennen verschiedene Sorten voneinander. Das schräg hereinfallende Sonnenlicht bricht sich in den Scheiben und lässt sie funkeln.

In langen Reihen entdecke ich pralle Äpfel, Birnen, Quitten und sogar Zitrusfrüchte. Vereinzelt gehen Freiwillige umher, manche haben Gartenwerkzeuge dabei. Ein junger Mann hat die Lider geschlossen, seine Hand liegt an einem Baumstamm. Stumm bewegt er seine Lippen. Jame mustert ihn im Vorbeigehen mit großen Augen. Jul weist zu den Glasabteilungen. »Die verschiedenen Pflanzen brauchen unterschiedliche Temperaturen«, erklärt er. »Ich habe von solchen Gewächshäusern schon mal gehört, aber in unserer Nordregion steht kein einziges.«

Jul legt den Kopf in den Nacken und schaut zum Glasdach, etwa fünf Meter über uns.

»Warum nicht?«, fragt Jame.

»Glas, in solcher Menge?«, gibt Jul zurück. »Kann sich bei uns keiner leisten. Ganz davon abgesehen ist die einzige Glasfabrik, die ich kenne, in Barit. Wie soll das Glas von dort nach Langdaans transportiert werden?«

Der Klang der Metropole Barit löst einen Anflug von Gänsehaut in mir aus. Barit, der Ort, an den unser Vater fuhr, wenn jemand mit echten Münzen auf dem Markt bezahlt hatte. Der Ort, an dem man an Batterien und Treibstoff kam. Der Ort, an den wir nie reisen durften, weil Jame zu klein und ich nur ein Mädchen war. Geheimnisumwoben, aufregend, eine fremde Welt. Erst später erzählte Mari, dass die Stadt von einer Dunstglocke umhüllt sei, die man schon aus fünfzig Meilen Entfernung sehe und die Barits Einwohner zwinge, Masken über ihren Mündern zu tragen.

»Warst du mal dort?«

Jul wirft mir einen Blick zu. »Barit?«

»Hm«, nicke ich.

»Einmal. Mit meinem Vater. Kein schöner Ort.«

»Wir waren auch in einer Metropole.« Mit vorgestrecktem Kinn sieht Jame Jul an. »Prado. Wir haben Kartoffeln ausgeliefert, weil Kan das nicht mehr konnte.«

»Du oder Lore?«, gibt Jul zurück.

»Wir beide«, antworte ich für Jame. »Ich musste das Boot lenken und Jame hat sich um Joshua gekümmert.«

Der vertraute Pfropfen verstopft meinen Hals, wie immer, wenn die Sprache auf Joshua kommt. Wie sehr ich ihn immer noch vermisse.

»Das Baby«, sagt Jul.

Wir nicken. Jul streicht mir über den Arm. »Aber es geht ihm gut, hast du gesagt.«

Ich schlucke den Pfropfen herunter. »Ja, Sim hat ihn zu einem Paar gebracht.«

»Er ist ihr Retter«, fügt Jame hinzu. »Das bedeutet auch sein Name: der Erretter.«

Jul lächelt ihn an. »Das ist eine schöne Bedeutung.«

Zaghaft erwidert Jame das Lächeln. Jul legt den Arm um mich und küsst meine Schläfe. »Es wird ihm gut gehen!«

Jame linst zu uns und schaut dann stoisch in eine andere Richtung. Langsam schlendern wir an den ausladenden Obstbäumen vorbei, die in quadratische Abschnitte geteilt sind. Vor jeder Baumgruppe steht eine schmale, hüfthohe Säule mit einer flachen Platte oben drauf. Daraus erklingt leise Musik. Jame bleibt stehen. »Was ist das? Ein Lautsprecher?«

Wir beugen uns über eine der Säulen und lauschen den Klängen. Aus Versehen streife ich die Säulenoberfläche, die plötzlich aufleuchtet. Erschrocken weiche ich zurück.

»Ein Display«, schlussfolgert Jul. Er tippt darauf und eine Liste erscheint:

Informationstext
Filme
Fragen und Antworten
Musikauswahl

Rechts daneben Symbole für die, die nicht lesen können. Ich tippe auf ›Musikauswahl‹ und erhalte wieder eine Liste:

Ella Adaïewsky
Ludwig van Beethoven
Bedřich Smetana
Daniel-Francois-Esprit Auber
Béla Bartók
V. R. Dubsky
Wilhelm Stenhammer

Die Reihe der fremd klingenden Namen geht weiter und ich berühre wahllos einen mit dem Finger. Die Klänge aus der Säule blenden aus, stattdessen springen nun tiefe, zarte Töne eines Blasinstruments wie dicke Wassertropfen aus dem Lautsprecher, untermalt vom kurzen Zupfen eines Saiteninstruments. An meinen Unterarmen stellen sich die kleinen Härchen auf. Andächtig lauschen wir, wie sich weitere Instrumente dazufügen und sich zu einem rauschenden Musikfluss steigern. »Wunderschön, oder?« Ein zwölf- oder dreizehnjähriges Mädchen gesellt sich zu uns. Wir nicken, sprachlos von der Fülle der Musik. In der Alten Welt wurde zwar gesungen, aber nur, wenn jemand starb. Selten hatte einer ein Instrument dabei, mal eine beschädigte Flöte oder eine Gitarre mit fehlenden Saiten.

Das, was hier zu hören ist, muss von vielen Menschen gemeinsam gespielt worden sein.

Das Mädchen weist auf die Apfelbäume vor uns. »Und sie macht es auch glücklich.«

In Juls Mundwinkeln zuckt es. »Na ja, sie haben es ja auch gut. Die Wärme, die Fürsorge ...«

»Die Musik«, führe ich seine Ausführungen fort. Jame gluckst.

»Du glaubst es nicht?«, fragt das Mädchen meinen Bruder. Ich stupse ihn heimlich an. Sie bemerkt es und lächelt. »Nein, das ist nicht schlimm. Bei euch war es anders, das verstehen wir.«

Sie wendet sich wieder Jame zu. »Darf ich dir was zeigen?«

»Okay.«

Das Mädchen führt uns durch zwei Glassektionen, vorbei an Orangen- und Zitronenbäumen, in ein kleines, separates Gewächshaus.

Vor uns sind drei voneinander abgegrenzte Quader, in jedem von ihnen ein Apfelbaum. Das Glasdach des linken Quaders ist mit einem dunklen Tuch verdeckt, sodass kein direktes Sonnenlicht hereinfällt. In dem mittleren Quader sieht die Erde anders aus als links und rechts. Bei dem dritten kann ich nicht feststellen, worin die Veränderung liegt. Alle drei Bäume sind mickriger als die in dem ersten Gewächshaus und tragen nur wenige Früchte.

»Wir nennen es den traurigen Raum«, sagt das Mädchen. »Aber wir führen diese Experimente durch, um Wissen zu generieren. In jedem Quader haben wir eine Komponente verändert. Hier zum Beispiel«, sie zeigt auf das Quadrat in der Mitte, »haben wir Erde von der anderen Seite geholt.«

Fragend sehen wir sie an.

»Aus eurer Welt«, erklärt sie.

Jame und Jul betrachten den mickrigen Baum vor uns.

»Ihr könnt auf die andere Seite?«, frage ich.

»Eigentlich nur für Versuche. Dürfen tut es natürlich jeder, aber wer will sich schon freiwillig häufiger als nötig der Desinfektionsdusche aussetzen.«

Schaudernd schiebe ich den Gedanken an den Raum ohne Anfang und Ende zurück, der einem das Gefühl gibt in die Unendlichkeit übergetreten zu sein. Jame verschränkt die Arme. Ich weiß, dass auch er Todesangst hatte, als wir getrennt wurden und nicht wussten, was passiert.

Das Mädchen zeigt zu dem Quader links. »Hier wurde das Licht verändert. Dieser Baum bekommt deutlich weniger von der Lichtstärkeeinheit Candela ab als die anderen beiden. Wie ihr seht, tut es dem Baum, trotz nährreichem Boden, nicht gut.« Sie führt uns zum dritten Baum, ganz rechts. »Hier haben wir alles genauso gemacht wie in dem ersten Gewächshaus. Die gleiche Erde, die gleiche Aufmerksamkeit, das gleiche Licht. Was ist anders?«

Jul, Jame und ich scannen das Areal nach sichtbaren Veränderungen ab.

»Die Musik fehlt«, sagt mein Bruder schließlich. Das Mädchen dreht sich zu ihm um und nickt. »Genau, die Musik fehlt. Die anderen haben auch keine Musik, also wird ein schlechtes Wachstum durch fehlende Musik nicht noch weiter verschlechtert. Aber Bäume, die alle Voraussetzungen haben, verkümmern ohne die Musik.«

Jul hebt skeptisch die Brauen. »Wir betreiben Obstanbau und unsere Bäume wachsen gut. Ohne Musik.«

»So gut wie die da drüben?«, fragt das Mädchen.

»Besser als die hier«, antwortet Jul. »Und sogar mit Erde von da drüben.« Sein bissiger Unterton ist nicht zu überhören.

»Ich verstehe deine Zweifel«, sagt das Mädchen. »Aber vielleicht kommt es daher, dass sie es nicht anders gewohnt waren. Und ihr habt euch sicher besonders gut gekümmert, das zeigt sich natürlich«, schmeichelt sie ihm. Juls Miene ist undurchdringlich.

»Unsere Bäume wachsen alle mit Musik auf«, fährt das Mädchen fort. »Auch diese lebten früher so. Aber erst seit sie hier stehen, geht es ihnen schlecht.«

»Bäume mögen es nicht, wenn sie verpflanzt werden«, kontert Jul. Das Mädchen betrachtet ihn. Dann lächelt sie sanft. »Ja, das soll manchen Menschen auch so gehen.«

Sie wendet sich meinem Bruder zu. »Du bist Jame, oder?«

Er nickt.

»Hast du Lust, ein paar Gleichaltrige kennenzulernen?«

Jame zuckt mit den Schultern, aber er lächelt erfreut. »Klar, warum nicht.«

»Schön.« Sie dreht sich um und läuft beschwingt zum Ausgang, dabei hüpfen ihre schwarzen Locken auf dem Rücken herum. Irritiert sieht Jame von mir zu ihr. An der Tür schaut sie zurück. »Na, komm!«

Schnell folgt er dem Mädchen. »Wie heißt du eigentlich?«

»Yuna.«

»Ich bin Jame.«

»Weiß ich doch.« Sie kichert. Jul und ich sehen den beiden nach.

»Glaubst du es?«, frage ich ihn.

»Das mit der Musik?«

»Mhm.«

»Pfft, keine Ahnung. Hier halten es alle für wahr, sodass man es schon glauben muss, oder?«, sagt er, aber es hört sich nicht überzeugt an.

Ich umschlinge seine Taille. »Bring mir was bei.«

»Über Obst?«, neckt er mich. Ich kneife ihn in die Seite. »Was denn sonst?«

»Au!« Er grinst und nimmt meine Hand. »Aber nicht hier. Nicht, dass die traurigen Bäume noch trauriger werden.«

***

»Wir brauchen nur ein kleines Stück Land. Wir machen alles selber. Du kümmerst dich um die Getreidezucht, ich mich um Obst und Gemüse. Wir werden niemandem zur Last fallen.«

Jul beißt in die saftige Birne, die er auf dem Weg gepflückt hat. »Verdammt, die sind wirklich gut. Sieht so aus, als müsstest du noch ein Instrument lernen.«

»Wieso ich?« Sein Scherz ärgert mich, ohne dass ich wüsste, warum. Jul schaut irritiert. »Wieso nicht?«

»Weil du auch ein Instrument lernen könntest.«

»Ja, klar«, antwortet er, noch immer befremdet. »War eigentlich auch nur ein Witz.«

Ich nehme ihm die Birne ab und beiße rein, bevor ich noch irgendetwas sage, was keinen Sinn macht. Der dickflüssige Saft füllt meinen Mund und ich muss an das Dorf mit den Fröschen denken, von dem ich kurz glaubte, dass Jame und ich eine neue Ära einläuten, es besiedeln und die anderen nachholen würden. Das war, bevor ich wusste, wie effektiv unsere Regierung verhindert, dass sich Menschen wieder in Dörfern ansiedeln.

Ich reiche Jul die Birne zurück.»Entschuldigung.«

Er nimmt mich in den Arm.»Wofür?«

»Dafür, dass ich gemein bin, ohne Grund.«

Jul lacht.»Du bist nicht gemein, und wenn das bei dir gemein ist, bin ich auf jeden Fall auf der sicheren Seite.«

Ich hebe den Kopf und sehe ihm in seine leicht schrägen, grünen Augen.»Es ist alles so anders. Die Regeln und so.«

»Ich weiß, aber wir lernen sie. Und ihre Regeln sind gut. Sie machen Sinn, oder?«

Ich nicke.

»Ich muss das auch erst lernen.« Jul zieht einen Mundwinkel schief.»Instrumente zum Beispiel, damit meine Frau nicht so viel Arbeit hat.«

In meinem Magen zieht es angenehm. Jul presst mich enger an sich.

»Möchtest du das noch?«, flüstert er. Ich drücke ihn fest zurück und hoffe, dass er versteht, dass dies ›Ja‹ bedeutet, auch wenn aus meinem Mund kein Ton kommt.

Seine Finger spielen mit meinen Haaren.»Unser Land. Ein neues Leben. Nur du und ich, dein Bruder ...«

»Sim«, sage ich.

»Sim«, antwortet Jul mit Grabesstimme und wir müssen beide lachen.

»Und ein paar Kinder«, fügt er hinzu. Durch meinen Körper rast Strom, die Haut kribbelt. Jul fährt mit gespreizten Fingern von meinem Nacken hinauf zum Kopf bis in meine Haare. Ich verwandele mich in eine Landschaft aus Gänsehaut und aufgestellten Härchen. Aus einem Impuls heraus schiebe ich Juls Leinenhemd ein Stückchen hoch, mache dasselbe mit meinem, verwundert über so viel Verwegenheit meinerseits. Den schmalen Streifen nackter Haut presse ich an seinen Bauch, der sich warm und fest anfühlt. Jul stutzt für einen Moment, bevor er sich auch an mich drängt. Ich rieche Kastanien. Plötzlich liegen Juls Lippen auf meinem Mund und die Zeit steht still, während wir verwoben und wild küssend zwischen den Obstbäumen schweben.

Wie durch Nebel erreicht mich ein Klacken. Zögernd lösen wir unsere Lippen voneinander und sehen Kyron entgegen, der heranschlendert. Jul und ich treten auseinander.

»Nein. Nein, bitte, lasst euch nicht stören. Hier ist das erlaubt. Ich hole nur Obst für den Workshop heute Abend.« Zum Beweis hält er eine Kiste hoch.

»Oh, klar.« Ich gehe zur Seite, damit er vorbeikann, aber Kyron bleibt direkt zwischen mir und Jul stehen. Er sieht mir tief in die Augen. »Es ist schön, dass ihr euch habt und eure Liebe leben könnt. Vergesst nur nicht, dass ihr auch lernen müsst, zu teilen.«

Fragend hebe ich die Brauen.

»Liebe muss fließen.« Er sieht von mir zu Jul. »Der Grundsatz der *Neuen Welt*, kennt ihr den noch nicht?«

***

Im Stechschritt laufen Jul und ich durch die Gänge, bis wir zu einem der vielen Infopoints im Camp gelangen. Die Infopoints sind Säulen, deren Oberfläche ein Display ist, auf dem eine

Person erscheint, wenn man Fragen zu Gepflogenheiten der *Neuen Welt* hat oder Inhalte der Seminare und Workshops vertiefen will. Die Personen sind digitale Kopien der freiwilligen Helfer hier im Camp. Vor uns auf der Säule erscheint Kyron. Ausgerechnet.

»Hallo Lore, hallo Jul, wie kann ich euch helfen?«

Mein Armband vibriert, was mich kurz ablenkt. Auch Jul greift an sein Handgelenk.

»Hallo Kyron«, ich werfe einen Blick auf Jul, der einen ziemlich verbissenen Gesichtsausdruck hat. »Was bedeutet ›Liebe muss fließen‹?«

»Das ist der Leitsatz unserer Gesellschaftsform hier in der *Neuen Welt*. Den Grundstein hierzu bildet Jarek Dragan Slowitzkis Werk *Liebe,* das von der heutigen Staatsführung weiterentwickelt wurde. Es handelt sich hierbei um das Bestreben, Liebe in keiner Form zu beschneiden und die Fehlentwicklungen wie Eifersucht, Besitzwahn und das Einschränken persönlicher Freiheiten zu eliminieren. Dies schließt jegliche Form von Beziehungen sowohl freundschaftlicher als auch intimer Art ein und basiert auf dem Grundgedanken, dass jeder Mensch frei ist, ergo niemandem ›gehören‹ kann. Das Gleiche gilt auch für Beziehungen zu Kindern. Daher werden Kinder grundsätzlich von der gesamten Gesellschaft versorgt und erzogen und bleiben nur in den ersten Lebensjahren in der Obhut ihrer Eltern. Dies soll in dem Kind den Gedanken verankern, dass es niemandem gehört, sondern ein freies Wesen mit freier Entscheidungswahl ist. Jeden Mittwoch wird ab 18 Uhr ein fortlaufender Workshop zu dem Thema angeboten. Möchtet ihr, dass ich euch registriere?«

»Nein!«, antwortet Jul barsch.

»Nein danke, Kyron.« Mein Mund ist papptrocken. Kyrons digitales Ich senkt grüßend den Kopf und friert ein.

***

»Liebe muss was?«, fragt Sim kauend.

»Fließen.«

Sim starrt mich mit offenem Mund an.

»Das sieht unappetitlich aus.« Ich zeige auf ihr zerkautes Brot, das sie mir so präsentiert. Sim klappt den Mund zu und schluckt.

Hinter der Glasfront des Speisesaals dämmert es. Jul hat sich wortkarg von mir verabschiedet und ist seitdem nicht wieder aufgetaucht. Ich habe überlegt, heute Abend den Workshop ›Verhaltensregeln im öffentlichen Raum‹ zu besuchen, dann aber gemerkt, dass ich schon genug Informationen zum Verdauen erhalten habe.

»Und was bedeutet das?«, fragt Sim.

»Keine Ahnung. Jul denkt, dass es heißt, dass man nicht nur einen Partner hat, sondern mehrere.«

Sim zieht die Brauen hoch. »Das ist ja wohl nichts, was man befehlen kann.«

»Denke ich auch«, stimme ich ihr zu. »Aber Jul glaubt, dass es darauf hinausläuft, dass normale Zweier-Beziehungen hier nicht erwünscht sind. Auch wegen der Kinder.«

»Wieso Kinder?«

»Die werden von der Gesellschaft erzogen, heißt es.«

»Und die Eltern?«

Wieder zucke ich mit den Schultern. »Ehrlich, keine Ahnung. Letztlich ist es wahrscheinlich nicht so anders als bei uns. Ich meine, meine Mutter hat sich auch nicht für mich interessiert. Ohne meine Großmutter hätte ich mich praktisch selbst aufgezogen.«

Nachdenklich nickt Sim. »Und meine durfte mich nicht wirklich großziehen, höchstens anderen aus dem Weg räumen, damit ich nicht störe.«

»Schlechter kann es also nicht werden«, sage ich. Sim lacht schnaubend. »Stimmt.«

»Ich hoffe nur, dass man mich und Jame nicht trennt.«

»Warum sollten sie?«

»Er ist zwar nicht mein Sohn, aber wenn die Kinder nicht bei den Eltern bleiben, warum sollte das unter Geschwistern anders sein?«

»Ach was, das ist doch was ganz anderes. Ihr habt so viel zusammen durchgemacht! Die werden euch bestimmt nicht trennen. Es soll uns doch besser gehen, nicht schlechter!«

Ich sehe sie überrascht an. Sim grinst. »Ja, okay, sie nerven, aber sie sind keine Monster. Schau dich um, sieht hier irgendjemand unglücklich aus?«

Sie weist um sich.

Nevin und eine Rothaarige unterhalten sich mit ernsten, aber zufriedenen Mienen etwas abseits an einem Ecktisch. Lilith schäkert in der Reihe zur Essensausgabe mit einem Jungen vor sich. Ein paar Freiwillige, die ich nicht kenne, stehen bei der Tür. Lachen, leichte, zufällige Berührungen, konzentriertes Zuhören. Nein, hier sieht niemand unglücklich aus und schon gar nicht unter Zwang.

»Wo ist eigentlich Jame? Hast du mit ihm geredet?«

Ich schüttle den Kopf. »Der hat heute ein Mädchen kennengelernt, die hat ihn mit zu Freunden genommen.«

»Siehst du, ihm gehts gut, er wird groß und selbstständig. Also selbst wenn sich eure Wege irgendwann trennen: Er wird klarkommen.« Sim beißt wieder von ihrem dick mit Käse belegten Brot ab. Gesund sieht sie aus, trotz der Narben, die ihr Gesicht durchziehen.

»Ich lasse ihn auf keinen Fall alleine, Sim. Er ist immer noch ein Kind.«

Sim antwortet nicht, aber ich kann mir vorstellen, woran sie denkt. Dass sie so zugerichtet wurde, als sie so alt war wie Jame, und dass es niemanden interessierte, ob sie noch ein Kind war oder nicht.

»Ich bin mir sicher, dass wir die ganze Sache irgendwie falsch verstanden haben.« Ich rühre in dem Sojajoghurt, der noch immer unangetastet vor mir steht.

»Weißt du, wie lange die Frauen durchschnittlich bei uns im Wald überlebt haben?«, fragt Sim plötzlich.

Ich schüttle den Kopf.

»Sechs Jahre.«

Betroffen sehe ich sie an.

»Außer Ooltest. Die ist zäh wie Leder. Vielleicht wäre ich auch Anführerin geworden. Nach Ooltest, aber irgendwann ...«

Sie macht ein zischendes Geräusch und flattert mit den Fingern. »Hier wird man wenigstens nicht umgebracht oder erfriert oder verhungert.«

Sie beißt wieder von ihrem Brot ab.

»Verhungern auf keinen Fall«, sage ich. Sim schmunzelt.

»Aber Hasenfleisch wäre schon mal wieder schön.«

»Vergiss es, du weißt doch ...«

»… jedes Wesen ist einzigartig und unangreifbar«, fällt Sim mir ins Wort. »Na ja, ein bisschen beknackt sind sie schon, oder?«

Essend hängen wir unseren Gedanken nach. Draußen verschwindet der letzte Rest Tageslicht und die vielen Lampen, die in die Wände des Speisesaals eingelassen sind, tauchen den großen Raum in ein warmes, gemütliches Licht. In meiner Erinnerung schreite ich die Orte ab, die mich bis hierher begleitet haben und die alle von Mangel geprägt waren: zu dunkel, zu kalt, zu klein, zu unsicher. Dieses Camp ist der Preis für jegliche Entbehrungen, die wir auf der Flucht erlebt haben.

Sim mustert mich. »Worüber grübelst du?«

»Darüber, dass nichts umsonst ist.«

Sie nickt nachdenklich. »Ich fürchte, da hast du recht.«

4

Ich habe noch etwas Zeit, bis Jame aus seiner ersten Beichtabnahme kommt und steuere den Infopoint vor dem Beichttrakt an. Da Jul seit drei Tagen wie vom Erdboden verschluckt ist, habe ich mich auf meinen Bruder konzentriert und mit ihm die Beichte geübt. Dabei hielt ich sein Handgelenk fest und versuchte nachzuspüren, ob sein Puls schneller schlägt oder ob er anfängt zu schwitzen. Mittlerweile kann ich selber kaum noch zwischen Wahrheit und Fiktion unterscheiden, beide Geschichten lösen in mir die gleichen Gefühle aus, eine wirkt so plausibel wie die andere. Trotzdem bin ich jetzt aufgeregt. Zumindest hält mich das davon ab, ständig an Jul zu denken und darüber zu rätseln, was er denkt oder fühlt.

Ich tippe auf die Infosäule. Darauf erscheint die digitale Kopie einer mir unbekannten Freiwilligen.

»Hallo Lore, ich heiße Ruthy. Wie geht es dir heute?«

»Mir geht es gut, danke. Wie geht es dir?«

Ruthys Kopie übergeht meine unnütze Frage galant. »Wie kann ich dir helfen?«

Ich habe in den letzten Tagen viel darüber nachgedacht, wie ich meine Frage formulieren kann, ohne dass sie nach einer Kritik klingt. »Ruthy, wie wachsen Kinder in der *Neuen Welt* auf? Worauf legt die Gesellschaft wert?«

Gespannt warte ich auf die Antwort.

»Danke für deine interessante Frage, Lore. Kinder und ihre Erziehung haben einen ganz besonderen Stellenwert in der *Neuen Welt*. Sie sind die Zukunft, die unsere Werte weitertragen und für ein sicheres, friedliches Zusammenleben sorgen. Die ersten Lebensjahre verbringen die Kinder in der Obhut ihrer Eltern. Vertrauen, Liebes- und Beziehungsfähigkeit werden in dieser Zeit angelegt. Hiernach übernimmt die Gesellschaft die Verantwortung für alle jungen Menschen. Je nach Präferenz leben und lernen Kinder auf Gutshöfen, städtischen Internaten oder in Kollektiven.«

»Wer entscheidet darüber?«

»Unsere Gesetze sind in Schriften niedergelegt.«

»Wo finde ich diese Schriften?«

»Altländer erhalten zu gegebener Zeit Zugang zu allen relevanten Informationen.«

Ich kaue auf meiner Lippe herum, aber finde keine passende Frage, die mir weiterhelfen könnte. »Danke, Ruthy.«

***

Als ich den Korridor zu den Beichtzimmern betrete, kommt Jame gerade aus einem der Räume. Im Gegensatz zu meiner ersten Sitzung wirkt er frisch und entspannt.

»Jame!«

Mein Bruder dreht sich um und lächelt mir entgegen.

»Wie wars?«

»Gut!«

»Und die …«, ich ziehe ihn etwas von der Tür weg, »… Frage nach dem Fluchtgrund?«

»Kam nicht.«

»Nicht?«

»Es ist alles gut, Lore!«

»Okay.«

Wir sehen uns an. Eine Woge der Erleichterung durchflutet mich. Jame wippt vor und zurück. »Ich müsste jetzt aber auch los.«

»Yuna?«

Er legt den Kopf schief.

»Na, dann.« Ich hebe die Hand und Jame wendet sich zum Gehen.

»Ach so, worüber habt ihr denn gesprochen?«

»Über früher. Wie meine Kindheit war und so und ob es mir etwas ausmacht, den Hof nicht zu erben.«

»Und was hast du gesagt?«

»Die Wahrheit. Dass ich eh lieber Lehrer werden würde.«

Erstaunt sehe ich ihn an.

»Und weißt du, was Kyron gesagt hat?«

»Du warst bei Kyron? Seit wann macht er die Beichten?«

»Er hat gesagt, dass ich hier Lehrer werden kann«, fährt mein Bruder fort und strahlt über das ganze Gesicht. »Verstehst du? Ich kann hier werden, was ich will!«

»Das ist toll, Jame!« Ich drücke ihn einmal kurz und kräftig an mich und stelle fest, dass er mir fast bis zur Stirn reicht. »Jetzt sind wir frei, Lore! Und ich werde hier ein besserer Mensch werden. Ein besserer Mann als drüben.«

Ich würde ihn gerne noch einmal an mich drücken, streiche ihm aber stattdessen über den Arm. »Du bist ein guter Mensch, Jame.«

Er blinzelt zur Seite.

»Na los, Yuna wartet bestimmt schon.«

»Ja. Stimmt.« Er wendet sich ab. Dann stoppt er und dreht sich noch mal um. »Und du?«

»Mach dir keine Gedanken um mich, mir gehts gut!«

Jame sieht erleichtert aus. »Gut!«

Mit federnden Schritten joggt er los. Etwas wehmütig sehe ich ihm nach. So lebensbedrohlich die Flucht war, so sehr hat sie uns auch zusammengeschweißt. Ich muss mich an den Gedanken gewöhnen, dass mein kleiner Bruder mich bald nicht mehr braucht.

***

»Was geht dir durch den Kopf, wenn du an Heimat denkst?«

»Schuld?«

»Ich weiß die Antwort nicht«, lächelt Beckner. »Sag du es mir.«

Ich überlege einen Augenblick.

»Schuld.« Ich nicke zur Bestätigung.

»Worin liegt diese Schuld?«

»Ich war nicht da, als es geschah«, beginne ich zögerlich.

»Wo warst du nicht?«

»Ich war nicht da, als …«

Ich sehe meine Mutter vor mir, wie sie auf dem Feld vor einer flachen Kuhle hockt, um darin Ludewig Lunginger zu begraben, den Jame mit einem Stein erschlagen hat. Wie sie an meinem Hosenbein zerrt und mir befiehlt, mitzugraben. Wie ich aufspringe und mich weigere. Ludewig, dem das Blut von der Stirn über das überrascht dreinschauende Gesicht strömt, die Augen aufgerissen, starr zum Himmel gerichtet.

»Ja?«, fordert mich Beckner auf, weiterzusprechen.

»Ich war nicht da, als Lida angegriffen wurde.«

»Was passierte dann?«

»Meine Mutter war verletzt. Als ich dazu kam, war Lida, also meine Mutter, verletzt.«

Wir hasten über das Feld zum Hof. An Lidas Wade klafft eine Wunde. Der Hof in der tiefen Dämmerung. Hinter einem Fenster flackert Licht. Wie eine Zielscheibe.

Um die Erinnerung abzuschütteln, blicke ich mich in dem spärlich eingerichteten Praxisraum um, in dem ich schon so viel Zeit verbrachte, ohne ihm meine Aufmerksamkeit zu schenken. Die Wände sind pastellgelb, eine Farbrichtung, die ich erst hier kennengelernt habe. Bei uns gab es nur Abstufungen von Grau und Beige.

In der Zimmerecke steht ein vollgestopftes, schmales Bücherregal, das bis zur Decke reicht.

»Haben Sie die alle gelesen?«

Beckner sieht über die Schulter, um meinem Blick zu folgen. Als müsse er erst über die Frage nachdenken, hält er einen Augenblick inne, dann wendet er sich mir wieder zu. »Möchtest du dir eins ausleihen? Du kannst doch lesen?«

»Ja, ich ging drei Jahre zur Schule.«

Und las heimlich Bücher in einem alten Haus, das auf Sperrgebiet steht, damit ich es nicht verlerne. Aber das sage ich nicht laut, wer weiß, ob das nicht eine neue Untersuchung meiner Kontaminationswerte nach sich ziehen würde.

Beckner steht auf und geht zum Regal. Mit schräggelegtem Kopf lässt er seine langen, schlanken Finger über die Buchrücken fahren. Als ich das erste Mal zu ihm kam, brachte ich kein Wort heraus. Mit fremden Männern redet man nicht. Er hat mich schweigen lassen, aber mir gesagt, dass es hier anders ist, und sie ihre Regeln nicht ändern, sondern wir lernen müssen, dass Frauen und Männer ungestraft in Kontakt sein dürfen. Eine Stunde lang habe ich auf meine Knie gestarrt, bis die Sitzung vorbei war. Mittlerweile halte ich es mit ihm alleine aus, aber es ist gut, dass zwischen unseren Sesseln viel Platz ist.

Beckner zieht ein dickes Buch hervor und kehrt zu mir zurück. »Hier, ich denke, das könnte dir gefallen.« Lächelnd hält er es mir hin. »Es wurde von unserem Staatsgründer Jarek Dragan Slowitzki geschrieben und fasst alle wichtigen Philosophien der *Neuen Welt* zusammen.«

»Danke!« Ich nehme das Buch entgegen und halte es wie einen Fremdkörper in der Hand. Es ist schon so lange her.

»Ehrlich gesagt ist es eines der bewegendsten Bücher, die ich gelesen habe, ich lese sonst lieber wissenschaftliche Berichte.« Beckner nimmt wieder mir gegenüber Platz.

Ich betrachte das schlichte, schwarze Cover mit den kleinen, bunten Vögeln. *Liebe* steht im Titel. Ich merke, wie ich erröte.

»Danke«, sage ich noch einmal und schiebe das Buch, das wie Glut in meinen Händen brennt, zwischen Oberschenkel und Armlehne.

Abrupt nimmt Beckner den Faden wieder auf. »Du kamst zu spät. Was passierte dann?«

»Ich habe meine Schwestern heimgeschickt.«

Meine Großmutter läuft vor mir, im Rennen dreht sie den Kopf, sieht an mir vorbei zum Horizont, in ihrem Gesicht zeichnet sich die Angst ab. Der Schwarm fegt über uns hinweg, die Luft vibriert. Dann der Knall. Mari wird von der Druckwelle hochgeschleudert. Ich spüre, wie dieselbe Welle durch meinen Körper dringt und mich unwiderruflich verändert.

Überwältigt von der Erinnerung schließe ich die Augen.

»Lore?«, sagt Beckner sanft.

Ich hole tief Luft, ohne die Augen zu öffnen. »Dann kam der Schwarm.«

»Was ist der Schwarm?«

»Eine Waffe, die aus vielen kleinen besteht. So viele, dass sie alles zerstören können.«

»Drohnen«, stellt Beckner fest.

Ich öffne die Augen. »Ja.«

»Wusstest du von der Gefahr?«

Ich überlege. »Ich wusste, dass etwas kommt. Aber ich wusste nicht, was. Es gab Gerüchte. Jul«, ich stocke und sehe zur Seite.

»Es gibt hier nicht das Gesetz der Volljährigkeit. Du kannst frei sprechen.«

»Sie kennen das Gesetz?«, frage ich.

Beckner lächelt.

»Viele, die kommen, kommen wegen des Gesetzes.«

»Und haben die alle keine Probleme, wegen, wegen …«

»Wegen dem, wie wir Beziehungen leben?«

Ich nicke.

»Hast du damit Probleme?«

»Ich versteh es nicht.«

»Schau, das Buch, das ich dir gegeben habe. Wie lautet der Titel?«

Ich ziehe das Buch hervor, obwohl ich mich sehr wohl an den Titel erinnere. »*Liebe*«, sage ich.

»Liebe«, wiederholt Beckner, » ist die Basis von allem. Daran glaubte Slowitzki und auf diesen Glauben baute er unsere Gesellschaft auf. Wir alle sind Individuen. Aber erst durch das uneingeschränkte Fließen der Liebe können wir wirklich friedlich miteinander sein.«

»Und wenn man nur einen Menschen liebt und nicht mehrere?«

»Niemand wird gezwungen, Gefühle zu haben, die nicht da sind, aber ist das die Wahrheit? Liebst du nur einen Menschen?«

Ich denke an Jul, Jame, Kieno, Mari und Sim, die ich auch auf eine Art liebe und schüttle den Kopf. Beckner lächelt. »Käme es nicht einer Amputation gleich, diese Liebe nicht zu leben? Liebe bedeutet Reichtum. Du hast gerade mehrere Momente gebraucht, um dir alle Menschen vorzustellen, die du liebst. Du bist reich, Lore.«

»So habe ich das noch nie gesehen«, sage ich. »Und die Kinder?«

»Es ist alles komplexer, als es zunächst erscheint. Lies das Buch, es wird viele deiner Fragen beantworten. Es herrschen hier andere Gesetze als in der Alten Welt. Faire Gesetze, zum Wohle aller.«

»Es war nicht alles schlecht«, rutscht es mir heraus.

Über Beckners Gesicht huscht ein Schatten. »Was würdest du sagen, war gut?«

»Ich weiß es nicht. Entschuldigung, ich habe es nur so dahingesagt.«

»Gibt es Momente, in denen du wünschtest, wieder dort zu sein?« Seine Augen fahren wie Tastgeräte über mein Gesicht. Mein linkes Augenlid beginnt zu zucken.

»Nein, nein. Ich … ich bin sehr glücklich, hier zu sein!«

Ich presse zwei Finger auf das Auge. Der Psychologe beobachtet mich. Ich lasse die Hand sinken, strecke meinen Rücken durch, bemüht, entspannt und wach zu wirken.

»Woran denkst du gerade, Lore?«

In seinem Gesicht ist keine Boshaftigkeit zu entdecken, kein Wille, mir zu schaden.

»Ich denke, dass ich alle umgebracht habe. Erst war ich nicht da und dann habe ich meine Schwestern in den Tod geschickt.«

»Aber du sagtest, eine hat überlebt?«

»Ja, die jüngere, Kieno.«

»Was hättest du anders machen können?«

Ich schüttle resigniert den Kopf. »Da sein? Den Angriff verhindern?«

»Sag du es mir.«

»Ich war nicht da. Und dann habe ich die falsche Entscheidung getroffen.«

»Hättest du das gekonnt? Den Angriff verhindern?«

Ich hebe die Schultern.

»Dann musst du lernen, dir selbst zu verzeihen. Menschen machen Fehler. Du wolltest nicht, dass deine Schwester stirbt, du hast nach bestem Gewissen gehandelt. Würdest du mir darin zustimmen?«

Ich nicke. Beckner lächelt mich freundlich an. »Wende den Blick nach vorne, Lore. Glaube an deine Zukunft.«

»Und wie?«

»Indem du anerkennst, was du geschafft hast. Du hast es geschafft, Lore. Du bist im *gelobten Land* und du hast deinen Bruder gerettet, so wie dir aufgetragen wurde.«

»Kann ich sie nachholen?«

»Du bist jetzt hier, du hast überlebt. Wende dich deiner Zukunft zu.«

Ich presse die Lippen aufeinander und nicke wieder. Vor meinem inneren Auge marschieren Lives, Kan, Sheyn und Faceless auf, die diesen bitteren Sieg mit ihrem Tod bezahlt haben.

Der Psychologe erhebt sich und ich folge seiner stummen Aufforderung, es ebenfalls zu tun.

»Danke, Dr. Beckner.«

***

Auf dem Weg zum Mittagessen komme ich an den Schulungsräumen vorbei. Eine Tür steht offen. Ich entdecke Sim zwischen anderen Schülern jeglichen Alters, die den Kopf tief über ein Buch gebeugt hat und langsam daraus vorliest.

»Im O…st…en st…eiiiii…gt die So…nne a…auf.«

»Sehr gut«, sagt Nevin. Sein leichter Hosenanzug flattert im Windzug des offenen Fensters um seine Beine. Sim sieht mich und lächelt verlegen. Ich halte einen Daumen hoch. Nevin bemerkt mich. »Wiederhole den Satz noch einmal, Sim, und versuche, ihn noch flüssiger zu lesen.« Schmunzelnd kommt er an die offene Tür. »Ich weiß, dass mein Unterricht der spannendste ist, aber meine Schüler brauchen ihre volle Konzentration.«

Er erblickt das Buch in meiner Hand. »*Liebe*! Ein wunderbarer Titel!«

Nevin dreht sich zu seinen Schülern um, unter ihnen auch Jarl, der Mann mit dem Buckel. »Darauf dürft ihr euch jetzt schon freuen. *Liebe* ist für uns Neuländer eine heilige Schrift.

Mit diesem Buch erfahrt ihr all unsere Geheimnisse«, lacht er. »So, nun aber zurück zu den Himmelsrichtungen.«

Mit einem Zwinkern zieht er die Tür vor mir zu. Schnell winke ich Sim und bewege die Hand vor meinem Mund, um ihr mitzuteilen, dass ich essen gehe.

***

Jul entfernt sich gerade vom Speisesaal.

»Jul, warte.«

Er geht weiter, als höre er mich nicht.

»Jul!« Ich renne ihm nach. Schließlich bleibt er stehen und dreht sich langsam um.

»Hey. Gehst du mir aus dem Weg?«

Er senkt den Kopf. »Ich musste nachdenken.«

»Worüber?«

»Über alles. Das hier. Zuhause.«

»Ich hätte dich gerne gesprochen. Über das, du weißt schon«, sage ich. Jul zeigt zu dem Buch. »Was ist das?«

»Das hat mir Beckner geliehen, er meint, es könne mich interessieren.«

Jul nimmt es mir ab. »*Liebe*«, liest er und sieht mir ins Gesicht. Meine Wangen werden warm.

»Das ist dieses Buch von dem Staatsgründer«, sage ich, um meine Nervosität zu überspielen. Sofort verschließt sich Juls Miene. »Aha.« Er reicht es mir zurück und lässt es so schnell los, dass es runterfällt.

»Meinst du nicht, es wäre gut, sich alles erst anzusehen, bevor man es verurteilt?« Ich hebe das Buch auf. Jul schaut an mir vorbei. »Ich sehe doch, was los ist.«

»Ich glaube, du irrst dich. Die Menschen hier sind glücklich. Das wären sie doch nicht, wenn sie ständig zu etwas gezwungen wären. Versuch es doch wenigstens.«

»Ich dachte, wir wollen das Gleiche.«

»Wir wollen das Gleiche!«, versichere ich ihm.

»Wirklich?« Seine Augen sind so kühl, dass es mir einen Stich versetzt. Einen gefühlt ewigen, kalten Moment lang stehen wir stumm voreinander. Dann sieht Jul weg.

»Mach es mir doch nicht so schwer. Ich versuche doch auch noch zu verstehen.« Hitze steigt mir ins Gesicht und ich fühle mich nackt und entblößt. Hilflos nestle ich an dem Buch herum, abwartend, dass er etwas sagt und mich erlöst. Mehrere Sekunden vergehen, in denen nichts aus Jul Miene zu lesen ist. Endlich öffnet er den Mund, aber ein Knacken in der Lautsprecheranlage unterbricht ihn.

»Liebe Neubürger, wir freuen uns, euch heute eine großartige Mitteilung machen zu können! Jefferson Maklaren, Vorbild und geistiges Oberhaupt der *Neuen Welt*, wird euch heute im großen Saal persönlich willkommen heißen! Alle Sitzungen und Seminare ab 16 Uhr sind daher abgesagt. Im Anschluss gibt es ein gemeinsames Essen im Speisesaal von Block B. Noch einmal: Ab 16 Uhr sind alle Sitzungen und Seminare abgesagt! Bitte findet euch ab 15:30 Uhr im großen Sitzungssaal ein. Infos zur Örtlichkeit erfahrt ihr von eurer Sektionsleitung.«

Es knackt noch einmal, dann ist die Ansage beendet. Jul tippt auf sein Armband und die Uhrzeit erscheint. 12:30 Uhr.

»Hunger?«

Nicht die Antwort, die ich mir erhofft habe, trotzdem nicke ich. Jul greift nach meiner Hand und streicht mit dem Daumen über den Handrücken, wie immer, wenn er unsicher ist. Wir gehen in Richtung Speisesaal.

»Hast du nicht schon gegessen?«, frage ich.

»Nein, ich hatte dich nur gesucht.« Endlich lächelt er. »Ich konnte nur nicht so schnell umschwenken, als du mich gerufen hast. Irgendwie wollte ich derjenige sein, der dich findet.« Verlegen streicht er sich über den Nacken.

»Ich kann ja vorgehen und du findest mich im Speisesaal«, feixe ich, froh, dass sein finsterer Gesichtsausdruck endlich weicht.

Jul drückt meine Hand. »Ich halte dich lieber fest, so lange es noch geht.« Obwohl er es in einem alltäglichen Ton sagt, scheint es, als frische ein Wind auf.

»Also für immer«, antworte ich. Jul lässt meine Hand los, legt mir stattdessen den Arm um die Hüfte und zieht mich an sich. »Für immer«, wiederholt er mein Versprechen.

Statt in den Speisesaal zu gehen, laufen wir weiter, ohne ein Wort darüber zu verlieren, treten durch die Glastür in den Garten, durchqueren ihn Hand in Hand, bis wir uns alleine und außer Sichtweite wähnen. Dann machen wir dort weiter, wo wir im Gewächshaus aufgehört haben.

Mit warmen Fingern fährt Jul über den dünnen Stoff meines Kleides, findet meinen Bauchnabel und umkreist ihn zart. Ein Schauer wandert mir den Rücken hinauf. Ich fahre unter Juls Hemd und taste seine glatte Haut ab, erspüre die kleinen Erhebungen der Bauchmuskeln und eine schmale Straße von Härchen. Kurz bin ich überrascht, wie sportlich er ist. Gesundes Essen und Bewegung, ein weiterer Bonus der *Neuen Welt*.

Adieu Haut und Knochen, Adieu Hunger. Ich will nie wieder von dir hören.

Während Juls Hände über meinen Körper fahren, blickt er mir ununterbrochen in die Augen und lässt mich bis auf den Grund seiner Seele blicken.

***

Da ich keine Ahnung habe, wo der große Sitzungssaal ist, suche ich die heutige Sektionsleitung auf, also die Person, die für die fünf Zimmer auf unserem Gang Ansprechpartner ist. Im Büro am Ende des Korridors treffe ich auf Freiwillige Johnson, eine Frau mit kurzen, grauen Haaren, um die sechzig. So wie Beckner lässt sie sich siezen. Kyron meint, sie und Beckner seien ›altmodisch‹, und seit sieben Jahren sei Siezen eigentlich unüblich, aber um Konflikte zu vermeiden, lasse man ein paar der Älteren ihre Marotten.

»Hallo, Lore«, begrüßt mich Johnson freundlich. »Du möchtest bestimmt wissen, wo der Sitzungssaal ist.« Sie spricht schnell und mindestens eine Oktave höher als üblich. »Wenn du magst, gehen wir später zusammen. Kommt dein Bruder mit uns?«

»Ich weiß es nicht, er ist mit Yuna unterwegs.«

Johnson lächelt. »Verstehen sich die beiden gut?«

»Sehr«, antworte ich.

»Das ist gut, sie wird ihm alles Wichtige beibringen.«

Fragend sehe ich sie an.

»Hat er nicht bald Geburtstag?«, übergeht Johnson das.

»Er wird in zwei Wochen dreizehn.«

»Ein Alter zum Haare raufen, oder?«

»Manchmal«, gebe ich zu.

»Habt ihr noch weitere Geschwister?«

Augenblicklich wird mein Herz schwer.

»Ja.«

»Sie wagten nicht die Flucht?«

Ich senke den Kopf.

»Entschuldige, du musst nicht mit mir darüber reden. Aber mit Beckner sprichst du hoffentlich?«

»Meine kleine Schwester heißt Kieno, sie ist jetzt fünfzehn, und meine andere Schwester«, ich muss mich kurz sammeln, »Lives, war sechzehn, als sie starb.«

»Das tut mir leid, Lore.«

Mitfühlend legt Johnson eine Hand auf meine Schulter.

»Danke.«

Sie lächelt. »Wir sollten ein Geburtstagsfest für Jame planen, was meinst du?«

»Ich weiß nicht, wir feiern unsere Geburtstage eigentlich nicht.«

»Aber ›eigentlich‹ gibt es ja auch nicht mehr, richtig?«

»Stimmt.«

»Heute ist zu wenig Zeit, wegen der Rede von Maklaren.« Johnsons Wangen glühen. »Jefferson Maklaren, du weißt, wer das ist?«

»Das Oberhaupt der *Neuen Welt*«, antworte ich.

»Ja, ein wunderbarer, charismatischer Mensch. Wenn du ihn sprechen gehört hast, wirst du noch mehr verstehen, was unsere Gesellschaft ausmacht. Wir sind alle sehr stolz, dass er uns heute beehrt.«

Ich nicke. Mir ist eher mulmig zumute. In der Alten Welt haben wir außer im Fernsehen nie ein Regierungsmitglied zu sehen bekommen, und ihre Namen kannten wir schon gar nicht. Zu oft wechselten die Mitglieder des Rates. Eine namenlose Gruppe an der Spitze der Regierung, die Gesetze festlegten, die eingehalten werden mussten. Zu unserem Schutz, wie immer wieder betont wurde.

»Aber lass uns unbedingt diese Woche noch über die Planung zu James Geburtstag sprechen!«, nimmt Johnson den Faden wieder auf.

»In Ordnung.« Ich lächle sie an. Sie ist freundlich, wie alle Freiwilligen und ich möchte, dass sie mich mag.

Johnson tippt auf ihr Armband. »Wir treffen uns um 15 Uhr hier, dann haben wir noch eine Chance auf einen Platz weiter vorne.«

»Prima«, sage ich. Johnson eilt davon, aufgeregt wie ein junges Mädchen. Ich mache mich auf, mir ein Sandwich zu besorgen. Weitere Seminare oder Gespräche kann ich heute knicken, es ist schon nach zwei Uhr und ich habe noch immer nichts gegessen.

Im Speisesaal von Trakt B besorge ich ein belegtes Brot und gehe wieder nach draußen in den Garten, dorthin, wo ich vorhin mit Jul war. Bei der Erinnerung steigt mir Hitze ins Gesicht und der Bauch kribbelt. Merkwürdige Gefühle, die aufregend, aber irgendwie auch anstrengend sind.

Halbhohe Hecken teilen den weitläufigen Garten in einzelne Areale, in denen sich Bänke und andere Sitzvorrichtungen verstecken. Außer mir sind nur wenige Bewohner draußen und es ist angenehm, alleine zu sein. Zuhause war ich das selten. Den Schlafraum haben wir uns zu fünft geteilt, und durch die Trennvorhänge zwischen den Betten hat man jeden Schnaufer, jedes Seufzen und Herumwälzen gehört. Wenn ich nicht schlief, war ich mit den anderen auf dem Feld, in der Kornkammer oder in der Küche. Die wenigen Male, die ich alleine meine Arbeit verrichtet habe, bin ich ausgebüchst, um Jul heimlich zu treffen. Hier darf ich entscheiden, wann ich ruhe, wann ich Menschen sehen möchte, wann ich etwas tue. Es ist ungewohnt und es gibt Momente, in denen ich mit mir selber gar nichts anfangen kann. Doch jetzt, mit den kribbeligen Gedanken an Jul und der Frühlingssonne im Gesicht ist es schön. Vielleicht bin ich eines Tages wirklich frei und lerne mich in dem ruhigen Fluss dieser Gesellschaft zu entspannen. Heute fühlt es sich so an.

Hinter einer kleinen Buchsbaumhecke nehme ich auf einer Bank Platz, schließe die Augen und recke das Gesicht der Sonne entgegen. Ich folge den flirrenden Schatten, die in dem warmen Gelb der geschlossenen Lider herumschwirren. Wie so oft verwandeln sich die Schatten nach kurzer Zeit ungefragt in meine Angehörigen. Obwohl es wehtut, will ich meine Augen nicht aufmachen, so als sei es ein Verrat an den Zurückgelassenen, als würde ich ihnen nicht erlauben, mir auf diese Weise zu begegnen. Mari taucht auf, meine Großmutter, zu der ich immer eine besondere Beziehung hatte, dann meine tote Schwester Lives. Sie und ich hatten nie ein enges Verhältnis. Aber dass sie durch meinen Fehler starb, kann ich mir nicht verzeihen und ich weiß, dass ich davon so oft sprechen kann, wie ich will, mich diese Schuld aber niemals verlassen wird.

Ich versuche, mir vorzustellen, wie Lives lacht. Ich will das Bild des brennenden Hofes mit etwas Schönem ersetzen. Aber Lives lacht nicht, so wie sie auch im echten Leben nie gelacht hat.

Neben mir spüre ich eine Bewegung und öffne die Augen. Jarl hat sich an das andere Ende der Bank gesetzt. Er dreht mir den Kopf zu.»Darf ich?«

Ich nicke knapp.

»Kann mich immer noch nicht richtig gewöhnen«, sagt er.

»Woran?«

»Dass ich fragen muss, ob ich mich setzen darf, wenn eine Frau auf der Bank sitzt. Früher habe ich mich gesetzt und die Frau ist aufgestanden. Nicht, dass ich finde, dass das richtig war. Aber man war es halt so gewohnt, oder?«

Ich nicke.

»Fühlst du dich unwohl? Neben einem Mann zu sitzen?«

Vage hebe ich die Schultern.

»Aber ich stehe nicht auf. Und du auch nicht. Wir gewöhnen uns«, sagt Jarl. Er schaut nach vorne, wo nichts zu sehen ist außer der Hecke. Ich wende den Blick ebenfalls von ihm ab. Mein Herz schlägt schneller, so wie früher, wenn ein fremder Mann eine Spur zu lange vor meinem Verkaufsstand am Markt stand und die Sorge begann, wann er oder ich für diesen Ungehorsam Ärger bekommen.

Wir schweigen. Keine Schritte nähern sich, kein Gesprächsfetzen fliegt zu uns herüber. Das Alleinsein mit ihm ist schwer auszuhalten. Vorsichtig strecke ich meine zu Fäusten geballten Finger und atme möglichst tonlos tief durch. In der Gruppe macht es mir nichts, mit Männern zusammen zu sein, und auch mit Kyron kann ich alleine sprechen, aber er ist Neuländer, fast zumindest, und das ist was anderes.

Es dauert eine Weile, bis das Unwohlsein tatsächlich abebbt. Nach einigen Minuten wendet Jarl mir wieder den Kopf zu.»Besser?«

»Besser«, antworte ich und muss über seine Weitsicht lächeln.

»Ja, es wird«, sagt er schmunzelnd.

Wir schauen wieder nach vorne, aber diesmal ist es nicht unangenehm. Im Gegenteil, ich fühle mich stark, als habe ich gerade eine schwere Prüfung bestanden.

KASPER

Jefferson Maklarens sportliche, jugendliche Ausstrahlung lässt ihn kaum älter als dreißig wirken, obwohl er mindestens fünfzig Jahre alt sein muss. Nur mit Mühe kann der junge, unscheinbar wirkende Kasper seinem Chef folgen. Natürlich hat Kasper Jeffersons Biografie intensiv studiert, bevor er seinen Job als Persönlicher Assistent antrat. Doch darin sind keine Jahreszahlen zu Jeffersons Geburt zu finden, dafür aber, dass er seine Schullaufbahn an der renommierten ›1st NW-History‹ vor achtundzwanzig Jahren abschloss und dann eine schnelle, steile Karriere innerhalb der NW-Führungsriege hinlegte. In der Regel bedeutet dies, dass man mit frühestens sechzehn von der Schule abgeht, um sich ganz und gar dem Studium von *Liebe* und allen Folgewerken von Jarek Dragan Slowitzki zu widmen, sowie auch den Techniken der Beichte und der Traumatherapie. Kasper war diese Welt bisher fremd. Er hatte sich nie sonderlich für die Schule oder Politik interessiert, bis zu dem Tag, wo die Politik in sein Leben einbrach und einen Haufen gebrochener Herzen und verwirrter Gemüter zurückließ. Noch heute stellen sich ihm die Haare auf, wenn er an den Moment denkt, als eine Delegation der NW-Educate in sein Elternhaus eindrang und mitteilte, dass Kasper ab sofort in einem Weingut außerhalb der Stadt mit fünfzig anderen Kindern und freiwilligen Erziehern wohnen werde. Das Leben auf dem Weingut war nicht schlecht, aber die Sehnsucht nach seinen Eltern und das Heimweh brachten Kasper fast um den Verstand. Seine Noten fielen ab und er war froh, das Internat am Ende wenigstens mit dem minderwertigen Grad D verlassen zu können. Seither wohnt er in einer schlichten Einzimmerwohnung in der Nähe seines alten Zuhauses. Eine kleine Küchennische, ein Tisch, ein Bett, ein Schrank. Mehr braucht Kasper nicht. Eigentlich ist er so gut wie nie in der Wohnung, sondern streift stattdessen durch die Stadt oder über die Felder, die sein kleines Viertel am östlichen Stadtrand von Mosk umgeben, auf der Suche nach irgendwas. Was, weiß er nicht, denn so wie das Heimweh jeglichen schulischen Ehrgeiz erledigt hat, so hat es auch jedwedes Interesse erstickt. Anfänglich versuchte er, nach dem Internat wieder an sein altes Leben anzuknüpfen, doch die Jahre der Trennung hatten sich zwischen ihn und seine Eltern geschlichen und verhindern seither echte Nähe. Es ist, als warten sie bei jeder Begegnung unbewusst darauf, dass wieder eine Delegation hereinstürmt und sie abermals voneinander trennt.

So wandert Kasper stattdessen herum, oder besser gesagt, wanderte, denn nun ist alles anders, seit Sisdal ihn auf diese Mission geschickt hat. Zwei Wochen schon folgt der Siebzehnjährige jetzt Jefferson wie ein Schatten und beobachtet jeden seiner Schritte und merkt sich jedes seiner Worte.

Sein Vorgesetzter dreht sich zu ihm um und mustert ihn freundlich. »Alles okay?«

Aus den Gedanken gerissen hebt Kasper den Kopf. »Oh, Entschuldigung, ich … ich«

»Alles gut.« Jefferson legt ihm beruhigend die Hand auf die Schulter. »Nervosität ist normal beim ersten Mal. Ehrlich gesagt macht es mich heute noch nervös, auf eine Bühne zu treten. Aber das Erlebnis macht es wieder wett. Ich freue mich, dass du diese Erfahrung machen darfst.«

Jefferson klopft sich auf die linke Brustseite. »Echte Nähe.« Er füllt seine Lungen und öffnet die Arme. Automatisch atmet Kasper mit ihm tief ein.

»Bleib einfach im Hintergrund und öffne mir rechtzeitig den Vorhang. Okay?« Jefferson zwinkert ihm verschwörerisch zu. »Das wird ein Spaziergang.«

Er wendet sich etwas von Kasper ab, lässt aber seine Hand auf seiner Schulter liegen, wie ein Vertrauter oder zumindest ein guter Bekannter. Die Hand ist warm, aber nicht heiß. Kraftvoll, aber nicht schwer oder belastend. Genau der richtige Druck liegt in dieser Geste, beschützend, beruhigend, aufmunternd. Und wieder beginnen sich in Kasper Zweifel zu regen. Sisdals Reden über Jefferson, ihre Vorwürfe. Nichts an dem, was Jefferson tut, bestätigt diese. Was, wenn Sisdal gar nicht recht hat und Jefferson nicht der ist, für den sie ihn hält? Was, wenn sie Kasper nur manipuliert und einen ganz eigenen, falschen Plan verfolgt? Dem jungen Mann schwirrt für einen Moment der Kopf, während sich seine Sicht auf die Welt verschiebt wie auf einer Wippe. Sisdal eben noch an einem Ende oben, Jefferson unten und nun genau umgekehrt. Wer ist der Feind?

Jefferson lächelt Kasper an, um seine Augen fächern sich Lachfalten, seine Zähne sind strahlend weiß. Kasper spürt die Kraft, die von dem geistigen Oberhaupt der *Neuen Welt* ausgeht, das Charisma, das ihn wie ein Lichtkranz umgibt.

»Komm«, sagt Jefferson, »komm und lass dich mitreißen von der Menge.« Er nickt Lilith zu, die ehrfürchtig am Vorhang steht, dort wo die beiden Stoffbahnen aufeinandertreffen, und auf sein Signal wartet. Auch sie badet sich in Jeffersons Aura, die auf sie abstrahlt und ihr fast den Atem nimmt. Noch nie war sie diesem berühmten Mann so nahe gekommen und jetzt, wo sie hier so dicht bei ihm steht, weiß sie, dass sie auf dem richtigen Weg ist. Dass ihre Arbeit im Camp von Wert und sie selbst ein Teil eines unfassbar großen Werkes ist, angeführt von Jefferson Maklaren, ihrer Meinung nach dem attraktivsten Menschen der *Neuen Welt.*

»Jetzt?«, flüstert sie.

Jefferson hebt die Hand. »Noch nicht.«

Er streckt einen Finger in die Luft, als wolle er sagen ›Hört‹ und da spüren Kasper und Lilith auch schon die Vibration, die vom Boden in ihre Körper aufsteigt. Gleichzeitig verstummt das Raunen, das durch den geschlossenen Vorhang zu ihnen drang.

»Wir zählen von zehn rückwärts«, ordnet Jefferson leise an. Die beiden Jugendlichen nicken. Mit vor Aufregung bebenden Stimmen beginnen Lilith und Kasper rückwärts zu zählen. Wispernd, um auf der anderen Seite nicht gehört zu werden.

5

Obwohl wir bereits um zehn nach drei am großen Sitzungssaal sind, ist kaum ein Durchkommen. Das Publikum steht dicht gedrängt bis an den Rand einer ovalen Bühne, die wie ein Ei in den Raum hineinragt. Johnson bahnt sich entschlossen einen Weg durch die Masse und ich nutze das Vakuum, das sich hinter ihr bildet, um der Freiwilligen zu folgen. Tatsächlich schaffen wir es so bis zum Bühnenrand.

»Spürst du das?«, fragt sie mich, »die aufgeladene Energie?«

Nickend sehe ich mich um. Vorne stehen hauptsächlich Neuländer, während die meisten Flüchtlinge geduldig in der hinteren Hälfte des Saals versammelt sind. Ich entdecke Jul, der gerade hereinkommt und winke ihm zu, aber er sieht mich nicht. Dafür schlängelt sich Sim von der Seite her zu mir durch.

»Puh! Erinnert mich unangenehm an die Gemeinschaft. Dich nicht auch?« Sie rümpft die Nase.

Schnell blicke ich zu Johnson, die sich ganz auf die Bühne konzentriert, obwohl diese noch leer ist. Aber Sim hat recht. Wenn Ooltest, die Anführerin der Gemeinschaft, im Wald vor die anderen Frauen trat, war die Stimmung auch immer so aufgeheizt. Meistens folgte dann eine Ankündigung, die wenig Gutes verhieß und Jul sogar fast das Leben gekostet hätte. Meine Freundin quetscht sich neben mich. »Wo ist Jul?«

»Hinten an der Tür.«

»Und Jame?«

»Der wollte mit Yuna und ihren Freunden herkommen.«

»Ist er etwa verliebt?«

Überrascht sehe ich sie an. »Ich dachte, dass er wegen ihrer Freunde so viel Zeit mit ihr verbringt.«

»So, dachtest du«, grinst Sim.

»Er wird erst dreizehn!«

»Super Alter«, kontert sie.

»Ein bisschen jung für so was, findest du nicht?«

»Nicht in dieser Welt«, antwortet sie. »Wusstest du, dass man hier mit sechzehn volljährig ist? Man darf sogar wählen.«

Anscheinend mache ich ein sehr irritiertes Gesicht, denn Sim grinst schelmisch. »Stell dir vor, da draußen gibt es Leute, die sich darum schlagen, die Probleme anderer Menschen zu lösen. Und du …«, sie tippt mir ans Schlüsselbein, »darfst mitbestimmen, wer die Probleme lösen darf.«

»Ich?«

»Weil du über sechzehn bist. Habe ich heute gelernt«, sagt Sim.

»Man darf mitbestimmen?«

»Alle über sechzehn!«

»Kein Wunder, dass«, weiter komme ich nicht, denn die Stimmung im Saal ändert sich abrupt. Urplötzlich verstummt das aufgeregte Raunen, dann merke ich warum. Vom Boden her steigt das gleichmäßige Wummern eines Herzschlags auf. Ich sehe runter und spüre, wie die Vibration jedes einzelnen Schlages sich durch den ganzen Saal schlängelt. Erst leise, dann sich langsam steigernd, bis der gesamte Raum davon erfüllt ist und das Wummern in den vielen hundert Körpern des Publikums widerhallt. Reflexartig halte ich die Luft an. Über unseren Köpfen tauchen rote Lichtstreifen auf, die suchend durch den Saal streifen, um schließlich ihren Weg zu der Wand hinter der Bühne zu finden und sich dort zu einem rotleuchtenden Wort zu formieren: LIEBE.

Elektrisiert und mit offenem Mund sehe ich zur Bühne, auf die nun zwei Menschen treten. Ein gut aussehender Dunkelhaariger mit Grübchen in den Wangen und ein blasser, schwarzhaariger Junge, der am äußersten hinteren Rand der Bühne stehen bleibt. Der Dunkelhaarige hingegen stellt sich mitten auf die Bühne und breitet die Arme aus. Die Leuchtbuchstaben an der Wand strahlen bis an seinen Körper, werden dort zurückgeworfen, sodass die Illusion entsteht, der Mann habe rote Flügel, die sich fächernd von den Armen her ausbreiten. Die angespannte Stille weicht lautem Applaus, hunderte Füße trampeln auf den Holzboden, Pfiffe zischen durch die Luft. Auch meine Hände klatschen frenetisch ineinander. Ich höre mich mit den anderen jubeln – ein rauschhafter Zustand, dem ich nicht entkommen kann oder will.

Der Dunkelhaarige empfängt die Begeisterung mit einem Ausdruck der Selbstverständlichkeit, ohne eine Spur von Arroganz. Vielmehr umgibt ihn eine Aura des Wissenden und gleichzeitig Empfangenden.

In Zeitlupe lässt er seine Arme sinken. Mit dieser geführten Bewegung verebbt langsam das Getöse der Zuschauer, nur der Herzschlag bleibt zurück, wenn auch leiser als zuvor. Die Anspannung im Saal ist greifbar.

»Liebe!«

Die roten Buchstaben zischen durch den Raum, die Menschen die gestreift werden, lachen und jubeln. Ich folge den roten Lichtstreifen mit meinem Blick und entdecke Jame und Yuna, die mit begeisterten Gesichtern versuchen, sie zu berühren.

»Liebe! Muss! Fließen!«

Der Dunkelhaarige macht eine kaum merkliche Handbewegung, die Buchstaben kehren zurück auf die Wand hinter ihm und in die Menge kehrt Ruhe ein. Ich sehe noch einmal zu meinem Bruder, der gebannt zur Bühne blickt.

»Mein Name ist Jefferson Maklaren und dies ist die *Neue Welt*. Seid mir willkommen ihr Müden, ihr Heimatlosen, ihr Vertriebenen und atmet Freiheit!«

Fußgetrampel und frenetische Pfiffe branden los, vor allem von den Neuländern, aber auch die Flüchtlinge applaudieren. In den hinteren Reihen recken die Menschen die Köpfe, um einen Blick auf Jefferson Maklaren zu erhaschen. Der hebt einen Finger an die Lippen. Sofort wird es still.

»Freiheit! Liebe! Ankommen! Ich bin froh, über jeden Einzelnen, der hier vor mir steht, der diese Reise auf sich genommen hat, um unsere Welt zu bereichern!«

Jubel.

»Doch wisst ihr, über wen ich noch froh bin?«

Einige Neuländer lachen.

»Na?« Maklaren legt eine Hand hinter das rechte Ohr. »Sagt es mir!«

»Über uns!«, rufen einzelne zurück. Wieder Gelächter.

Jefferson lächelt entwaffnend. »Über wen?«, ruft er in die Menge.

»Über uns!«, schallt es nun lauter zurück.

»Richtig! Über euch!« Jefferson zeigt in das Publikum und applaudiert uns. »Ihr, die freiwilligen Helfer seid es, die zu Hunderten entlang unserer Grenze dafür sorgen, dass Suchende gefunden und in Sicherheit gebracht werden. Ihr seid es, die unsere Welt lebenswerter machen. Ihr seid es, die uns Menschlichkeit geben! Ihr wandert als leuchtendes Beispiel voran! Ich bin stolz und dankbar und das solltet ihr ebenfalls sein! Applaudiert euch, die ihr dafür sorgt, dass jeder die Hilfe bekommt, die er benötigt, um seine Schmerzen hinter sich zu lassen!«

Die Neuländer klatschen und lächeln sich gegenseitig zu, die Mienen stolz, aber doch mit angemessener Zurückhaltung. Dafür applaudieren die Flüchtlinge diesmal umso lauter. Ich drehe mich Johnson zu und kann nicht anders, als sie bewundernd anzustrahlen. Sie lächelt bescheiden und lehnt sich etwas näher zu mir. »Und, habe ich zu viel versprochen?«

»Absolut nicht«, gebe ich zurück und sehe wieder zur Bühne. Der Blick des schwarzhaarigen Jungen im Hintergrund klebt an Maklaren. Ich frage mich, was seine Aufgabe ist. Vielleicht ist es sein Sohn? Ich verwerfe den Gedanken wieder, weil mir Jefferson Maklaren zu jung dafür erscheint und der Schwarzhaarige sicher schon siebzehn oder achtzehn ist.

Das Oberhaupt der *Neuen Welt* hebt wieder seine tiefe, warme Stimme an. »Und ich möchte euch danken, ihr Geflüchteten, ihr Kämpfer für die Freiheit. Euer Vertrauen macht uns stark, euer Wille zu lernen macht uns stolz. Eure Kraft inspiriert uns, den Weg der Liebe weiterzugehen!«

Plötzlich scheint er mich anzusehen und ich spüre, wie eine warme Welle des Stolzes über mich schwappt. Ich habe es geschafft! Ich bin eine von denen, über die dieser Mann gerade spricht!

Einige Freiwillige johlen. Lachen brandet auf. Auch Jefferson lächelt, jetzt wieder in den ganzen Saal hinein.

»Ja!«, ruft er. »Auch das ist Liebe! Lachen, ausgelassen sein, teilen!«

»Wohoo!«, kommt es aus den hinteren Reihen, wieder vereinzeltes Klatschen. Ich bilde mir ein, Jame herauszuhören.

»Das ist angewandte Liebe!«, fährt Jefferson fort, »in jedem Moment wahrhaftig zu sein. Uns zu begegnen – wirklich zu BEGEGNEN. Der Natur zu begegnen. Dem Leben. Nur so können wir wahrhaft frei sein! Ich weiß, dass ihr, die ihr aus der Alten Welt kommt, geprägt seid von der Ideologie, dass der *Vorfall* nur Tod, Leid und Entbehrung brachte.« Jeffersons Stimme bleibt oben wie bei einer Frage, aber er lässt diese kleine Pause, die genügt, um das irritierte Gemurmel vom Ende des Saals zu vernehmen. Ich drehe mich um, sehe aber nur gebannte Gesichter von Neuländern. Zwischen ihnen Jarl, der den Oberkörper in einer leichten Drehung zur Seite lehnt, um zur Bühne hinaufblicken zu können. Seine Wangen glühen.

»Verständlich, aber der richtige Weg? Hat es irgendjemandem genützt, sein Denken auf Wut und Hass auszurichten? Hat es die Menschen vorangebracht, hat es sie glücklich gemacht?«, ruft Jefferson.

Ich denke an Lidas verhärmtes Gesicht, an Lives Schweigen, weil sie ihr Leben nicht ertrug, an das Bewachen der Felder in der Erntezeit, aus Sorge, von den Lungingers oder den Crupps beraubt zu werden. Ich drehe mich wieder um und begegne Jarls Blick, er lächelt. Ich lächle zurück und versuche, Jul hinter den vielen Köpfen zu entdecken, aber ein großes Mädchen reckt sich so weit hoch, dass sie die Tür dahinter verdeckt. Denkt Jul an sein Zuhause? An seine Eltern und Brüder, eine Familie, wie man sie sich nur erträumen kann? Nestwärme. Ein Wort, das Jul mir beibrachte und das alles beschreibt, was seine Familie ausmacht.

Ich wende mich wieder der Bühne zu. Jeffersons Gesicht ist voller Mitgefühl, während er die Menge von oben betrachtet. »Aber wo ständen wir heute, wären die Polkappen nicht abgebrochen und hätten unsere Welt nicht überflutet? Fast zehn Milliarden Menschen haben die Erde damals bevölkert. Aber unsere Welt war nicht groß genug, all diese Menschen zu versorgen. Sie war nicht stark genug, sich gegen ihren Einfluss zu wehren. Und sie tat das Einzige, was ihre Rettung bedeuten konnte: die Menschheit zu dezimieren. War das grausam? Aber ja! Es war schrecklich! Die Menschheit wurde vor eine nie dagewesene Herausforderung gestellt!« Jefferson lässt die Worte in die Menge einsickern. Ich glaube, weiter hinten ein Aufschluchzen zu hören, aber vielleicht spielen meine Sinne mir einen Streich. Jefferson zeigt auf uns, scheinbar einzeln, was bei so vielen Menschen natürlich nicht möglich ist.

»Aber wir, wir sind die Nachfahren der Überlebenden. Wir sind die Enkel und Enkelsenkel der Überlebenden, die Nachkommen der Verschonten.«

Er legt die Hände auf der Brust übereinander und lächelt zaghaft — eine Geste, die sowohl seine als auch unsere Verletzlichkeit zeigt.

»Was für ein unfassbares Geschenk!«, wispert er. Sein Publikum schweigt und ich glaube, wir fühlen alle dieselbe Ergriffenheit.

»Wo ist die Dankbarkeit in der Alten Welt für dieses Geschenk? Wo die Liebe für alles, was uns erhalten blieb? Die Liebe für alles Leben? Natur, Tiere, Menschen, egal ob Frauen, Männer oder Kinder. Ihr seid – jeder einzelne von euch – ein Geschenk an das Leben«, flüstert Jefferson und durchdringt mit seiner Stimme dennoch alles. Ich spüre seine Stimme in meinem Körper.

»Ihr seid dazu angehalten, die Welt mit Ehrfurcht und Liebe zu behandeln, um es besser zu machen als unsere Vorfahren«, fügt er nun lauter hinzu. Langsam breitet er die Arme aus und das rote Licht wird wieder zu seinen Flügeln.

»Liebe!«, ruft Jefferson.

»Liebe«, schallt es im Chor zurück.

Der Herzschlag wird lauter und vibriert in unseren Körpern wieder.

»Liebe!« Jeffersons Stimme ist überall.

»Liebe!«, antwortet die Masse.

»Lasst sie fließen! Haltet die Liebe nicht auf durch Eifersucht, Ängste, Besitzwahn. Seid frei. Frei zu lieben, frei zu leben! Für dich! Für uns! Für die *Neue Welt*!«

Jefferson spreizt die Finger ab, durch die das rote Licht dringt und in schmalen Streifen auf uns herabfällt. Jubel erfüllt den Saal. Hunderte Arme sind in die Luft gestreckt, zig Münder in Verzückung aufgerissen. Der blasse Junge hinter Jefferson hat einen glasigen Ausdruck und seine Wangen glühen. Das Oberhaupt der *Neuen Welt* ist an den Rand der Bühne getreten und schüttelt die endlos vielen Hände, die sich ihm entgegenstrecken.

»Liebe!«, ruft er immer wieder, und die Nahestehenden antworten: »Liebe!«

Auch ich strecke die Arme aus und Jefferson berührt meine Finger für einen kurzen Augenblick. Dabei sieht er mir eine Millisekunde lang in die Augen, durch die seine Energie direkt in mich hineinfließt. Dann ist er schon wieder weiter und bedenkt die nächsten mit Aufmerksamkeit. Vereinzelt weht selbst aus den hinteren Ecken des Saals »Liebe« herüber. Ich wende mich um und schaue in die begeisterten Gesichter, die gleiche Begeisterung, die auch ich spüre. Ich kann nicht anders als Lachen. Mein Blick streift Jame, der die Arme nach oben streckt. Dann entdecke ich Jul, der ganz hinten an der Wand lehnt, mit einer Miene wie aus Stein gemeißelt. Seine Augen sind auf mich gerichtet. Plötzlich bin ich mir meiner erhitzten Wangen bewusst und meiner Mundwinkel, die nach oben gezogen sind. Mit seinem Blick auf mir schäme ich mich auf einmal, dass ich mich von Jeffersons Rede so mitreißen ließ. Jul verschränkt die Arme und sieht nun unbewegt zur Bühne, von der sich Maklaren gerade verabschiedet. Ich dränge mich durch die Zuschauer nach hinten durch, werde aber auf halber Strecke von Kyron aufgehalten, der außer Atem ist.

»Und?«, fragt er mich. »Unglaublich, oder?«

»Ja.« Ich linse über seine Schulter, kann Jul aber nicht mehr entdecken.

»Diese Energie, dieses Charisma!«

»Ja, er ist wirklich besonders«, gebe ich zu. Kyron lacht. »Du bist lustig, ich sehe dir doch an der Nasenspitze an, dass er dich auch total umgehauen hat.«

Ich quäle mir ein Lächeln ab. *Trag nicht immer deine Gefühle im Gesicht, sie interessieren niemanden!* Lidas Worte. So fürsorglich war meine Mutter.

»Verstehst du jetzt, was ich dir und Jul erklären wollte?« Kyrons Augen glühen. »Jeder Mensch, den du in dein Herz lässt, vergrößert die Liebe in dir. Jede neue Liebe vergrößert das Glück, verstehst du? Es geht um das Mehr, nicht um das Weniger.«

»Ja, ich glaube, langsam verstehe ich«, antworte ich vage. Neben mir nehme ich eine schnelle Bewegung wahr und drehe mich um. Jul verlässt nun zielstrebig den Saal, er muss fast bei mir gestanden haben.

»Er wird es lernen«, kommentiert Kyron Juls raschen Abgang. »Alle lernen es, und es ist nicht schlimm, sondern gut.« Er nimmt meine Hand und streicht über den Handrücken. »Sei frei, Lore. Dein ganzes Leben steht dir offen.« Er lächelt, und das erste Mal wirkt er schüchtern. Ich versuche zurückzulächeln, was mir nicht richtig gelingt, denn ich brenne darauf, Jul zu folgen.

»Wir sehen uns.« Kyron drückt noch einmal meine Hand und schiebt sich durch die Menge, die sich langsam auflöst. Sim taucht neben mir auf und schaut Kyron nach. »Sieht aus, als könnte er dein Ticket sein.«

»Was?«

»Dein Ticket in die obere Schicht.«

»Was redest du da?!« Wütend wende ich mich ab und lasse Sim stehen, deren Blick ich noch lange auf meinem Rücken spüre.

***

»Was ist falsch an dem Gedanken, dass Liebe fließen muss?«, frage ich aufgebracht. Jul starrt mich an. »Das Muss, Lore. Das ist falsch daran.«

»Aber vielleicht ist es nicht so gemeint«, wehre ich ab.

»Warum wird es dann gesagt?«

»Um die … Idee zu vermitteln. Dass es eben darum geht, worauf das Augenmerk gerichtet wird. Sehen wir nur das

Schlechte, verhalten wir uns auch so. Konzentrieren wir uns auf das Gute, fühlen die Dankbarkeit, so wie Jefferson sagt, dann macht das was mit den Menschen.«

»So, so, wie Jefferson sagt, hm? Kennst du ihn schon so gut, dass du ihn beim Vornamen nennst?«

»Aber das machen doch alle«, sage ich hilflos. »Sieh dich doch um, Jul. Findest du nicht, dass hier alles besser ist? Die Menschen sind glücklich, das kannst du doch nicht leugnen.«

»Bist du glücklich?« Abwartend sieht Jul mich an.

»Ich bin nicht mehr in Lebensgefahr, reicht das nicht als Argument?«

»Darum geht es nicht.«

»Nein? Worum dann?«

Jul fixiert seine Schuhspitzen.

»Sag es mir, worum geht es hier wirklich? Um dein Heimweh? Darum, dass du jetzt merkst, dass du einen Fehler gemacht hast, mir zu folgen? Willst du mich bestrafen?« Mühsam halte ich meine Tränen zurück.

»Nein.« Jul legt die Stirn in Falten. »Doch … ach, ich weiß es nicht!«

Wir stehen nur einen Meter voneinander entfernt, aber es fühlt sich an, als habe sich zwischen uns eine tiefe Schlucht aufgetan.

»Du vertraust mir nicht.«

Jul schüttelt den Kopf. »Nein. Ich vertraue denen nicht.«

»Weil sie anders sind? Weil sie fremd sind?« Ich kann mir den bissigen Unterton nicht verkneifen.

»Ich weiß, dass es danach aussieht«, antwortet Jul, »aber ich glaube, das ist es nicht. Es ist eher wie bei Sim, eine innere Abwehr.«

»Sim hasst Veränderungen«, sage ich, »ich wusste nicht, dass du damit auch ein Problem hast.«

Jul schaut auf, sein Blick ist traurig und auch ein bisschen verloren. Ich strecke die Hand nach ihm aus. Er spricht weiter. »Es scheint, als wüssten wir in Wirklichkeit sehr vieles nicht voneinander.«

Einen Augenblick lang schwebt meine Hand in der Luft, dann lasse ich sie wieder sinken.

»Ja, scheint so.«

Ich weiß nicht, wie ich die Schlucht überwinden soll. Jul atmet schwer ein und aus. »Vielleicht ist es leichter mit Menschen … mit Menschen, die man nicht so sehr liebt.«

»Was meinst du damit?«

»Ich meine, wir sollten uns erst einmal anderen Menschen zuwenden, um das System zu begreifen. Ich glaube nicht, dass ich es ertragen würde, das mit dir … zu üben.«

Die Schlucht zwischen uns ist zu einem Canyon geworden.

»Ich wünsche dir viel Glück, Lore.«

Jul geht und es ist mir unmöglich, ihn aufzuhalten.

6

Ich laufe jetzt zum fünfzehnten Mal um den Bewegungsplatz.
Nicht denken, nicht fühlen. Mein Herz schlägt in dem gleichen
Rhythmus, in dem meine Füße die rote, leicht elastische Bahn
rund um den Platz berühren. Ich habe vergessen, die Haare
zusammenzubinden, die mir nun schweißnass an Kopf und
Schläfen kleben. Nicht denken, nicht fühlen. Zum x-ten Mal
passiere ich den etwa zehnjährigen Jungen an der Stirnseite der
Bahn, der auf einem Holzstuhl sitzt und einen monotonen
Trommelrhythmus schlägt. Seine kurzen Beine reichen kaum
von der Sitzfläche bis zum Boden und er trägt trotz der kühlen
Abendluft kurze Sporthosen. War er auch laufen? Soll er ins
Bild passen? Was für ein blöder Gedanke. Als wenn ein Kind
in Sporthosen mit einer Trommel auf dem Schoß irgendwo hin-
passen würde. Aber warum darüber nachdenken, dafür bin ich
nicht hier. Nicht denken! Nicht fühlen! Meine Waden haben
sich in Stein verwandelt, im Brustkorb sticht es. Ich laufe noch
schneller und fordere den Schmerz heraus. So war es immer
gewesen, so wird es immer sein. Nachdem ich überfallen wurde, hielt mich mein angebrochenes Handgelenk bei Verstand.
Als ich im Wald um Juls Leben bangte, war es die schwere körperliche Arbeit, die diese Aufgabe übernahm. Jul. Nein, ich
will nicht. Nicht denken, nicht fühlen. Wie lange muss ich im
Kreis rennen, damit endlich auch das Denken aufhört? Das
Laufen hat den gleichen Effekt wie das Mournen in der
Gemeinschaft, bei dem wir stundenlang in einer Kuhle saßen
und summten: nämlich keinen. Mein Kopf wird nicht frei. Im
Gegenteil: er verstopft unter Erinnerungen, Fragen, Grübeleien.
Ich überlebte die Flucht, den Wald, die Gemeinschaft, den

Anführer der Puppenfamilie. Ich habe gesiegt und bin doch nur ein Spielball. Resigniert verlangsame ich meine Schritte und komme schließlich zum Stehen. Mit Seitenstichen stütze ich mich auf die Knie, mein Atem hechelt und rasselt. Der Junge legt die Trommel beiseite und kommt zu mir herüber.

»Brauchst du Hilfe?«

Schweiß rinnt von meiner Stirn in die Brauen und bleibt dort hängen. Keuchend sehe ich den Jungen an. »Nein, geht schon.«

Er rührt sich nicht vom Fleck und betrachtet mich mit leicht besorgtem Gesichtsausdruck. Vermutlich bleibt er dort stehen, bis ich irgendetwas tue. Nicht denken, nicht fühlen.

»Wie heißt du?«

»Fenn.«

»Sitzt du da immer?« Meine Worte kommen stoßend, wie aus einem alten Auspuff.

»Nur einmal die Woche, wir arbeiten in Schichten.«

»Also immer wenn jemand läuft, schlägt jemand einen Rhythmus?«

»Außer, der oder die Läufer wünschen es nicht.«

»Warum?«

Fenn lächelt. »Hast du es nicht gefühlt? Es bringt den Läufer in Fluss.«

Obwohl ich das nicht bestätigen kann, nicke ich. »Doch, natürlich. Danke, Fenn.«

»Gerne, Lore.«

Gemächlich entfernt er sich, während ich ihm nachschaue. Woher kennt er meinen Namen? Dann fällt mein Blick auf das Armband und langsam dämmert es mir. Die ersten Untersuchungen, die Fragen nach Herkunft, Geburt und die Aufnahmen, die von mir gemacht wurden. All diese Informationen müssen in dem Armband stecken. Mir fällt Dr. Akan ein – der Arzt, der mich am Tag 1 untersuchte und der sich über meine Frage wunderte, ob die Fotos für einen Ausweis gebraucht werden. »Ausweis? So etwas nutzen wir schon lange nicht mehr.«

Natürlich nicht, wenn man so was Praktisches wie dieses Armband hat. Ich lasse mich neben Fenns leeren Stuhl ins Gras fallen und wische mir den Schweiß von der Stirn. Der Junge ist im Haus verschwunden, entweder ist seine Schicht vorbei oder man geht davon aus, dass nach Anbruch der Dunkelheit keiner mehr draußen joggen will. Dass wir vielleicht alle genug davon haben, in der Dunkelheit draußen zu sein und uns nichts Schöneres als ein Dach über dem Kopf vorstellen können. Was ja auch stimmt, zumindest bei mir. Ein heiles, nicht brennendes Dach ist so ziemlich das Wertvollste, was ich kenne. Kurz glimmt der Impuls in mir auf, Jul zu suchen und ihm genau das zu sagen. Stattdessen wende ich mich dem Armband zu, betrachte es zum ersten Mal genauer. Einmal darauf tippen, die Uhrzeit erscheint. Aktuell 19:30 Uhr. Ich tippe ein zweites Mal, die Uhrzeit verschwindet. Vorsichtig streiche ich mit dem Zeigefinger über das glatte Material. Ein grünes Fragezeichen leuchtet auf. Ich wende mein Handgelenk in alle Richtungen, kann aber weder Knöpfe noch Tasten entdecken. Das Fragezeichen verschwindet, stattdessen leuchten die Worte *Wie kann ich helfen?* auf. Verunsichert sehe ich mich um, bevor ich das Armband an meinen Mund hebe und leise frage: »Wo befindet sich der Speisesaal?«

Die Schrift verschwindet, kurz darauf erscheint eine Gegenfrage: *Suchst du Speisesaal Block A, B oder C?*

»Block B.«

Seitlich des Armbandes erscheint ein Lichtstreifen und nur Sekunden später ist ein Lageplan von Block B auf meinen Unterarm projiziert. Fasziniert berühre ich die Zeichnung, ohne dass es die Projektion irgendwie beeinflusst. Ein kleines »Ha« entweicht mir. Wenn ich das Mari zeigen könnte. In ihren Märchen vom *gelobten Land* war immer die Rede von sauberen Böden und reicher Ernte. Technische Errungenschaften dagegen kamen nie vor. Auch ich hätte mir so etwas wie dieses Armband nicht vorstellen können. Die Technik daheim war auf ein Minimum reduziert: batteriebetriebene Musikgeräte, ein Trecker pro Landstrich maximal, Glühbirnen … wir hatten sogar einen Fernseher. Und natürlich, nicht zu vergessen, die Drohnen, die zur Bewachung und auch zum Zerstören eingesetzt wurden, aber die Wenigsten waren sich überhaupt ihrer Existenz bewusst. Ich habe auch erst durch Jul von den Drohnen erfahren und schließlich gelernt, sie von Insekten zu unterscheiden. Dann kam der Schwarm, der unseren Hof zerstörte und dem Letzten in der Familie klar gemacht haben muss, dass es sehr wohl Technik im Land gibt, aber nicht zu unserem Nutzen, sondern zu unserer Kontrolle und Bestrafung. Ich streiche wieder sanft über das Armband und die Projektion löst sich auf. Schwarz und glatt liegt es nun um mein Handgelenk. Mittlerweile hat sich mein Atem beruhigt und das Gefühl, dass eine Faust mein Herz umschließt, weicht einer inneren Stille, die die äußere Stille spiegelt. Die letzten Singvögel sind mit der tiefen Dämmerung verstummt. Nur das sanfte Rauschen des Windes raschelt in den Blättern der Bäume und Büsche. Langsam trocknet der Schweiß auf meiner Haut und ich beginne zu frieren. Hinter dem Fenster zu unserem Zimmer geht das Licht an. Ich sehe eine Silhouette, die sich drinnen bewegt. Es muss wohl Jame sein, der sich ausnahmsweise von Yuna und seinen neuen Freunden lösen konnte. Er tritt ans Fenster. Jetzt kann ich meinen Bruder deutlich erkennen, der in den Abend hinaussieht und sich eine längere Zeit, vielleicht eine halbe Minute, nicht mehr rührt. Dann zieht er ruckartig die Vorhänge zu. Vielleicht hat er mich gesehen, ist aber unwahrscheinlich, da es schon fast dunkel ist und ich selbst immer weniger Konturen wahrnehme. Die Welt verschwindet in der Undeutlichkeit und irgendwie gefällt mir der Gedanke, als ob sie auch meine innere Welt in einen konturlosen, vor sich hintreibenden Zustand bringen könnte, der die Überschrift ›egal‹ trägt. Endlich fällt der Druck des Tages von mir ab. Die vielen Eindrücke und Emotionen, Jefferson Maklarens Rede, Kyrons Annäherung (es war doch eine, oder?), der Streit mit Jul. Vielleicht bringt das Laufen ja doch etwas. Ich beschließe, es morgen gleich wieder zu probieren, und übermorgen und alle Tage darauf.

***

Im Bett liegend hole ich das Buch von Jarek Dragan Slowitzki hervor. Jame liegt in seinem Bett, mit dem Rücken zu mir, aber ich glaube, er tut nur so, als ob er schläft. Eigentlich haben wir seit Tagen kaum miteinander gesprochen und auch jetzt hält mich etwas zurück, ihn anzusprechen. Es scheint, als würde ich mich in gleichem Maße von meinen Vertrauten entfernen, wie ich mich dem Neuen nähere. Aber ist das etwas in mir oder in den anderen? Und ist Jame nicht auch dabei, sich dem Neuen zu öffnen und Anschluss zu finden? Ich schiebe mein schlechtes Gewissen beiseite und zeichne mit den Fingern die zarten

Konturen der kleinen Vögel auf dem Buchcover nach, die losgelöst und fröhlich, gleichzeitig anmutig über die Seite zu stoben scheinen. Der schwarze Hintergrund verstärkt den Eindruck, dass sie sich aus etwas befreit haben, das sie bisher in der Dunkelheit gefangen hielt. Der Titel ist in schlichten, eleganten, silbernen Lettern gehalten. Beim Berühren merke ich, dass die Buchstaben tastbar sind. Ich schlage die erste Seite auf.

Warum es nur eine Wahrheit gibt:
Wir haben Sprache, aber ohne Liebe ist diese hohl.
Wir haben Beziehungen, aber ohne Liebe sind diese hohl.
Wir verrichten Arbeit, aber ohne Liebe ist sie hohl.
Wir streben nach Besitz, aber ohne Liebe ist er hohl.
Es ist die Liebe, die uns mit Leben füllt. Es ist die
Liebe, die uns zu Höherem antreibt. Es ist die Liebe,
die uns nach Wissen streben lässt. Es ist die Liebe,
die uns gütig macht, uns mit Reichtümern füllt und
unserem Sein einen Sinn gibt.
Nur die Liebe kann alles überdauern, selbst den Tod.
Liebe strebt nicht nach Macht.
Sie erträgt alles,
glaubt alles,
hofft alles,
hält allem stand.
Die Liebe hört niemals auf. Nach dem Vorfall blieben uns
die Hoffnung, der Glaube und die Liebe. Doch am größten
ist die Liebe. Behandle alles mit ihrer Kraft: Mensch,
Natur, Nahrung, Güter. Das ist die Basis einer gesunden
Gesellschaft.

SISDAL

Sisdal steht mit dem Rücken zu Kasper und schaut aus dem Fenster, hinab in die fast leere Straßenschlucht. Gegenüber glitzert die aufgehende Sonne in den Fensterfronten der hohen Gebäude.

Sisdal liebt dieses Viertel, das wie durch ein Wunder die Zeiten von vor dem *Vorfall* bis hierher überstanden hat. Die meisten Metropolen haben sich im Laufe der Jahrzehnte so stark verändert, dass sie praktisch nichts mehr mit ihren Ur-Städten gemeinsam haben. Dieses Viertel jedoch, das Oldage-Quarter, ist Zeugnis einer Vergangenheit, die Sisdal schon immer fasziniert hat und deren Geist sie wiederbeleben möchte.

»Ich glaube dir nicht mehr«, sagt Kasper jetzt und seine Stimme zittert dabei. Er hat Angst, denkt Sisdal, aber statt Mitgefühl löst es nur Verärgerung in ihr aus.

»Es geht nicht darum, ob du mir glaubst.« Sie dreht sich zu ihm um. »Sondern, ob du dir selber glaubst, deinen eigenen Erfahrungen traust.«

Kasper schweigt. Müde greift sich Sisdal das Blatt vom Schreibtisch, das Kasper dort hingelegt hat. Sie hat kaum geschlafen, um diesem albernen – und wie sich jetzt herausstellt, nutzlosen – konspirativen Treffen beizuwohnen. Aber Kasper schüttelt es fast vor Sorge, wenn er Sisdal zu normalen Uhrzeiten treffen muss.

»Da steht nur Oberflächliches.« Sisdal fixiert Kasper.

»Weil es nichts anderes zu berichten gibt.«

Es ärgert ihn, dass er soviel Mut aufbringen muss, um Sisdal das zu sagen. Wovor er sich fürchtet, weiß er nicht, aber er findet Sisdal genauso angsteinflößend wie Jefferson. Bei seinem Chef jedoch ist es der Ruhm, der Kasper verunsichert, bei Sisdal ist es … Verärgert schnaubt Kasper. Er hat nicht die geringste Ahnung, was ihm an Sisdal Angst macht. Vielleicht ihre Beharrlichkeit.

»Er ist ein guter Mensch«, sagt er nun und stellt überrascht fest, dass seine Stimme diesmal überzeugt klingt. Weil es die Wahrheit ist, denkt er sich. Die Wahrheit lässt sich leichter aussprechen.

Ein leises Seufzen entweicht Sisdals Lippen. »Ja, er ist gut. Wirklich gut.«

Wieder blickt sie auf das Papier in ihrer Hand. »Begeisterte Zuhörer«, liest sie, »Besuch im NW-Ostflanken-Spital … Vorstellung der neuen Richtlinien zur Förderung geistiger Wissenschaften …« Sie schaut zu Kasper auf. »Warst du bei ihm zuhause?«

Er schüttelt den Kopf.

»Hier steht nichts von den Gesprächen im Hintergrund, nichts von dem, wie er Entscheidungen trifft.«

»Weil es nichts gibt«, wiederholt Kasper störrisch.

»Er hat dich manipuliert, so wie er alle manipuliert.« Sisdal legt den Bericht auf den Schreibtisch und schiebt ihn ein Stück weg, als ginge eine unangenehme Wärme oder ein schlechter Geruch von ihm aus. Aber wenn Sisdal genau darüber nachdenkt, dann verhält es sich auch so. Jefferson Maklaren ist wie ein schlechter Geruch, der überall eindringt und die Sinne derer vernebelt, die mit ihm in Berührung kommen.

Kasper kneift die Lippen zusammen und Sisdal widersteht dem Wunsch, ihn auszuschimpfen, weil sie weiß, dass er dies nur als ein weiteres Indiz ihrer Inkompetenz sehen würde.

»Kasper, warum hast du die Stelle angenommen?«

Der blasse Junge senkt den Kopf.

»Wolltest du nicht Gerechtigkeit?«

»Was ist falsch an ›Liebe muss fließen‹?«, fragt Kasper.

»Das MUSS, Kasper. Das Muss.«

Immer die ewig gleiche Frage, das Totschlagargument. Laut seufzend lässt sich Sisdal auf ihren Bürostuhl nieder, der mehr als unbequem ist. Ein Geschenk ihres Vaters und Ausdruck seines väterlichen Starrsinns, verpackt in Humor. »Ein unbequemer Stuhl ist besser als ein weicher«, sagte er, »sonst hast du keinen Grund, Feierabend zu machen.«

Vielleicht habe ich nie wieder Feierabend, denkt Sisdal, zumindest solange nicht, bis die Schlange besiegt ist, die uns alle in den Abgrund reißt. Nein, korrigiert sie sich, nicht ich muss ihn besiegen, das Volk muss es tun. Und meine Aufgabe ist es, das Volk dazu zu bewegen. Eine Mammutaufgabe. Ihr Vater würde sagen: »Une Mission impossible.« Das waren immer seine Worte, wenn sie, die kleine Sisdal, etwas Unmögliches einforderte, wie Schwimmen gehen im Winter oder ein Ausflug auf die andere Seite. In die Alte Welt. Nur mal gucken, ob es wirklich so grauenvoll ist, wie alle sagen.

»Wie geht es deinen Eltern?« Sie dreht sich mit dem Stuhl zu Kasper um. Tatsächlich scheint er noch eine Spur blasser zu werden.

»Okay«, nuschelt er.

»Weißt du, wie das Leben vor Jefferson Maklaren war, Kasper?«

Er schüttelt den Kopf.

»*Liebe* hatte noch eine wirkliche Bedeutung. Die Idee, auf der alles basiert, ist gut. Slowitzkis Vision war gut. Ist gut«, korrigiert sich Sisdal. »Aber Maklaren hat Slowitzkis Vision zur Karikatur werden lassen.«

»Er lebt nach dem Gesetz. So, wie es im Buch steht.«

»Hast du es gelesen?«, fragt Sisdal zynisch.

»Natürlich«, erwidert Kasper und die Empörung ist ihm anzusehen. Wahrscheinlich schläft er mit dem Buch unter dem Kopfkissen, denkt sich Sisdal. Stattdessen sagt sie: »Dann hast du es nicht verstanden. Es geht um Freiheit, nicht um Einengung. Um leben und leben lassen.«

Wütend verengt Kasper die Augen. »Du kennst ihn nicht! Wenn du nur einen Tag mit ihm verbringen würdest, wüsstest du, dass Jefferson gütig ist, dass er an die *Neue Welt* glaubt! Dass er an Slowitzkis Prinzipien glaubt! Mehr als alle anderen Menschen, die ich kenne.«

»Du meinst, mehr als ich.«

Kasper schweigt, aber Sisdal hat den Punkt getroffen. Sie steht nicht mehr für eine große Vision, sondern nur noch für Machthunger. Wie konnte er so verblendet sein? War sie jemals eine Freundin? Wirklich an ihm interessiert? Kasper hasst sich nun dafür, dass er sich hinreißen ließ, ihr zu erzählen, wie er sich fühlte, als man ihn von seinen Eltern trennte. Er war dumm und er war ein Kind. Aber der Gedanke macht es nicht besser. Wenn er einen Lehrer wie Jefferson gehabt hätte, dann hätte er es schon verstanden, damals. Seine Lehrer waren nicht fähig, das sieht man ja an Sisdal. Aber er wird es richten. Er wird Jefferson seine Loyalität beweisen und Sisdal von ihren unsinnigen Ideen abbringen.

Obwohl Kasper kein Wort dieser Gedanken ausspricht, kann Sisdal sehen, was in seinem Kopf vorgeht. Die Zweifel. Die Fragen. Sie muss vorsichtig sein, denn Kaspers Reaktion ist nur ein Zeichen dessen, was sie ohnehin weiß: Maklaren darf nicht öffentlich konfrontiert werden. Er ist zu machtvoll und seine Anhängerschar zu fanatisch. Man würde sie als hysterisch abstempeln und ihr Urteilsvermögen infrage stellen. Das darf nicht passieren. Es muss einen anderen Weg geben. Auge um Auge, Zahn um Zahn. Ein kleines Lächeln huscht über Sisdals Lippen, während sie sich daran erinnert, wie sie als junge Schülerin über diesen merkwürdigen Satz gestolpert war. Es war in einem der dicken Bände in der Schulbibliothek, in dem wahllos alle Satz- und Buchfetzen aufgelistet sind, die aus einer anderen Zeit stammen. Der Zeit vor dem *Vorfall,* bevor die Eispole ins Meer brachen und Millionen Menschen unter unvorstellbaren Wassermassen begruben. Bevor es eine *Alte* und eine *Neue Welt* gab, mit Gesellschaftsordnungen, die unterschiedlicher nicht sein könnten. Die wenigen Bücher, die den *Vorfall* überlebten, waren oft nur Fragmente und kaum zu gebrauchen. Aber so wie man an Liebeskummer festhält, um noch irgendeine Verbindung zum Verlorenen zu haben – und sei es nur der Schmerz – so hielt man an diesen Fragmenten fest. Sammelte sie, schrieb sie ab und veröffentlichte sie in dicken Bänden, die nun in den Schulbibliotheken verstaubten. Sisdal mochte die alten Bücher und las viel in ihnen. Aber Sisdal war ja auch nicht wie andere Kinder, wie ihre Mutter Amal immer wieder – halb stolz, halb besorgt – bemerkte.

Fast tonlos atmet Sisdal tief ein und lächelt so freundlich, wie es ihr in der jetzigen Situation möglich ist. »Kasper, du bist frei zu tun und zu denken, was du möchtest. Wenn du erkannt hast, dass ich im Unrecht bin, dann respektiere ich das und entbinde dich von deiner Aufgabe.«

Mit noch breiterem Lächeln steht sie auf. Sie hat gut gelernt von ihrem Führer. Beobachtet, zugehört und einstudiert, was es braucht, um die Menschen für sich zu gewinnen. Sie muss nur noch ihre Emotionen in den Griff bekommen. Besonders die Wut.

»Es tut mir leid, dass du enttäuscht von mir bist und ich hoffe, du kannst mir verzeihen! Ich meinerseits danke dir für deine Loyalität und bin stolz darauf, dass du deine Wahrheit erkannt hast!«

Irritiert blinzelt Kasper. War das ein Test? Hat Sisdal ihn nur zu Jefferson geschickt, um seine Loyalität zum System zu testen? Für einen Moment wird Kasper ganz schwindelig, aber dann wird ihm bewusst, dass er sich richtig verhalten hat. Wenn dies ein Test war, so hat er ihn bestanden. Kasper kann sein Glück kaum fassen. Fast wäre er auf Sisdal hereingefallen.

»Okay.« Mit zögerlichen Schritten bewegt er sich rückwärts zur Tür, als fürchte er, Sisdal könne ihn jeden Moment angreifen und noch am Gehen hindern. Seine Finger tasten nach der Klinke. »Danke«, presst Kasper noch heraus, dreht sich um und flüchtet aus dem Büro. Sisdal wartet, bis die Tür mit ihrem Namen daran wieder zufällt. Dann greift sie nach dem Bericht und beginnt ihn in schmale Streifen zu reißen. Nichts darf ihre Integrität erschüttern, nichts auf die Bewegung im Hintergrund deuten, bevor sie bereit sind. Die Öffentlichkeit ist hungrig geworden und würde sie bei lebendigem Leibe fressen, wenn sie als Manipulatorin aufflöge. Dabei tut sie es nur für sie. Ein Geschenk all jenen, die selber das Wissen darüber verloren haben, was gut für sie ist.

Ein Gedanke streift Sisdal, der so unheimlich ist, dass sie ihn schnell zurück in die Dunkelheit schiebt: Was, wenn sie nur glaubt zu wissen, was gut für alle ist. Was, wenn sie diejenige ist, die den falschen Weg beschreitet, sie die Verrückte ist?

Schnell steckt sich Sisdal den ersten Streifen Papier in den Mund und bemüht sich, ihn sorgfältig zu zerkleinern, bevor sie ihn herunterschluckt. Mit jedem weiteren Streifen Papier formt sich eine Idee in ihrem Kopf, ein Gedanke, der warm und beruhigend ist: Sie muss an die Basis.

7

Ein warmer Sommerwind verfängt sich in den Blüten meines Haarkranzes und zaust an meinen Haaren. Um mich Gelächter. Irgendwo spielt jemand fröhlich Akkordeon. Mari? Lächelnd rückt Jul mir den Kranz zurecht und fährt mit seinen warmen Lippen über meine Wange bis zum Ohr. »Glückwunsch.« Sein Blick sucht meinen.

»Wir sind am Ziel.«

Ich nicke, zu glücklich zum Antworten.

»Wir sind am Ziel«, wiederholt er.

Die milde Brise wird plötzlich kalt, verwandelt sich in klirrende Windböen, die an meiner Kleidung zerren und Jul von mir fortziehen. Er stemmt sich mit dem ganzen Körper gegen den aufkommenden Sturm und streckt die Hände nach mir aus. Ich greife nach ihnen, kann sie aber nicht erreichen. Hektisch drehe ich mich zu den Gästen und dem Gelächter um, aber sowohl die Menschen als auch ihre Stimmen sind fort. Ich wende mich wieder Jul zu, der trotz seiner Anstrengungen schon weit von mir abgetrieben wurde.

»Warte!«, schreie ich gegen den Lärm an. »Warte!« Ich versuche, in den Sog des Windes zu gelangen, um Jul zu folgen, doch eine unsichtbare Mauer versperrt mir den Weg. Jul sieht meinen Bemühungen mit einem Ausdruck der Verzweiflung zu. Schließlich lässt er die Arme sinken und schüttelt den Kopf. »Lauf!«, ruft er. »Lauf, Lore!«

»Warte! Warte auf mich!«

»Lauf!« Juls Gesicht verschwindet hinter einer Wand aus Nebel. »Bring ihn ins *gelobte Land*! Lauf!«

Plötzlich steht Mari vor mir und schüttelt mich an den Schultern. »Lauf!«

»Mari!« Fassungslos strecke ich meine Hände nach ihrem Gesicht aus.

»Lauf, Lore!« Sie schubst mich, ich will rennen, aber komme nicht vom Fleck. »Lauf!«, schreit mich Mari an. »Lauf endlich!« Sie steht über mir mit wütender, verzerrter Miene. Wo ist das Akkordeon? Ich rapple mich hoch, dabei kleben meine Füße am Boden fest. Sie versinken in heißem Asphalt, der sich um mich herum ausbreitet wie ein schwarzer Teppich. Ich wanke und versuche, mich an Mari festzuhalten, die sich im Nebel auflöst.

»Mari! Lass mich nicht alleine!«

Schwärze umfängt mich. Leere. Betäubende Stille. Dann dringen Stimmen durch das Nichts zu mir.

»Da rüber.«

»Ausziehen.«

»5,9 Dezibel.«

»Schickt sie in die Desinfektion.«

»Lore? Lore. Lore!«

»Jul?« Ich will die Augen öffnen, es gelingt mir nicht. Warum kann ich meine Augen nicht aufmachen? Ich werde panisch und taste hilflos umher.

»Jul? Bist du da? Jul?«

»Lore!« Juls Stimme wird leiser. »Lore ...«

»Gebt ihr Diazepam, 100 mg.«

Geraschel von Füßen. Etwas sticht mich schmerzhaft ins Handgelenk. Dann wird es kalt, Wasser prasselt auf meinen Kopf herab. Endlich bekomme ich die Augen auf. Licht dringt durch die schmalen Schlitze. Verwirrt hebe ich den Kopf. Tropfen benetzen mein Gesicht. Über mir blitzendes Metall mit kleinen Löchern, aus denen das Wasser kommt. Prustend drehe ich mein Gesicht weg. Hinter mir lacht jemand. Ich wende mich um und erblicke zu allen Seiten milchig graues Glas. Ich taste mich daran entlang, fahre suchend mit den Fingern über die glatte Fläche. Finde keine Lücke, keine Unebenheit, in die ich meine Nägel graben kann, um aus diesem Ding herauszukommen. Ein Schrei zerschneidet mich. »Maaamaaaa!« Mein Blick schnellt nach oben. Jame kauert auf einem gläsernen Dach über mir, eingerollt wie ein Kleinkind. »Mamaaaaa!«

Nach Luft japsend fahre ich aus dem Schlaf hoch, stütze meinen Kopf in die Hände und wiege mich vor und zurück, bis die Panikwelle abebbt. Dann taste ich im schummrigen Licht der Morgendämmerung nach meiner Bettdecke, die ich heruntergestrampelt habe, ziehe sie bis zur Brust und lasse mich zurück ins Kissen fallen. Schwer atmend presse ich die Handballen auf die Lider. Alles ist gut, ich bin in Sicherheit.

Angespannt spüre ich meinen Herzschlag und habe das Gefühl, dass er aus dem Takt ist. Sofort schwillt die Panik wieder an. Am anderen Ende des Zimmers grummelt Jame im Schlaf.

»Nicht, nicht, nicht, nicht, nicht«, beschwöre ich mich leise.

Kurz einatmen, doppelt so lange ausatmen. Beckners Übung für den Notfall. Beckner sagt, bei Gefahr werde die Blutzirkulation auf Rumpf und Kopf reduziert, die Glieder würden kalt und die Atmung flach. Also müsse man bei Panikattacken genau das Gegenteil tun. Der Körper sei nicht rational, er folge seinen eigenen Gesetzen. Wer lange ausatmet, ist entspannt. Die Hormone werden zurückgefahren, weil niemand angegriffen werden muss und auch keine Flucht ansteht. So hat es Beckner erklärt.

Mit kalkweißen Fingerknöcheln umklammere ich den Saum der Decke und versuche, mich krampfhaft auf meine Atmung zu konzentrieren. Einatmen: eins ... zwei ... drei. Ausatmen: Eins ... zwei ... drei ... vier ... Ich schnappe nach Luft. Noch mal. Ein: eins ... zwei ... drei. Aus: eins ... zwei ... drei ... vier ... fünf ... sechs.

Ich wiederhole den Rhythmus, dreimal, fünfmal, zehnmal. Langsam lockert sich der Klammergriff um meinen Brustkorb und ich spüre die Füße wieder. Ich wünschte, ich wäre so kontrolliert, dass ich die Übung auch im Schlaf anwenden könnte. Noch lieber wäre mir jedoch, gar nicht mehr zu schlafen, und wenn es schon sein muss, dann wenigstens traumlos. Träume sind Monster, die alle am Tag erreichten Ziele auffressen.

***

Um die Wasserstrahlen bildet sich Dampf. Ich stelle mich in die Dusche und recke mein Gesicht in das heiße Wasser, bis die Haut brennt. Erst als ich es nicht mehr aushalte, reguliere ich das Wasser auf lauwarm und wasche mich rasch, bevor sich das Wasser nach drei Minuten automatisch abstellt, um den Verbrauch zu drosseln. Noch immer tropfend, stelle ich mich vor den Spiegel und blicke in mein krebsrotes Gesicht, das ernst und ein wenig verbittert aussieht. Liebe. Wie kann es sein, dass ausgerechnet Liebe mein Leben zerstört? Wie soll meine Zukunft hier aussehen, wenn Jul nicht mehr Teil davon ist?

Immer noch nass, ziehe ich mir Unterwäsche und ein bodenlanges, luftiges Kleid an, das nur in der Taille etwas gerafft ist. Ich hasse nasse Kleidung an meiner Haut, aber ich habe das Bedürfnis, mich zu bestrafen.

Zurück im Schlafzimmer öffne ich die Schublade meines Nachttisches. Darin liegt die Eichelkette, die Jul mir vor nicht mal einem Jahr schenkte. Am Tag meiner Flucht, bevor wir wussten, dass das Schicksal uns trennt und das Leben, so wie wir es kannten, endet. Vorsichtig hebe ich die Kette heraus und betrachte die hohle Eichel mit dem filigranen Schraubgewinde, in der ein Haar von Jul verborgen liegt. Bis zu meiner Ankunft hier im Camp habe ich die Kette um den Bauch getragen. Bei der ersten Gesundheitsuntersuchung hat Dr. Akan sie mir abgerissen. Seitdem liegt sie in der Schublade. Ich lege mir die Kette um den Hals und verknote sie im Nacken. Den Anhänger verberge ich unter dem Ausschnitt meines Kleides und betaste ihn durch den Stoff mit den Fingerspitzen. Es löst das gleiche Sicherheitsgefühl in mir aus wie auf der Flucht. Mein Anker. Ich darf nicht zulassen, dass er mir noch einmal abgerissen wird!

**

Etwas leichter ums Herz und mit großem Hunger komme ich in den Speisesaal. Mein Armband verrät mir, dass ich spät dran bin und tatsächlich ist schon fast jeder Platz besetzt. Ich überlege gerade noch, in den Trakt B überzuwechseln, als ich meinen Namen höre. »Lore!«

Kyron sitzt bei einer Gruppe Freiwilliger und Flüchtlinge und winkt mir zu. »Hier ist noch Platz.«

Ich gebe ihm zu verstehen, dass ich gleich komme und stelle mich in die Schlange vor der Ausgabetheke. Um mich herum ein Meer aus leichten, bunten Stoffen. Eine frühlingshafte Stimmung weht durch die geöffneten Terrassentüren herein. Der schwere Druck meines Traumes fällt von mir ab. Langsam schiebt sich die Warteschlange vor, keiner drängelt oder ist ungeduldig. Ab und zu hört man Gelächter von einem der Tische. Vor mir unterhalten sich drei Flüchtlinge – erkennbar an ihren schmalen Gesichtern und kantigen Schultern – während ihre Augen den Saal durchstreifen, mit dem Ausdruck fortwährenden Staunens über das farbenfrohe Leben hier. Wieder Gelächter. Ich dreh mich nach dem Ursprung um und entdecke eine Gruppe Mädchen, etwa in meinem Alter, die ihre Köpfe zusammenstecken. Offenbar hören sie jemandem zu, den ich nicht sehen kann. Die Schlange bewegt sich wieder ein Stück vorwärts und ich schließe auf, um den Fluss nicht zu unterbrechen.

»Guten Morgen, Lore.« Etwas weiter vorne hebt Lilith grüßend die Hand und wendet sich der Tresenkraft zu, um ihre Bestellung aufzugeben. Ein erstaunter Ausruf zieht meine Aufmerksamkeit wieder zurück zu den Mädchen, die sich nun nicht mehr über den Tisch beugen, sondern entspannt zurückgelehnt sitzen. Und nun sehe ich, um was sie sich scharen: Jul hält lachend einen in zwei Hälften geteilten Apfel. Die Mädchen haben ebenfalls Äpfel in der Hand und bemühen sich redlich, sie in zwei Hälften zu brechen.

Mir wird schlecht. Die Schlange bewegt sich abermals und ich stehe vor der Bedienung, die mich anlächelt und wartet. Ich blicke zurück zu Jul, der nun die Hände eines der Mädchen umgreift und ihr zeigt, wie sie den Apfel ohne Kraftaufwand in zwei Hälften brechen kann. So wie er es mir gezeigt hat. Damals. Am Fluss. Alleine. Die erste wirkliche Berührung zwischen uns.

»Was möchtest du?«

Ich wende mich der Frau an der Theke zu, dieselbe wie jeden Tag, dieselbe, die versuchte, Sim das Porridge schmackhaft zu machen. Ich sehe auf ihr Namensschild. Beth. »Porridge«, flüstere ich. Beth reicht mir einen Teller, er dampft noch, das Porridge ist frisch angerichtet. Nahrhaft, gesund, so wie alles hier. Geriebener Apfel. Wie ferngesteuert trage ich meinen Teller zu Kyrons Tisch und lasse mich auf dem freien Platz neben ihm nieder. Er lächelt mir zu, sagt etwas. Ich nicke, kann ihn jedoch weder hören noch kann ich reden. Ich zwinge mich zum Essen und dazu, nicht mehr zu Juls Tisch zu schauen, wo wieder gelacht wird. Das Stimmengewirr verwandelt sich in Lärm, die frische Brise in einen frostigen Wind. Mir ist kalt, gleichzeitig schwitze ich, mein Herz rast.

»Lore? Alles okay?«

»Was?«

Ich blicke auf. Obwohl Kyron direkt neben mir sitzt, ist es, als wäre er Lichtjahre entfernt. Er nickt zu meinem Armband, das sich in ein tiefdunkles Rot verfärbt hat. Verwundert schaue ich darauf und vergesse einen Moment lang Jul. Das Armband wird wieder schwarz.

»Geht es dir gut?« Kyrons Gesicht ist besorgt.

»Ja«, hauche ich. Wo ist meine Stimme geblieben?

»Wirklich?«

»Mir war kurz schlecht.«

Kyron legt seine Hand auf meine. »Deine Finger sind ganz kalt. Brauchst du was zu trinken?« Ohne meine Antwort abzuwarten, gießt er mir ein Glas Wasser aus der Karaffe ein, die auf dem Tisch steht.

»Danke.« Ich trinke und zwinge mich zu einem Lächeln. Kyron wendet sich wieder seinen Freunden zu, lässt seine Hand aber weiter auf meiner liegen und ich traue mich nicht, sie wegzuziehen.

Sim kommt an unserem Tisch vorbei und sieht mit gerunzelter Stirn zu Kyrons Hand auf meiner. Bevor ich sie herbitten kann, steuert sie Juls Tisch an. Der rückt auf seiner Bank zur Seite und macht ihr Platz.

Kyron drückt meine Finger und lächelt mir aufmunternd zu. »Besser?«

8

Ich kann mich nicht konzentrieren. Seit einer halben Stunde sitze ich an diesem Tisch und starre auf das Blatt vor mir. *Was ist die Wurzel einer Zahl? Was bedeutet Bruchrechnung? Was wird als ›das großes Einmaleins‹ bezeichnet?* Ich hebe den Kopf und betrachte die Menschen, die mit mir im Raum sind. James Stift fliegt nur so über das Papier. Ein Junge, vielleicht fünfzehn, sieht verträumt aus dem Fenster. Einige Plätze weiter brütet eine Frau um die vierzig, die ich schon mal mit Nevin sah, über ihrem Test. Sie hat rote Flecken im Gesicht, so rot wie ihre Haare, und sie umklammert den Stift so fest, dass man Sorge haben kann, dass er durchbricht. Ich beobachte eine Weile, wie sie ihr Blatt anstiert, um sich dann in einer plötzlichen Bewegung tief darüber zu beugen und ungelenk zu schreiben. Jeder einzelne Buchstabe scheint sie Kraft zu kosten. Zwei Mädchen, sie sehen aus wie Geschwister – die gleichen langen, glatten Haare und blassen, schmalen Gesichter – arbeiten still und fleißig vor sich hin. Gehörten sie zu den Mädchen, die um Jul herum saßen? Ich kann mich an keine einzige von ihnen erinnern, alles was ich sah, war Juls Lachen. Ich sollte mich freuen, wenn es ihm gut geht, und er hat lange genug nicht mehr gelacht, aber so ist es nicht. Mir zieht es den Magen zusammen und es macht meinen Kopf leer, sodass ich nicht mehr denken kann. Johnsons Augen liegen auf mir und ich sehe wieder auf den Fragebogen.

Wie lange gingst du zur Schule? Was war deine Tätigkeit in der Alten Welt? Hast du Gewalt erlitten? Wenn ja, durch wen? Was bedeutet Gleichberechtigung?

Mit Händen schwer wie Blei beantworte ich zwei Fragen.

Ich ging drei Jahre zur Schule.

Ich komme aus einer Familie von Getreidebauern. Ich war zuständig für das Aussäen, Ernten und die Arbeit in der Kornkammer. Ich war gut darin.

Beschämt streiche ich das Letzte wieder durch.

~~Ich war gut darin.~~

Eigenlob stinkt. Lidas Worte, eingebrannt in mein System. Einen Moment lang starre ich die Zeile an, dann setze ich wieder den Stift auf das Blatt. *Ich war gut darin!*

Vor mir raschelt es. Jame hat seinen Stift abgelegt und ordnet seine Blätter. Lächelnd geht Johnson auf ihn zu und nimmt die Papiere entgegen. Flüsternd wechseln sie ein paar Worte. Dann steht mein Bruder auf und verlässt leise das Zimmer. Stolz und Zufriedenheit dringen durch den Nebel meiner Gefühle. Jame wird seinen Weg gehen. Vielleicht wird er wirklich Lehrer. Heiratet. Bekommt Kinder.

Ein Schnitt so zart und scharf wie Papier zertrennt die dünne Haut, die mein Herz umfasst. Heirat, Kinder, Jul.

»Noch zehn Minuten«, flüstert Johnson.

Die Frau mit den roten Flecken sieht hektisch auf und beugt sich noch tiefer über ihre Blätter. Die Finger der Schwestern huschen mechanisch über ihre Fragebögen, begleitet von dem leisen Schaben der Stiftminen. Der Junge schreckt aus seinem Tagtraum auf und starrt Johnson an. Die kommt herüber und beugt sich über ihn. Ich verstehe nicht, was sie sagt, aber der Junge schüttelt immer wieder den Kopf, während sich seine Augen mit Tränen füllen. Beruhigend wispert Johnson auf ihn ein und legt ihm ihre Hand auf die Schulter. Er erstarrt in seiner Bewegung. Johnson wispert weiter. Plötzlich springt der Junge auf. »Nein!« Sein Stuhl kippt um und fällt laut polternd zu

Boden. »Nein!« Er ballt die Fäuste. Steif weicht Johnson zurück und sieht auf sein Armband, das dunkelrot leuchtet.

»Setz dich, Svent.«

Der hebt die Fäuste vor das Gesicht.

»Setz! Dich!« Johnson bückt sich zu seinem Stuhl und stellt ihn auf. Langsam, als sei alle Energie aus Svent gewichen, lässt er sich auf seinen Platz nieder, lehnt sich mit den Armen auf den Tisch und verbirgt den Kopf zwischen ihnen. Die Tür fliegt auf und drei Freiwillige stürmen herein. »Johnson!«, ruft einer, den ich schon bei unserer Ankunft sah, als er kurz den Helm seines Schutzanzuges abnahm. Ich erinnere mich an die tief liegenden Augen und die breite Nase.

»Alles unter Kontrolle, Welf, danke«, antwortet Johnson, ohne den Blick von Svent zu lösen, dessen Armband nun nicht mehr leuchtet, aber noch immer rot ist, so wie meins heute Morgen.

Prüfend blickt Welf auf Svent, dessen Schultern zucken, dann zu seinen Kollegen. Die strahlen trotz ihrer hellen, sommerlichen Anzüge etwas Bedrohliches aus, was an ihren muskulösen Körpern und den ausdruckslosen Gesichtern liegen mag.

»Alles in Ordnung.«

Die drei Männer nicken und verschwinden genauso wortlos, wie sie gekommen sind. Die meisten von uns Schülern starren zur Tür, nur die Schwestern arbeiten weiter, als hätten sie von dem Ganzen nichts mitbekommen. Johnson kehrt zur Stirnseite des Raumes zurück, wo ein Stehpult vor einer Wandkarte der *Neuen Welt* steht: Ein in vier Abschnitte geteiltes Gebiet, das zusammen wie ein Kleeblatt aussieht. Was abseits der Grenzen ist, verrät die Karte nicht.

»Kommt bitte zum Ende.« Johnsons Stimme ist nichts anzumerken.

Um mich herum wieder Papiergeraschel. Ich überfliege mein Blatt, das nicht mal bis zur Hälfte gefüllt ist. Die zwei Fragebögen darunter habe ich nicht einmal angerührt. Ich muss mit Johnson sprechen und sie um eine Wiederholung bitten.

***

Patschnass stehe ich an unserem Zimmerfenster und blicke hinaus auf den Bewegungsplatz und die dahinter liegenden Gärten. Die kalte Dusche hat nicht geholfen und jetzt habe ich Sorge, dass es ein Fehler war, zweimal an einem Tag zu duschen. Dabei wollte ich nur meinen Kopf klar bekommen. Johnson hat mir erlaubt, den Test zu wiederholen und beschlossen, dass ich das bereits heute Abend machen darf. Bis dahin muss ich mich in den Griff bekommen. Auf dem Bewegungsplatz joggen ein paar Bewohner im Kreis, heute schlägt Nevin dazu einen monotonen Rhythmus auf einer Trommel, die vor seinem Bauch hängt. Ich wende mich ab, um meine Sportkleidung aus dem Schrank zu holen, als ich am Ende des Gartens eine Bewegung zwischen den Bäumen wahrnehme. Obwohl ich die Person von hier nicht erkennen kann, weiß ich instinktiv, dass es Sim ist. Rasch ziehe ich mich an und laufe aus dem Zimmer.

***

Draußen angekommen ist Sim nicht mehr zu entdecken. Ich suche den ganzen Bewegungsplatz ab, auf dem noch immer die

113

Flüchtlinge ihre Runden drehen. Dann wende ich mich dem weitläufigen Garten zu, der seltener besucht wird als der bei den Gewächshäusern. Vielleicht macht die Größe den Bewohnern Angst, die auf der Flucht viel zu lange keine schützenden Begrenzungen hatten. Ich gehe auf die Bäume am Ende des Areals zu und trete zwischen den dichtstehenden Stämmen hindurch. Keine Spur von Sim. Kleine Äste knacken unter meinen Füßen. Das Camp verschwindet hinter einer Baumreihe und mich umfängt die Illusion von Wald. Die Luft ist hier kühler und die Bäume verschlucken die alltäglichen Geräusche, die mich jetzt seit fast einem Monat umgeben. Suchend drehe ich mich nach allen Seiten um und nehme eine Bewegung etwas tiefer in diesem kleinen Hain wahr. Ich husche in die Richtung. Dann sehe ich Sims Silhouette, die sich flink und lautlos durch die Bäume bewegt. Ich traue mich nicht, in diese Stille hineinzurufen, und haste ihr nach. Tiefhängende Äste von Nadel- und Laubbäumen schlagen mir entgegen. Hinter einer weiteren dicht bewachsenen Reihe stehe ich plötzlich vor einem Bretterzaun. Ich bin so verblüfft, dass ich automatisch ein paar Schritte rückwärts gehe und unsanft gegen einen Baum stoße. Der Zaun vor mir ist hoch, aber nicht unüberwindbar. Etwa zwei Meter. Für jemanden wie Sim kein Problem. Ich warte ein paar Minuten, ob ich irgendwelche Geräusche wahrnehme oder Sim auftaucht, dann trete ich mit einem unguten Gefühl den Rückzug an.

***

»Wo warst du?« Bevor Sim wieder flüchten kann, packe ich sie am Arm und schleife sie weg vom Speiseraum zu einer Nische im Gang. Wütend reißt sie sich los. »Verfolgst du mich?«

»Wo, Sim?«

»Geht dich nichts an«, zischt meine Freundin.

Eine Freiwillige und ihre fünf Schützlinge nähern sich, darunter auch die Schwestern, die heute beim Test waren. Ich lege Sim locker meine Hand auf die Schulter und setze ein Lächeln auf. Sie spielt das Spiel mit und ruft fröhlich »Nein, wirklich!«

Sobald die Gruppe vorbei ist, wischt Sim unwirsch meine Hand von ihrer Schulter. »Ich kann hingehen, wo ich will. Wir sind doch hier frei, oder nicht?«

»Innerhalb des Camps!«

»Sagt wer?«

Sim hat recht. Wenn man es genau nimmt, hat uns niemand verboten, das Camp-Gelände zu verlassen. Wenn es aber erlaubt ist, macht ein Zaun keinen Sinn. Sim verschränkt die Arme und schaut mich feindselig an.

»Und? Verpfeifst du mich jetzt an deine neuen Freunde?«

»Du bist meine Freundin.«

»Außerdem, was soll der Aufriss? Ich dachte, wir sind hier im Paradies«, sagt sie zynisch. Plötzlich senkt sie den Blick auf ihr Armband. »Scheiße!«

»Was?«, frage ich.

Sie streift sich das Armband ab und wirft es zu Boden.

»Was machst du da?« Schnell hebe ich es auf, bevor jemand vorbeikommt, und halte es Sim hin, die den Kopf schüttelt. »Kannst behalten.«

Ich stehe wie bestellt und nicht abgeholt mit dem Armband vor ihr, dann lege ich es geöffnet auf den Boden, so kann man wenigstens denken, dass sie es verloren hat. Sim beobachtet mich.

»Hast ganz schön Schiss, oder? Was passiert denn, wenn ich das Ding nicht mehr trage, hä?«

Ich zucke mit den Schultern. »Nichts, wahrscheinlich.«

»Aber trauen tust du es dich nicht«, stellt Sim fest.

»Ich muss an Jame denken.«

»Ich muss an Jame denken«, äfft Sim mich nach. »Und was ist mit Jul? Oder mir?«

»Ihr seid erwachsen.«

»Du hast dich verändert.«

»Ich versuche, mich anzupassen«, verteidige ich mich.

Sim zuckt mit den Schultern. »Wenn du so leben willst.«

»Ich will einfach nur überhaupt leben. Du nicht?«

»Ich will frei sein.«

»Bist du doch.«

»Ich mag ihre Regeln nicht.«

»Alles hat Regeln, Sim. Und hier muss man wenigstens nicht ums Überleben kämpfen. Und was ist schon so schlimm daran, keine Tiere mehr zu essen oder freundlich mit seinen Mitmenschen zu sein? Die versuchen hier, eine bessere Gesellschaft zu sein, und wie es aussieht, sind sie darin ziemlich erfolgreich. Was also ist dein Problem?«

Einen Moment lang schweigt Sim und fährt mit den Fingern über ihre kurzen Stoppelhaare. »Ich glaub ihnen nicht.«

»Und was ist die Alternative? Zurückgehen?«

Sim schürzt die Lippen und hebt die Schultern.

»Ich muss an Jame denken!«, wiederhole ich.

»Ich habe nicht den Eindruck, dass dich dein Bruder noch sonderlich interessiert, oder wann hast du das letzte Mal mit ihm gesprochen oder ihn gefragt, wie es ihm geht?« Sie verschränkt die Arme. »Du interessierst dich doch nur noch für Beichten und Gespräche und dafür, ein wertvolles Mitglied dieser blumigen Kackgesellschaft zu werden. Und für Kyron.«

»Das ist nicht wahr«, flüstere ich.

»Du hättest dein Gesicht sehen sollen, als Maklaren seine Rede hielt. Da ist nicht nur Jul klar geworden, dass du jetzt eine von denen bist.«

Sie bückt sich und hebt ihr Armband auf. Mit einer leichten Bewegung schlägt sie es an ihr Handgelenk und es schließt sich darum wie eine Schlange. Die Hand zur Faust geballt, hält Sim mir das Armband vor das Gesicht. »So sieht die Freiheit hier aus.« Damit dreht sie sich um und entfernt sich mit Schritten, die einem unterdrückten Sprint gleichen.

***

»Lore!« Johnson holt mich in unserem Gang ein. »Wir sollten noch über James Geburtstag sprechen. Der ist doch bald?«

»In drei Tagen.«

Mir wird mulmig bei dem Gedanken. Zwei Monate nach Jame habe ich Geburtstag und dann werde ich volljährig. Der Tag, auf den ich so hingefiebert habe, der aber nun jegliche Bedeutung verloren hat.

Johnson begleitet mich ungefragt. »Jetzt wo Jame Freunde gefunden hat, könnte man am Nachmittag eine kleine Feier machen. Mit Gesellschaftsspielen zum Beispiel.«

Wir kommen an einer offenen Zimmertür vorbei. Darin sitzt die Rothaarige, die beim Test die Flecken im Gesicht hatte. Als sie uns bemerkt, steht sie auf und schlurft an die Tür.

»Hallo Suzan«, sagt Johnson im Vorbeigehen. Suzan nickt ihr zu und schließt die Tür. In ihren Händen hält sie Schwarz-Weiß-Fotografien von Kindern.

Mühsam wende ich mich von Suzans Zimmer ab, verstört über ihren traurigen Gesichtsausdruck, und versuche Johnson zuzuhören, die schon mitten in der Festtagsplanung ist. ›Einladungsliste‹ höre ich, ›Geschenkideen‹. Ich hätte nicht anbieten sollen, den Test am Abend zu wiederholen. Mein Kopf ist heute nicht arbeitsfähig.

»… das musst du entscheiden.«

»Wie bitte?«

Johnson stutzt. »Sein Lieblingsessen. Du musst der Küche rechtzeitig Bescheid geben. Also, was mag Jame am liebsten zum Frühstück?«

Ich versuche, mich zu erinnern, ob es irgendetwas gibt, was Jame an Essen bevorzugt, aber mir fällt nichts ein.

»Ich weiß es nicht.«

Johnson mustert mich, dann weicht die Ernsthaftigkeit einem Lächeln. »Mach dir keine Sorgen. Du wirst es schnell lernen und sicher sehr mögen! Geburtstage in der *Neuen Welt* sind toll! Manche entscheiden sich sogar dazu, den Tag ihrer Ankunft hier als Geburtstag zu feiern. Es stimmt ja gewissermaßen auch. Mit der Ankunft beginnt ein neues Leben!«

Ich nicke, in der Hoffnung, dass ich endlich, endlich gehen und alleine sein darf.

9

Die Bettdecke bis zum Hals gezogen, sehe ich zur anderen Zimmerseite hinüber. James Bett ist ordentlich gemacht, so wie es bei uns früher üblich war. Mein Bruder verändert sich. Seit er Yuna kennt, duscht er freiwillig und räumt sogar auf, obwohl ich nicht glaube, dass er sie oder einen seiner anderen Freunde schon mal mit hierher gebracht hat. Mit schlechtem Gewissen betrachte ich die äußeren Auswüchse dieser Veränderungen und kann mich nicht erinnern, wann wir das letzte Mal richtig miteinander geredet haben. Vermutlich, als ich mit ihm die Beichte übte. Aber ihm geht es gut. Oder? Er hat Freunde, Pläne, eine Zukunft. Oder?

Seufzend stehe ich wieder aus meinem warmen Bett auf, ziehe mich zum dritten Mal an diesem Tag an und lobe mir die praktischen Gewänder der Neuländer. Band um die Taille – fertig. Dann schleiche ich auf den Gang, obwohl es dazu absolut keinen Grund gibt, denn jeder darf hier selbst bestimmen, wann er zu Bett geht. Trotzdem komme ich mir verschlagen vor, wie ich jetzt im Halbdunkeln durch unseren Trakt laufe. Aus manchen Zimmern dringen leise Stimmen. Ich komme an geschlossenen und angelehnten Türen vorbei und just in dem Moment, in dem ich vor Suzans Tür bin, öffnet sich diese. Ein paar Herzschläge stehen wir voreinander, dann krampfen sich ihre Finger um die Fotos, die sie noch immer oder wieder in der Hand hält und sie weicht etwas zurück. Ich sehe zu den Bildern. »Deine Kinder?«

Langsam senkt sie den Kopf und nickt kaum merklich.

»Darf ich?« Ich strecke meine Hand aus. Suzan reicht mir die Bilder, die durch ihre warmen Hände gewölbt und etwas feucht sind. Eines ist ein Gruppenfoto von drei Jungs im Alter von etwa zehn bis sechzehn. Die anderen sind Einzelporträts, auf denen alle Jungs mindestens fünfzehn Jahre alt sind und dieselbe strenge Miene aufgesetzt haben.

»Wie heißen sie?«

Suzan setzt ein verschwörerisches Lächeln auf und legt den Zeigefinger an ihre Lippen. »Sie sind hier«, flüstert sie.

Erstaunt sehe ich sie an. »Hier? Im Camp?«

»Vor drei Jahren sind sie verschwunden.«

»Haben sie gesagt, dass sie hierher wollten?«

Suzan verengt die Augen und schüttelt den Kopf. »Das durfte man doch nicht.«

»Aber wenn sie hier sind, müssen sie registriert sein. Hast du nach ihnen gefragt?«

Belustigt schüttelt Suzan den Kopf. »Sie sind schlau, sie werden falsche Namen benutzen.«

»Wozu?«, frage ich.

»Sie sind schlau«, wiederholt Suzan, zieht ihre Zimmertür zu und streckt die Hand aus. Ich reiche ihr die Fotos. Ohne ein weiteres Wort schlurft Suzan an mir vorbei. Erst am Ende des Ganges dreht sie sich noch einmal zu mir um und tippt sich an die Schläfe. »Schlau!«

Irritiert sehe ich ihr nach, bis mir einfällt, dass ich Jame suchen wollte.

***

Der Speisesaal ist in gedämpftes Licht getaucht, als ich ihn betrete, und nun kommt er mir fremd vor, ohne die Menschen darin. Ich folge den Stimmen, die ich schon im Korridor gehört habe und schaue in einen kurzen Flur, der zu einer Kammer mit Reinigungsutensilien führt. Die Tür steht ein Stück offen und ich sehe Yunas Rücken dahinter, leicht erkennbar an den dunklen Locken, die über ihre Schultern fallen. Sie reckt sich nach einer Blechdose auf einem Regal und kichert.

»Lass mich mal, du bist zu kurz«, lacht eine mir bekannte Stimme. Dann streckt sich ein schlaksiger, sonnengebräunter Jungenarm an ihr vorbei und holt die Dose vom obersten Brett.

»Hier.« James Profil erscheint in dem hellen Streifen des Deckenlichts. Er steht nahe an Yuna, sie sehen sich in die Augen und fangen nervös an zu lachen. James Gesicht verschwindet wieder hinter der Tür, während Yuna das Etikett der Packung liest. »Das ist das richtige«, sagt sie und wendet den Kopf in meine Richtung. Schnell weiche ich zurück und warte mit angehaltenem Atem, ob sie mich gesehen hat.

»Hallo?«, ruft Yuna in die Dunkelheit. Wie ein Dieb ziehe ich mich zurück und höre beim Weggehen Jame sagen: »Du siehst Gespenster.« Das Lachen der beiden folgt mir in den Korridor. Na, wenigstens ist einer von uns glücklich.

KASPER

Jefferson Maklarens Augen sind auf die Blonde gerichtet, die sich lächelnd die Ponyfransen aus dem Gesicht pustet und begeistert von ihrer ersten Beichtabnahme berichtet – fast eine Sensation, wenn man bedenkt, dass sie schon vierundzwanzig ist.

»… wenn du mich nicht ermutigt hättest, ich weiß nicht, wo ich heute noch wäre!«

»Du bist jetzt genau dort, wo du sein musst«, antwortet Jefferson, »deine Kraft und dein Wille haben dich hierhergeführt. Ich bin stolz auf dich.«

»Danke.« Die Blonde strahlt von einem Ohr zum anderen.

»Komm später noch einmal in mein Büro, wir sprechen über dein zukünftiges Wirkungsfeld. Gibt es ein bestimmtes Camp, das dir zusagt?«

Die Blonde schüttelt den Kopf. »Ganz egal, ich gehe dahin, wo ich gebraucht werde.«

»Letzte Woche besuchte ich das Westflankencamp, es ist momentan nicht sehr voll, was sich in den Sommermonaten sicher ändern wird.«

»Toll, hört sich fantastisch an«, lächelt die Blonde.

»Ich denke darüber nach und wir besprechen das später im Büro.«

»Abgemacht«, sagt sie und wendet sich zum Gehen.

»Ach«, ruft Jefferson ihr nach, »hast du Kasper gesehen?«

»Kasper?«, fragt die Blonde.

»Stimmt, du kennst ihn noch gar nicht. Mein neuer Assistent. Ein netter Junge, aber irgendwie kommt er mir immer abhanden. Eigentlich sollte er mir etwas zu essen besorgen.«

Die Blonde hebt die Brauen. »Soll ich das erledigen?«

Jefferson überlegt kurz, aber dann winkt er ab.

»Danke, aber er wird schon seinen Weg zurück finden.«

»Na, hoffentlich«, feixt die Blonde. »Sonst sag mir Bescheid, bevor du verhungerst!«

Jefferson würde zu gerne noch ein paar Gründe finden, um sie öfter zu sich zu zitieren, aber nicht auf diese Art und Weise. Er mag es nicht, wenn Frauen ihn bedienen. Deswegen sucht er sich immer männliche Assistenten. Ihm sind starke Frauen lieb. Frauen, die für sich sorgen und ihn mit ihrer Kraft und ihrem Charme überrumpeln. Er mag den Kampf, die Reibung.

Die Blonde lächelt und plötzlich scheint sie es sehr eilig zu haben. Jefferson dreht sich um und entdeckt Kasper, der ihm in dem langen Korridor seines Dienstgebäudes entgegenkommt.

»Ah, da bist du ja!«

»Entschuldigung!« Kasper ist völlig außer Atem. »Ich musste etwas improvisieren, die Kantine hatte schon zu.«

Eigentlich ist die Kantine das Herz des Gebäudes und sorgt sich rund um die Uhr um die kulinarischen Bedürfnisse der Mitarbeiter – alles hochrangige Führungsmitglieder.

»Ach ja, das Staatsbankett«, seufzt Jefferson.

Der Tag der Staatsgründung ist nicht sein Lieblingstag, ab 15 Uhr steht die Welt still, und Jefferson zieht das Arbeiten vor. Vermutlich verdrängt er deshalb so erfolgreich, worauf sich der normale Neuländer das ganze Jahr freut. Heute jagt ein festlicher Akt den nächsten, mit einem immensen Aufgebot an Speisen und Feierlichkeiten bis spät in die Nacht. In der ganzen Stadt werden Partys veranstaltet, teils privat organisiert, teils von den Quartiermanagements.

»Dann gibt es später ja noch genug zu essen«, scherzt Jefferson, »tut mir leid, dass ich dich extra losschickte.«

»Macht nichts.« Abwesend reicht Kasper Jefferson eine Brotdose aus recyceltem Blech und sieht mit offenem Mund der Blonden nach, die um eine Ecke verschwindet. Jefferson schmunzelt. »Ich mache dich gerne das nächste Mal bekannt, aber ich warne dich vor, sie ist sieben Jahre älter als du und sehr ehrgeizig.«

»Mhm«, ist alles, was Kasper herausbekommt, denn sein Mund fühlt sich plötzlich trocken an. Er könnte schwören, dass das gerade Sisdal war.

Jefferson öffnet die Dose und beißt von dem Sandwich darin ab. Was wollte Sisdal von ihm? Kasper traut sich nicht, zu fragen. Wie soll er Jefferson erklären woher und vor allem warum er Sisdal kennt?

Zufrieden kauend nickt sein Chef. »Hervorragend, Kasper, das ist ein großartiges Sandwich!«

Schüchtern senkt der Junge den Kopf.

»Wirklich«, beteuert Jefferson, »ich möchte, dass ab sofort niemand anderes mehr meine Brote macht!«

Unsicher, ob Jefferson ihn nur aufzieht, linst Kasper zu ihm hoch.

»Das … na ja, ich hab es so gemacht, wie meine Mutter es …«, beschämt verstummt er.

»Diese Mutter will ich unbedingt kennenlernen«, sagt Jefferson und lächelt. »Was meinst du, würde sie sich über einen Besuch freuen?«

Kasper nickt. »Ab… aber klar, natürlich, es wäre ihr eine Ehre!«

»Gut, setz sie auf meine Liste. Diese Woche noch. Geht das?«

Schnell klappt Kasper den Kalender auf, den er wie einen heiligen Schatz stets bei sich trägt.

»Ähm. Dienstag. Dienstag hast du zwei Termine am Vormittag, dann Mittagspause, und nur einen Termin am Nachmittag. Vielleicht am Dienstag?«, fragt Kasper hoffnungsvoll.

»Übermorgen, sehr gut. Melde uns gleich zum Mittagessen an. Wer so gute Sandwiches macht, kocht sicher auch gut!« Jefferson lacht und Kasper lacht fassungslos mit. Dienstag lernen seine Eltern das geistige Oberhaupt der *Neuen Welt* kennen. Was für eine Ehre, sie werden sicher ausflippen vor Stolz!

Abermals schaut Kasper in die Richtung, in der die Blonde verschwand. Das war sicher nicht Sisdal. Er muss sich das eingebildet haben. Wie sollte sie hier reinkommen, bei den Sicherheitsvorkehrungen, die hier herrschen? Oder war das wieder ein Test? Genervt von dem Durcheinander seiner Gedanken schüttelt Kasper den Kopf und folgt Jefferson Maklaren, der sich zunehmend zum wichtigsten Menschen in seinem Leben entwickelt.

10

Plötzlich stehen wir voreinander und weder Jul noch ich sind in der Lage, uns wegzubewegen. Seine grünen Augen liegen auf meinem Gesicht. Ich erkenne die zarten Linien in den Augenwinkeln, die sich vom Lachen dort eingegraben haben, und die braunen Tupfer, die das Grün der Iris hier und dort unterbrechen. In Gedanken fahre ich über seine dichten Brauen, über seinen Nasenrücken zu den weichen Lippen, verharre dort, fühle die Wärme, die ich in meiner Erinnerung abgespeichert habe.

Es ist Jul, der die Starre zwischen uns bricht und seine Hand an meine Wange legt. Ich schmiege mein Gesicht in sie und atme mit geschlossenen Augen den Duft seiner Haut ein. Ich wünsche mir eine unsichtbare Kraft, die uns beide davonträgt und alles wieder gutmacht, was kaputtgegangen ist. Jul umfasst mit der anderen Hand meinen Nacken und drückt seine Wange an meine freie. Wärme an Wärme. Ich spüre seinen Atem, der mich am Ohr streift und höre das Klopfen seines Herzens, obwohl unsere Brustkörbe sich nicht berühren. So verharren wir und ich habe Angst vor dem Moment, an dem es vorbei ist.

In meinem Kopf sage ich Jul tausend Dinge. *Es tut mir leid. Bitte bleib. Vertrau mir. Ich liebe nur dich. Ich habe Angst. Es geht um Jame. Bitte bleib. Verlass mich nicht. Ich liebe dich.* Aber aus meinem Mund kommt kein Ton. Wie auf ein geheimes Zeichen hin lösen wir uns voneinander und sehen uns in die Augen. Die Erde öffnet sich zwischen uns und treibt unsere Körper auseinander. Ein Schritt vor und ich bin bei dir. Ein Schritt nach hinten und wir sind getrennt.

Stimmen nähern sich. Unsicherheit in Juls Miene. Schließlich bin ich es, die sich umdreht und geht, den Stimmen entgegen. Ich schaue nicht zurück und bleibe nicht stehen, bis auch Juls Schritte hinter mir verklungen sind.

Lilith hakt mich rechts unter, Kyron links.

»Klassenbeste«, verkündet Lilith.

»Wirst langsam zum Vorzeigeflüchtling«, neckt mich Kyron.

»Uh, da bist du sicher eifersüchtig, dass du von deinem Thron gestoßen wirst, was Kyron?«, albert Lilith. Die beiden lachen.

»Stell dir das vor, Lore. Die Neuen gehen zum Infopoint und wer berät sie? Du! Es könnte wirklich so kommen.« Lilith mustert mich von der Seite. »Was ist, freust du dich nicht?«

»Doch, natürlich.« Mein Lächeln muss ziemlich schief ausfallen, denn Liliths Ausdruck wird mitfühlend. »Jul, oder?«

»Ich vermisse ihn«, gebe ich zu.

»Aber er ist noch nicht so weit wie du«, stellt Kyron fest.

»Trotzdem«, sage ich.

Die beiden bleiben stehen und ich zwangsläufig mit ihnen.

»Vielleicht wird er wieder Teil deines Lebens«, erklärt Kyron.

»Vielleicht aber auch nicht«, fügt Lilith hinzu. »Du musst ihn loslassen.«

»Loslassen ist der erste Schritt«, bestätigt Kyron. »Das ist auch Teil der Liebe. Jemanden nicht festzuhalten. Festhalten ist eigennützig. Wenn du ihn wirklich liebst, gestehst du ihm auch sein Tempo der Entwicklung zu.«

Mir entfährt ein Schnaufen.

»Du kannst es!« Kyron tritt dicht an mich heran und sieht mich ernst an. Dann legt er unerwartet seine Lippen für einen kurzen Augenblick auf meine. Nicht drängend, aber doch bestimmt. Beim Aufrichten glänzen seine blauen Augen. »Wir helfen dir.«

Meine Lippen brennen, als habe jemand Pfeffer darauf zerdrückt. Nur mit Mühe sehe ich Kyron und Lilith an, die mich anlächeln.

»Bereit zum Feiern, Lore?« Lilith streicht mir über den Arm.

»Was feiern wir?« Meine Stimme klingt hohl.

»Tag der Staatsgründung. Wo warst du die letzten Tage, dass du das nicht mitbekommen hast?«, lacht Lilith. »Was meinst du, Kyron, sollen wir ihr den Weiher zeigen?«

»Auf jeden Fall«, sagt der und nimmt meine Hand. »Komm, das wird dir gefallen!«

Lilith greift meine andere Hand. »Und solange du weißt, dass du nicht alleine bist, und es Menschen gibt, die dir helfen wollen, wird alles gut. Verstehst du?«

Ich nicke und versuche den schlechten Geschmack in meinem Mund zu ignorieren.

*＊＊

Kyron und Lilith führen mich in einen Teil des Gartens, den ich nicht kenne, recht weit von Trakt B zwischen A und C gelegen.

Um einen kleinen Weiher haben sich viele junge Leute auf Decken ausgebreitet und etwas abseits des Teichs ist eine kleine Hütte aufgebaut, vor der sich eine Menschenschlange gebildet hat.

»Frösche«, murmle ich.

»Wie bitte?«

»Der Weiher hat keine Frösche«, wiederhole ich für Lilith. »Ich musste nur gerade an ein Dorf denken, in dem ich und Jame ein paar Tage übernachtet haben. Wir haben uns von den Fröschen im Dorfteich ernährt.«

Lilith und Kyron verziehen das Gesicht.

»Es gab nichts anderes«, füge ich schnell hinzu, da selbst Frösche zum Verzehr tabu zu sein scheinen.

»Ich dachte, die Dörfer in der Alten Welt sind alle geräumt«, sagt Lilith, sowohl an mich als auch an Kyron gewandt. Der nickt und hebt fragend die Brauen.

»Ja. Das ist richtig. In der zweiten Nacht fanden wir auch heraus, warum nie jemand versucht, zurückzukehren.«

Gespannt sehen die beiden mich an.

»In den Nächten durchforsten kleine Kakerlaken das Dorf und explodieren, wenn man mit ihnen in Berührung kommt.«

»Drohnen?«, fragt Lilith mit leichter Aufregung in der Stimme.

»Ja, so etwas in der Art.«

»Wie habt ihr das überlebt?«

»Wir haben die Luft angehalten und uns nicht mehr gerührt, bis sie weg waren.«

»Wow, ich finde es immer wieder unglaublich, was die Leute auf der Flucht so erleben. Wenn es nicht so furchtbar wäre, würde ich sagen ›spannend‹.«

»Fühlt sich aber leider nicht so an«, erwidere ich.

»Natürlich nicht.« Beschämt schüttelt Lilith den Kopf. »Ich verstehe sowieso nicht, warum die Regierung der Alten Welt ihre eigene Bevölkerung so unterdrückt.«

»Angst«, antwortet Kyron, » ... und Show. Sie haben kaum Technik, die Drohnen sind das Einzige, was sie als Machtmittel wirklich besitzen. Und um ihre Macht zu demonstrieren, setzen sie sie wahllos ein.«

»Eigentlich traurig«, sagt Lilith. »Fast könnten sie einem leidtun.«

»Aber auch nur fast«, sagt Kyron.

»Und das hier?«, lenke ich ab, weil es mich irgendwie stört, dass sie schlecht über meine alte Heimat sprechen, und zeige über die Rasenfläche mit den jungen Leuten.

»Das ist der Sommer und natürlich ist heute besonders viel los wegen des Feiertags.« Fröhlich breitet Kyron die Arme aus. »Willkommen in der *Neuen Welt*! Was willst du haben, warm oder kalt?«

Fragend sehe ich ihn an.

»Essen«, erklärt Kyron.

»Dann warm«, antworte ich, obwohl es mir egal ist. Kyron macht sich auf den Weg zur Hütte und Lilith zieht mich zu einem Ständer mit Decken. Sie reicht mir eine und nimmt eine zweite. »Ich brauche immer noch eine für meine Füße. Da vorne?« Sie zeigt in Richtung Weiher und geht voraus. Verstohlen sehe ich mich um. Auf einem Deckenlager entdecke ich Jame mit Yuna zwischen ein paar anderen Jugendlichen. Yuna lehnt ihren Ellenbogen locker auf die Schulter eines Jungen um die vierzehn. Jame sitzt daneben und sieht aus, als habe er einen Stock verschluckt.

Vor mir breitet Lilith eine Decke aus und nimmt mir die andere ab. »Nachher wird noch Musik gemacht und vielleicht sogar getanzt. Es hat sich eine Gruppe Freiwilliger zusammengetan, die ziemlich gut sind.«

»Worin?«, frage ich.

»Im Musizieren«, antwortet Lilith erstaunt. »Bei dir gab es das alles nicht, oder?«

»Wir haben manchmal gesungen«, sage ich missmutig und wundere mich, worüber ich mich ärgere.

»Bei Festen und so?«

»Hm«, mache ich vage, weil es mir jetzt selber merkwürdig vorkommt, dass man bei uns nur singt, wenn jemand stirbt. Lilith tippt an mein Armband, das blasslila ist. »Scheint ein Thema für die nächste Beichte zu sein, oder?«, fragt sie freundlich. Unbehaglich lasse ich mich auf der Decke nieder, die Hände hinter dem Rücken aufgestützt, sodass mein Körper das Armband verdeckt. »Ich kann einfach nur nicht singen, und ehrlich gesagt, ist mir das etwas peinlich.«

»Was, du kannst nicht singen?«, grinst Kyron, der in jeder Hand einen Teller Suppe trägt. Einen davon reicht er mir.
»Hey, und was ist mit mir?«, beschwert sich Lilith. Kyron gibt ihr den zweiten. »Der hier ist natürlich für dich!«

Lilith sieht ihm nach, wie er zurück zur Hütte joggt.

»Er mag dich wirklich, Lore. Willst du ihm nicht eine Chance geben?«

Ich probiere von der Suppe und bin froh, dass sie so heiß ist und ich erst einmal nicht antworten kann. Lilith verzichtet darauf, weiter nachzufragen, und probiert vorsichtig das Essen.

»Nicht schlecht, oder?«

»Sogar richtig gut«, antworte ich wahrheitsgemäß. Lilith sieht erleichtert aus. »Also, wenn dir die Suppe schon schmeckt, wirst du am Ende des Tages begeistert sein. Der Sommer ist die tollste Zeit im Camp. Ständig gibt es Musik und Tanz und viele Seminare werden draußen abgehalten.«

Kyron kommt zurück. »Schwärmt sie schon?«

»Warum weißt du immer, was ich sage?« Kichernd bewirft sie ihn mit einem Büschel Gras. »Autsch«, sagt Kyron und setzt sich zu uns. »Aber wo sie recht hat, hat sie recht. Du bist genau zur richtigen Zeit hier, Lore. Nach diesem Sommer wünschst du dir nie wieder, nach Hause zurückzukehren.«

Ich spähe zu ihm und wundere mich, woher er weiß, dass mich manchmal Heimweh plagt. Aber dann fällt mir ein, dass er auch ein Flüchtling war und alle Erfahrungen selber durchgemacht hat.

»Fielen dir damals die neuen Regeln schwer, Kyron?«, frage ich ihn. Er überlegt, dann schüttelt er den Kopf. »Eigentlich nicht. Ich war damals zehn, also noch etwas jünger als dein Bruder, und erst mal fand ich alles spannend. Außerdem war ich froh, dass ich dem anderen entflohen war.«

»Kamst du alleine?«

»Nein, wir waren eine ganze Gruppe. Aber angekommen sind nur zwei, ich und ein älterer Junge, der erst gegen Ende dazu stieß.«

»Oh«, sage ich und konzentriere mich auf meine Suppe.

»Es sind nur die Stärksten, die es schaffen.« Ein Schatten des Bedauerns huscht über sein Gesicht, verschwindet aber genauso schnell wieder. Während wir schweigend unsere Suppe löffeln, weht ein leichter, warmer Wind über uns hinweg, der mich im Nacken kitzelt. Ein paar Decken weiter spielt ein Mädchen Gitarre und singt dazu in einem leicht rauchigen Sopran.

»Ist sie eine der Freiwilligen?«, frage ich.

»Sie ist eine Freiwillige, aber sie gehört nicht zu der Musikgruppe, wenn du das meinst. Aber jeder darf hier singen, wenn er möchte«, lächelt Lilith. »Sie ist wirklich gut, oder?«

Ich nicke. Kyron ist dicht an mich herangerückt, und obwohl wir uns nicht berühren, spüre ich seine Hüfte neben meiner. Ich versuche, es zu ignorieren, und sehe mich nach Sim und Jul um. Auf der gegenüberliegenden Seite des Weihers glaube ich kurz, Jul zu sehen, und mein Herz stockt für ein paar Sekunden, bis ich feststelle, dass es ein anderer Junge ist. Trotzdem rauscht mir das Blut durch den Kopf und das verdammte Armband verfärbt sich wieder lila. Ich umschlinge meine Knie und verdecke es mit der linken Hand. Zum Glück sind Kyron und Lilith mit Essen und Zuhören beschäftigt, sodass keiner von ihnen die Farbveränderung bemerkt. Das Mädchen beendet den Song und um den Weiher breitet sich Applaus aus. Auch Kyron und Lilith klatschen. Ich begnüge mich mit Lächeln, damit mein Handgelenk verborgen bleibt.

»Kennt ihr sie?«, frage ich.

»Ja, sie heißt Judith und ist hier im Camp aufgewachsen.«

»Hier?«

Lilith lacht. »Das ist gar nicht so ungewöhnlich. Ihre Eltern haben hier gearbeitet, als Judith geboren wurde, und als sie dann versetzt wurden, ist Judith hiergeblieben und von den anderen Freiwilligen versorgt worden.«

»Oh. Das muss traurig für sie gewesen sein.«

Verwundert sieht Lilith mich an. »Warum?«

»Na ja, sie wird ihre Eltern doch vermisst haben.«

»Sie hatte doch die Freiwilligen. Wenn sie nicht hier aufgewachsen wäre, wäre sie auf einen der Gutshöfe gekommen.
Und hier kannte sie ja schon alles. Ich würde sagen, es wurde
sogar optimal für sie gelöst.«

Kyron nickt zustimmend.

»Wie alt war Judith?«

Lilith sieht Kyron fragend an und zuckt mit den Schultern.

»Ich weiß nicht ... zwei, drei?«

Er pustet aus. »Puh, da fragst du was. Ich war da ja noch
nicht da. Wahrscheinlich drei, das übliche Alter.«

Ich sehe zu Judith, die mit ihren Freunden schäkert. Sie
setzt sich in den Schneidersitz, nimmt die Gitarre auf und
stimmt ein weiteres Lied an.

»Und ihre Eltern?«, setze ich wieder an.

Liliths Gesicht wird starr. »Wir halten nicht so viel davon,
dass Kinder zu lange bei den Eltern bleiben. Die Nähe verhindert die freie Entfaltung.«

Beklommen nicke ich.

»Hast du schon in *Liebe* gelesen?«

»Ich habe das erste Kapitel begonnen.«

Lilith mustert mich.

»Ich bin nicht so schnell im Lesen«, füge ich entschuldigend hinzu. Sofort wird ihr Ausdruck weicher. »Natürlich, Entschuldigung. Ich wollte dich nicht in Verlegenheit bringen.«

Sie wirft Kyron einen bedeutungsvollen Blick zu, den ich
nicht verstehe.

»Hast du nicht«, beeile ich mich zu sagen. Kyron legt mir
seine Hand auf den Arm. »Ich kann dich unterrichten!«

»Können tue ich es ja«, wehre ich ab, »ich brauche nur
mehr Übung.«

»Genau. Und dabei helfe ich dir«, sagt er mit unschuldigem Gesicht.

»Das ist sehr nett von dir, aber das Lesen von *Liebe* trainiert mich ja bereits.«

»Okay. Sag mir einfach Bescheid, wenn du doch Hilfe brauchst.«

»Das mache ich, vielen Dank!«, presse ich hervor.

Kyron steht auf. »Kann ich noch was mitnehmen?«

Lilith und ich reichen ihm unsere leeren Teller und bedanken uns. Mit schlechtem Gewissen sehe ich Kyron nach, der jedoch unbekümmert wirkt. Ich spüre Liliths Blick auf mir und zwinge mich, ihn nicht zur erwidern. Ich habe nichts falsch gemacht.

Vom anderen Ende der Wiese tönt Tumult herüber. Einige Leute erheben sich von ihren Decken und versperren die Sicht. Kyron ist auf dem Weg zurück zu uns, doch seine Aufmerksamkeit ist auf etwas anderes gerichtet. Flüchtig schaut er besorgt zu mir herüber. Mit einem unguten Gefühl stehe ich auf und vernehme über die Köpfe hinweg Stimmen.

»Aufhören! Aufhören!«

»Lass sie los!«

»Zurück, bleib ruhig.«

»Du sollst sie loslassen!«

Unter meiner Kopfhaut beginnt es zu kribbeln, als ich James wütende Stimme erkenne. Ich renne los.

»Bitte, beruhige dich!«, Yunas Stimme.

»Hey!« Der empörte Ausruf kam weder von Yuna noch von Jame. Ich dränge mich an den Umstehenden vorbei, die dicht zusammengerückt sind. Manche halten erschrocken die Hände vor den Mund.

»Stopp!«, rufe ich, aber zu spät. Jame stürzt sich auf den Jungen, an den sich Yuna vorhin so vertrauensvoll lehnte. Der bleibt völlig passiv, während mein Bruder ihn wiederholt schubst und zu Fall bringt. Yuna kreischt auf, einige der Zuschauer wenden entsetzt die Köpfe ab. Jame schlägt auf den am Boden Liegenden ein. Kyron ist jetzt bei meinem Bruder, packt ihn an den Schultern und reißt ihn zurück. Jame ist zu verblüfft über die Wendung, als dass er schnell reagieren könnte. Mit ein paar geschickten Griffen bringt Kyron ihn zu Boden und hält seine Hände auf dem Rücken zusammen.

»Ist gut, er wird nichts mehr tun.« Schnell knie ich mich neben meinen Bruder und Kyron. »Du kannst ihn loslassen. Jame, sag es ihm!«

Jame versucht zu nicken, aber Kyrons Griff zwingt seinen Kopf auf den Boden.

»Ich … es tut … mir leid«, presst Jame hervor.

»Du kannst ihn loslassen«, sage ich noch einmal zu Kyron.

»Nicht meine Entscheidung«, antwortet er knapp. Hinter mir höre ich Schritte und drehe mich um. Welf und seine Kollegen sind im Anmarsch.

»Back off.«

Das war an mich gerichtet.

»Er hat sich beruhigt, Kyron kann ihn loslassen!«

»Back off«, zischt Kyron mir in einem Ton zu, den ich noch nie von ihm gehört habe. Ich rücke von Jame weg und Welf zieht ihn in einer einzigen Bewegung in den Stand. Mit hängendem Kopf steht mein Bruder da.

»Zum Quartier.«

Welfs Kollegen treten vor und nehmen Jame in die Mitte.

»Das ist nicht nötig, er hat sich beruhigt, ich kümmere mich um ihn.«

Ohne mich eines Blickes zu würdigen, führen Welf und seine Männer Jame ab. Ich will ihnen folgen, aber Kyron hält mich zurück.

»Wohin bringen sie ihn?«

»Es ist schon in Ordnung«, antwortet er jetzt wieder mit seiner sanften Kyron-Stimme.

»Wohin, Kyron?«, frage ich.

»Erst mal ins Quartier. Ihm wird die Beichte abgenommen, dann wird entschieden, wie sein Fehlverhalten bewertet und geahndet wird.«

»Was meinst du damit?«

»Körperliche Gewalt ist tabu, das weißt du, Lore.«

»Aber ... er ist noch ein Kind.«

Kyron verengt die Augen. »Ein Kind? Mit dreizehn?«

»Zwölf«, erwidere ich schwach.

»Er wird genauso behandelt wie jeder andere auch. Jeder Mensch ist gleich«, zitiert Kyron seine eigene Rede. »Er kommt ins Quartier und dort wird entschieden, welche Maßnahme ihn erwartet.«

Entsetzt sehe ich ihn an und bemerke fast nicht, dass mein Armband leuchtend rot pulsiert.

11

»Hat Jame schon in der Vergangenheit Gewalt angewendet?«

»Nein.«

»Dein Armband ...«

»Nein.«

Übermüdet und ausgelaugt lege ich meinen Kopf auf den Tisch ab. Ich habe mein Zeitgefühl verloren und kann nicht mehr sagen, ob ich seit fünf oder acht Stunden hier drin bin. Es wurde gerade dunkel, als Kyron mich stumm in den Beichttrakt führte, wo Lilith mich erwartete. Ein sanftes Streichen über meinen Arm, ein mitfühlender, aber strenger Blick, dann ließ Kyron uns alleine. Jetzt sitzt Lilith mit tiefen Schatten unter den Augen vor mir, aber ihr Rücken ist durchgestreckt und ihr Blick fest. »Wann hast du das erste Mal erlebt, dass Jame gewalttätig war?«

»Er war nicht gewalttätig«, murmle ich zum hundertsten Mal.

»Lore, setz dich auf.«

Mühsam folge ich ihrer Anweisung.

»Ich möchte zu ihm.«

»Nicht, bevor wir hier durch sind.«

Aus dem Augenwinkel nehme ich eine Bewegung wahr und mir fällt ein, dass vor ein paar Stunden eine Frau hinzukam, ein ›Trainee‹, wie Lilith mir erklärte. Seitdem steht die Frau in der Ecke und ich glaube, sie hat sich gerade das erste Mal gerührt. Ich sehe zu ihr, doch das Gesicht der Blonden ist so ausdruckslos wie Liliths.

»Wie oft war Jame gewalttätig?«

Ich wende mich wieder meiner Freundin zu. Wir sind doch Freundinnen?

»Wir drehen uns im Kreis, Lilith.«

»Nicht mein Fehler«, bemerkt sie und nickt zu meinem Armband. Obwohl es schwarz ist, sendet es ununterbrochen die Beweise meiner Lügen an ihr Display.

»Ich erinnere mich dunkel, dass er mal eine Tasse nach mir warf.«

»Wie alt war er da?«

»Zwei, drei, das übliche Alter«, wiederhole ich Kyrons Wortlaut vom Nachmittag. Falls es ihr auffällt, lässt sie es sich nicht anmerken.

»Okay, versuche, dich genauer zu erinnern. Wie war die Situation?«

»Weiß ich nicht, das ist ewig her.«

»Wann hast du das erste Mal erlebt, dass Jame gewalttätig war?«, wiederholt Lilith. Mir wird übel, während mir eine pulsierende Wut vom Unterleib in den Kopf steigt.

»Ich weiß es nicht«, presse ich hervor und strecke meine Finger durch, um keine Faust zu ballen.

»Konzentriere dich. Wann hast du …«

»Ich weiß es nicht!«, schreie ich. Dann schlage ich meine Hände vor das Gesicht. Lilith schweigt.

»Es tut mit leid, es tut mir leid, es tut mir leid!« Ich linse durch meine Finger zu ihr. »Verzeih mir, Lilith, ich bin nur so furchtbar müde!«

»Das bin ich auch, Lore. Es liegt an dir, die Sitzung zu beenden. Ich kann es nicht.«

»Aber ich weiß nicht, was ich dir sagen kann.«

»Die Wahrheit.«

»Ich sage …«

»Dürfte ich ab hier übernehmen?«, unterbricht mich die Blonde. Lilith zieht die Brauen hoch.

»Ich würde mich gerne ausprobieren und du könntest eine Pause machen. Du hast es dir verdient.« Der Ton der Blonden ist höflich und distanziert. Lilith mustert sie einen Augenblick und erhebt sich. »Gut, ich esse schnell etwas und bin gleich zurück. Vielleicht schafft ihr den Durchbruch.«

Die Blonde hebt knapp das Kinn. Wie ausgewechselt drückt Lilith freundlich meine Schulter. »Denk daran, was wir vorhin besprochen haben. Du musst loslassen, um frei zu sein. Du schaffst das!«

Ich nicke. »Danke, Lilith.«

»Gerne.« Sie sieht mir tief in die Augen. »Wir sind auf deiner Seite.«

Ich schlucke einen Kloß herunter. »Ich weiß, danke!«

Meine Freundin zwinkert mir aufmunternd zu und schließt leise die Tür hinter sich. Die Blonde setzt sich mir gegenüber und streckt die Hand aus. »Hallo, ich bin Sisdal und wie du sicher bemerkt hast, bin ich neu im Camp. Ich habe vorher als Lehrerin gearbeitet und fange hier nun als Beichtabnehmerin an.«

»Mein Bruder möchte Lehrer werden.«

»Jame?«, fragt Sisdal.

Ich nicke.

»Wie alt ist er?«

Meine Augen werden feucht. »Er wird Mittwoch dreizehn.«

»Also schon groß.«

»Er ist noch ein Kind.«

Sisdal betrachtet mich.

»Ich weiß, hier nicht. Hier ist man mit drei schon erwachsen«, sage ich ironisch. Ein Lächeln umspielt Sisdals Lippen. Sie sind voll und oben wie ein Herz geschwungen.

»Erzähl mir von Jame. Wie ist er so?«

Vor meinem inneren Auge erscheint mein Bruder mit seinen weizenblonden Haaren und der sonnengebräunten Haut.

»Fröhlich. Zumindest früher, vor der Flucht. Fröhlich und ein bisschen arrogant. Er war auf der sicheren Seite – Hoferbe, das einzige geliebte Kind, der einzige Junge.«

Sisdal stützt ihr Kinn auf die gefalteten Hände.

»Mochtest du ihn damals?«

»Wir hatten eigentlich kein Verhältnis zueinander, das kam erst auf der Flucht.«

Der Kloß in meinem Hals brennt.

»Er ist alles für mich. Meine Familie. Der Letzte von meiner Familie.«

Ich sehe Sisdal in die Augen, die braun sind, wie meine.

»Was ist passiert?« Sie spricht leise, als teilten wir ein Geheimnis.

»Ich glaube Eifersucht.«

Sie nickt verständnisvoll.

»Er ist in Yuna verliebt und sie … sie hat viele Freunde. Wir sind das nicht gewohnt. Es ist schwer, das zu akzeptieren.«

Wieder nickt Sisdal, kaum merklich, und späht in die Zimmerecke. Ich folge ihrem Blick zu einem kleinen schwarzen Punkt. Meine Interviewerin streckt den Rücken durch und setzt eine gleichgültige Miene auf.

»Aber es sind unsere Gesetze.«

»Ich weiß und wir wollen auch lernen. Wirklich! Jame möchte Lehrer werden, wie du!«, wiederhole ich.

Sisdal tippt auf das Display vor sich. »Du kannst gehen.«

Irritiert sehe ich sie an.

»Was?«

»Eifersucht ist ein gängiges Motiv der Altländer. Du hättest es gleich sagen sollen.«

»Aber das war nicht die Frage.«

»Natürlich war es das.«

Ihre Augen sind undurchdringlich.

»Was passiert jetzt?«

»Er wird eine Reinigung durchlaufen. Ein Programm, das seine negativen Gefühle und Gedanken auflöst und ihm helfen wird, sich auf unsere Gesetze einzulassen.«

»Darf ich zu ihm?«

»Nein, erst wenn er mit dem Programm fertig ist.«

»Aber Lilith hat gesagt ...«

Hinter mir geht die Tür auf und ich drehe mich zu Lilith um, die ihre Stirn runzelt. Sisdal nimmt das Display auf. »Eifersucht. Es ist tatsächlich das erste Mal, dass er so einen Ausbruch hatte. Ich empfehle die Reinigung.«

Lilith legt sich eine Hand auf die Brust.

»Danke, Sisdal! Du bist gut. Schön, dass wir dich hier begrüßen dürfen! Ich werde im Quartier Bescheid geben, dass sie morgen mit Jame das Programm beginnen.«

»Ich assistiere gerne, wenn es erwünscht ist.«

»Ich gebe es weiter.«

Lilith und Sisdal nicken sich zu. Ich folge der Neuen zur Tür und verstehe nicht, was hier gerade passiert ist. Sanft hält

Lilith mich am Arm zurück. »Es wäre schön, wenn du mir mehr vertrauen könntest.«

Ich blicke in ihre klaren blauen Augen und suche nach Ärger, sehe aber nur Wärme.

»Es tut mir leid.«

»Es wird alles in Ordnung kommen, glaube mir. Du hast es richtig gemacht.« Sie lächelt mich mit ihrem strahlenden Lilith-Lächeln an, das so unbekümmert wirkt wie ein sonniger Frühlingstag.

»Ja.«

Sie nickt. Ausgelaugt und verwirrt folge ich Sisdal aus dem Beichtzimmer.

Jul lehnt im Halbdunkeln im Gang, als wir herauskommen. Sisdal tritt direkt auf ihn zu. »Jul?«

Der stößt sich von der Wand ab und nickt. Unsere Augen finden einander und Juls Gesichtsausdruck wechselt von abweisend zu fragend. Von Sehnsucht gepackt, bleibe ich stehen und schließe die Lider, hoffend, dass Jul mich in den Arm nimmt, so wie heute Nachmittag, bevor alles aus dem Ruder lief. Doch er geht vorbei und mich streift nur sein Windhauch. Hinter mir öffnet und schließt sich die Tür. Ich bin allein.

Ich unterdrücke den Wunsch, mich zu Boden gleiten zu lassen und mich zusammenzurollen. Stattdessen durchquere ich die scheinbar endlosen Gänge und Korridore. Endlich erreiche ich das Ende des Traktes und stoße die Glastür zum Garten auf. Über den saftig grünen Baumkronen steigt gerade die Sonne auf.

12

Es ist der Platz im Speisesaal, an dem Jame und ich am ersten Tag saßen und der Platz, den Sim und ich uns gerne aussuchen. Dicht an der Glasfront mit Blick in den Garten. Heute sitze ich hier alleine und bin froh darüber. Kyron und Lilith sind ausnahmsweise mal nicht zu sehen und auch von Sim und Jul fehlt jede Spur. Ein paar Tische weiter frühstückt Jarl, ebenfalls alleine, vielleicht liegt es an der Uhrzeit. Es ist schon Viertel vor zehn und in einer halben Stunde ist die Abfahrt in die nächstgelegene Metropole.

Ich wende mich dem Regen zu, der gegen die Scheiben peitscht, unfähig zu essen oder sonst irgendetwas zu tun.

»Lore?«

Ich schaue auf. An meinem Tisch steht Beth mit einem Tablett in der Hand. »Du bist doch Lore, oder? Die Schwester von Jame?«

Ich nicke. Beth lächelt und stellt das Tablett ab. »Eure Geburtstagsbestellung. Blaubeeren und Himbeeren auf Joghurt mit Ahornsirup, dazu Pfannkuchen. Guten Appetit.«

Ich starre erst auf das Tablett, dann zu Beth hoch.

»Und sag deinem Bruder ›Hool moje Adebarsdag‹!«

Mein Kopf ist festgeschraubt, ich kann ihn nicht von ihr wegdrehen.

»Das heißt ›Alles Gute zum Geburtstag‹«, fügt sie hinzu.

Ich schaffe es, zu lächeln und zu nicken. Beth nickt ebenfalls und schlendert zum Tresen zurück. Ich blicke auf James Geburtstagsfrühstück, auf das ich erst nach langem Überlegen gekommen bin. Beeren waren der kulinarische Höhepunkt auf unserer Flucht. Bilder von saftverschmierten Mündern und

Händen steigen in mir auf. Joshua, der lacht und kräht, während er sich seine Babyfaust voll zerquetschter Brombeeren in den Mund steckt und schmatzend daran lutscht. Jame, der auf der Sitzbank des eingewachsenen Fahrzeugs vor mir liegt und, schon im Halbschlaf, die letzten Früchte isst. Das war die Nacht, in der ich Sim das erste Mal sah. Genau genommen sah sie mich, denn ich schlief ja. Aber ich erinnere mich an das Erwachen und an den Schrecken, den mir ihre großen Augen hinter dem Fenster einjagten. Unsere Verfolgungsjagd durch das Gewitter – all diese Erinnerungen stecken in den Beeren, dem Geburtstagsfrühstück für meinen Bruder, der es selbst nicht essen kann. Genauso wenig wie Joshua, der jetzt bei fremden Menschen lebt, oder Sim, die mir aus dem Weg geht.

Ich sehe Joshuas schmales Babygesicht mit seinem wachsamen Blick vor mir und es treibt mir die Tränen in die Augen. Wenn ich ihn nur nachholen könnte. Ihn und Kieno, dann würde alles hier ein wenig mehr Sinn machen. Ich korrigiere mich: Ich kann weder Joshua noch meine Schwester nachholen, denn ich schaffe es nicht einmal, die eine Person zu schützen, die mir anvertraut wurde, weil ich nach wie vor meine Gefühle nicht im Griff habe. Ich hätte nie geglaubt, dass ich Lida in diesem Punkt eines Tages recht geben würde.

Eine Ansage aus den Lautsprechern reißt mich aus meinen Gedanken.

»Der Bus nach Mosk fährt in fünfzehn Minuten am Haupttor von Block B ab. Mitreisende begeben sich bitte in fünf Minuten zur Abfahrtsstelle.«

Anklagend steht das Frühstück vor mir. Iss. Du hast lange genug zu wenig gehabt. Man darf kein Essen verschwenden.

Widerwillig greife ich zum großen Löffel auf dem Tablett und schaufle mir den Joghurt und die Beeren in den Mund, bis mir das Essen fast wieder herausquillt. Ich schlucke in mühsamen, harten Schlucken und leere mit zwei weiteren Ladungen die Schale. Mein Magen verkrampft sich und versucht, das Gegessene wieder nach oben zu befördern. *Behandle alles mit Respekt: Mensch, Natur, Nahrung, Güter. Dies ist die Basis unserer Gesellschaft.* Ich lege die drei Pfannkuchen aufeinander, rolle sie zusammen und schiebe sie in meinen Mund. Ich schnaufe durch die Nase, während mein Hals sich verengt und mein Kehlkopf anfängt zu schmerzen. Ich würge die Pfannkuchen herunter, die endlich durchrutschen, irgendwo hinter den Rippen hängen bleiben und von innen dagegen drücken. Mit einem Stechen im Brustkorb trage ich das Tablett zur Abräumstation und laufe zum Block B.

*** *** ***

Der Bus gleitet dahin, als schwebe er. Es ist nicht das kleinste Ruckeln zu spüren. Das leise Surren des Elektromotors ist einschläfernd und die Sicht nach draußen durch den Regen verschwommen. Mit halb offenen Lidern sitze ich zwischen sechzehn weiteren Fahrgästen, die sich auf langen gepolsterten Bänken gegenübersitzen. Hinter unseren Köpfen, an den Längsseiten des Busses, verlaufen schmale, waagerechte Fenster. Links von mir sind Jarl, Suzan, Svent und die beiden Mädchen, die ich seit dem Test ›die Schwestern‹ nenne. Die anderen Altländer kenne ich nur flüchtig aus Seminaren oder dem Speisesaal und nehme an, dass sie in einem anderen Block untergebracht sind: Ein junger Dunkelhäutiger mit großen, runden Augen. Ein dicker Mann – die erste dicke Person, der ich begegne. Ein Vater mit seinem Sohn, erkennbar an der gleichen großen, hakenförmigen Nase und dem gleichen stoischen Gesichtsausdruck. Und eine Frau mit drei Kindern, zwei Mädchen und ein Junge, zwischen vier und zehn, die still und gehorsam neben ihr sitzen. Wie hat sie es bloß mit ihrer ganzen Familie hierhergeschafft?

Ich betrachte die Frau, die traurig und erschöpft aussieht, und weiß instinktiv, dass sie mitnichten ihre ganze Familie hierhergeschafft hat. Sie und die drei sind der überlebende Rest. Die Frau spürt meinen Blick auf sich und schaut auf, einen Moment lang sehen wir uns in die Augen. Dann legt sie ihren Arm um den kleinen Sohn, das jüngste der Kinder, als wolle sie ihn vor mir beschützen.

Weiter vorne, in Überwachungsnähe unserer Begleiter Nevin, Welf und einem Fahrer mit schräggestellten Augen, sitzen drei Männer. Schätzungsweise um die vierzig, aber vielleicht täuschen auch nur ihre wettergegerbten Gesichter und lückenhaften Gebisse über ihr wahres Alter hinweg und sie sind in Wirklichkeit nicht älter als achtundzwanzig. Ich muss immer wieder zu ihnen hinüberschauen, angezogen und abgestoßen zugleich von dem tiefen Schmiss, der ihre linken Wangen entstellt und sie als Wanderarbeiter outet. Wir hatten bei der Ernte öfter mit solchen Hilfskräften zu tun, aber sobald einer dieser unverheirateten Männer unseren Hof betrat, schickte Mari uns Mädchen in die Kornkammer oder zu Hausarbeiten. Ich habe mich immer vor ihnen gegruselt, als seien sie Untote, die nicht am echten Leben teilnehmen dürfen.

Einer der Männer sieht auf und mir direkt in die Augen. Schnell drehe ich den Kopf weg, aber zu spät. Ich habe ihn beobachtet wie ein wildes Tier und er weiß es. Beschämt wende ich mich einem der Displays zu, die etwas oberhalb unserer Köpfe von der Decke hängen und auf denen ein Film abläuft. »... bereits mehrere hundert Jahre vor dem *Vorfall* besiedelt wurde. Noch heute ist Mosk in seiner Grundstruktur, sichtbar an dem Verlauf der Straßen und der Lage der Parks, wie zu Gründungszeiten erhalten.«

Trotzdem treiben meine Gedanken wieder zu den Wanderarbeitern. ›Gefährder‹ nennt Kyron sie.

»Jemand, der so viel Schlechtes erlebt hat, ist natürlich eine tickende Zeitbombe. Deswegen bemühen sich die Psychologen ganz besonders um sie. Jeder bekommt hier seine Chance. Leider zeigt die Statistik, dass Straftaten besonders häufig von Wanderarbeitern verübt werden.«

»Was für Straftaten?«, fragte ich.

Aber Kyron schwieg, als hätte er schon zu viel verraten.

Ich konzentriere mich auf den Film über Mosk. Häuser reihen sich aneinander, auf den flachen Dächern Gärten mit dichter, dunkelgrüner Vegetation, der Himmel darüber strahlend blau. Nur Menschen sind keine zu sehen, weder in den Gärten noch auf den Straßen, durch die der Blick saust. Ich frage mich, wie sie diese fliegenden Bilder hinbekommen haben und mir fallen die summenden, alles beobachtenden Drohnen in der Alten Welt ein und Juls Erklärungen dazu: Kamera, Ton-Sensor, Schussfunktion.

Haben Drohnen die Aufnahmen von Mosk gemacht? Und wenn ja, wofür werden sie sonst eingesetzt? Ich schüttle den Gedanken ab. Die *Neue Welt* ist eine andere als die alte. Warum sollte eine friedliche Gesellschaft überwacht werden?

Jarl stupst leicht mit dem Knie gegen meines und deutet nach oben zu dem Display, aus dem eine monotone Frauenstimme erklingt:

»Ein Großteil der ursprünglichen Metropole ist schon mehrmals zerfallen und wieder aufgebaut worden, nur ein Viertel hat alle Zeiten und Herausforderungen überstanden und ist heute der Stolz von Mosk: das Oldage-Quarter!«

Die Filmaufnahmen zeigen dicht aneinandergedrängte, hohe Häuser mit schier endlos übereinandergeschichteten Etagen. In tausenden Glasscheiben spiegelt sich die Sonne und taucht die schmalen Straßenschluchten in ein Meer aus Licht.

»Das Oldage-Quarter beherbergt eine Reihe von Ministerien, so zum Beispiel das Ministerium für Entwicklung und Erziehung.«

Durch den Regen kommen jetzt die ersten Gebäude der Metropole in Sicht. Wir fahren an flachen Häusern vorbei, die auf kleinen, quadratisch eingezäunten Arealen stehen, die aussehen, als bestehe der Untergrund aus Moos. Das trübe Tageslicht verwandelt das Pastell der Häuserwände in Matschfarbe und nur hinter wenigen Fenstern brennt Licht. Menschen sehe ich keine, dennoch kann ich mich nicht von dem Anblick da draußen lösen. Dies sind Siedlungen. Orte, wo Menschen Haus an Haus miteinander leben, statt wie bei uns abgetrennt vom Nachbarn durch mindestens zwei Hektar Land. Fremde Clans, die man höchstens einmal im Monat auf den Märkten in verfallenen Dörfern antrifft, in denen niemand mehr wohnen darf. Um uns vor uns selbst zu schützen. Alles Lüge, wie ich jetzt weiß. Im Camp leben wir Altländer nicht nur Haus an Haus, sondern sogar Zimmer an Zimmer, Tür an Tür miteinander. Ohne uns gegenseitig umzubringen.

Ich lächle Jarl zu, den ich früher nicht mal hätte ansehen dürfen. Wir sind keine Tiere, die nur nach Instinkt handeln und die diejenigen töten, die nicht zum eigenen Clan gehören. Doch dann fällt mir James Reinigung ein und augenblicklich wird mir heiß. Starr halte ich den Blick nach draußen gerichtet und hoffe, dass mein verdammtes Gesicht nicht wieder feuerrot wird. Als könne Welf meine Angst riechen, dreht er plötzlich den Kopf und sieht über die Schulter in meine Richtung. Beim Einsteigen schien es, als erkenne er mich nicht wieder. Aber jetzt bin ich mir sicher, dass er weiß, wer ich bin. Unter seinem sommerlichen Leinenanzug zeichnen sich die angespannten Rückenmuskeln ab. Bereit zum Sprung, denke ich. Welf sieht wieder nach vorne aus der regennassen Windschutzscheibe, über die ein großer Wischer in monotonem Rhythmus fährt.

Die Straßen werden schmäler und die Häuser stehen dichter aneinander. Unser Bus schlängelt sich durch ein Gewirr aus Straßen, in denen nur vereinzelt Fahrzeuge und weiterhin keine Passanten zu sehen sind. Wir biegen mal hierhin, mal dorthin ab und würde man mich hier aussetzen, wäre ich hoffnungslos verloren. Kanäle, wie in Prado, gibt es keine und, soweit erkennbar, ist es hier deutlich sauberer. In Prado lag überall Unrat und die Luft roch nach Kloake. Momentan rieche ich nur die synthetisch gekühlte Luft der Klimaanlage.

Mit einem Surren hält der Bus und ich spähe an den Köpfen meiner Mitreisenden vorbei durch das Fenster gegenüber. Hinter dem etwas nachlassenden Regen zeigt sich die rostrote Fassade eines großen Gebäudes. Über den Gehweg davor hasten vereinzelt Menschen und damit die ersten Lebewesen des Tages außerhalb des Camps.

Nevin erhebt sich von seinem Platz. »Wir sind jetzt an unserer ersten Station angelangt. Dies ist der innere Metropolring, das sogenannte Kofen-Quarter. Wir haben hier eine Stunde Aufenthalt. Bitte stellt eure Uhren, um rechtzeitig zurück zu sein.«

Gewissenhaft beugen sich alle Altländer über ihr linkes Handgelenk und tippen in schneller Folge dreimal auf ihr Armband, um die Weckerfunktion zu aktivieren. Ich erinnere mich an Tag zwei im Camp, als wir Neuankömmlinge unser Armband und eine Einführung erhielten:

Einmal tippen: Uhrzeit, zweimal tippen: Datum, dreimal tippen: Wecker stellen, viermal tippen: Hilferuf.

Wie wir nervös und ungläubig kicherten. Hilferuf, wofür? Wir sind doch endlich in Sicherheit! Dass die psychologischen Leiden, die Albträume und Panikattacken erst kommen würden, wussten wir da noch nicht.

Nevin wartet, bis alle die Köpfe gehoben haben. »Diejenigen von euch, die noch nicht hier waren, möchte ich darauf hinweisen, dass dieses Viertel zunächst etwas überwältigend sein kann.«

Ich sehe mich unter meinen Mitfahrern um und wundere mich, wer schon mal in Mosk gewesen sein könnte. Außerdem erweckt da draußen nichts den Eindruck, als könnte es uns überfordern. Aber Nevins Miene ist ernst und angespannt. »Ihr werdet mit vielen Eindrücken konfrontiert sein. Aber es gibt nichts, wovor ihr Angst haben müsstet. Solltet ihr euch dennoch unwohl fühlen, steht der Bus jederzeit für eure Rückkehr offen. Bitte nutzt diesen Ausweg und wartet nicht ab, bis eure Emotionen die Führung übernehmen.«

Welf hat die Arme verschränkt und sieht jeden Einzelnen von uns prüfend an. Die meisten senken sofort die Köpfe. Nevin kommt mit einer Tasche in den Mittelgang. »Jeder von euch bekommt drei Münzen. Es ist ein Begrüßungsgeld der Stadt, das jeder Neubürger bei seinem Ausflug erhält. Ihr könnt davon kaufen, was ihr möchtet.«

Er greift in die Tasche und fängt mit dem Verteilen an. Zaghaft strecken sich ihm Hände entgegen. Saubere, gewaschene Finger, geschnittene Nägel, gecremte Haut. Ein Anblick, der in der Alten Welt undenkbar gewesen wäre, wo die Hände voller Schwielen und die Nagelränder schwarz vom Ackerboden waren. Und dann schließen sich die Finger um die drei kleinen Münzen, die sich leicht wie Papier anfühlen. Kurz glaube ich, gar keine bekommen zu haben, öffne meine Hand wieder, um sicher zu gehen, dass ich tatsächlich das erste Mal in meinem Leben echte Münzen halte. Nicht großkantig und schwer wie die in der Alten Welt, aber dennoch von wahrem Wert.

»Die meisten von euch sind mit Tauschgeschäften groß geworden. Aber Tauschgeschäfte gibt es in der *Neuen Welt* nicht«, erklärt Nevin. »Gibt es dazu Fragen?«

Die Anwesenden schütteln ihre Köpfe, obgleich die meisten so aussehen, als würden ihnen tausende Fragen unter den Nägeln brennen. Aber so haben wir es gelernt. Erst mal schweigen und schauen, ob man ohne Hilfe zurechtkommt. Wir haben alle noch einen weiten Weg vor uns.

»Gut«, fährt Nevin fort. »Beim Ausstieg findet ihr einen Korb mit Regenschirmen. Ich glaube, es ist eine gute Idee, wenn ihr sie benutzt, sonst riechen wir nachher wie nasse Hunde.«

Wir lachen. Wohl auch, weil keiner von uns weiß, wie Hunde riechen. Weder nass noch trocken. Hunden geht man aus dem Weg oder schlägt rechtzeitig zu. So war es bei uns.

»Viel Spaß, liebe Neubürger, und denkt daran, in einer Stunde treffen wir uns wieder am Bus, um weiterzufahren«, ruft Nevin fröhlich.

Zischend öffnet sich die Bustür. Welf und Nevin steigen aus und postieren sich links und rechts des Ausstiegs. Nach und nach stehen alle auf und reihen sich ein, um das erste Mal einen Fuß in die echte *Neue Welt* zu setzen. Keiner vergisst, seinen Schirm zu nehmen. Wir sind alle gute und willige Neubürger. Die drei Wanderarbeiter treten als erstes hinaus. Einer von ihnen, er könnte dreißig oder sechzig sein, saugt scharf die frische, feuchte Luft ein. Ein Zittern rollt über sein Gesicht und für einen Moment fallen die Jahre der Demütigung von ihm ab und Frieden tritt an deren Stelle. Dann schiebt der Nachkommende ihn weiter, um Platz zu machen, und der Moment ist vorbei.

13

So wie unsere Winterjacken kanarienvogelgelb waren, so sind
unsere Übergangsjacken quietschorange und weisen uns schon
aus hundert Metern Entfernung als Campbewohner aus. Ich
trete in das rostrote Gebäude ein und lasse das nasse Wetter
hinter mir. Hier drinnen offenbart sich der Kern des Kofen-
Quarters, wo das Leben stattfindet. Etwas unterhalb des Plat-
zes, an dem ich stehe, breitet sich ein Gewirr von Gassen und
kleinen Hütten aus, deren Eingangstüren alle offen stehen und
mit verschiedensten Dingen dekoriert oder behangen sind. Das
Quarter ist ausgewogen klimatisiert. Nicht zu heiß, nicht zu
kühl. Genauso, wie ich es aus dem Camp kenne. Kurz bin ich
versucht, meine Stiefel auszuziehen, um zu testen, ob es hier
auch eine Fußbodenheizung gibt. Stattdessen streife ich meine
Jacke ab, schlinge sie mir um die Hüften und beobachte erst
mal das Treiben unter mir. Durch die Gassen bewegen sich
Passanten im Pulk und im ersten Augenblick glaube ich, dass
das Gewirr dem Treiben auf unseren monatlichen Märkten
gleicht, doch nach genauerem Hinsehen wird mir klar, dass es
einen entscheidenden Unterschied gibt: Die Menschen hier
berühren sich nicht. Trotz der Dichte manövrieren sie mühelos
umeinander herum, als würde eine unsichtbare Hülle sie umgeben, mit der sie an den unsichtbaren Hüllen der anderen abpral-
len. Einige Meter vor mir, bereits im Getümmel, entdecke ich
Jarl und Suzan. Ihre orangefarbenen Jacken stechen aus der
Masse heraus und jetzt bemerke ich weitere orangene Punkte,
die wie Glühwürmchen durch die Halle schwirren. Ich hingegen klebe an meinem Platz fest und mache mir Sorgen. Wie

soll ich es schaffen, mich durch so viele Menschen zu begeben, ohne gegen sie zu stoßen?

Vom zusammengeklappten Schirm tropft es. Neben meinen Füßen bildet sich eine kleine Pfütze. Ich verstaue den Schirm in der Jackentasche und gehe zögernd auf die Stufen zu, die zu dem Innenbereich der Halle führen. Je näher ich der ersten Gasse komme, desto dichter wird das Gedränge. Im Schneckentempo bewege ich mich vor, peinlich bedacht darauf, mit niemandem zu kollidieren. Blicke streifen mich und wandern von meinem Gesicht zu meinen Hüften, bleiben an der orangefarbenen Jacke hängen, wenden sich ab. Ohne mein Zutun teilt sich das Menschenmeer vor mir und schließt sich hinter meinem Rücken wieder. Verwundert bleibe ich stehen, probiere ein paar schnellere Schritte vor, dann zurück und zu den Seiten, aber egal wie ich mich bewege, der unsichtbare menschenleere Raum bleibt um mich herum erhalten. Der Illusion beraubt, ich könnte als Einheimische durchgehen, ziehe ich meine orangefarbene Jacke wieder an und bleibe vor dem Eingang mit dem Schild ›Oovt un Grönwaren‹ stehen. Von drinnen strömt mir der süße Geruch von Früchten entgegen. Helle Holzwände kleiden den Innenraum aus, der Boden ist aus schlichtem schwarzen Estrich, aber sauber, und hinter einer mattweißen Theke steht eine Frau mit grauen, hochgesteckten Haaren und jugendlichem Gesicht. Sie schaut auf.

»Hallo.«

»Guten Tag«, erwidere ich und warte auf die Frage, was ich will. So wie meine Mutter es immer mit ihren Kunden machte. »Was wollen Sie?« Nicht freundlich, nicht abwartend, immer gleich ins Gesicht blaffend. Wer vor Schreck nicht schnell genug antwortete, wurde fortgescheucht. *Lungern Sie*

hier nicht rum, sie verdecken die Sicht auf den Stand. Was ist,
wollen Sie jetzt tauschen oder nicht? Und kommen Sie mir
nicht mit weniger an als mit Butter!

Wenn dann die Butter kam, durfte ich höchstens einen kleinen Blick darauf werfen, gerade lang genug, dass mir der ranzige Geruch in die Nase steigen konnte. Bekommen hat die Butter dann Jame.

Aber die Verkäuferin fragt mich nicht. Unbeteiligt senkt sie ihren Kopf wieder über einen Block. Eigentlich war ich nur neugierig, aber jetzt bin ich schon drinnen und habe das Gefühl, zum Kauf verpflichtet zu sein. Langsam schlendere ich durch die Reihen mit Obst- und Gemüsekisten. In meiner Handfläche werden die Münzen warm, die ich in Ermangelung einer Tasche in der Hand halte. Unschlüssig bleibe ich vor einer Kiste Äpfel stehen. Knackige Früchte mit fast glatter Schale, nicht verkümmert oder schrumpelig wie zuhause. Ich strecke die Hand nach einem Apfel aus.

»Nein!«

Erschrocken ziehe ich die Hand zurück. Die Verkäuferin ist hinter der Theke hervorgekommen. »Erst fragen!«

Ich werde rot. »Darf ich mir einen Apfel nehmen?«

»Nein. Ich gebe ihn dir. Welchen möchtest du?«

Verunsichert schaue ich auf die Kiste und zeige auf den kleinsten, hässlichsten Apfel.

»Diesen … bitte.« Meine Wangen glühen, was die Verkäuferin mit einem flüchtigen Blick quittiert. Sie trägt den Apfel zum Tresen und wiegt ihn ab. Hinter mir treten zwei Einheimische ein und greifen sich aus verschiedenen Kisten Gemüse und Obst, das sie in einen mitgebrachten Korb legen.

»Das macht eine Viertelmünze.«

Ich wende mich von den anderen Kunden ab und öffne meine Hand, in der die Münzen an der Haut kleben. Die Verkäuferin macht ein Gesicht, als hätte sie Zahnschmerzen. Sie nickt zum Tresen. »Leg sie hin.«

Ich lege die drei Münzen ab.

»Eine.«

Scham erfüllt mich, so wie früher, wenn ich nicht gleich kapiert habe, was Lida oder ein Lehrer von mir will. Ich nehme zwei Münzen wieder auf und lasse eine liegen. Die Verkäuferin öffnet eine Schublade und holt drei dreieckige Münzen heraus. Diese schiebt sie vor mir auf dem Tresen zusammen, bis sie einen Dreiviertelkreis ergeben.

»Das sind drei Ein-Viertel-Münzen.«

Ich nicke.

»Nimm sie«, fordert sie mich auf. Ich klaube die drei Münzen vom Tresen, während sie meine volle Münze mit einer Flüssigkeit einsprüht und dann mit spitzen Fingern in die Schublade schiebt.

Am anderen Ende des Tresens stellen die Kunden den Korb mit ihren Waren ab. Ich starre sie an. Echte Neuländer, keine freiwilligen Helfer.

»Brauchst du noch etwas?«, fragt die Verkäuferin.

»Den Apfel.«

Sie lächelt milde. »Du darfst ihn jetzt nehmen.«

»Danke.«

***

Etwas unschlüssig stehe ich in der Gasse herum, in der einen Hand den Apfel, in der anderen nun noch mehr Münzen. Ich sollte eine Tasche kaufen, damit ich nicht alles verschwitzt in der Hand halten muss. Am liebsten würde ich in den Bus zurückgehen, aber gleichzeitig plagt mich die Sorge, ob es nicht doch ein Test ist. Wie belastbar wir sind, wie wir zurechtkommen. Nein, ich bleibe. Das ist alles nur neu und in wenigen Jahren werde ich darüber lachen, wie albern ich mich das erste Mal unter wirklichen Neuländern benahm. Natürlich darf ich nichts anfassen. Ich könnte Keime haben, die für die Neuländer fremd und gefährlich sind. Das hat Dr. Akan mir am Anfang erklärt. Die Desinfektionsduschen sind wichtig, zum Schutz aller. Manche müssen sogar wöchentlich darunter. Das hat nichts mit mir zu tun.

***

Etwa zwanzig Minuten später ist mir bewusst, dass es in der *Neuen Welt* fast alles zu kaufen gibt, was man sich denken kann. Es gibt Geschäfte nur für Gebäck. Eine Weile habe ich auf das Schild geschaut und mich gefragt, was Gebäck ist. Ein Passant hat es mir dann auf meine Nachfrage hin erklärt. Die Häuser in den Gassen heißen Geschäfte. Ich glaube nicht, dass Menschen darin wohnen, jedes Haus hat nur die eine Etage mit dem Verkaufsraum. Zum Haare schneiden geht man zum Coiffeur, die Butter kommt hier nicht von der Kuhmilch, sondern von der Sojapflanze. Tiere gibt es nicht. Fleisch ist verboten. Aber das wusste ich ja schon.

Von meiner Hand baumelt eine kleine Stofftasche, die ich gegen eine Münze getauscht habe. Nein, gekauft. Ich habe die Tasche für eine Münze gekauft. Die Tasche ist orange, wie meine Jacke. Darin liegen jetzt der Apfel und die restlichen

Münzen. Ich komme mir vor wie ein Kind, das die Welt kennenlernt. Die Tasche fühlt sich gut an in meinen Händen. Alle Neuländer tragen Taschen oder Körbe und jetzt bin ich ein bisschen mehr wie sie. Laut meiner Uhr laufe ich erst seit dreißig Minuten durch das Kofen-Quarter, aber es fühlt sich an wie Stunden. Die Geräusche, die vielen Menschen, Farben, Gerüche. Nevin hat recht, wenn man es nicht gewohnt ist, ist es überwältigend. Mich macht es müde, gleichzeitig kann ich mich nicht sattsehen. Jame würde es großartig finden. Der Stich der Erinnerung kommt unvermittelt und hart. Getroffen davon bleibe ich stehen und schließe die Augen. Als ich sie wieder öffne, stelle ich fest, dass ich vor einem Tisch voller Bücher stehe, der sich unter der Last fast durchbiegt. Über dem Eingang des Geschäfts hängt ein Schild mit geschwungenen Buchstaben, ›LebensSeiten‹. Beeindruckt betrachte ich die Vielzahl der Bücher, manche mit bunten Umschlägen, andere mit Fotografien auf dem Titel. Links ist eine ganze Reihe mit Büchern nur eines Autors, der einzige, den ich namentlich kenne: Jarek Dragan Slowitzki. Neben *Liebe* gibt es noch *Neues Leben, Freiheit des Herzens und des Geistes* und *Die Wahrheit*. Die anderen Titel, es sind sicher noch ein Dutzend weitere, lese ich nicht mehr, zu sehr lenken mich die anderen bunten Einbände ab. Wer sind all diese Autoren und woher kommen sie? In der Alten Welt gab es nur wenig Bücher, die meisten für den Schulunterricht. Ein paar Exemplare waren aus der Zeit vor dem *Vorfall*, diese durfte man offiziell weder besitzen noch lesen. Um uns nicht zu verstören und mit unnötiger Sehnsucht nach Vergangenem zu belasten, hieß es. In dem Haus, das mir und Jame als erstes Unterschlupf gewährte, waren solche verbotenen Bücher. Aber diese Menge an Literatur hier, die kann unmöglich aus den alten Zeiten stammen.

Ein gänzlich in Blau gehaltenes Buchcover zieht meine Aufmerksamkeit auf sich, obwohl es in seiner Schlichtheit unter den anderen Büchern fast untergeht. Es heißt *Alte Länder, alte Sprachen.* Ich will es schon aufnehmen, als mir einfällt, dass ich das nicht darf. Plötzlich befällt mich Aufregung und Sorge, dass jemand das Buch vor mir kaufen könnte. Hektisch sehe ich mich nach einem Verkäufer um. Der Stand ist voll und um mich herum greifen Passanten zu den Büchern, betrachten sie, wenden sie um, lesen die Zusammenfassungen. Manche werden zurückgelegt, andere in den Verkaufsraum getragen. Ich fixiere mein Buch, als könnte ich so verhindern, dass es jemand nimmt, fühle mich dabei hilflos, weil ich es nicht anfassen darf, traue mich aber auch nicht vom Fleck – was, wenn jemand das Buch nimmt? Endlich tritt ein alter Mann vor die Tür und sieht sich um. Er entdeckt mich und kommt näher.

»Guten Tag, junge Frau, was kann ich für dich tun?« Er lächelt freundlich, so freundlich, wie die freiwilligen Helfer im Camp, viel freundlicher, als die Frau im Obst- und Gemüseladen.

»Dieses Buch, bitte. Wie viel muss ich dafür tauschen?«

Er schmunzelt.

»Bezahlen«, verbessere ich mich. »Ich habe nur noch eine volle Münze und drei Viertelmünzen. Ist das genug?«

»Warum nimmst du dir nicht das Buch und kommst herein?«, fragt der Mann.

Ich sehe mich nach den anderen Leuten um. Werde ich beobachtet? Ist das ein Test?

Der Mann nickt zum Buch. »Na los, trau dich.«

Ich zögere, spüre die Gefahr, einen Fehler zu begehen geradezu körperlich. Der Alte hebt die Hände. Die Finger der rechten Hand sind in sich gekrümmt und verkrampft, die Finger der linken dagegen schlaff, als fehle ihnen die Muskulatur. »Mir fällt es sonst noch auf dem Weg herunter«, sagt der Mann, der sicher der Verkäufer ist. Hoffentlich ist es der Verkäufer!

Zaghaft und mit trockenem Mund nehme ich das Buch vom Tisch. Warte auf den Ruf, auf das laute »Nein«, auf Welf, der mich von hinten anspringt und zu Boden presst. Der Alte geht voraus in sein Geschäft und ich folge ihm. Niemand kommt, um mich zu bestrafen.

Drinnen tritt der Alte an den Tresen. Eine kleine Tischlampe wirft einen Lichtkegel auf die Platte, obwohl genügend Tageslicht von draußen hereinfällt.

»Leg es dahin, meine Augen sind leider auch nicht mehr so brauchbar.« Er seufzt, aber es hört sich belustigt an. Ich lege das Buch in das Lampenlicht und er beugt sich darüber. »Lass mal sehen«, murmelt er. Und dann: »Aha! ›Alte Länder, alte Sprachen‹. Findet es doch noch einen Abnehmer.« Er sieht auf. »Abnehmerin, natürlich.«

»Es ist für meinen Bruder, er wird heute dreizehn.«

»Ein schönes Geschenk, und sehr passend zu einem dreizehnten Geburtstag«, bestätigt der Verkäufer. »Brauchst du Papier?«

»Wofür?«

»Zum Einpacken. Ist natürlich recycelt.«

»Wieso?«

»Weil es ein Geschenk ist.«

Ich habe keine Ahnung, wovon er spricht, und schüttle den Kopf. Der Alte betrachtet mich und scheint erst jetzt die orangene Jacke wahrzunehmen.

»Woher kommst du?«

»Aus Graanz.«

Sein Gesicht hellt sich auf. »Graanz, tatsächlich? Das ist doch nicht weit von Langdaans, oder?«

»Ja, kennen Sie die Gegend?«, frage ich überrascht.

»Du«, sagt der Verkäufer.

»Natürlich. Du. Entschuldigung.«

»Ist schon gut. Ist schön, mal wieder ein Sie zu hören.«

»Kennst du Langdaans?«, frage ich noch mal.

»Ist lange her«, antwortet der Verkäufer. »Eineinhalb Münzen bekomme ich von dir.«

Hinter mir trägt eine Frau eine Ladung Bücher herein. Ich krame die Münzen aus der Tasche und lege sie dem Verkäufer passend auf den Tresen. Mühsam zieht er eine Schublade auf.

»Wirf sie da rein.«

Die Frau wirft mir einen Blick zu und wendet sich ab. »Ich komme später zurück.«

»Sie hat nichts!«, brummt der Verkäufer. »Ich kenn das Mädchen und sie kommt aus einer guten Gegend. Langdaans. Guter Boden.«

Mir liegt auf der Zunge zu sagen, dass ich aus Graanz stamme und nicht aus Langdaans, was einen gehörigen Unterschied in der Bodenbeschaffenheit macht, verkneife es mir aber. Zögernd bleibt die Frau stehen. »Nun gut, wenn du es sagst.«

»So, nun nimmst du das Buch und sagst deinem Bruder ›Hool moje Adebarsdag‹.«

»Alles Gute zum Geburtstag«, übersetze ich.

»Genau«, lächelt der Verkäufer und dann grinst er die Kundin an, als würde der neuländische Satz beweisen, dass ich nicht voller Keime und ansteckend bin. Offenbar wirkt es, denn als ich an ihr vorbeigehe, springt sie nicht zur Seite, sondern lächelt mir tapfer zu.

***

Das Buch wie einen Schatz umschlungen, sitze ich wieder im Bus. Bei meiner Ankunft war schon mehr als die Hälfte der Mitreisenden auf ihren Plätzen und aus ihren Gesichtern spricht mehr Müdigkeit als Aufregung, nur Suzans Miene ist genauso apathisch wie zu Beginn des Ausflugs. Keiner spricht, auch nicht unsere Begleiter. Bei der Abfahrt kündigt Nevin kurz die nächste Station, das Oldage-Quarter, an. Dann lässt er sich neben Welf nieder, der mit strammem Rücken und ordentlich nebeneinandergestellten Füßen darauf zu warten scheint, seine Muskelkraft an irgendjemandem entladen zu können. Der Bus gleitet dahin und außer einem leisen Knacken, das von Svent kommt, der an seinen Nägeln kaut, ist nur der Regen an den Scheiben zu hören. Aber selbst der klingt dumpf und abgefangen wie unter einer Glocke. Mir gegenüber sitzt der Dunkelhäutige, dessen Namen ich nicht kenne. In seinen Händen hält er etwas, das aussieht wie eine kleine Puppe. Er sieht zu mir auf und lächelt. »Hast du auch etwas getauscht?«

»Gekauft?«, frage ich.

Er errötet etwas unter seiner dunklen Haut und lächelt schüchtern.

»Ja, ein Buch.« Ich halte es hoch. »Und du?«

Er klopft auf den freien Platz neben sich. »Komm rüber.«
Ich setze mich zu ihm, aus den Augenwinkeln beobachten
mich dabei die anderen Altländer und ich spüre ihren Vorwurf.
Eine Minderjährige setzt sich zu einem Jungen. Unsere Erziehung sitzt tief, auch hier noch. Der Dunkelhäutige reicht mir
die Puppe, eine kleine Frauenfigur, die eine Gitarre hält und
einen weitgefächerten Rock trägt.

»Da.« Er zeigt auf einen kleinen Schalter an der Seite des
Sockels, auf dem die Figur steht. Ich drücke ihn herunter.
Plötzlich wiegt sich die Figur und fährt mit dem Arm über die
Saiten der Gitarre, auf und ab, dabei erklingt blechern Musik.
Vor Schreck lasse ich die Figur fast fallen. Der Junge lacht,
während Welf und Nevin sich zu uns umdrehen. Mein Sitz-
nachbar nimmt mir die Figur ab und schaltet sie schuldbewusst
aus. »Ging mir genauso.«

»Wofür ist die?«

Er zuckt mit den Schultern. »Einfach nur so. Zum Spaß
haben.« Wir lachen beide. Nevin lächelt uns zu und wendet
sich wieder ab.

»Jaquar«, sagt der Junge.

»Lore.«

Jaquar legt den Kopf schief und sieht zu meinem Buch.
»Was heißt das?«

Ich lese es ihm vor: »Alte Länder, alte Sprachen«.

»Puh, ich kann ja nicht mal lesen, aber das klingt nach
Arbeit.«

»Es ist für meinen Bruder, er möchte Lehrer werden.«

»Oh? Dann seid ihr zu zweit gekommen? Wie heißt dein
Bruder?«

»Jame.«

Schlagartig wird die Stimmung im Bus frostig. Jaquar wendet sich abrupt der Figur zu und täuscht vor, beschäftigt zu sein. Der Vater zieht seinen Sohn kaum merklich ein Stück von mir fort und selbst die Wanderarbeiter, die eben noch interessiert zuhörten, schauen woanders hin. Ich möchte mich in Luft auflösen.

Jarl ist der einzige, der mich ansieht. Er nickt zu dem leeren Platz neben sich. In dem Wissen, dass jeder zu mir hinschaut, stehe ich auf und setze mich zu ihm. »Danke«, hauche ich, aber bekomme keine Antwort. Über uns werden die Displays herabgelassen und ich bin froh über diesen Zufall. Vielleicht ist es ja auch Absicht, wer weiß das schon. Unsere Begleiter haben sich jedenfalls nicht gerührt, doch das bedeutet nicht, dass sie untätig sind. Auf den Bildschirmen beginnt ein weiterer Film über die Vorzüge von Mosk. Die nächsten zehn Minuten lasse ich mich berieseln, ohne dass eine einzige Information zu meinem Gehirn durchdringt. Kurz bevor wir unsere nächste Station erreichen, nickt mir Jarl flüchtig zu – eine Bekundung seiner Solidarität, nehme ich an. Nevin und Welf haben nicht auf den Zwischenfall reagiert, was ich als Zeichen dafür deute, dass man in der *Neuen Welt* nicht, wie bei uns, in Sippenhaft genommen wird. Aber außer Jarl scheint das keiner bemerkt zu haben.

KASPER

Jonah und Ewa Bukeschkes Gesichter sind verschlossen, als ihr Sohn Kasper mit dem Führer der *Neuen Welt* in ihr angemessen bescheidenes, ordentliches Heim tritt. Kasper steigt Schamröte ins Gesicht. Wissen sie denn nicht, wie man sich zu verhalten hat?

Sollte Jefferson ihre Ablehnung spüren, lässt er es sich nicht anmerken. Aber Kasper kennt seine Eltern genau. Die Münder, die zu schmalen Strichen werden, wenn ihnen etwas missfällt, die erstarrten Mienen.

»Ist das Essen schon fertig?«, fragt Kasper seine Mutter barsch. Jefferson legt ihm die Hand auf den Arm. »Wir sind doch gerade erst eingetreten.« Ein Lächeln, so sanft wie ein Flügelschlag, streift Kaspers aufgewühltes Gemüt.

»Modder, würdest du Jefferson etwas zu trinken bringen?«

Ein knappes Nicken, dann entfernt sich Ewa. Nein, ›Flüchten‹ wäre der passendere Ausdruck, denkt Kasper, und versteht nicht, was mit ihr los ist.

»Meine Mutter ist eine hervorragende Köchin«, plappert er los. »Als junge Leute hatten meine Eltern ein Bistro im Kofen-Quarter. Stimmt doch, Vadder?«

Jonah nickt mit grimmigem Ausdruck. Kasper wird heiß. *Benehmt euch doch endlich!* Es ist, als hätten sich seine Eltern plötzlich in Altländer verwandelt: ungehobelte, querköpfige Leute, denen die Güte und der Verstand der Neuländer fehlen. Dabei sind sie reinrassige Neuländer. Schon seit Generationen. Oder? Plötzlich befallen Kasper Zweifel. Himmel, was, wenn er gar nicht reinrassig ist? Würde das etwas ändern? Er späht zu Jefferson, der so freudig ein Glas Wasser von Ewa entgegennimmt, als habe sie es selbst aus dem Brunnen vor den Toren der Metropole geholt.

»Ah, köstlich«, sagt er. »Ich nehme an, ihr profitiert auch von den neuen Reinigungsverfahren des NW-Clearwater-Projektes?«

Jonah und Ewa nicken, noch immer stumm.

»Setzen wir uns doch.« Kasper weist zu dem fein gedeckten Tisch in dem schmalen Esszimmer, das direkt an die Küche grenzt. Zumindest das haben seine Eltern richtig gemacht. Das beste Geschirr, das beste Besteck. Alles recycelt aus dem alten Familiensilber, das ebenfalls seit mindestens zwei Generationen im Familienbesitz ist.

Nachdem sich alle gesetzt haben und Ewa schweigend auch Jonah und Kasper Wasser eingeschenkt hat, nimmt Jefferson einen der Löffel auf und betrachtet ihn eingehend. »Reines Silber?«

»Nein, nicht ganz, es ist etwas Titan mit drin«, antwortet Jonah, und Kasper glaubt, eine Spur Angst in seiner Stimme zu hören. Angst? Wie dumm seine Eltern sind. Warum ist ihm das noch nie aufgefallen?

»Im Ministerium gibt es nur reines Silberbesteck«, erklärt Kasper.

»Tatsächlich?« Sein Vater schaut ihn kurz an. »Wie schön«, fügt er hinzu.

»Das Titan kam von anderem Besteck, nehme ich an?«

»Natürlich«, beeilt sich Jonah zu antworten.

»Wir halten uns an alle Gesetze«, fügt Ewa hinzu.

Jefferson sieht sie an. »Davon gehe ich aus, bei einem so großartigen Sohn. Kasper verhält sich in jeder Hinsicht vorbildlich. Wir sind sehr stolz auf ihn im Ministerium.«

Diesmal ist es Jonah, der errötet. »Das ist schön.«

»Natürlich war er etwas zu lange in eurer Obhut, aber das scheint ihm nicht sehr geschadet zu haben. Was war noch mal der Grund?«

Kaspers Eltern schauen sich an. Ewa wendet Jefferson den Kopf zu. »Ich konnte mich nicht tre...«

Jonah fährt ihr dazwischen. »Der Junge war kränklich und wir wollten ihn erst gesund und kräftig pflegen, damit er im Internat keine Schwierigkeiten macht.«

Jefferson sieht von Ewa zu Kasper. »War es so?«

Ewa nickt.

»Kasper?«

Der strafft die Schultern. »Ja, Jefferson, ich nehme an, dass es so war. Aber ich war noch klein und schon früh nicht mehr an meinen Eltern interessiert.«

Ewa zuckt leicht zusammen. Jonahs Gesicht gleicht einem sauren Apfel.

»Die Zeit im Internat war die beste Zeit meines Lebens.«

Kasper weiß nicht, warum er diesen Dolchstoß noch versetzt, stellt aber fest, dass es ihm eine kindische Befriedigung verschafft, seine Eltern leiden zu sehen. Dann lacht er. »Ach, was rede ich? Die beste Zeit habe ich jetzt, bei dir im Ministerium!«

Jefferson stimmt in das Lachen ein. »Gut gesagt, Kasper. Das Vergnügen ist auf beiden Seiten!«

Er hebt sein Wasserglas, Kasper und seine Eltern ebenfalls.

»Auf einen weiteren gelungenen Menschen!«

»Proost«, antwortet die Familie Bukeschke.

»Ist die Suppe fertig, Modder?«

»Ewa«, bemerkt Jefferson. Kasper lächelt. »Stimmt. Ewa. Ist die Suppe fertig, Ewa?«

»Ich hole sie.« Ewa erhebt sich und scheint innerhalb weniger Minuten um ein Jahrzehnt gealtert. Kasper hingegen fühlt sich jung, dynamisch und voller Lebenslust. Es ist, als habe Jefferson ihn in ein reinigendes Becken getaucht und ihm gezeigt, wer er wirklich ist: ein selbstständiger, selbst denkender Mensch, der endlich die langen Tentakel der Eltern, die sich wie Seile um seinen Leib und seine Seele schlangen, durchtrennt hat. Es war ein Fehler von ihnen, ihn so lange nicht gehen zu lassen. Nur dadurch konnte er den Schmerz des Verlustes so lange spüren.

Und plötzlich macht es Sinn, das frühe Trennen von Kindern und Eltern. Es ist nicht gegen sie, sondern für sie. Es muss passieren, so lange sie sich noch trennen können. Solange die Tentakel dünn sind. Seine Eltern sind dumm. Das erste Mal erkennt Kasper dies in aller Klarheit. Früher dachte er, sie handelten aus Liebe. Jetzt weiß er, dass es Selbstsucht war. Besitzwahn. Die Feinde der Liebe.

Glücklich, endlich die Wahrheit zu erkennen, schaut er Jefferson an, beobachtet, wie er gut gelaunt Suppe auf seinen Teller schöpft und das hervorragende Essen lobt. Das ist der wahre Weg. Ein freier Mann mit einem Leben voller Möglichkeiten. Am liebsten würde Kasper Jefferson umarmen. Dafür, dass er ihn aus seiner Finsternis, aus der erstickenden Trauer und Lähmung holte. Kasper muss fast lachen, weil ihm einfällt, dass es eigentlich Sisdal ist, der er danken muss. Schließlich war sie es, die Kasper zu Jefferson schickte. Als Spion. Wie lächerlich. Jetzt, wo er darüber nachdenkt, gibt es wirklich keine andere

Erklärung, als dass es ein Test war. Und er, Kasper, hat den Test bestanden.

»Warum lachst du?« Jonahs Löffel schwebt auf halbem Weg zwischen Teller und Mund.

»Einfach so, weil ich glücklich bin«, antwortet Kasper. Ewa lächelt ihren Sohn an. »Wie schön.« Dann senkt sie den Kopf tief über den Teller, um zu verbergen, dass das Herz, das ihr schon vor vielen Jahren gebrochen wurde, nun gänzlich in seine Einzelteile zerfällt. Sie hatte nicht erwartet, dass ihr der gleiche Schmerz zweimal so zusetzen könnte.

14

Der Regen hat wieder zugenommen und lässt die Sicht auf das Oldage-Quarter verschwimmen. Was wohl Kyron zu dem Wetter sagen würde? Vermutlich, dass es die perfekte Abwechslung zu dem sonstigen Frühlingswetter sei. Er sieht in allem das Gute. Nevin scheint nicht alles so uneingeschränkt gut zu finden, denn er hat beschlossen, dass wir uns das Oldage-Quarter vom Bus aus anschauen sollen. »Diesen Regen halten selbst unsere Schirme nicht ab«, sagt er und bringt noch einmal den Witz mit den stinkenden Hunden. Vielleicht ist er auf außergewöhnliche Vorkommnisse nicht so gut vorbereitet oder hat nur eine beschränkte Auswahl an Witzen.

Der Bus schleicht durch die engen Straßenschluchten, was aber nichts an der Aussicht verbessert. Wir Altländer kleben mit den Nasen an den Scheiben hinter uns, erpicht darauf, die Hochhäuser zu sehen, deren Spitzen bei diesem Wetter schon in den Wolkenfeldern verschwinden, wie Nevin uns erzählte. Aber weder von Hochhäusern, noch von den glitzernden Glasfronten, die wir im Video sahen, ist etwas zu erkennen. Grau fällt der Regen in dichten Strichen herab, grau die Konturen dahinter. Dafür zischt ab und zu ein Fahrzeug an uns vorbei. Schienenbusse und Autos mit Elektromotoren sind zugelassen, wobei letztere heute, laut Nevin, wegen der fehlenden Sonnenenergie eher unwahrscheinlich seien. Aber die Neuländer verlassen das Haus nach Möglichkeit sowieso immer zu Fuß, mit dem Fahrrad oder dem Schienenbus. Alle anderen Fahrzeuge sind für Langstrecken gedacht. Mir schwirrt der Kopf: Fahrräder, Schienenbusse, Elektroautos. Mari hatte mal ein Fahrrad, als ich klein war. Niemand sonst durfte darauf fahren, schon gar nicht wir Mädchen. Harold war es peinlich, dass seine Mutter mit einem Fahrrad fuhr, aber weil sie alt war, hat er es zugelassen. Hätte Lida sich das Rad genommen, hätte er sie vermutlich mit dem Trecker umgefahren.

Plötzlich vibriert die Seitenscheibe unter dumpfen Schlägen und mit ihr meine Stirn, die ich an das kühle Glas gepresst hatte. Erschrocken sehe ich zur Seite.

Hinter mir eilt Nevin vorbei zu Suzan, die mit beiden Fäusten gegen das Fenster schlägt. Zwischen ihren zusammengepressten Lippen dringen Laute hervor, die an das warnende Knurren einer Katze erinnern.

Nevin umfasst ihre Schultern und lehnt seinen Mund dicht an ihr Ohr. Eine seltsame, intime Geste, die fehl am Platz scheint.

»Pst, pst«, macht er, in dem beruhigenden Ton, mit dem man Babys beschwichtigt. Gebannt sehen alle zu den beiden hin. Wie in Zeitlupe erhebt sich Welf von der Bank, und seine Anspannung ist spürbar. Nevin wendet ihm nicht eine Sekunde den Kopf zu. Nichts deutet darauf hin, dass er Welfs Hilfe wünscht, genau wie bei Johnson letztens im Klassenraum. In gleichmäßigem Singsang flüstert er Suzan beruhigende Zischlaute ins Ohr, bis sie verstummt und die Fäuste sinken lässt. Fasziniert beobachten wir anderen die Szene, die sich wortlos zwischen Nevin, Suzan und Welf abspielt. Suzans verkrampfte Lippen entspannen sich. Langsam öffnet sie die Augen und sieht Nevin an, in ihrem Blick unendliches Vertrauen und Erschöpfung. Kurz denke ich, dass er sie jetzt küssen wird, so abgeschnitten von allem wirken sie. Dann aber lässt er ihre Schultern los und kehrt zu seinem Platz zurück, in einer Selbstverständlichkeit, als hätte er sich nur etwas zu trinken geholt.

Suzan lehnt die Stirn an die Scheibe, so wie ich zuvor, und schließt die Augen.

Da ich nahe bei den vorderen Bänken sitze, höre ich, wie Welf Nevin zuwispert:»Du musst das in den Griff bekommen, Nevin! Lange können wir das nicht mehr dulden.«

»Das werdet ihr nicht müssen«, flüstert Nevin zurück, und in seiner Stimme ist unverhohlene Ablehnung zu hören. Ich schaue Jarl an, der links von mir sitzt, aber der schüttelt nur den Kopf, eine stumme Ansage, es gut sein zu lassen und nicht zu fragen.

Plötzlich nimmt der Bus Tempo auf und es ist klar, dass wir auf dem Rückweg sind. Die Displays leuchten auf und ein Film mit gezeichneten Figuren startet. Einige Minuten lang versuche ich, Informationen aus dem Gesehenen zu filtern, komme aber zu dem Ergebnis, dass es sich wohl nicht um einen Lehrfilm handelt, da sich mir nicht erklärt, was an Blumen schnuppernde Eichhörnchen mir beibringen sollen. Aber selbst wenn es eine tiefere Bedeutung gäbe, denke ich doch nur an eines: Warum darf Suzan ungestraft aggressiv sein und Jame nicht?

***

»Es gibt eine Vorgeschichte.«

Abgesehen von mir und Jarl ist der Speisesaal in Block A menschenleer und nur notdürftig beleuchtet. Jarl schiebt einen Becher zur Seite, der schon lange leer ist.

»Sie ist eine Persona Triale.«

»Was bedeutet das?«, frage ich.

»Sie war schon mal hier.«

Verblüfft hebe ich die Brauen. »Suzan war schon mal hier?«

Jarl nickt. »Es ist ihre zweite Chance. Und die letzte.«

»Was ist passiert?«

»Das erste Mal, es war vor etwa drei Jahren, kam sie nach dem Tod ihrer Kinder. Ein Nachbarclan hatte Rache an ihren drei Söhnen genommen und sie an einer Eiche nahe des Hofes aufgehängt.«

Ich schlage die Hand vor den Mund.

»Es war ... unerträglich.«

»Suzan hat mir erzählt, dass ihre Söhne hier wären. Sie würden unter anderem Namen hier leben«, flüstere ich. Jarl verzieht das Gesicht. »Man erfindet Wahrheiten, um das Unfassbare zu ertragen. Aber es ist nur ihre Wahrheit.« Er schaut mich an. »Sie ist verrückt, verstehst du? Vor Kummer verrückt geworden.«

Ja, ich verstehe. Ich sehe die Frauen in den Wäldern vor mir. Sonderbar, verätzt, verletzt, aggressiv, mehr Kreatur als Mensch. Geschorene Schädel, in Kuhlen hockende Gestalten, die tiefe Töne von sich geben, im Glauben, sich damit von der Vergangenheit und dem Schmerz lösen zu können. Die selber töten, weil sie glauben, im Recht zu sein.

»Warum kennst du ihre Geschichte so gut?«

Jarl senkt sein Gesicht in die Hände und reibt sich müde über die Augen. »Weil ich dabei war.« Er lässt die Arme sinken. »Sie ist meine Tochter.«

Ich brauche einen Moment, um die Information sacken zu lassen. »Das heißt, du bist auch ...?«

»... eine Persona Triale. Ja. Zweite Chance, letzte Runde, danach ist es aus.«

»Was ist damals passiert? Ich meine hier, warum musste Suzan … warum musstet ihr wieder gehen?«

»Du hast sie doch heute erlebt. Das war nur ein Hauch von dem, was damals passierte. In einer Beichte kam das Gespräch auf meine Enkel. Natürlich, du weißt ja, wir müssen unsere Traumen besprechen, um davon frei zu werden.«

Ich nicke.

»Suzan hat ihren Befrager angefallen.«

»Wer hat die Beichte abgenommen?«

Jarl schüttelt den Kopf. »Irgend so ein Junge, war gerade erst mit der Ausbildung fertig. Das hat man dann Suzan auch zugute gehalten, sonst hätte sie kein zweites Mal zurückkehren dürfen.«

»Und du?«

»Ich bin mit ihr rüber, habe die drei Sperrjahre versucht, sie davon abzuhalten, sich das Leben zu nehmen und sie dann wieder hierher gebracht. Ich weiß nicht, ob das eine gute Idee war.«

Ich lege meine Hand auf Jarls und er lässt mich gewähren. Eine Weile sitzen wir stumm da, das gleichmäßige Prasseln des Regens an der Scheibe und die Geräusche der anderen Campbewohner irgendwo hinter Wänden und Türen.

»Ich habe noch nie einen Vater getroffen, der sich für seine Tochter eingesetzt hat.«

Leise seufzt Jarl. »Mir war das immer egal, ob Mädchen oder Junge. Und dann hat sie mir ja drei Jungen geschenkt. Prächtige Burschen, klug, stark, neugierig.«

»Womit haben sie die Rache auf sich gezogen?«

»Sie haben Essen geklaut. Es war ein schlechtes Jahr, alle hatten Hunger. Sie wussten, dass sie nicht stehlen dürfen, aber sie haben es nicht für sich getan, sondern für die Familie. Der älteste hatte sich gerade verlobt.« Jarl verstummt.

»Wissen sie davon?«

Jarl nickt zur Tür. »Die Neuländer?«

»Ja.«

»Sie wissen davon. Sie mögen Diebstahl nicht, aber sie verstehen es. Und es gibt hier keine Sippenhaft.«

»Ja, ich weiß.« Ich senke den Kopf. Jarl mustert mich.

»Wenn du etwas zu erzählen hast, dann solltest du es tun, Lore. Sie verstehen viel, aber Lügner mögen sie nicht.«

Ein Pfropfen steckt in meinem Hals. »Warum ist Nevin so bemüht?«, lenke ich ab.

»Was glaubst du?«

Ich hole mir das Bild aus dem Bus vor Augen. Nevin, der aussieht, als wolle er Suzan küssen.

»Er liebt sie.«

Jarl nickt. »Er tat es damals schon und er tut es noch immer. Ohne ihn wären wir längst nicht mehr hier. Ich bin ihm sehr dankbar.«

Jarl nimmt die Tasse und steht auf. »Es ist spät.«

»Ja.« Ich will noch nicht aufstehen, nicht zurückgehen in das leere Zimmer, wo ich doch nur auf James Bett starre.

»Mach dir nicht so viel Sorgen wegen der anderen Altländer. Sie haben Angst, Fehler zu machen.«

»Ich weiß.«

Er wendet sich ab.

»Jarl?«

»Ja?«

»Was kann ich tun, um Jame zu helfen?«

»Sei der beste Neuling, der du sein kannst. Tu, was immer sie verlangen, und vertraue darauf, dass sie es gut mit euch meinen.« Jarl verlässt den Speisesaal und scheint dabei noch tiefer gebeugt zu sein als sonst.

***

Zurück im Zimmer halte ich den Anblick von James unberührtem Bett nicht lange aus. Ich lege mich hinein und zerwühle Decke und Kissen, damit es nicht mehr so verdammt leer aussieht. James Geschenk lege ich auf die Unordnung. Unverpackt. Wer noch nie Geburtstag gefeiert hat, braucht kein Papier. Wenn mein Bruder das Buch gelesen hat, werde auch ich es lesen, aber ich schwöre, dieses Buch nicht zu öffnen, bevor ich Jame zurück in Sicherheit weiß.

Zufrieden betrachte ich mein Werk, das jetzt nach Leben aussieht, und kehre zurück zu meiner Zimmerseite, um mich wieder auf die Bettkante zu setzen und weiter vor mich hin zu starren.

Sie fehlen mir. Jame. Sim. Jul. Sie fehlen mir so arg, dass es mir den Atem nimmt.

Neben mir auf dem Nachttisch liegt Slowitzkis Meisterwerk. Ich nehme es und schleudere es wütend durch den Raum. Das Buch landet aufgeschlagen vor James Bett und sein silberner Titel schimmert höhnisch in der Dämmerung.

Sei der beste Neuling, der du sein kannst.

Ich stehe auf und hebe das Buch, so wie es aufgeschlagen ist, vom Boden auf, setze mich auf den warmen Betonboden und lese.

Fehlentwicklungen der Liebesfähigkeit sind im Sinne des ›reinen‹ Liebesbegriffes das Besitzdenken (Eifersucht) oder verschiedene Formen der freiwilligen Abhängigkeit bzw. Aufgabe der Autonomie bis hin zur Hörigkeit. Wenn wir aber genau hinsehen, erkennen wir, dass nicht die Liebe der Ursprung dieser Fehlentwicklungen ist, sondern vielmehr das Fehlen der eigenen Wertschätzung, oder genauer das Fehlen der Selbstliebe. Daher ist der erste Schritt, sich selbst zu erkennen und mit seinen Stärken und Schwächen zu akzeptieren. Man könnte auch sagen, Selbstliebe ist die Basis einer friedlichen, hoch entwickelten Gesellschaft.

SISDAL

Langsam kehrt Sisdal in den Beichtraum zurück. Ihr Instinkt hat sie nicht betrogen. Es war ein Risiko und sie war aufgeregter als sie mochte, aber es hat sich gelohnt. Er gefällt ihr. Mehr als für die Sache erforderlich ist, doch das sollte nicht stören. Sie hat sich im Griff, ihre Ziele vor Augen. Jul.

Leise sagt Sisdal seinen Namen und bemerkt dabei, dass man die Lippen spitzen muss, um ihn auszusprechen. Wie zu einem Kuss. Genervt wischt sich Sisdal über das Gesicht. Sieht so ›sich im Griff haben‹ aus? Sie lässt sich am Tisch nieder und sieht nach draußen. Ein paar Kumuluswolken hängen unbewegt am sonst blauen Himmel. Keine Schäfchen oder Fantasiegestalten, wie sie als Kind immer befand, sondern banale, mit Wasserdampf gefüllte Gebilde, die ein wenig Regen zum Abend hin versprechen. Wo ist ihre Vorstellungskraft hin? Wehmut erfasst Sisdal, ein Gefühl, das sie nicht leiden kann und deswegen rasch zur Seite schiebt. Lieber will sie sich auf Juls Qualitäten konzentrieren: schnell von Begriff, wütend, enttäuscht, kraftvoll. Und am wichtigsten: auf der Suche nach Sinn. Und den kann sie ihm liefern. Den Sinn in all dem Warten, dem Hoffen, dem Bangen. Erst dachte Sisdal an den Jungen, den Bruder von dem verstörten Mädchen, das sie neulich befragte. Bisher glaubte Sisdal, dass es keine besseren Komplizen gäbe als halbwüchsige Jungs. So formbar, so hungrig nach Aufgaben. Bis Kasper kam. Sisdal hat viel darüber nachgedacht, was schiefgegangen ist, und kam zu dem Ergebnis, dass wohl nur Männer den Wunsch eines Halbwüchsigen nach Anerkennung befriedigen können. Die Erkenntnis macht es leichter, das Versagen zu ertragen. Sie hatte keine Chance gegen Maklaren. Anders ist es mit Jul. Er ist schon über den Punkt hinaus, von einem Mann lernen zu wollen. Selbst ein Mann, wenn auch ein sehr junger. Sie hat ihn erkannt. Sofort, dort im Halbschatten an der Wand lehnend, abweisend und verletzlich zugleich. Der Blick, den er dem Mädchen zuwarf. Natürlich, sie kamen zusammen hierher. Aber da war mehr. Und dieses ›mehr‹ war so anziehend, dass Sisdal beschloss, ihn als ersten Mitstreiter zu testen.

Jul versuchte nicht einmal, vorzugeben, er sei systemkonform. Schon nach weniger als einer halben Stunde gab er zu, dass er mit dem Gedanken spiele, zurückzukehren. Sisdal setzte ihm eine weitere Stunde zu, doch in keiner Sekunde zeigte sich Angst bei ihm. Kein einziges Mal schlug das Parameter auf dem Display aus. Er versuchte weder zu lügen noch zu gefallen. Und das gefiel ihr.

»In welchem Verhältnis stehst du zu Lore?«

»Liebe.« Juls Lippen kräuselten sich spöttisch. »Ach, Entschuldigung, das bedeutet bei euch ja nicht das Gleiche.«

»Wie stellst du dir dein Leben in der *Neuen Welt* vor?«

»Mit Lore, sonst gar nicht.«

»Warum bist du hier?«

»Lore.«

»Worüber habt ihr Streit?«

Schweigen.

»Warum bist du ihr gefolgt?«

»Das geht euch nichts an.«

180

»Du hast geglaubt, du müsstest sie retten«, stellte Sisdal fest. »Aber das musstest du gar nicht, oder? Sie hat sich selbst gerettet.«

Jul drehte das Gesicht von ihr weg.

»Schwer zu ertragen, wenn man aus deiner Gesellschaft kommt, nicht wahr?«

Er sah sie wieder an. »Ich bin stolz auf Lore.«

»Dann bist du sehr ungewöhnlich für einen Altländer.«

Jul verengte die Augen. »Ja, ich weiß, ihr denkt, ihr seid was Besseres«, murmelte er.

»Wenn du es hier nicht magst, warum bleibst du?«

Schweigen.

»Was weißt du über Jame?«

»Wieso Jame?«

»War er in der Vergangenheit schon mal straffällig?«

»Was ist mit Jame?«

»Er wurde festgenommen.«

»Was?«

»Der Junge ist straffällig geworden. Wusstest du das nicht?«

»Ich muss zu Lore.«

»Es ist besser, wenn du sie erst einmal nicht siehst.«

»Warum?«

»Sie steht unter besonderer Aufsicht. Es ist wichtig, ihr Zeit zu lassen, damit sie ihre Gefühle ordnen kann.«

Jul starrte auf den Tisch, die Ellenbogen aufgestellt und die geballten Fäuste vor den Mund gepresst. Er war genau dort, wo Sisdal ihn brauchte.

»Wir machen ein anderes Mal weiter.«

Irritiert sah er auf. »Aber ...«

»Hast du schon in *Liebe* gelesen?«

Juls Blick verfinsterte sich im Bruchteil einer Sekunde.

»Lies es, es interessiert mich, was du darüber denkst.«

»Tatsächlich?«, fragte Jul.

Lächelnd streckte Sisdal ihm die Hand entgegen. »Es erinnert einen daran, was einem am wichtigsten im Leben ist.«

Jul hielt ihre Hand eine Sekunde zu lange fest und sah ihr in die Augen. Ein fragender Ausdruck erschien auf seinem Gesicht, als versuche er, in ihr zu lesen. Sisdal spürte, dass sie ihn soweit hatte. Es brauchte nur noch eine Kleinigkeit.

»Was müsste sich in der *Neuen Welt* verändern, damit du gerne bleibst?«

Kaum merklich legte Jul den Kopf schief.

»Was wäre, wenn du derjenige wärst, der es verändern kann?«, flüsterte Sisdal.

In Juls Augen flackerte es, als erwache er plötzlich aus einem tiefen, langen Schlaf.

15

Außer mir und Kyron ist niemand da. Genauer gesagt Kyrons digitales Ich, denn ich habe mal wieder ihn am Infopoint erwischt. Ich versuche, mir zu sagen, dass es nicht der wirkliche Kyron ist, aber die lebensechte Abbildung macht es schwer und schüchtert mich ein.

»Womit kann ich dir helfen?« Gleichbleibend freundlich, um nicht zu sagen monoton, lächelt mich der Infopoint-Kyron an. Es ist drei Uhr nachts und ich bin vermutlich der einzige wache Mensch im ganzen Gebäude. Hinter dem Infopoint verliert sich der breite Korridor in der Dunkelheit.

Ich reiße mich zusammen und begrüße mein Gegenüber.

»Hallo Kyron, ich möchte etwas über das Reinigungsverfahren lernen.«

Schweigen.

»Mein Bruder Jame soll es durchlaufen.«

Schweigen.

»Was genau ist das Reinigungsverfahren?«

»Es handelt sich um ein Programm, das negative Tendenzen eliminiert.«

Mein Magen krampft sich zusammen. »Eliminieren?«

»Geist und Körper der Zielperson werden gereinigt.«

»Wie?«

»Zertifiziertes Personal begleitet Ablauf und Durchführung der Reinigung.«

»Aber was passiert da?«

»Nur das zertifizierte Personal hat Zugang zu den Informationen. Dies verhindert Nachahmungen und damit potenzielle körperliche oder geistige Schädigungen.«

»Willst du damit sagen, dass die Reinigung gefährlich ist?«

»Nein.«

Obwohl die Wärme der Fußbodenheizung wohlig durch meine Sohlen steigt, fröstelt es mich. Ich reibe über die Gänsehaut an meinen nackten Oberarmen.

»Wo findet die Reinigung statt?«

»Im Quartier.«

»Aber wo ist das?«

»Darüber darf ich keine Auskunft erteilen.«

»Wie lange dauert die Reinigung?«

»Ich höre Sorge aus deinen Fragen heraus.«

Unwillkürlich fasse ich an mein Armband, das unauffällig und schwarz ist. »Ich möchte nur verstehen und lernen«, antworte ich. »Kann ich etwas tun, um die Reinigung zu unterstützen?«

»Dein Bruder befindet sich in besten Händen.«

Nicht die Antwort, die ich erhofft hatte, dennoch lächle ich. »Natürlich. Danke, Kyron.«

Digital-Kyron lächelt zurück, sein Bild friert ein. So wirkt der Infopoint kalt und leblos. Aber das ist er ja auch, eine Maschine in einem Korridor. Wenige Meter von mir entfernt steht die Tür zum Speisesaal offen. Leise gehe ich rüber und linse hinein. Durch die großen Glasfronten fällt das matte Licht des Mondes herein, der als Sichel über den schwarzen Baumkronen steht. Friedlich sieht es aus.

Ich streife durch den Saal, der sonst von Stimmen und Geschirrklapper erfüllt ist, lasse mich an meinem Lieblingsplatz nieder und blicke in die Nacht hinaus. Irgendwo in einem dieser Gebäude ist Jame. Irgendwo ist Jul. Irgendwo Sim. Es fühlt sich an, als säßen wir auf verschiedenen Planeten, und die Sehnsucht nach ihnen höhlt mich aus. Wenn Jul und Sim nur verstehen würden, dass es keine Alternative zur Anpassung gibt. Dass wir zurechtkommen werden. Dass wir uns gewöhnen.

Sei der beste Neuling, der du sein kannst.

Müde strecke ich die Arme auf dem Tisch aus und bette meinen Kopf darauf. Mein Verstand rebelliert, mein Herz bockt, der eine will sich anpassen, das andere sich auflehnen und mit Jame, Jul und Sim zurück in die Alte Welt gehen, die zwar gefahrvoll, aber zumindest bekannt ist. Unsinn natürlich. Kein Mensch würde freiwillig zurückwollen. Oder? Langsam fallen mir die Augen zu. Nur ein bisschen ausruhen. Ruhen. Nicht denken.

***

»Lore?«

Ich schrecke aus dem Schlaf, und brauche einen Moment, um zu realisieren, wo ich mich befinde. Sonnenlicht fällt durch die Scheibe direkt auf mein Gesicht. Ich hebe die Hand über die Augen und erkenne Liliths Silhouette im Gegenlicht. Überrascht setze ich mich auf. Mein Rücken fühlt sich an, als wäre die untere Hälfte gegen die obere getauscht. Ein Gefühl, das ich nur zu gut aus der Zeit der Flucht kenne, wo ich die Nächte oft im Sitzen verbrachte.

»Ich bin eingeschlafen«, erkläre ich überflüssigerweise.

»Sieht so aus«, antwortet Lilith. »Was ist passiert?«

»Nichts, ich … es war albern, ich mag den Platz und wollte nur ein bisschen für mich sein.«

Hinter Lilith kommen die ersten Campbewohner in den Speisesaal und werfen uns verstohlene Blicke zu.

»Nevin erzählte, dass die anderen Altländer dich meiden.«

»Ist nicht schlimm, sie haben nur Angst«, verteidige ich sie.

»Nein, es ist nicht in Ordnung. Unsere Gesellschaft funktioniert anders. Wir kümmern uns darum.«

Sie mustert meine nackten Beine, die aus dem kurzen Schlaf-Shirt herausschauen.

»Na los, geh dich anziehen, bevor der ganze Trakt zum Frühstück erscheint.« Sie lächelt.

»Danke, ja, äh … mach ich.«

Den Saum meines Shirts mühsam über den Po gezogen, laufe ich los. Die Leute, die mir auf den Gängen begegnen, sind zumeist in Gespräche vertieft und beachten mich kaum. Dafür pralle ich am Eingang zu meinem Korridor mit Sim zusammen. »He!«, ruft sie empört. Dann erkennt sie mich und taxiert mich von oben bis unten. »Sag bitte, dass du nicht von Kyron kommst.«

Ich bin so fassungslos, dass ich sie nur anstarre.

»Kann man ja nie wissen«, sagt Sim.

»Soll das eine Entschuldigung sein?«

Sie schürzt die Lippen. »Tschuldigung.«

»Nicht angenommen.« Wütend dränge ich mich an ihr vorbei.

»Ich weiß Bescheid.«

»Was?« Ich drehe mich zu ihr um.

»Jame«, sagt sie.

Wir sehen uns einen Moment in die Augen, dann lasse ich sie stehen.

»Lore!«, ruft Sim mir nach.

»Ich muss mich anziehen.«

Ich höre schnelle Schritte hinter mir, dann ist sie schon an meiner Seite – ein schmaler, mir vertrauter Schatten.

Sim folgt mir in mein Zimmer. »Was wirst du tun?«

»Warten.«

»Warten?«

»Es ist ein Programm. Irgendwann ist er fertig damit.«

»Willst du nicht wissen, was mit ihm passiert?«

»Natürlich will ich das!«, fauche ich.

»Und?«

»Es gibt keine Informationen. Zum Schutz, damit keiner damit alleine herumexperimentiert.«

»Und das glaubst du?«

»Ich weiß nicht, was ich glaube. Aber es gibt nichts, was ich tun kann, außer …«, ich breche ab, weil sie es nicht verstehen wird.

»Außer?«, drängt mich Sim.

»Ich bin der beste Neuling, der ich sein kann.«

»Scheiße, Lore. Scheiße!« Eine steile Zornesfalte steht zwischen ihren Brauen. »Das ist doch nicht dein Ernst!«

»Hast du einen besseren Plan?«

»Das bist du nicht. Du hast gekämpft, wenn es um Jame ging. Scheiße, du hättest sogar für mich gekämpft.«

Sim schubst mich. »Wo ist das geblieben?«

Ich verschränke die Arme und Sim hebt kapitulierend die Hände. »Keine Sorge, ich werde mich nicht mit dir schlagen. Wir wollen ja nicht, dass einer von uns Jame Gesellschaft leisten muss, richtig?« Mit spöttischem Ausdruck dreht sie sich um und knallt die Tür hinter sich zu. Erschöpft sinke ich auf mein

Bett, lasse mich zur Seite kippen und ziehe notdürftig ein Stück Decke über mich. Ich schließe die Augen und bin schon nach wenigen Minuten weggenickt.

***

Ein Signalton, schrill und wellenförmig, reißt mich aus dem Schlaf. Benommen setze ich mich auf und tippe auf mein Armband. 13:30 Uhr. Ich habe fünf Stunden geschlafen und in meinem Magen klafft ein Loch. Ein Monat lang regelmäßige Mahlzeiten und der Hunger, der sich während der Flucht in die hinterste Ecke verkrochen hatte, weil weder Betteln noch Aufheulen half, ist zurück. Mies gelaunt und unterzuckert stehe ich auf. Der Signalton verklingt, trotzdem spähe ich aus dem Fenster, um den Grund dafür auszumachen. Wahrscheinlich gibt es Neuankömmlinge, bei unserer Ankunft wurde der gleiche Ton ausgelöst. Warnung vor Keimen und Verseuchungen. Die freiwilligen Ersthelfer müssen die Schutzkleidung anziehen und die Neuankömmlinge durch die Desinfektionsduschen lotsen.

Der Bewegungsplatz ist leer. Auf einer Bank im Garten sitzt Jaquar mit der Figur in der Hand. Er schaut darauf, aber es wirkt so, als sehe er hindurch. Ich glaube nicht, dass die Puppe sich bewegt. Ein lautes Knurren meines Magens holt mich zurück und ich schlurfe zur Tür. Erst dort fällt mir auf, dass ich nach wie vor das Schlaf-Shirt trage. Ich wechsle es gegen ein Gewand ein, das mir zu weich, zu lang und zu luftig erscheint. Zum ersten Mal wünsche ich mir Hosen zurück. So wie Sim. Die trägt nie Kleider und hat von Anfang an die Hosenanzüge der Männer eingefordert. Zu meinem Magengrollen gesellt sich Verärgerung. Über Sim, über mich selbst, weil ich ihr nicht verständlich machen kann, warum ich handle, wie ich handle. Oder es ist der Hunger.

***

Ich habe keine Lust auf Menschen, die durch mich hindurchsehen, und mache mich auf die Suche nach einem dieser Automaten mit Essen, die in den Prüf- und Seminartrakten vor den Korridoren stehen. Ich folge den leeren Gängen – vermutlich sind die meisten beim Mittagessen oder in Seminaren – und nähere mich dem Beichttrakt. Vor dem gläsernen Durchgang finde ich einen Automaten, einen schwarzen Kasten mit verglasten Fächern. Während ich das Angebot studiere, höre ich Stimmen, die aus einem Seitengang des Beichttraktes kommen.

»… mit niemandem darüber.«

Meine Auswahl besteht aus Sojajoghurt mit Früchten, diversen Sandwiches und frischem, geschnittenen Gemüse.

»Ich werde nichts tun, was dir schadet.«

Meine Hand gefriert auf dem Weg zu der Klappe vor dem Sandwich.

»Morgen reden wir weiter. Ruh dich aus.«

»Danke. Ich bin froh, dass wir uns getroffen haben.«

Mein Brustkorb wird von einer unsichtbaren Kraft zusammengequetscht.

»Das bin ich auch!«

»Bis morgen.«

»Bis morgen.«

Schweigen, das alles bedeuten kann – von betreten zu Boden gucken bis zu einem Kuss – dann nähern sich im Gang

Schritte. Schnell weiche ich hinter den Automaten zurück und halte die Luft an, bis ich Jul nicht mehr höre.

16

Freitag:

Beruf vs. Berufung

Verborgene Talente

Kontrolle über Geist und Körper

LIEBE – Der analytische Umgang

Regeln und Pflichten

NW-History – Grundlagen

Ich studiere die Liste des heutigen Seminarangebotes und erarbeite mir einen Zeitplan. Den Vormittag werde ich mit Informationen zur *Neuen Welt* starten. Am Nachmittag will ich mich meiner persönlichen Zukunft zuwenden. Bei dem Gedanken, dass Jul darin nicht mehr vorkommt, zieht sich kurz mein Herz zusammen, aber ich kann mich nicht mehr um meine emotionale Befindlichkeit kümmern. Ab jetzt zählt wieder nur eines: Maris Anweisung, Jame an einen sicheren Ort zu bringen. Zehn Minuten bleiben mir noch, bis das NW-History-Seminar anfängt und ich laufe vom Infopoint in den Speisesaal.

Vier Tage sind vergangen, seit ich Jul und Sisdal belauschte, vier endlose Tage und Nächte des Grübelns. Ich hätte nicht gedacht, dass Jul sich so schnell auf jemand anderen einlässt, aber offenbar meinte er es ernst, als er ankündigte, das System lieber mit Fremden zu testen. Weiß er von Jame? Hält er sich trotzdem von mir fern? Und immer wieder dieses Ziehen im Herzen.

Heute ist der erste Tag, an dem ich erwachte, ohne das Gefühl zu haben, knapp dem Ertrinken entronnen zu sein.

Ohne die Träume vom Fallen, ohne das nächtliche Hochschrecken mit Atemnot. Ich habe auf diesen Tag gewartet, weil ich weiß, dass ich jetzt wieder richtig funktioniere.

Im Speisesaal schnappe ich mir ein Tablett und steuere den menschenleeren Ausgabetresen an.

»Irgendetwas.«

Beth reicht mir einen Brotteller. »Wie war der Geburtstag?«

»Prima«, antworte ich. »Mosk ist toll.«

Beth schaut kurz irritiert, aber sie fängt sich schnell. »Schön, das freut mich, Lore.«

Da mein Lieblingsplatz nicht frei ist, verkrümele ich mich in die hinterste Ecke des Saals und verschlinge Brot und Gemüseaufstrich. Das Brot ist sicher aus besserem Getreide als wir es hatten, trotzdem kommt der Geschmack nicht an Maris selbstgebackenes Brot mit frischen Kräutern heran. Wir waren zwar arm, aber backen konnten wir. Aus Nichts etwas Gutes zaubern. Das sonst so erfolgreich unterdrückte Heimweh gesellt sich zu meinem Liebeskummer. Für Neuländer sicher absurd, etwas zu vermissen, was einem geschadet hat. Aber wenn es das Einzige ist, was man kennt, kann selbst eine schädliche Umwelt heimelig sein.

Mein Armband summt. Ich schrecke auf, aber es ist nur der Wecker, der mich daran erinnert, dass ich mich beeilen muss. Rasch spüle ich mein Brot mit einem Glas Wasser herunter und haste los.

***

Pünktlich mit dem Gongschlag betrete ich den Seminarraum. Hinter mir fällt die Tür zu, gleichzeitig entdecke ich Jul, der in der vordersten Reihe beim Podium sitzt. Mein erster Impuls ist es, mich umzudrehen und zu fliehen, aber die Tür ist zu und der Seminarleiter tritt bereits vor die Schüler. Einige Köpfe wenden sich mir zu, drehen sich aber sofort wieder weg. Nur ein Platz, drei Stühle rechts von Jul, ist noch frei. Leise schleiche ich hin und setze mich, peinlich bedacht darauf, nicht zu ihm rüberzusehen.

Der Seminarleiter, blond und mit gedrungenem, bulligem Körperbau, begrüßt uns.»Willkommen zur NW-History! Mein Name ist Jason und ich bin heute euer Seminarleiter. Bevor wir mit dem regulären Seminar beginnen, möchte ich ein paar Worte an euch richten, die wohl eher in den Bereich ›Regeln und Pflichten‹ fallen.«

Trotz der zwei Menschen zwischen uns spüre ich Juls Anwesenheit körperlich. Seine Wärme und sein Geruch sind greifbar nahe. Mit Mühe konzentriere ich mich auf Jason, der mich mit seinem runden Kopf und der flachen Nase an einen Eber erinnert. Nicht, dass ich häufig einen zu Gesicht bekommen hätte, aber es gab Zeichnungen in unseren Schulbüchern.

»In der *Alten Welt* gab es ein ungeschriebenes Gesetz, das jeder von euch kennt«, verkündet er,»die sogenannte Sippenhaft.«

Unruhe breitet sich unter den Teilnehmern aus, während mein Geist zu Jul hinüberflattert.

»Ich weiß, dass jeder hier von euch weiß, was das bedeutet.«

Ich fühle mich nicken, ohne dass ich mir selber den Befehl dazu gegeben hätte. Alle nicken.

»Ein Unrecht, aus einer Zeit der Unterdrückung. Diese Zeit ist nun vorbei. Hier beginnt eine neue. Befreit euch von alten Ideen, sie helfen euch nicht, sie halten euch nur weiterhin gefangen.«

Keiner von den Teilnehmern rührt sich. Mein Geist kehrt in meinen Körper zurück, Jul ist meilenweit entfernt.

»Merkt euch: In unserer Gesellschaft wird kein Familienmitglied, Freund oder Partner eines Straffälligen für dessen Taten in Haftung genommen.«

Bei ›Straffälligen‹ zucke ich zusammen, denn ich weiß, von wem Jason spricht. Alle wissen es. Ohne dass mich jemand direkt ansieht oder den Kopf wendet, spüre ich ihre Blicke aus den Augenwinkeln und ihre Verärgerung darüber, dass ich der Grund für diese Ansprache bin.

»Ein junger Mann hat einen Fehler begangen, ja. Und er wird dafür die Konsequenzen tragen, so wie wir alle die Konsequenzen für unser Handeln übernehmen müssen.«

Seit zehn Tagen ist Jame jetzt in der Reinigung. Kein Wort dringt nach draußen. Weder, wie es ihm geht, noch, ob die Behandlung erfolgreich ist. Und woran misst sich der Erfolg? War Suzan in der Reinigung? Ist sie deswegen … ?

Ich darf den Gedanken nicht zu Ende führen.

»Seine Angehörigen aus der Gemeinschaft auszuschließen ist inakzeptabel und wird nicht geduldet. Ich hoffe, das haben alle verstanden.«

»Aye«, tönt es unserem Seminarleiter aus vielen Mündern entgegen. Ich spähe zu Jul, der die Kiefer aufeinandergepresst hat.

»Lore!«

Ich sehe wieder nach vorne.

»Komm bitte zu mir.«

Unwillig stehe ich auf. Jason winkt mich auf das Podest und streckt die Hand aus. Aus der Nähe sieht er noch massiger aus und sein Lächeln ist schmierig. Zögernd schüttle ich seine mir angebotene Hand. Eine Geste, die hier sonst niemand nutzt, wegen der Keimgefahr. Jason hält meine Hand fest und sieht dabei zu den anderen Teilnehmern. »Dies ist Lore Rufersen. Sechs Monate Flucht liegen hinter ihr. Während der Zeit rettete sie drei Menschenleben. Vier, wenn man Joshua dazuzählt.« Er lächelt mich wieder an und mir wird kalt. In meinem Gehirn rattert es. Wer hat ihnen von Joshua erzählt? Sim? Jame?

»… herausragende Leistungen in den vergangenen sechs Wochen, integrationswillig, lernfähig, entschlossen.«

Jasons Worte rauschen an mir vorbei. Ich wünschte, er würde endlich meine Hand loslassen.

»Lore Rufersen erfüllt alle Ansprüche und wir sollten ihr mit Respekt begegnen.«

Jason lehnt sich zu meinem Ohr und ich frage mich, ob er sich dafür auf die Zehen stellt, denn ich überrage ihn um etwa fünf Zentimeter.

»Du hast alle Chancen, nutze sie«, flüstert er. Der Seminarleiter schenkt mir ein breites Lächeln und lässt meine Hand los. Aufgewühlt begebe ich mich wieder auf meinen Platz. Jul hält den Kopf tief gesenkt und die Augen auf einen imaginären Punkt am Boden gerichtet.

***

Zu viert sitzen wir um einen Tisch, auf dem die Karte der *Neuen Welt* ausgebreitet ist. Das Kleeblatt, mit vier Blättern statt drei, ein Symbol des Glücks, des ›Good Fortune‹, wie Jason erklärte. Wir befinden uns am linken Rand des mittigen Blattes, der sogenannten Westflanke. Jetzt erkenne ich, dass wir direkt auf das westlichste Camp zugesteuert sind. Die Alte Welt ist zwar nur leicht schattiert dargestellt, aber Prado ist eingezeichnet und der Fluss, der durch die Metropole fließt und auf dem wir folglich in Richtung Wälder gelangt sind. Es gibt zwei weitere Camps, eines am nördlichen Blattrand und eines an der Südseite. Das Westflanken-Camp ist das am stärksten frequentierte. Aber einige Wanderer versuchen, die Wälder zu umrunden, was sie dann zu den anderen Camps führt. Fünfhundert Meilen weiterer Fußmarsch. Siebzig Prozent derer, die diese Route wählen, kommen vor Erschöpfung oder Hunger um. Frauen erreichen selten das südliche Camp, Kinder so gut wie nie. Wer es schafft, gilt als Held mit übermenschlichen Kräften. Kyron war einer von ihnen. Deswegen wohl auch die steile Karriere.

»Jede Region hat ihre eigene Verwaltung, jede Verwaltung steht in Kontakt mit der Hauptzentrale in Mosk.«

Jason beugt sich an mir vorbei und tippt auf jedes der vier Kleeblätter der *Neuen Welt*. Dann schlendert er zum nächsten Vierer-Tisch und beugt sich über die Schulter einer etwa Dreizehnjährigen zu deren Karte. Das Mädchen hat einen entschlossenen Gesichtsausdruck, als memoriere sie jedes Wort von Jason, sobald es seinen Mund verlässt: »Naba, Katmanda, Belize-Harbour, Mosk.«

Ich fahre mit den Augen über die Karte zu den Punkten, die Jason benennt. Bei Katmanda verspüre ich ein Kribbeln.

Es sind die Reste einer Bibliothek in Katmanda. Nicht viel.

Aber sie wurden gerettet, das ist alles, was zählt, höre ich Ooltest in meiner Erinnerung sagen. Also hatte Jame recht, Ooltest war im *gelobten Land*. War sie eine Rückkehrerin? Freiwillig oder abgeschoben?

Jason steht am Tisch von Jul. Der stützt sein Kinn auf die verschränkten Hände und hat die Stirn in Falten gelegt. Der Seminarleiter lehnt sich neben ihn an die Tischplatte und kreuzt lässig die Beine übereinander.

»Das sind die Hauptmetropolen der vier Verwaltungsgebiete. Das östlichste Gebiet rund um Naba ist landschaftlich die größte Herausforderung. Dort ist es gebirgig, teils mit großen Höhenunterschieden, und das Klima ist feuchtwarm. Ideal zum Anbau von Trockenreis, schwierig als Lebensraum für Menschen, wegen der hohen Luftfeuchtigkeit.«

Mir fällt ein, dass ich noch immer nicht das Seminar über Reisanbau besucht habe.

Auf der Karte sind wellenförmige Linien rund um Naba gezogen, die das Gebirge darstellen.

»Unten seht ihr das Verwaltungsgebiet Belize-Harbour.«

»Heißt das, es gibt dort einen Hafen?«, fragt einer an Juls Tisch.

»Ja, das heißt es. Aber nicht nur das. In Belize-Harbour befindet sich die Forschungsstation Cleansing. Der Fokus dieser Anlage liegt auf Belebung und Re–Naturing des Meeres, das an unsere Landesgrenzen stößt.«

Die etwa Dreizehnjährige hebt die Hand.

»Zofia«, fordert Jason sie auf zu sprechen.

»Ich habe gehört, dort werden Korallen gezüchtet und angepflanzt?«

»Das ist richtig.«

»Und wie wird man Teil des Teams, was muss man dafür können?«

Jason verschränkt die Arme und hebt belustigt eine Braue. »Du interessierst dich für Re–Naturing?«

»Ja.« Zofia sieht Jason ernst an. Der dreht sich uns anderen zu. »Wer weiß, was Korallen sind?«

Ich sehe mich unter den Teilnehmern um. An meinem Tisch fixieren alle die Karte, als stünde dort die Antwort. Jul hat sich im Stuhl zurückgelehnt, hebt aber auch nicht die Hand.

»Na? Keiner?«

Zögerlich streckt Zofia den Arm nach oben. Jason betrachtet das junge Mädchen. »Also, Zofia. Ich denke, du hast schon deine Antwort. Mach weiter wie bisher und du wirst Belize-Harbour schneller kennenlernen, als du vielleicht denkst. Ich werde meine Empfehlung aussprechen.«

Mit erhitzten Wangen nickt Zofia. »Danke, vielen Dank, Jason!«

Jetzt hebt Jul doch die Hand. Nickend fordert Jason ihn auf, zu sprechen.

»Wie kann es sein, dass das Meer nicht die *Neue Welt* zerstört und verseucht hat?«, fragt Jul. Jason lächelt. »Eine sehr gute Frage, Jul, die sich kaum einer zu stellen traut. Für die Antwort müssen wir uns allerdings erst einmal etwas gemeinsam ansehen.«

Von einem Tisch an der Wand nimmt er eine Fernbedienung und drückt darauf. Den Gruppentischen gegenüber senkt sich eine Leinwand von der Decke herab, die Raumbeleuchtung wird gedimmt.

»Was wisst ihr über die Länder vor dem *Vorfall*?«, fragt Jason in die Runde. Allgemeines Schulterzucken.

»Gut, dann beginnen wir mit dem rudimentärsten.« Er drückt wieder auf die Fernbedienung und auf der Leinwand erscheint eine Landkarte, ähnlich der, die vor uns auf dem Tisch liegt, aber ein kleinerer Ausschnitt. Ein grüner Kreis blinkt, ein paar Zentimeter daneben steht *Mosk*. Jason weist zum blinkenden Kreis. Wir sind hier, im Westflankencamp. Er zoomt die Karte heraus, sodass ein größerer Ausschnitt gezeigt wird und Mosk nur noch ein kleiner Fleck ist. Verstreut dick geschriebene Namen zwischen krakeligen Linien, die scheinbar willkürlich die Karte durchschneiden.

»Lies uns vor, was du siehst, Jul.«

»Wi…en, Slo…wa…kei, Odessa?«

»Wien, Slowakei, Odessa«, nickt Jason. »Letzteres ist heute die Region Belize-Harbour.« Er zeigt zur Karte. »Dies ist ein kleiner Ausschnitt des alten Kontinents. Kontinent? Irgendjemand?«

Zögerlich hebe ich die Hand. »In der Schule gab es Satellitenbilder von der Zeit vor dem *Vorfall*. Der Lehrer benutzte das Wort Kontinent.«

Wieder nickt Jason und zoomt die Landkarte weiter raus, sodass die Form des Kontinents deutlich erkennbar ist.

»Europa. Der Kontinent, der heute die Alte Welt beherbergt und auch noch in die *Neue Welt* hineinragt. Aber Europa war nur ein Kontinent von sieben. Allen gemeinsam war, dass sie vom Meer umgeben waren.« Jason drückt wieder auf die Fernbedienung und zoomt soweit heraus, dass Mosk als Punkt verschwindet und auf der Leinwand ein Gebilde aus vier großen und einem kleinen Klecks zu sehen ist, von denen jeweils zwei mehr oder weniger miteinander zusammenhängen und die von einer blauen Fläche umgeben sind. Das, was wir eben als

Europa vorgestellt bekommen haben, ist nur ein klitzekleiner Teil des Ganzen.

»Alle Kontinente auf einen Blick«, sagt Jason. »Das Blaue ist Wasser.«

Beim Anblick der Wassermassen stellen sich die Haare auf meinen Armen auf.

»Aber hier«, er weist auf zwei kleinere Flecken von Blau, die von Land umgeben sind, »gab es zwei Meere, von denen eines gar nicht mit einem Ozean — der Begriff für das große Meer — verbunden war und das andere nur durch eine schmale Wasserstraße. Sie wurden Binnenmeere genannt. Durch den *Vorfall* wurden diese Meere zu einem.«

Wir starren fasziniert zur Leinwand.

»Und nein, sie blieben nicht unberührt von dem verseuchten Wasser der Ozeane, aber durch die Wasserstraße floss vergleichbar wenig Gift hinein. Heute ist die Wasserstraße verschlossen, kein Ozeanwasser kann mehr eindringen und so eröffnete sich die Chance für Re–Naturing.«

Jason zoomt die Karte wieder heran, sodass nur noch die *Neue Welt* zu sehen ist, am rechten Rand Belize-Harbour, das am Wasser liegt.

»Was ist mit den anderen Kontinenten?«, fragt ein Älterer.

»Es gibt keine Informationen«, antwortet Jason knapp und schaltet die Projektion aus. Die Leinwand fährt wieder hoch. Jason schlendert zwischen unseren Tischen hindurch und zeigt auf die darauf liegenden Karten. Wir beugen uns darüber.

»Verwaltungsregion Katmanda. Ebenfalls gebirgig, aber mit moderaten Wetterverhältnissen. Neunzig Prozent unseres Trinkwassers stammen aus dieser Region. Warum?«

Zofias Hand schnellt in die Höhe, Jason ignoriert sie.

»Tarek?«

»Gebirgsquellen?«, antwortet ein Rothaariger.

»Korrekt. Tief aus der Erde, unberührt von Verschmutzung und Verseuchung. Das Wasser wird direkt an der Quelle abgeschöpft. Cleansing arbeitet an einem Verfahren zur Reinigung und Entsalzung des Meerwassers, das aber noch nicht spruchreif ist. Neben der Trinkwassergewinnung lebt Katmanda vor allem von seiner Landwirtschaft. Soja, Mais und Weizen sind die Hauptprodukte.«

Jul dreht den Kopf und unsere Augen treffen sich.

»Dein Fachgebiet, Lore, oder?«

Ich sehe zu Jason. »Ja, Weizen.«

»Wenn du in der Landwirtschaft bleiben willst, dann ist das deine Region«, erklärt Jason.

»Ich weiß es noch nicht.«

»Was weißt du noch nicht?«

»Ob ich in der Landwirtschaft bleibe.«

»Was würde dich stattdessen interessieren?«

»Flüchtlingshelfer, so wie Kyron. Oder im therapeutischen Bereich, zum Beispiel als Beichtabnehmerin.«

Aus den Augenwinkeln sehe ich, wie Jul den Kopf schüttelt. Ich konzentriere mich auf Jason, der anerkennend nickt.

»Das kann ich mir gut vorstellen, Lore.«

Er blickt von mir zu Zofia. »Ich sehe, wir haben hier zwei sehr engagierte und ehrgeizige junge Frauen. Nehmt euch ein Beispiel an ihnen. Findet heraus, wo ihr ein Teil des großen Ganzen sein könnt. Wie kannst du …«, Jason zeigt auf verschiedene Teilnehmer und bleibt, mit dem Finger auf Jul gerichtet, stehen, »… oder du helfen, unsere Nation noch besser zu machen?«

***

»Beichtabnehmerin? Ernsthaft?«

Jul hat mich im Gang abgefangen. Die meisten Teilnehmer des Seminars haben den Raum schon verlassen, nur vereinzelt unterhalten sich noch ein paar über die Stunde.

Ich sehe zur Seite und wünschte mir, mein Herz würde nicht bis zum Hals klopfen. »Na und?«

»Na und? Lore, ich erkenne dich nicht wieder. Du willst dich einfügen, okay, ich habs verstanden. Aber deswegen musst du doch nicht so werden wie sie! Was ist aus deinen Plänen geworden — ein Stück Land, Weizen anbauen, frei sein?«

»Ja, was ist daraus geworden, Jul?« Ich sehe ihn an und kann nicht verhindern, dass mir Tränen in die Augen schießen. Er reibt sich über den Nacken und sieht sich um. Er senkt die Stimme. »Es gibt einen anderen Weg.«

»Was meinst du?«

Jul schiebt mich zur Seite, weg von den anderen.

»Ich bin mir nicht ganz sicher, aber Sisdal, sie macht Andeutungen.«

»Was für Andeutungen?«

»Das etwas im Gang ist, etwas, dass es uns erlaubt, selbst zu bestimmen, wie wir leben wollen.«

»Du meinst, so etwas wie einen Aufstand?«

»Ja, nein, ich weiß nicht.«

Ich packe Juls Arme. »Mach da nicht mit, Jul. Das ist gefährlich! Weißt du, was mit Leuten passiert, die sich nicht an die Regeln halten?«

202

Jul senkt den Kopf. Zwischen uns knirscht die Erde, während sie sich wieder öffnet.

»Du weißt es, oder?«

Er nickt.

»Dann hast du doch deine Antwort.«

Jul hebt den Blick. »Lore …«

»Jame braucht mich.« Ich wende mich ab.

»Lore!«

»Was?«

»Es ist nicht nur Jame.«

Ein Sturm braut sich über mir zusammen. Ich schüttle den Kopf, als könnte ich ihn so aufhalten. »Nein!«

»Sim.«

»Nein!«

Bedauernd nickt Jul. »Doch.«

KASPER

Die Szenerie erinnert ihn an einen Kinderfilm, den er als kleiner Junge im Lichtspielhaus sah. Im Zentrum stand ein großer, edler Elefantenbulle, der die Tiervölker vereinte und zu Frieden führte. Ein stolzer Führer, der die Weitsicht eines weisen Mannes und das Herz einer liebenden Mutter in sich vereinte und die Tiere, egal ob Freund oder Feind, in Ekstase versetzte. Seine Eltern sind gerne mit ihm ins Lichtspielhaus gegangen und heute ist Kasper klar, dass diese Filme Parabeln auf die *Neue Welt* nach dem *Vorfall* waren und im Kern immer die großartige Karriere des Jarek Dragan Slowitzki aufzeigten. Doch, anders als in diesen Filmen, steht hier und heute kein Elefantenbulle und auch nicht Slowitzki im Zentrum, sondern Jefferson Maklaren. Grelle Scheinwerfer sind auf das Podest gerichtet, auf dem der Staatsführer sitzt. Im Hintergrund wird eine Leinwand herabgelassen, über die Jefferson später interaktiv mit ausgewählten Neuländern kommunizieren wird.

Ein junger Mann, mit bunter Kappe auf den blonden Haaren, trägt einen Monitor an Kasper vorbei. »Hey, Kasper!«

»Hallo, Mate.«

»Und, aufgeregt?«

»Geht schon«, gibt sich Kasper gelassen.

»Ich hab gehört, sie schalten deine Eltern live dazu.«

»Wa…? Äh, ja, fantastisch«, stottert Kasper. »Hoffentlich trauen sie sich, etwas zu sagen.«

Lachend zieht Mate weiter. Kasper bricht der Schweiß aus. Seine Eltern? Wozu? Warum will Jefferson ausgerechnet seine Eltern im Promotion-Video haben? Kasper formt mit den Lippen ein ›O‹ und atmet in langen Zügen aus und nur kurz ein.

Panikkontrolle. Nach etwa einer Minute beruhigt sich sein Puls wieder. Suchend schaut Kasper sich nach der Aufnahmeleitung um. Mit Glück ist es nur ein Gerücht, aber wenn seine Eltern wirklich zugeschaltet werden, muss er vorher mit ihnen sprechen. Sie müssen begreifen, dass es hier um seine Karriere geht und sie sich benehmen müssen.

Die Aufnahmeleitung, eine junge Frau mit bronzefarbenem Teint und glatten, glänzend schwarzen Haaren, verschwindet hinter der Leinwand, die von der Decke bis zum Boden reicht. Kasper eilt ihr nach. »Jella! Hey!«

Sie bleibt stehen und dreht sich um. »Kasper.« Sie späht auf ihr Armband.

»Nur kurz, entschuldige.«

Jella lächelt warmherzig. »Kein Problem. Was gibts?«

»Mate sagte, dass meine Eltern …«

»Ja, toll, nicht wahr? Von Jefferson persönlich ausgesucht.«

»Ja, toll«, antwortet Kasper schwach. »Ist noch Zeit, sie anzupiepsen?«

Jella legt ihm die Hand auf die Schulter. »Tut mir leid, Kasper, wir fangen in zwei Minuten an. Mach dir keine Sorgen, sie werden das sicher gut machen.«

»Ja, sicher.«

Jella eilt weiter, vorbei an einer Gruppe Techniker, die sich auf ihre Positionen für den Dreh begeben. Für einige Sekunden erklingt das wohlbekannte Wummern, das Jeffersons Live-Auftritte immer begleitet. Die Übertragung seines echten Herzschlags, wie Kasper mittlerweile weiß.

Schnell läuft er um die Leinwand herum, um dabei zu sein, wenn Jefferson das Volk begrüßt, seine Rede hält und ihnen

Frage und Antwort steht. Kasper hat keinen Zweifel daran, das Jefferson in zwei Jahren wiedergewählt wird. Wer sonst sollte das Land führen?

Der Assistent huscht an den Scheinwerfern vorbei, hinein in den Schatten, von wo aus er seinen Helden unverhohlen beobachten kann. *Liebe*. Erst seit er für Jefferson arbeitet, versteht er die wirkliche Bedeutung. Kasper liebt Jefferson. Nicht wie einen Partner, mehr wie einen Vater, wobei das auch nicht ganz korrekt ist. Er liebt an Jefferson die Allmächtigkeit, den Schutz, den er ausstrahlt, den Lebenshunger und sein Selbstbewusstsein. In seiner Nähe fühlt Kasper sich wichtig, in ihren Gesprächen intelligent. Kein Mensch zuvor konnte ihm diese Gefühle vermitteln. Jefferson hat Slowitzkis *Liebe* verstanden und weiterentwickelt. Und Kasper ist der lebende Beweis dafür, dass es der richtige Weg ist.

Die Deckenlichter werden gedimmt, die Scheinwerfer ziehen den Fokus auf Jefferson, der selbstbewusst in die Mitte des Podests vor die Leinwand tritt und sich den Kameras zuwendet. Irgendwer hat den Stuhl entfernt, es gibt nur Jefferson und das Licht.

Vor dem Monitor sitzt eine ältere Frau mit schütterem Haar und sieht über das Gerät hinweg zu ihm. Sie hebt die Hand mit drei ausgestreckten Fingern. Stumm zählt sie, während sie einen Finger nach dem anderen einklappt: »Drei, zwei, eins.« Sie zeigt auf Jefferson. Gleichzeitig ertönt sein Herzschlag aus allen Poren des Raumes.

Ohne es zu merken, öffnet Kasper ergriffen den Mund.

Jefferson legt seine Hände auf der Brust übereinander und blickt mit Stolz und Sanftmut in die Kamera. »Liebe!«

***

Zehn Minuten später ist Jefferson mit der Ansprache fertig, die sein Assistent mit ihm zig Male durchgegangen ist. Kasper wüsste nicht, was man an der Rede hätte verbessern können. Sie erklärt mit Bildern bespickt auf unterhaltsame Weise, welche Ziele Jefferson in seiner Amtszeit erreicht hat, wo er Fehler erkennt (wobei diese in Kaspers Augen lächerlich klein und absolut unwichtig sind), welche Aufgaben er für die Zukunft sieht und wie diese zu lösen seien. Der Kern seiner Philosophie ist das weitere Streben nach freier Liebe, oder anders ausgedrückt, dem Lösen von Anhaftungen, die laut Jefferson Grund für alles Leid sind. Die Rede ist überzeugend, niemand wird etwas anderes darüber sagen, da ist sich Kasper sicher.

»Kasper, jetzt.« Jella gibt dem Assistenten ein Zeichen. Der schnappt sich ein gefülltes Glas Wasser, um es Jefferson zu bringen. Als Nächstes werden die ersten Live-Gäste zugeschaltet und Jefferson hat dazwischen nur drei Minuten Zeit.

Strahlend sieht das Oberhaupt der *Neuen Welt* seinem Assistenten entgegen. Die Scheinwerfer sind heiß und blendend auf Jeffersons Gesicht gerichtet, trotzdem sieht Kasper nicht die Spur von Schweiß oder Erhitzung darauf.

Er reicht Jefferson das Wasser.

»Danke, Kasper. So, was sagst du? Ich will deine ehrliche Meinung hören.«

»Perfekt«, antwortet Kasper und meint es genau so. Jefferson fährt sich mit den Fingern durch die Haare.

»Wo ist der Maskenbildner?«

Kasper schaut sich um, aber er kann den grummeligen, alten Typen, der ihm als Pale vorgestellt wurde, nirgendwo entdecken. »Was brauchst du?«

»Ich habe das Gefühl, mir stehen die Haare ab«, sagt Jefferson.

Kasper betrachtet ihn und findet Jefferson auch äußerlich perfekt.

»Kein Problem«, er zückt einen Kamm aus der Hosentasche, »du kannst meinen Kamm benutzen.«

Maklaren stutzt. »Du hast einen Kamm dabei?«

Kasper zuckt mit den Schultern. »Kamm, Seife, Taschentuch, man weiß ja nie, wozu es gut sein kann.«

Dass er all diese Dinge nur für Jefferson dabeihat, der zur Schusseligkeit neigt, verschweigt Kasper. Es ist nicht wichtig. Hauptsache er bleibt Jeffersons Assistent. Gerne für immer. Obwohl sein Chef ihm jüngst einen Aufstieg in Aussicht stellte, hat er keine Ambitionen, seinen Posten jemals zu verlassen.

»Danke.« Maklaren nimmt ihm den Kamm ab, der noch nie benutzt wurde, und glättet sich sein ohnehin schon frisiertes Haar. Kasper steckt den Kamm wieder in die Hosentasche, nicht ohne zu bemerken, dass ein Haar von Jefferson zwischen den Zinken hängt, und er schämt sich ein bisschen, weil er den Wunsch verspürt, das Haar aufzubewahren.

»Es geht weiter!«, ruft Jella. »Alle an ihre Positionen.«

Jefferson zwinkert Kasper zu, der zügig auf seinen Platz im Schatten zurückkehrt. Jefferson wendet sich der Leinwand zu. Eine emotionsgeladene Melodie erklingt, dann erscheint auf der Leinwand ein etwa sechs Jahre altes Mädchen mit Zöpfen.

Jefferson lächelt. »Hallo, junge Frau, wer bist denn du?«

»Hallo Jefferson, mein Name ist Knowlence«, antwortet die Kleine.

»Das ist ein schöner Name.«

»Ja, meine Betreuerin sagt, dass er bedeutet, dass ich ganz klug werde«, erklärt das Mädchen.

»Was möchtest du wissen, Knowlence?«

»Manchmal vermisse ich meine Modder, und dann erklärt mir die Betreuerin, warum sie nicht bei mir ist. Und da habe ich mich gefragt, ob du auch Kinder hast und ob du die dann auch vermisst, so wie ich meine Modder?«

»Ja, ich habe zwei Kinder, Knowlence. Ich vermisse sie nicht, weil ich jeden Tag meine Liebe zu ihnen schicke und weiß, dass auch sie mich lieben. Um klug zu werden, brauchen wir viele Menschen und viel Liebe, nicht nur die von unseren Eltern oder Kindern. Deine Eltern lieben dich und deswegen lassen sie dich frei. Sie tun das, was nur wirklich liebende Eltern im Stande sind zu tun. Das ist ihr größtes Geschenk an dich. Verstehst du das?«

Knowlence nickt zögerlich. »Ich glaube schon.«

»Vertrau mir, Knowlence, deine Eltern sind immer bei dir und sie sind die besten Eltern der Welt.«

Ein Lächeln stiehlt sich auf das Gesicht des Mädchens.

»Danke für deine Frage!«, ruft Jefferson ihr zu.

»Adjüüs.« Knowlence winkt und das Bild erlischt. Drei gleichmäßige Herzschläge Jeffersons ertönen, dann erscheinen Jonah und Ewa Bukeschke auf der Leinwand. Für einen Moment befürchtet Kasper, sein Herzschlag könne den von Jefferson übertönen.

»Ewa und Jonah, wie schön, euch wieder zu sehen.«

Jefferson dreht sich zur Kamera. »Dies ist das Ehepaar Bukeschke, die Eltern meines Assistenten Kasper, ein hervorragender junger Mann mit großen Ambitionen. Auch diese Eltern sind, wie die Eltern der kleinen Knowlence, hingebungsvolle Eltern, die nur das Beste für ihren Sohn wollen. Aber sie gehören zu einer Generation, der es nicht sofort leicht fiel, auf die Loslösung von Anhaftungen zu vertrauen. Doch heute sehen sie den Erfolg in ihrem eigenen Fleisch und Blut. Nicht wahr, Ewa?«

Leicht verängstigt sieht Ewa von der Leinwand herab. »Ja, wir sind sehr stolz auf Kasper. Vielen Dank, Jefferson.«

»Es ist mir eine Herzensangelegenheit«, antwortet der. »Ihr seid ein großartiges Beispiel dafür, wie auch Menschen, die zunächst Zweifel an einem System hegen, sich dennoch darauf einlassen und daran wachsen können. Denn sind Zweifel nicht berechtigt? Natürlich! Keine Idee ist fehlerfrei, und der Mensch sollte tunlichst vermeiden, blind zu vertrauen. Erfahrungen machen uns klug. Siehe die kleine Knowlence.«

Auf der Leinwand nicken Jonah und Ewa. Jefferson betrachtet sie mit einem Ausdruck der Liebe. »Ihr seid fantastisch. Ihr habt euren Sohn losgelassen. Er ist ein freier Mensch mit allen Möglichkeiten. Heute aber seid ihr es, denen ein solches Geschenk gebührt. Denn auch ihr habt das Recht, frei zu sein und Liebe in seiner ganzen Schönheit und Vielfalt zu erfahren. Deswegen bitte ich euch heute ...«,

Maklaren dreht sich zur Kamera und zwinkert spitzbübisch, dann sieht er wieder zu den Bukeschkes, »... bitte ich euch heute, einen Schritt weiter zu gehen und euch von der Anhaftung zueinander zu lösen. Ich verspreche euch, ihr werdet es nicht bereuen. Ihr werdet erblühen in eurer ganzen Schönheit!«

Jefferson streckt die Hand in Richtung Leinwand aus.

»Seid ihr bereit für wahre Freiheit?«

Ewa hebt den Blick und sieht über Jefferson hinweg. Es ist unmöglich, dass sie durch das Display in ihrer Wohnung Kasper in seinem Schatten sehen kann, und doch geht ihm der Blick seiner Mutter durch Mark und Bein.

»Seid ihr bereit?«, flüstert Maklaren verführerisch.

Kasper vernimmt keinen Ton von seiner Eltern, doch ihre Lippen formen lautlos ein ›Ja‹. Ihr Sohn schließt die Augen und unter seinen Lidern brennen heiße, salzige Tränen.

17

Im Stechschritt folge ich Johnson durch die hallenartigen Gänge und unsere Schritte klingen auf dem grauen Betonboden wie Axthiebe.

Es ist kalt, um mich herum ist der Boden unter einer dichten Schneedecke versteckt. Ich hebe das Beil weit über den Kopf und lasse die Schneide auf das hochkant gestellte Holz hinabsausen. Klack. Holz aufstellen, drehen, Beil über Kopf, runter, zack. Das Holz fliegt zur Seite, ich stelle ein neues Stück auf, hoch, runter, zack.

Johnson dreht sich zu mir um und lächelt. Ich hebe leicht das Kinn, lächle zurück, obwohl meine Mundwinkel gar nicht nach oben wollen.

Das Camp ist wesentlich weitläufiger, als ich vermutete. Ich versuche, mir jede Biegung zu merken, jeden Gang. Ich spähe auf alle Schilder, in der Hoffnung, Hinweise auf das Quartier zu finden – James und nun auch Sims derzeitiger Aufenthaltsort. Neben dem Wohntrakt der freiwilligen Helfer sehe ich das Spital, in dem wir nach unserer Ankunft desinfiziert und untersucht wurden. Hinter dem Spital folgt ein schmuckloser, mehrstöckiger Bau mit nur wenigen Fenstern.

»Das ist die Verwaltung des Camps«, erklärt Johnson, »momentan arbeiten hier etwa hundertfünfzig Menschen, in den Sommermonaten können es bis zu zweihundertfünfzig werden.«

»Was genau tun sie?«, frage ich.

»Hauptsächlich die Beichten auswerten und Personalien überprüfen.«

»Dafür braucht es zweihundertfünfzig Mitarbeiter?«

»Die meisten wagen die Flucht zwischen Juni und September. Damit alles reibungslos läuft, wird aufgestockt.«

»Auch die Beichtabnehmer?«

»Es kommen einige aus dem südlichen Camp dazu, aber es bedeutet auch einen sehr viel größeren Arbeitsaufwand für die übliche Besetzung. Im Herbst beginnt dann die Off-Season.« Johnson wirft mir einen Blick zu. »Die arbeitsfreie Zeit.«

»Wer nimmt dann die Beichten ab?«

Johnson lacht. »Natürlich haben nicht alle gleichzeitig frei.«

»Natürlich«, sage ich und komme mir dumm vor.

Johnson drückt eine schwere Glastür zu einem weiteren hallenartigen Gang auf. Durch unser kurzes Gespräch bin ich unaufmerksam geworden und ich fürchte, dass ich alleine nicht zurückfinden würde.

»Du wirst mit Luthen sprechen, er ist für die Rekrutierung verantwortlich.«

Ich nicke hinter Johnson. Plötzlich stoppt sie und dreht sich um. »Wir sind sehr stolz auf dich, Lore.«

Ich fühle mich nicht stolz, stattdessen wird es um meinen Hals unangenehm eng.

»Es kommt nicht oft vor, dass sich Neulinge von alleine entscheiden, ihr Engagement direkt in die Dienste der *Neuen Welt* zu stellen.«

Ich nicke und ringe mir ein Lächeln ab. Ihre Dankbarkeit macht mir ein schlechtes Gewissen. Johnson wendet sich wieder ab und steuert auf eine Tür am Ende des Gangs zu. Ich folge mit etwa einem Meter Abstand und konzentriere mich auf den Betonboden, der unter meinen Füßen hinwegzieht.

Vor der Tür bleibt Johnson stehen. Ihre Hände hängen schlaff an ihrem Körper herab. Meine sind zu Fäusten verkrampft.

Links der Tür hängt ein dezentes Metallschild mit eingravierter Schrift. *Luthen Miller, Evaluation.*

Johnson sieht über die Schulter zu mir. Ich strecke meine Finger und nicke. Diesmal schaffe ich es nicht, zu lächeln. Johnson drückt die Klinke herunter und mein Herz setzt für ein paar Schläge aus.

Hinter einem Schreibtisch erhebt sich ein etwa zwei Meter großer Mann, der so schmal ist wie die Birken am Rand unseres Marktdorfes. Spontan kommt mir der Gedanke, ob er ebenso auf nährstoffarmem Boden aufwuchs, so wie jene Bäume. Die Nase des Rekrutierenden ähnelt einem spitzen Dreieck, das aus dem Gesicht ragt. Durch die Haut seines dünnen Halses sticht sein Adamsapfel hervor. Luthens Finger sind lang und knochig, genauso wie seine Arme. Es ist schwer, ihn nicht anzustarren, und so fixiere ich den Schreibtisch, auf dem nur zwei Gegenstände liegen: ein grauer Stift und ein kleines Fahrzeug, in das nicht einmal eine Maus passen würde. Es ist feuerrot, vorne abgeflacht, hat kein Dach und nur zwei Sitze. Luthens spitze Finger heben das Fahrzeug an.

»Faszinierend, oder?«

Seine Finger erinnern mich an Spinnenbeine.

»Es ist antik. Aus der Zeit vor dem *Vorfall.*«

Luthen stellt das Fahrzeug wieder auf den Tisch, nimmt dahinter Platz und bedeutet mir, mich zu setzen. Vorsichtig lasse ich mich auf einen breiten Holzstuhl mit Armlehnen und gepolsterter Sitzfläche nieder. Der Stuhl sieht wertvoll aus. Schweigend mustert Luthen mich. Meine Finger umklammern die Armlehnen und ich merke, wie meine Handflächen auf der Holzfläche transpirieren. Schnell verschränke ich die Hände auf meinem Schoß und hinterlasse feuchte Abdrücke auf den Lehnen. Luthens Augen wandern zu den Abdrücken, dann zurück zu meinem Gesicht.

»Du möchtest also Beichtabnehmerin und Therapeutin werden.«

»Ja«, sage ich, obwohl ich nicht sicher bin, ob Luthen eine Antwort erwartet, »ich möchte helfen.«

Luthen rührt sich nicht.

»Also anderen Flüchtlingen.«

Luthen macht den Eindruck, als schlafe er mit offenen Augen.

»So, wie mir geholfen wurde«, trage ich meinen auswendig gelernten Text weiter vor. Noch immer zeigt Luthen keine Reaktion, was mich langsam anfängt zu ärgern.

»Die Beichten sind hart. Ich träume oft schlecht danach. Alles kommt hoch. All die schlimmen Erlebnisse. So, als passieren sie noch mal. Immer wieder. «

Jetzt fokussieren mich Luthens Augen und ich zwinge mich, ihnen nicht auszuweichen.

»Aber mit jeder Beichte, mit jeder schmerzhaften Erinnerung, die ich durchstehe, werde ich leichter.«

Der Rekrutierende starrt mich weiter an. Aus meinen Handflächen scheint der Schweiß förmlich zu tropfen. Ich wische sie an meinem Kleid trocken und rede wie ein Apparat weiter. »Jedes Mal werde ich ein Stück freier.«

Luthen blinzelt in einer kaum erfassbaren, schnellen Bewegung. »Finde ein Bild dafür.«

»Was?«

»Schließe die Augen.«

Ich folge Luthens Anweisung.

»Jetzt sag mir, was du siehst.«

Vor meinen Lidern schimmert es orange von dem Tageslicht, das durch die dünne Haut dringt.

Kurz einatmen, lang ausatmen.

Gegenstände kristallisieren sich aus dem orangefarbenen Nichts.

Kurz einatmen, lang ausatmen.

»Ein schwerer Stein, ein Brocken ... er hängt an meinem Fuß. Ich komme nicht vorwärts.«

»Was ist mit dem Stein?«

»Er ist die Vergangenheit. Sie hängt an einem Seil um meinen Fuß. Und die Beichten ... ja, sie lösen das Seil. Der Stein ist noch da, aber hängt nicht mehr an mir dran.«

Ich öffne die Augen und sehe, dass Luthen das erste Mal lächelt.

»Und warum du, Lore? Was hast du uns zu bieten?«

»Ich verstehe die Flüchtlinge, wie sie an der Vergangenheit hängen. Und ich verstehe den Sinn der Beichte. Ich kann die Brücke sein. Wie Kyron.«

»Kyron ... ja, ich erinnere mich. Ein guter Mann. Einer der Helden.«

Ich hebe die Brauen.

»Ein Kind, das als Einziger durchkommt. Eine Erfolgsgeschichte.«

Ich nicke.

Luthen zieht eine Schublade auf und holt ein Blatt hervor, das er auf den Tisch legt.

»Beichtabnehmer leben und arbeiten ausschließlich in den Camps. Es gibt Zeiten, an denen du reisen darfst, aber dein Leben findet hier statt. Verstehst du, was das bedeutet?«

»Ich werde nicht mit den anderen in die echte *Neue Welt* ziehen.«

Luthen schmunzelt. »Die ›echte *Neue Welt*‹. Nennt ihr das so? Aber was bedeutet schon echt, nicht wahr?«

»Das Camp ist besser als jeder Ort, an dem ich zuvor war. Ich bin dankbar.«

Der Rekrutierende mustert mich, dann zuckt er gleichgültig die Schultern. »Rechts unten.«

Er hält mir den grauen Stift hin. Ich ziehe das Blatt zu mir herüber und nehme Luthen den Stift ab. In der obersten Zeile steht ›Vertrag‹. Die Buchstaben darunter verschwimmen vor meinen Augen und ich kann keinen Sinn in ihnen erkennen. Langsam beuge ich mich vor und unterschreibe mit kalten, schweißigen Fingern das Papier.

SISDAL

»Sie hat sich entschieden.«

»Nein!« Entschlossen schüttelt Jul den Kopf. »Du verstehst das nicht. Es ist wegen Jame.«

Sisdal verschränkt die Arme. Jul mustert sie. »Woher weiß ich, dass ich dir vertrauen kann?«

Ein spöttischer Zug erscheint um Sisdals Mund. »Ach, bitte. Ist das nicht immer das Risiko?«

»Warst du schon immer ... hier?«

»Ich bin hier aufgewachsen, ja, aber früher war es anders. Wir waren anders. Und es gibt viele, die nicht einverstanden sind, mit dem, wie es jetzt ist.«

»Wo sind diese Leute?«

»Das kann ich dir aus Sicherheitsgründen nicht sagen. Du kannst mir vertrauen oder nicht, mehr kann ich dir nicht bieten.«

»Ich weiß nicht, was du von mir willst.«

Sisdal betrachtet Jul. Seine schlanke, sportliche Statur gefällt ihr. Dass er groß ist und gleichzeitig zart wirkt. Der Starrsinn in seinem Gesicht. Unruhig geht Jul vor Sisdal auf und ab.

»Setz dich.«

»Ich will nicht beichten.«

»Das war nicht meine Aufforderung.«

Jul stoppt und blickt sie prüfend an. Dann zieht er geräuschvoll einen Stuhl vom Tisch weg und setzt sich. »Du hast mich gefragt, was sich ändern müsste, damit ich bleiben mag.«

Abwartend hebt Sisdal das Kinn.

»Der einzige Grund, warum ich hier bin, ist Lore. Ich habe meine Familie verlassen, meine Heimat, mein Erbe. Für Lore. Und sie ist der einzige Grund für mich, zu bleiben.« Sein Kinn bebt. »Also bitte mich nie wieder, sie zu vergessen.«

Sisdal nickt langsam. »Ich verstehe, dass du sie liebst, aber sie hat die Seite gewechselt, sie ist jetzt eine von denen.«

»Eine von euch, meinst du.«

»Nein, eine von denen«, wiederholt Sisdal.

Jul betrachtet sie. »Ich verstehe dich nicht, Sisdal. Was ist es, was du willst?«

»Ich brauche Menschen wie dich. Menschen, die nicht einverstanden sind. Die wütend sind, die anders leben möchten und die bereit sind, dafür ein Risiko einzugehen. Menschen, die nicht zusammenbrechen unter der Aussicht, zurückkehren zu müssen.«

»Und dann?«

»In zwei Jahren sind Wahlen. Wird Maklaren wiedergewählt, verfestigt sich das System. Irgendwann wird es niemanden mehr geben, der sich daran erinnert, wie es vorher war, wie es auch sein kann. Wenn die Angst zu groß wird, ist es zu spät.«

»Und was sollen ein paar Wenige daran ändern?«

»Altländer vertrauen eher auf ihresgleichen und ihr seid noch nicht von Maklarens Ideologie infiziert.«

Jul schnaubt. »Seit seinem Auftritt wäre ich mir da nicht mehr so sicher.«

»Sieh dir Jame an«, entgegnet Sisdal, »er ist das beste Beispiel. Die Neuankömmlinge sind noch nicht bereit für das neue System und das ist unsere Chance. Wir müssen Maklarens Thesen etwas entgegensetzen.«

»Du willst die Wahl gewinnen? Mit mir?«, fragt Jul.

»Mit dir, mit anderen Unzufriedenen, Flüchtlingen, Helfern, Kritikern. Wir sind nicht alleine, Jul, glaub mir. Paare, Familien, Lebensgemeinschaften, es gibt so viele, die unglücklich sind. Wenn wir diesen Menschen eine Alternative zum Bestehenden zeigen, können wir es schaffen!«

Jul steht auf und tritt ans Fenster. Wie gerne würde Sisdal ihre Arme um seinen Bauch schlingen und sich an ihn schmiegen. Doch sie darf sich nicht hinreißen lassen. Wie einen Wespenstich spürt sie die Kamera, die auf ihren Nacken gerichtet ist. Klein und unscheinbar. Ein schwarzer Fleck in der Zimmerecke. Irgendwo im Verwaltungstrakt sitzt jetzt jemand vor einem der unzähligen Monitore und wundert sich sicher, warum die Interviewerin hinter dem Probanden steht und der aus dem Fenster starrt.

»Nicht ohne Lore.« Jul dreht sich um.

»Setzen wir uns wieder.« Sisdal weist zum Tisch. Jul rührt sich nicht.

»Lass uns besprechen, was wir tun können, um Lore für uns zu gewinnen.«

Sisdal wäre es lieber, diese Lore würde sich in Luft auflösen, aber wenn sie Jul als Mitstreiter zementieren will, muss sie das Spiel wohl oder übel mitspielen. Jul kehrt an den Tisch zurück und Sisdal nimmt ihm gegenüber Platz. Wahllos tippt sie auf das schwarze Display und spürt förmlich, wie ihr Beobachter im Verwaltungstrakt seine Aufmerksamkeit vom Monitor löst.

18

Es ist gerade mal ein Arm voller Kleider, die meinen Umzug begleiten. Sie haben mir keines meiner alten Kleidungsstücke gelassen, weder mein Kittelhemd aus einer Zeit, die so fern scheint, als habe sie in einem anderen Leben stattgefunden, noch die Hosen und Felle aus dem Wald. Nicht, dass ich auf die Männerhosen Wert lege, ich fand es immer unangenehm, die Kleidung von Toten zu tragen. Aber die Gewänder, die ich hier täglich anziehe, werden mir zunehmend fremd. Ihre Luftigkeit zeigt mir nur, wie schwer ich mich fühle, und dass die äußere Hülle nur ein Schein ist. Einzig meine Kautschukstiefel darf ich behalten, deren Schäfte mit jedem Schritt vertraut an meinen Waden schaben. Mit dem leichten Gepäck also kann man den Vorgang kaum als Umzug bezeichnen, dennoch ist es einer. Ich bekomme mein eigenes Zimmer, so wie alle Mitarbeiter des Camps. Ich bin jetzt eine von ihnen. Oder zumindest fast. Meinen Weg begleiten bewundernde Blicke der anderen Flüchtlinge. Einige abweisende sind sicher auch dabei, aber die sind so verstohlen, dass es keiner merkt. Jarl steht im Gang meines alten Wohntraktes und nickt mir anerkennend zu. Suzan linst durch einen Spalt ihrer Tür, in ihren Augen Irritation und Furcht. Johnson beobachtet mich von ihrer Bürotür aus. In ihrem Gesicht stehen Stolz und Respekt geschrieben. Ich mag diese Blicke nicht.

Ich folge Kyron am Speisesaal vorbei, aus dem das übliche Stimmgemurmel dringt. Frühstückszeit. Mein Magen meldet sich wie auf Kommando mit einem leichten Grummeln und ich sehe sehnsüchtig zur offenen Tür.

»Es steht Essen für dich bereit«, kommentiert Kyron meinen Blick und winkt mich weiter. Wir lassen den Saal hinter uns, passieren die Glastür zum Garten und durchqueren einen Gang, der meiner Meinung nach zu Juls und Sims Trakt führt. Werde ich in ihrer Nähe wohnen? Dann biegt Kyron schon wieder ab und wir entfernen uns.

Der Gebäudetrakt, den wir betreten, besticht durch seine pastellgelben Wände. Die Gänge wirken hier wohnlicher und privater als in meinem alten Trakt.

»Hier ist es. Quartier FW.«

Fragend sehe ich ihn an. Er grinst. »Das Freiwilligen-Quartier. Eigentlich Trakt D.«

Kyron bleibt stehen und öffnet eine Tür aus massivem, ungeschliffenem Holz. Bilder des verlassenen Häuschens am Rande unserer Felder tauchen vor mir auf. Eine untergehende Sonne hinter Weizenfeldern. Lila gefärbte Wolken am Horizont, vor einem Gewitter. Kaminfeuer. Unsere Küche. Meine Schwestern. Jame. Der brennende Hof. Ich schließe die Augen.

»Gefällt es dir?«

Kyron ist bereits in dem Zimmer, das groß und geräumig ist. Zwei Rundbogenfenster lassen das Tageslicht herein. Die Sonne, die sich an den Bäumen davor bricht, wirft Schatten an die hohen Wände. Zwischen den Fenstern steht ein Bett, darauf eine cremefarbene Leinendecke. Cremefarben, so wie die Wände in dem blauen Haus auf der Flucht. Am Kopfende liegen dicke Kissen, die zu dick sind, um darauf zu schlafen. Kyron folgt meinem Blick und lächelt. »Die sind zum Anlehnen.« Er schmeißt sich schwungvoll auf das Bett und lehnt sich halb sitzend an die Kissen. »Zum Lesen zum Beispiel. Oder ...«, er steht wieder auf und sein Körper hinterlässt einen

Abdruck auf dem Leinenüberwurf, »du setzt dich zum Lesen hierher.« Kyron geht zu einem Sessel neben einem Regal. Hinter dem Möbel ragt eine Stehlampe aus Messing hervor, die einen gläsernen Lampenschirm hat.

»Deine persönliche Leseecke!« Kyron sieht mich erwartungsvoll an. Ich begutachte die Bücher im Regal und entdecke ausschließlich Werke von Slowitzki.

»Ich werde wohl viel lesen in nächster Zeit«, sage ich. Kyron nickt. »Die Grundlagen deines zukünftigen Schaffens.« Er hievt sich aus dem Sessel und zeigt in verschiedene Richtungen. »Badezimmer, Schreibtisch, Leseecke. Der Schrank ist hinter der Tür.« Zum Beweis schließt er die Tür und offenbart einen schmalen Schrank, den er öffnet.

»Mach die Augen zu.«

Ich schließe die Lider.

»Hände vorstrecken.«

Ich halte die Arme ausgestreckt. Etwas Kühles berührt meine Handflächen.

»Gut festhalten«, sagt Kyron. »Du kannst jetzt gucken.«

Langsam öffne ich die Augen und sehe auf eine schwarz glänzende Fläche. Erstaunt hebe ich den Kopf. »Ein Display?«

»Es hat noch nicht alle Funktionen«, antwortet Kyron, »und dient zunächst Übungszwecken. Wenn du soweit bist, wird es freigeschaltet.«

Ich wiege das Display in meinen Händen. »Es ist leichter, als ich dachte.«

»Nicht nur das Display.«

Irritiert sehe ich auf. »Wie …?«

Kyron lächelt mich an.

»Ach so«, stottere ich. »Ja.«

Ich lege das Display auf den Schreibtisch, neben ein mit einem Deckel abgedecktes Tablett, und wende Kyron den Rücken zu, um nicht mit ihm über den Sinn oder Unsinn von ›Liebe muss fließen‹ zu diskutieren. Er tritt dicht an mich heran und legt mir die Hände auf die Schultern. Seine Daumen streichen sanft über meinen Nacken, was gegen meinen Willen eine wohlige Gänsehaut auslöst.

»Du hast noch eine Stunde Zeit. Iss etwas und ruhe dich aus. Die ersten Tage sind sehr anstrengend.«

»Ja.«

Kyron haucht einen Kuss in meinen Nacken und ich bin mir sicher, dass sich sämtliche Härchen aufgestellt haben.

»Brauchst du noch etwas?«

»Nein, danke.«

»Bis später, Lore.«

»Ja.«

Ich warte, bis Kyron die Tür hinter sich zugezogen hat und lasse mich auf die Bettkante sinken. Mit der Hand streiche ich über die Matratze, die breiter ist als in meinem letzten Zimmer.

Was mache ich hier? Was wird Jame denken, wenn er erfährt, dass ich umgezogen bin? Dass ich ihn im Stich lasse?

Sei der beste Neuling, der du sein kannst.

Mein Blick fällt auf das Tablett und erinnert mich daran, dass ich Hunger habe. Unter dem Deckel finde ich ein reich belegtes Sandwich mit Sojakäse und Gemüse. In einem Kännchen dampft Tee. In einer Schale liegen Brombeeren, sicher aus dem Gewächshaus.

Brombeeren. Jame. Joshua. Verlust. Verschwende kein Essen.

Mit der bloßen Hand greife ich in die Schüssel, zerdrücke das Obst und schiebe den Brei in meinen Mund. Ein Bissen für Joshua. Einer für Jame. Einer für Sim. Hinter dem Sandwichteller lugt ein Papiertütchen hervor. Ich greife danach und lese das Etikett. *Vitaminpulver. Bitte mit Wasser mischen.* Neben meinem Teebecher steht ein leeres Glas. Ich reiße das Tütchen auf, dessen Inhalt nach Zitrone riecht. Im Badezimmer lasse ich Wasser ins Glas laufen und schütte das Pulver hinein, das sich sprudelnd auflöst und das Wasser rosa färbt. Mit dem Glas kehre ich ins Zimmer zurück, verschlinge das Sandwich und warte, bis sich das Pulver komplett aufgelöst hat. Eine weitere Untersuchung des Tütchens bringt keine neuen Informationen, warum ein Vitaminpräparat nötig ist, wenn es doch Obst und Gemüse gibt. Ich kenne Vitaminpillen aus der Alten Welt. Die wurden im Winter auf dem Markt an die verteilt, die kein Obst oder Gemüse anbauen, so wie wir. Mari hat sie immer weggeschmissen und gesagt, die seien nur Augenwischerei und unwirksam. Vielleicht sollte ich das rosafarbene Getränk ebenso wegschütten. Ich schnuppere daran. Der Geruch ist lecker. Frisch. Fruchtig.

Vorsichtig nippe ich am Glas. Wie erwartet schmeckt das Präparat nach Zitrone. An meinem Handgelenk vibriert sanft das Armband. *30 Minuten bis zur ersten Trainingseinheit* steht hellgrün auf dem schwarzen Kautschuk. Dann verglimmt die Schrift und leuchtet gleich wieder auf. *Vitaminpräparat einnehmen.*

Ein Gefühl der Gleichgültigkeit befällt mich. Ich nehme einen weiteren Schluck und trage das Getränk zu dem Nachttisch am Bett. Nur fünf Minuten ausruhen. Ich lehne mich in die weichen Kissen und setze das Glas wieder an. Diesmal trinke ich es in einem Zug leer. Ich fühle mich gleichzeitig erfrischt und müde. Gut, dass ich noch Zeit habe. Meine Lider werden schwer. Ich rutsche ein bisschen weiter runter und vergrabe mein Gesicht zwischen zwei der Kissen. Dunkelheit umfängt mich. Nur fünf Minuten ausruhen. Kraftlos hebe ich mein Armband vor den Mund und tippe in einer schnellen Abfolge viermal darauf.»Anweisung: Wecke mich in fünfzehn Minuten.«

19

Kyron hält mir die Tür auf. Trakt C, hier war ich noch nie. Aussehen tut er genauso wie Trakt A und B. Lange Gänge, bodentiefe Fenster in den Hallen, Snackautomat vor den Glastüren zu den Gängen. Die Tür, die Kyron jetzt aufhält, sieht exakt so aus wie die Tür zu den Beichträumen. Zögernd bleibe ich stehen.

»Die Ähnlichkeit ist Absicht, wir wollen, dass es für die Trainees genauso wirkt wie in dem echten Beichttrakt.«

Trainee. Das ist also jetzt mein Titel. So wie Sisdal. Mein Herz krampft sich zusammen.

»Hast du dein Display?«

Ich halte es etwas zu schwungvoll hoch und es rutscht mir fast aus den Fingern.

»He, langsam«, lacht Kyron, »das brauchst du noch.«

Er weist zu einem langen Tisch, so wie in Liliths Raum. Wir setzen uns einander gegenüber.

»Wie geht es dir?«

»Müde.«

»Hast du dein Vitaminpräparat genommen?«

Ich mustere ihn. Seine blauen Augen sehen mich an, ohne zu zwinkern.

»Wofür, wo wir doch Obst und Gemüse haben?«, frage ich.

»Die Dosis ist höher, dein Körper kann so schneller Gifte ausscheiden. Das ist wichtig, denn du musst komplett gereinigt sein. Nur so kannst du helfen.«

»Gereinigt? So wie Jame? Oder wie Sim?«

Kyrons Brauen wandern für eine Millisekunde nach oben.

»Sim geht nicht in die Reinigung.«

Jetzt sind es meine Brauen, die in die Höhe schießen.

»Sondern?«

»Sie wird zurückgeführt.«

Mir wird schlecht. »Auf die andere Seite?«

»Dir wird sicher auch nicht entgangen sein, dass sie sich nicht wohlgefühlt hat. Wir zwingen niemandem unsere Art auf.«

»Aber …«, stammle ich, »wann?«

»Sie wird noch ein paar Check-ups durchlaufen. Bald.«

Ich starre auf meine Hände, die weiß wie kalk sind, und erkenne Kienos Hände in ihnen. Kalt und klamm, wenn sie aufgeregt ist. Mir war nicht bewusst, dass ich die gleichen Hände habe.

»Was hat sie getan?«

»Das Gelände verlassen. Immer wieder. Sich nicht an die Regeln gehalten. Gejagt.«

Ich schaue auf. »Gejagt?«

»Hasen. Wusstest du davon?«

Ich schüttle den Kopf.

»Dass sie über den Bretterzaun springt, ist verzeihlich. Nicht gut, weil sie damit Neuländer gefährdet, falls sie ansteckend ist, aber nachvollziehbar. Die Freiheit ist ein lauter Ruf, dem nur Wenige widerstehen können. Aber jagen …« Kyron schüttelt bedauernd den Kopf. »Sie ist nicht integrationsfähig.«

»Ist sie dort, wo Jame ist?«

»Können wir beginnen?«

In mir regt sich Widerstand. Wut. Unverständnis. Ich möchte ihn anspucken, so wie Sim es mit Widersachern macht. Stattdessen nicke ich.

Sei der beste Neuling, der du sein kannst.

»Gut, beginnen wir mit dem Thema Fragetechniken. Lore?«

»Ich höre zu.«

»Was liegt dir noch auf dem Herzen?«

»Darf ich Sim sehen, bevor ... bevor sie abgeschoben wird?«

»Natürlich. Nach der ersten Lektion. Einverstanden?«

»Danke!«

Kyron tätschelt meine Hand, dann wandern seine Finger hoch zu meiner Wange. Wieder werde ich getätschelt.

»Lore, Lore, Lore«, murmelt Kyron, »manchmal werde ich nicht schlau aus dir.«

»Die Fragetechniken!«, erinnere ich ihn. Kyron zieht die Hand zurück und ein kalter Zug erscheint um seinen Mund.

»Warum bist du geflohen?«

Ich starre ihn an.

»Kurz, knapp, direkt, ohne wenn und aber. Die Angriffstechnik. Damit beginnen wir. Jetzt du.«

Wenn er nicht mein Herz schlagen hört, muss er taub sein. Ich schiebe meine Hände unter den Tisch, damit mein Armband mich nicht verrät.

»Sieh auf dein Display.«

Gehorsam senke ich den Kopf. Auf der schwarzen Fläche erscheint Kyrons Name, daneben sein Foto, darunter Daten: Alter (22, vermutet), Herkunft (Westregion, nähere Bestimmung nicht möglich), Familienstand (alleinstehend), Beruf (Beichtabnehmer, freiwilliger Helfer).

Erwartungsvoll sieht Kyron mich an. Ich räuspere mich.

»Wie bist du hergekommen?«

»Zu Fuß.«

Auf dem Display leuchtet ein grünes Licht auf. Ein albernes Kichern entfährt mir. »Klar, wie auch sonst.«

Kyrons Miene ist ernst.

»Ähm, wie gefällt es dir hier?«

»Das ist zu vage. Überlege dir genau, was du wissen willst, und formuliere es so knapp und direkt wie möglich.«

»Okay.«

»Lass dir Zeit.«

Ich nicke. Atme ein, atme aus. Mehrmals. Was möchte ich von Kyron wissen?

»Hast du es jemals bereut?«

»Nein.«

»Der Punkt auf meinem Display ist eine Mischung aus grün und orange.«

Ich hebe den Kopf und sehe Kyron in seine undurchdringlichen, blauen Augen. »Es gibt Dinge, die du hier nicht magst.«

Der Punkt ist grün.

»Du vermisst etwas.«

Der Punkt färbt sich orange.

»Du bist einsam.«

Der Punkt wird dunkler.

»Du sollst mir Fragen stellen und nicht Mutmaßungen äußern.«

»Warum hat außer dir und dem anderen Jungen niemand überlebt?«

Kyrons Atem geht langsam und klingt mühsam unterdrückt, wie bei einem brodelnden Kochtopf, auf dem der Deckel zu fest sitzt. Mein Display wird schwarz. Kyron zieht es mir unter den Händen weg. »Es ist nicht geladen.«

»Aber …«

»Wir müssen später weiter machen. Warte hier, Lilith wird dich abholen und zu Sim bringen.«

Er steht auf und verlässt den Raum. Kein Lächeln mehr, kein vielsagender Blick. Weiß der Himmel, in welches Nest ich gepikst habe.

***

Begleitet von Lilith und Welf nähere ich mich einer grauen Metalltür. Ohne Zutun öffnet sie sich in unsere Richtung, dahinter ein Flur, dessen Teppich meine Schritte dämpft. Es ist ungewöhnlich leise hier. Kein Stimmengewirr aus der Ferne, kein Klappern, nicht einmal die Geräusche von draußen dringen durch das einzige Fenster am Ende des Flures. Links und rechts gehen Türen ab, die alle verschlossen sind. In manche sind Klappen eingelassen, etwa auf Bauchhöhe. Ich blicke zu Lilith, die keine der Türen beachtet und mich an der Hand hält wie ein kleines Mädchen. Welf bleibt vor einer Tür stehen, die keine Klappe hat.

»Fünfzehn Minuten.«

Lilith greift zur Klinke.

»Ich würde gerne alleine … bitte.«

Lilith zögert, dann zieht sie die Hand zurück. »Fünfzehn Minuten, du hast es gehört.«

Ich nicke.

»Mach es ihr nicht noch schwerer, sondern gib ihr Mut.«

Ich sehe Lilith an, aber es ist nicht zu erkennen, ob sie Sims Strafe als zu hart empfindet oder generell glaubt, dass es nur Mut braucht, um auf der anderen Seite zu überleben. Allein. Als Mädchen.

»Ich versuch es.«

Lilith tritt zurück neben Welf, der mich misstrauisch beäugt.

»Es ist in Ordnung«, sagt Lilith und zwinkert mir zu. Nicht wissend, was mich erwartet, öffne ich die Tür. Wird Sim weinen? Mich anspringen? Schreien?

Sie steht mit dem Rücken zur Tür, ihr altes T-Shirt in die dreckige Männerhose gestopft, so wie sie hier ankam. Und ich dachte immer, sie verbrennen unsere Sachen, wegen der Keime. Offenbar spürt Sim meinen Blick, denn sie fängt an, zu sprechen, ohne sich umzudrehen.

»Sie wurde gewaschen, aber man sieht es nicht.«

»Was wurde gewaschen?«

»Die Hose.« Sie wendet sich um, hebt ein Knie und beugt sich gleichzeitig nach unten. »Sie riecht jetzt nach Orangen. Da werden sich die Insekten freuen.« Sim zieht den Mund schief, eine Mischung aus Grinsen und Weinen.

»Es gibt Schlimmeres als Orangenduft«, antworte ich und sehe mich um. Das Zimmer ist wie eine gute Stube in der Alten Welt eingerichtet, sofern man so etwas besaß. Ein steifes Polstersofa, mit dem typischen grau-beigem Nicht-Ton, ein kleiner Beistelltisch, aus Holzresten zusammengezimmert – zumindest dem Aussehen nach zu urteilen – und ein Kamin ohne Holz und Asche. Vermutlich eine Attrappe. Hier wird kein Holz verbrannt, schlecht für die Umwelt.

Sim weist ungelenk zum Sofa. »Sollen wir uns setzen?«

Wir lassen uns auf dem unbequemen Zweisitzer nieder, ratlos, wohin mit unseren Händen und Blicken.

Sim betrachtet den leeren Kamin. »Ich war nicht hungrig. Es war warm, ich war satt, sauber.«

Ich mustere ihr Profil, die zarten Gesichtszüge, die im Widerspruch zu ihren Narben und raspelkurzen Haaren stehen. In ihren Augen leuchtet nichts, weder Wut noch Angst. Ihr Kampfgeist ist offenbar am Schlafen.

»Der Zaun war das einzig Aufregende. Rüberkommen war einfach, aber das Nicht-erwischt-werden … Ich hab keine bessere Ausrede.«

»Es ist aber nicht wegen des Zauns«, sage ich.

Ein schiefes Lächeln huscht über ihr Gesicht. »Nee, wegen dem Scheiß-Hasen. Ich weiß.« Das Lächeln erlischt. »Dumme Rebellion.«

»Haben dir denn die Beichten nicht geholfen? Die Traumatherapie?«

Sim wendet mir das Gesicht zu. »Hilft es dir?«

Vorsichtig streife ich mein Armband ab und lege es auf den Pseudo-Arme-Leute-Tisch. Sim wartet. Ich suche ihren Blick und schüttle den Kopf. Langsam hebt sie beide Hände, ihre Handgelenke sind nackt, kein Armband mehr.

Ich strecke meine Hände nach ihren aus. Wir halten uns fest, wortlos. Keine Feindschaft mehr, nur noch Freundschaft.

»Ich helfe dir«, flüstere ich.

»Wie?«, wispert sie zurück.

»Was immer ich tue, es ist für dich und Jame. Vertrau mir!«

Ich hoffe, sie versteht mich, denn ich spreche so leise, dass ich mich selbst fast nicht höre. Ein Raunen, schnell und verhaspelt, das sich anhört wie das Hecheln eines verschreckten Tieres. Sim drückt meine Hände. Sie versteht. Unwillig löse ich die Finger aus ihren und lege mein Armband wieder an. Sim steht auf, es gibt nichts mehr zu sagen. Wir umarmen uns lange, bevor ich sie in der Ungewissheit zurücklasse. Ihr knochiger, fast kindlicher Körper unter meinen Händen erinnert mich an Kieno. Sehnsucht erfüllt mich, nach meiner Schwester, nach Einfachheit, nach Frieden. Ich löse mich von Sim und wende mich der Tür zu. Wenn ich sie öffne, läuft die Zeit. Sim schaut wieder aus dem Fenster. Ehe ich ein drittes Mal klopfen kann, öffnet Lilith die Tür, wirft einen Blick an mir vorbei auf Sim und macht dann Platz, damit ich das Zimmer verlassen kann. Bei jeder Tür, an der wir vorbeigehen, frage ich mich, ob dahinter Jame ist. Bekommt er sein Essen durch die Klappe gereicht, hat er Kontakt zu jemandem? Wird er gut behandelt?

***

Erst als wir das Quartier verlassen, bricht Lilith das Schweigen. »Wie geht es dir?«

Verblüfft sehe ich sie an. »Mir?«

»Ja, dir. Ihr seid zusammen gekommen, sie ist deine Freundin. Also wie geht es dir?«

»Ist das ein Test?«, frage ich, »um meine Loyalität zu prüfen?«

Lilith verzieht getroffen das Gesicht. »Ich wünschte, du würdest mich auch deine Freundin sein lassen.«

»Ich mache mir Sorgen«, antworte ich.

»Warum?«

»Sim ist unterernährt, sie wird nicht lange durchhalten, alleine.«

»Ist ihr Leben in Gefahr?«

Fragend sehe ich Lilith an.

»Ist ihr Leben in Gefahr?!«, wiederholt sie ihre Frage. Ich nicke zögernd.

»Dann musst du das melden. Sicherheit von Leib und Leben geht vor Prinzipien.«

Verblüfft bleibe ich stehen.

»Du bekommst den Antrag von Johnson.«

Wie immer ist Liliths Miene unbekümmert, doch in ihren Augenwinkeln hockt ein neckisches Grinsen.

»Komm jetzt, du hast gleich NestonAct.«

Immer noch sprachlos folge ich ihr zurück zum Trakt A.

***

»Einen Antrag?!« Johnson starrt mich an.

»Sie ist unterernährt. Sie so wegzuschicken, wäre unmenschlich. Ich beantrage einen Abschiebe-Aufschub.«

Johnson pustet leicht genervt aus. »Das ist das erste Mal, dass ich so einen Fall habe …«

»Aber es ist möglich«, beharre ich.

»… aber ich werde mich erkundigen«, fährt Johnson fort.

»Wann?«

»Wenn Zeit dazu ist.«

»Dann ist es vielleicht zu spät. Wenn du viel zu tun hast, mit wem muss ich sprechen?«

»Du sprichst mit mir.«

»Ich möchte mit jemandem sprechen, der Zeit für die Angelegenheit hat.«

Johnson seufzt. »Gut, ich kümmere mich darum …«

Ich öffne den Mund, aber Johnson kommt mir zuvor. »…
noch heute, in Ordnung?«

»Danke.«

Johnson mustert mich. »Du kannst sehr hartnäckig sein. Es
ist selten, dass Kriminelle unter den Freiwilligen Fürsprecher
haben.«

»Niemand soll uns nachsagen können, unmenschlich zu
handeln« erwidere ich.

Sie verzieht den Mund etwas. »Ich sehe, du lernst
schnell.« Johnson senkt den Blick auf die Unterlagen auf ihrem
Schreibtisch. Meine Redezeit ist offenbar um. Mir solls Recht
sein, solange sie tut, was ich fordere.

20

Abgehetzt komme ich bei den Trainingsräumen an und überfliege die Displays an den Türen. An Raum 3 leuchtet mir schließlich ›NestonAct‹ entgegen, was die Abkürzung für ›Never start, only react‹ ist.

Drinnen steht Welf im Trainingsanzug vor einer Gruppe Freiwilliger, die sich im Halbkreis um ihn aufgebaut haben. Schnell husche ich in die Reihe. Der kurze Blick, den Welf mir zuwirft, ist ablehnend.

»… das Beispiel vor wenigen Wochen hat es uns gezeigt«, beendet er seinen Satz.

Nevin, am anderen Ende der Reihe, ist völlig auf Welf konzentriert. Ruthy, die ich bisher nur als digitale Version kannte, linst jedoch zu mir herüber, was mir das Gefühl vermittelt, die Rede sei von mir.

»Oder, Lore?« Welf sieht mich an.

»Bitte?«

»Wir sprachen gerade von dem Vorfall vor zwei Wochen.«

»Ich dachte, der sei schon länger her.«

Jemand lacht unterdrückt. Welfs Miene wird hart. »Du scheinst die Verhaftung deines Bruders mit Humor zu nehmen.«

Ein Eiskübel entleert sich über meinem Kopf.

»Entschuldigung.«

»So ein Vorfall«, Welf fixiert mich keineswegs entschuldigend, »ist glücklicherweise eine Seltenheit. In der Regel akzeptieren die Flüchtlinge unsere Gepflogenheiten sehr schnell und verhalten sich friedlich. Wir müssen dennoch darauf vorbereitet sein. Wie gehen wir also vor?«

Nevin hebt die Hand.

»Bitte«, fordert Welf ihn auf.

»Zunächst muss der oder die Angreiferin entwaffnet werden.«

»Jame war nicht bewaffnet«, sage ich.

Sämtliche Köpfe wenden sich in meine Richtung.

»Ruthy!«, bellt Welf. Die tritt einen Schritt vor. »Auch Hände können Waffen sein.«

Ruthy stellt sich zurück in die Reihe.

»Nevin, demonstriere Lore bitte, wie ein Angreifer entwaffnet wird.« Welf macht Nevin Platz, der an seine Stelle tritt und mir mit einem Nicken bedeutet, mich ihm gegenüber zu stellen.

»Greif mich an.«

Fragend sehe ich zu Welf.

»Greif ihn an.«

Ich hebe die Schultern. »Ich weiß nicht, wie.«

»So wie dein Bruder.«

Gerne würde ich einwenden, dass ich James ›Angriff‹ gar nicht sah, aber Welf macht nicht den Eindruck, als habe er noch lange Geduld mit mir. Also wende ich mich Nevin zu, der mich mitfühlend anblickt. Würde er sich weigern, wenn ich Suzan wäre? Halbherzig schubse ich ihn. Bevor ich mich versehe, liege ich bäuchlings auf dem Boden und meine Arme sind schmerzhaft auf den Rücken gedreht.

»Bravo«, applaudiert Welf.

»Tut mir leid«, flüstert Nevin und lässt mich los.

»Geht in Zweier-Teams zusammen«, ordnet Welf an. Die freiwilligen Helfer finden sich, während ich mich mit schmerzenden Schultergelenken aufrappele und mich nach einem Partner umsehe.

»Du kannst gleich hierbleiben.« Welf hält mich am Arm fest. »Ich übe mit dir.«

Ich seufze leise.

»Stell dich breitbeinig hin und schau genau zu.«

»Okay.«

»Wir nutzen die Kraft des Gegners. Stelle dich dieser Kraft nicht in den Weg, sondern lenke sie um. Komm mir entgegen.«

Ich mache einen Schritt vor und stoße meine Hände nicht sonderlich fest in Welfs Richtung. Wieder lande ich auf dem Bauch, ohne dass ich verstehe, wie ich dahin gekommen bin.

»Verstanden?«

Ächzend stehe ich auf und stelle mich wieder hin. »Vielleicht ein bisschen langsamer?«

Welf grinst. »Gut, langsamer. Greif an.«

Ich schiebe die Arme nach vorne, Welf umfasst mein Handgelenk, zieht mich mit meiner Stoßkraft weiter. Ich falle. Welf hält meinen Arm fest, der nach hinten schnellt. Ich lande unsanft und nicht überzeugt davon, dass mein Schultergelenk noch da ist, wo es hingehört. Welf beugt sich über mich. »Alles okay?«

Beherrscht halte ich meine Wut im Zaum und spähe über die Schulter zu ihm. »Ja.«

Welf dreht meinen Arm nach vorne und zieht mich daran hoch. Der Schmerz schießt von der Schulter bis in den rechten Fuß.

»Du bist dran.«

Welf baut sich vor mir auf, die Hände leicht geballt vor die Brust gehoben. Ich gehe in die Grätsche und stelle mir vor, meine Füße seien in Beton gegossen. Welfs Fäuste schießen vor. Ich bekomme sie nicht zu fassen, stattdessen umgreift Welf meine Handgelenke und wirft mich hin. Der Aufschlag presst mir die Luft aus den Lungen, kurz wird mir schwarz vor Augen. Dann stehe ich schon wieder, unsanft hochgerissen von meinem Trainer. Er atmet in schnellen, flachen Zügen, als laufe er sich gerade erst warm.

Neben mir fallen Körper zu Boden, stehen auf, positionieren sich, greifen an oder wehren ab, ein Tanz nach einem unhörbaren Rhythmus, begleitet vom leisen Keuchen der Kämpfenden. Von wegen immer friedfertig. Welf folgt meinem Blick und sieht für einen Moment zur Seite. Ich nutze seine Unachtsamkeit und ziehe ihn ruckartig am rechten Handgelenk zu mir. Er strauchelt. Ich lasse sein Gewicht auf mich zufallen und trete erst in letzter Sekunde zur Seite. Welf stürzt. Während er fällt, drehe ich seinen Arm, dessen Gelenk ich noch immer umklammere, auf seinen Rücken. Dumpf prallt der Trainer auf dem Boden auf. Die anderen Teilnehmer stoppen und sehen zu uns herüber. Welfs Gesicht ist unnatürlich rot und seine Stirn glänzt feucht. Ich beuge mich tief über ihn. »Ich glaub, jetzt hab ichs.«

21

»Hier.« Lilith schiebt mich sanft in den dunklen Raum hinein, aus dem ein weißliches, fahles Licht dringt, das von zwei Monitoren auf einem Tisch ausgeht. Davor sitzt Kyron, der sich flüchtig umdreht und uns zunickt. Lilith weist zu Kyrons rechter Seite und stellt sich selbst links neben ihn. Gebannt sieht sie auf die Monitore.

»Es ist der aufregendste Moment«, flüstert Lilith.

Ich schaue von meiner Freundin zu den Bildschirmen. Auf beiden ist eine Art Gang zu sehen, einmal von schräg oben, einmal von der Seite. Eine Schiebetür in einer der Seitenwände gleitet auf und lässt für einen Moment helles Tageslicht durch die Öffnung herein. Dann treten drei Menschen in das Licht und ihr Schatten wird in verzerrten, ungleich langen Streifen auf den Boden geworfen. Langsam schließt sich die Tür wieder und die Konturen der drei werden deutlicher. Ein junger Mann, eine ebenso junge Frau und ein Kind, etwa fünf Jahre alt, das die beiden zwischen sich an den Händen halten. Die Schiebetür verschluckt den Rest Tageslicht und sie bleiben in einer unwirklichen Dämmerung zurück. Jetzt zoomt die Kamera auf ihre Gesichter, in denen die nackte Angst steht. Hektisch sieht das Paar sich um, zwischen sich das Kind in Schockstarre. Ich höre meinen eigenen Atem plötzlich schneller gehen.

»Das Tor!«

»Ja«, wispert Lilith.

Die Angst in den Gesichtern der kleinen Familie vermischt sich mit meiner Angst, die als Erinnerung in mir aufsteigt. Sie wissen nicht, wo sie sind. Wissen nicht, was nun geschieht.

Noch nicht. Schon flackern die Buchstaben an der groben Steinmauer auf:

Ni bang sien, se suend in't troege / Don't be scared, you are safe / N'ayez pas peur, vous etes en sécurité / Fürchten Sie sich nicht, Sie sind in Sicherheit.

Die Schrift erlischt für einige Sekunden, dann erscheint:
Süden dat Huut

Lilith greift nach meiner Hand und drückt sie aufgeregt zusammen, die andere legt sie Kyron auf die Schulter. Bilde ich es mir ein oder zuckt er kurz zurück?

Auf den Monitoren schlingt das Paar die Arme umeinander und hüllt schützend ihr Kind ein. Ist es immer noch Furcht oder schon die Erleichterung, die auch uns erfasste? Damals.

»Ist es nicht wunderschön?«, haucht Lilith. Ich nicke, wende ihr mein Gesicht zu und nicke erneut. Sie lächelt mich mit feucht schimmernden Augen an. Kyron drückt eine Taste auf einem Zahlenboard und die Familie ist auf dem linken Monitor von vorne, auf dem rechten von hinten zu sehen. Von der Seite eilen Gestalten auf sie zu, die Körper komplett vermummt in unförmigen, großen Overalls, über den Köpfen helmartige Kapuzen mit Gesichtsschutz. Darunter tragen sie Atemmasken. Gestalten aus einer anderen Welt, wie ich damals dachte. Die Familie erschrickt jetzt deutlich. Die Vermummten gestikulieren und ich weiß, dass sie die gleichen Worte sprechen, die zuvor an die Wand projiziert wurden. Viele, die hier ankommen, können nicht lesen, die meisten sahen nie etwas anderes als ihr Gehöft und ihren eigenen Clan.

In den Gesichtern des Paares wechseln sich Unglauben mit Angst und Erschöpfung ab. Die Vermummten trennen sie mühsam voneinander. Sicher erklären sie dabei, was geschehen wird. Trotzdem reißt die Frau ihren Mund auf und streckt die Hände nach dem Kind aus, das zu weinen anfängt. Der Mann ruft Frau und Kind etwas zu, vielleicht begreift er schon und will sie beruhigen. Die Frau wendet den Kopf, wieder ruft er etwas, sie nickt, dreht sich dem Kind zu und ruft ebenfalls. Ich hoffe, dass es seine Eltern trotz der Angst hört. Dann verschwinden die Vermummten mit den Flüchtlingen vom Bildschirm. Was nun folgt, passiert unter Ausschluss fremder Augen an Monitoren: die Desinfektionsdusche, die Untersuchungen, die erste warme Mahlzeit seit Wochen oder gar Monaten, warme Betten.

Vergangen geglaubte Gefühle brausen in mir auf: Dankbarkeit, Erleichterung, Panik, Verwirrung, Melancholie, weil etwas beendet wurde, das, egal wie schlecht, dennoch Teil meiner Geschichte und somit Teil meiner selbst ist.

Ein Klicken holt mich aus dem Gefühlsnebel. Eine Tischlampe erhellt den Raum. Kyron lässt den Schalter los.

»So, das wars. Es ist noch etwas Zeit, bis ich im Begrüßungsraum erwartet werde. Kommt jemand mit essen?«

***

Wir verlassen das Ankunftsgebäude und steuern durch einen Glaskorridor auf Trakt A zu, in dem ich vor kurzer Zeit noch wohnte. Vor dem Speisesaal steht Jul und scheint auf jemanden zu warten. Als wir näher kommen, tritt er auf mich zu. »Lore? Hast du einen Moment?«

Ich sehe zu Kyron und Lilith, die auf ihr Armband schaut. »Wir haben noch dreißig Minuten, wenn du willst, bestelle ich dir etwas mit.«

»Okay, danke. Einfach das, was du nimmst.«

»Alles klar.«

Lilith zieht Kyron am Arm weiter. Jul und ich sehen den beiden nach, bis sie sich vor dem Tresen eingereiht haben. Dann drehe ich mich zu Jul um.

»Lass uns ein paar Meter gehen«, sagt er.

Eine Weile spazieren wir schweigend durch den Garten. In der Ferne ragen die Bäume des kleinen Hains auf, die die Holzwand verbergen, wegen der Sim jetzt in Schwierigkeiten ist. Neuerdings ist jeder Platz mit einer Erinnerung verbunden und der Gedanke, hier mein Leben zu verbringen, ist beklemmend. Ich spähe zu Jul, der den Kopf gesenkt hält und nachdenklich wirkt. Sein dünnes Hemd bewegt sich im leichten Wind, den ich jetzt erst bemerke. Die Luft ist mild und weich.

»Erinnerst du dich, worüber wir das letzte Mal sprachen?«, beginnt Jul.

»Sim.«

»Auch.«

Ich antworte nicht sofort. Allein, ihren Namen auszusprechen, verursacht mir Wut.

»Du meinst Sisdal.«

»Ja. Ich …«

»Du musst mir nichts erklären, Jul, du hast dazu keine Verpflichtung.«

Er bleibt stehen. »Aber ich möchte es dir erklären. Es ist wichtig.«

Ich weiß nicht, ob ich bereit bin, zu hören, was er sagen möchte, und starre zur Seite.

»Es ist eine Bewegung. Sie geht von Sisdal aus, aber es gibt noch andere. Und ich bin jetzt Teil davon.«

Ich schaue Jul an, der mich mit seinem Blick festhält.

»Ich bin Teil davon, weil ich glaube, dass es sich lohnt. Weil ich noch immer an unseren Traum glaube.«

Juls Augen sind so dunkel wie damals im Wald, das Grün kaum mehr als eine Vorstellung.

»Ich glaube noch daran«, wiederholt er. »Und du?«

Mein Impuls ist es, mich ihm in die Arme zu werfen und ihn festzuhalten, doch dann sehe ich Jame vor mir und Sim. Ich gehe weiter. »Es gibt für mich nur ein Ziel. Jame braucht mich. Sim braucht mich.«

»Ich brauche dich«, sagt Jul.

»Du hast doch Sisdal«, antworte ich, was mir sofort leid tut. »Entschuldigung.«

Wir laufen langsam weiter, schweigend. Ich wünschte, Jul würde meine Hand nehmen, so wie früher. Mich beschützen wollen, so wie früher.

»Es gibt andere Lösungen, Lore.«

»Welche?« Ich sehe ihn an. »Welche, Jul?«

»Lass mich mit Sisdal darüber reden. Wenn du Teil der Bewegung wirst, wird sie dich genauso schützen wie mich.«

Es ist kaum Platz zwischen uns, obwohl es nicht nötig ist, so dicht beieinander zu gehen.

»Ich habe einen Antrag gestellt, dass Sims Abschiebung aufgeschoben wird. In meiner Position kann ich jetzt solche Dinge tun.«

Ohne es zu merken, hab ich an meine Kette gegriffen. Jul bemerkt es.

»Du trägst sie noch?«

Ich lasse meine Hand sinken, wie zufällig berühren Juls Finger sie. Wir senken beide den Blick darauf.

»Bitte«, sagt Jul leise. Unsere Hände finden sich und umrunden sich zaghaft. »Lass uns zusammenhalten.«

Ich spreize meine Finger und schiebe sie in Juls warme Hand.

»Ich habe Angst«, flüstere ich.

»Ich weiß«, antwortet Jul. »Wir werden Jame helfen. Und Sim. Vertrau mir.«

Ich schaue auf. »Dir vertrau ich, aber ...«

»Ist das nicht immer das Risiko?«, sagt Jul.

Unbemerkt haben wir uns Trakt B genähert, von dem Lärm herüberweht.

»Ich muss zurück, Lilith und Kyron warten.«

»Und was ist deine Antwort?«

»Ich muss darüber nachdenken, Jul.«

Der Lärm wird lauter. Wir betreten Trakt B und schauen durch ein offenes Tor zum Busterminal. Davor hat sich eine kleine Menschentraube gebildet, in deren Zentrum ich Welf und seine zwei Helfer erkenne. Sie flankieren zwei Kinder, die ich irgendwo schon mal gesehen habe. Vor ihnen wehrt sich eine Frau in Welfs Griff. Die langen Haare hängen wirr vor ihrem Gesicht, an ihrem Oberschenkel klammert sich ein drittes Kind fest, das Gesicht rot und verweint. Welf drängt sie von den anderen zwei Kindern zurück, die von den Helfern unter lautem Protest in den Bus gebracht werden. Ich erhasche einen Blick auf das Gesicht der Frau und weiß plötzlich, woher ich die Kinder kenne. Die vier waren mit auf der Fahrt nach Mosk.

»Was passiert da?«, fragt Jul.

»... viel zu jung!«, höre ich die Frau schreien, dazwischen die tiefe Stimme von Welf.

»Was ...?«

246

Ich halte Jul fest.»Nicht.«

Mit wutverzerrter Miene dreht er sich zu mir um.»Was tun sie da?«

»Lass mich das machen.«

Jul sieht zweifelnd von mir zum Bus. Ich laufe los. Aus dem Nichts stößt Sisdal zu der Gruppe.»Führ sie ab!«, befiehlt Welf. Er zerrt das Kleinkind vom Bein der Frau und trägt es zum Bus. Sisdal packt die Mutter und dreht ihr in einer schnellen Bewegung die Hände auf den Rücken.

»Nein!«, rufe ich aus. Welf hält kurz inne und sieht zu mir, dann verschwindet er mit dem Kind im Bus. Die Mutter kreischt, jetzt in einem Ton vollkommener Verzweiflung. Ungerührt schiebt Sisdal sie vom Bus und ihren Kindern fort. Sie schenkt weder mir noch Jul Beachtung, das Gesicht kalt und abweisend. Die Bustür schließt sich. Mit einem leisen Surren setzt sich das Gefährt in Bewegung. Am Steuer erkenne ich Nevin. Langsam drehe ich mich zu Jul um, der die Hände zum Kopf gehoben hat.»Was machen sie?«, flüstert er und sieht mich eindringlich an.»Verstehst du nun, warum wir uns wehren müssen?«

»Ich kann nicht.«

»Was?«

»Hast du nicht gesehen? Man kann ihr nicht vertrauen!«

Verständnislos starrt Jul mich an. Ich schubse ihn.»Man kann ihr nicht vertrauen, kapierst du das nicht?«

An meinem Handgelenk pulsiert es. Ich blicke auf mein Armband. *Kommst du noch?*

Jul hält mich fest.»Bitte.«

»Lass mich!« Ich reiße mich los und durchquere im Stechschritt den Garten.

∗∗∗

Im Begrüßungsraum duftet es genauso wie bei unserer Ankunft. Eine Mischung aus Bohnerwachs, Desinfektionsmittel, Blumen und Früchten. Letzteres geht von dem Obstkorb auf der Mitte des Tisches aus, um den sechs Stühle drapiert sind. Drei sind mit der Familie besetzt. Schon jetzt, eine knappe Dreiviertelstunde nach ihrer Ankunft, sehen sie komplett anders aus. Die Haare feucht von den Duschen, statt in Lumpen in pastellfarbene Gewänder gehüllt, zumindest die Mutter und das Kind, das ein Junge ist, wie ich jetzt feststelle. Der Vater trägt den hier typischen Leinenanzug, der ihn verkleidet aussehen lässt, als wäre er zu groß oder zu klein, dabei sitzt er perfekt. Angespannt und erwartungsvoll sehen die drei uns entgegen, als ich mit Kyron und Lilith eintrete. Der Vater erhebt sich.

»Bleib sitzen«, Kyron hebt lächelnd die Hände. »Ihr seid weit gereist, nun ist es Zeit zu ruhen. Dürfen wir?« Kyron weist zu den freien Stühlen. Verwirrt nickt der Vater.

»Danke.« Kyron bedeutet mir und Lilith, uns ebenfalls zu setzen. Ich fühle mich merkwürdig in der Rolle der Begrüßenden und versuche, mich so unauffällig wie möglich zu verhalten.

»Ich bin Kyron, dies zu meiner rechten Seite ist Lilith, sie ist gebürtige Neuländerin, und das hier zu meiner linken ist Lore, ein Flüchtling wie ihr, heute aber, bereits wenige Wochen nach ihrer Ankunft, eine Mitarbeiterin der *Neuen Welt*.«

Vater und Mutter wenden mir erstaunt die Köpfe zu. Ich nicke grüßend. Der Junge ignoriert mich und starrt stattdessen den Obstkorb an.

»Die ersten Tage sind sehr verwirrend hier, aber ich versichere euch, dass ihr in Sicherheit seid und alles Menschenmögliche getan wird, um euch zu schützen. Die Transformation ist ein Prozess von etwa drei Monaten. Ich, Lilith und Lore werden in dieser Zeit eure Ansprechpartner sein. Lilith führt euch gleich zu eurem Wohntrakt, dann zeigt sie euch einen der Speisesäle.«

Jetzt hebt auch das Kind den Kopf, was Kyron bemerkt. Er greift eine Mandarine aus dem Korb und hält sie dem Kind hin. »Weißt du, was das ist?«

Das Kind schüttelt den Kopf. Kyron löst die Schale von der Frucht. »Es heißt Mandarine. Um sie zu essen, musst du sie schälen, schau, so.«

Er teilt die Mandarine und reicht dem Jungen ein Stück. Der riecht daran und probiert vorsichtig. Kurz verzieht sich sein Gesicht, dann steckt er die Frucht gierig in den Mund.

»Nicht, Jame.« Seine Mutter reißt ihm die Hand vom Mund weg. Ich zucke zusammen.

»Ist schon gut«, sagt Kyron beschwichtigend. »Passt nur auf, dass er nicht zu viel auf einmal isst. Ihr auch. Nach langem Hunger kommt der Magen nicht gut mit großen Mengen zurecht.«

Während Kyron mit seinen Erläuterungen fortfährt, betrachte ich Jame, der nicht die geringste Ähnlichkeit mit meinem Bruder hat, und sehe ihn vor meinem geistigen Auge bereits von Welf und seinen Lakaien in den Bus gezerrt. Mein Blick wandert zu der Mutter, die an Kyrons Lippen hängt, als sei er eine Erscheinung, stelle mir vor, wie ihr Herz brechen wird, wenn sie das Kind von ihr trennen, betrachte den Vater und frage mich, wie er sich dann verhält. Still ertragen oder aufbegehren? In die Reinigung oder zurück in die Alte Welt, von der sie glauben, dass sie ab heute für immer hinter ihnen liegt?

»… Lore.«

»Wie bitte?«

»Begleite bitte Lilith und Familie Joosts zu Trakt A.«

Wir erheben uns alle gleichzeitig. Die Mutter umfasst die Hand ihres Sohnes. »Komm, Jame.« Der schaut ein letztes Mal sehnsuchtsvoll auf das Obst, während ihn seine Mutter hinter sich her zieht. Mich streift der Blick des Vaters, der es bis auf einen kurzen Moment vermieden hat, mich anzusehen, so wie er es gelernt hat. Ich lächle ihm aufmunternd zu und er erwidert das Lächeln. Unwirsch zupft ihn seine Frau am Hemd. Schuldbewusst senkt er den Kopf. Kyron sieht mich schmunzelnd an, mich, seine Verbündete, die längst weiß, was hier erlaubt ist und was nicht. Der Stolz darüber will sich nicht einstellen.

»Sehen wir uns im Anschluss?«, flüstert er mir zu. Seine blauen Augen durchdringen mich. »Ja, okay«, antworte ich leise. Kyron lächelt und verlässt den Raum. Ich begleite die Familie hinaus und lausche Liliths Erklärungen über die Vorzüge des Camps. »… Sporthallen. Ich weiß, gerade ist es sicher unvorstellbar, Sport zu treiben, aber es ist ein wichtiger Aspekt der Genesung.«

»Was ist Sport?«, fragt der kleine Jame seine Mutter, die verlegen die Schultern hebt.

»Bewegung«, erkläre ich, »wie zum Beispiel beim Laufen oder beim Heugabeln.«

Das Kind sieht zu seinen Eltern. »Frag nicht so dumm«, raunt der Vater.

»Oh nein, nein!«, sagt Lilith. »Das ist nicht dumm. Fragen sind niemals dumm.« Sie lächelt und hält der Familie die Tür zu Trakt A auf.

23

Kyron kommt mit zwei Bechern dampfendem Tee aus dem
Gebäude in den Garten, wo ich auf ihn warte.

»Gewürzmischung«, er reicht mir einen Becher, der nach
Pfeffer und Zimt riecht.

»Früher gabs nur heißes Wasser«, sage ich.

»Ja, ich erinnere mich.« Kyron nimmt neben mir Platz.
»Meine Mutter hat manchmal Apfelschalen mit hineingetan, es
sollte süß schmecken, aber es war immer ein bisschen bitter
und niemals süß.«

Es ist das erste Mal, dass ich Kyron betrübt sehe.

»Ist so lange her, mit der Zeit verlischt alles. Geht es dir
auch so?« Er betrachtet mich.

»Es ist bei mir ja noch nicht so lange«, weiche ich aus.
Kyron nickt. »Aber es ist auch gut, wenn es verblasst.«

»Warum?«, frage ich. Kyron starrt zu einem Punkt in der
Ferne.

»Der Junge, mit dem ich ankam, er hat nur eine Woche
überlebt. Er war noch etwas jünger als ich und hat auf der
Flucht einen unbändigen Überlebenswillen entwickelt. Als wir
endlich im Südflanken-Camp waren, dachte er, jetzt sei es
geschafft. Sein Kampfgeist erlosch von einer Sekunde auf die
andere, aber er war noch nicht in Sicherheit. Natürlich, hier im
Camp schon, aber sein Körper war noch nicht über den Berg
und in dem Moment, wo er losließ, hat sein Körper aufgehört
weiterzuarbeiten. Einfach so.« Kyron nestelt an seinem Armband, das keine Farbveränderung anzeigt. »Das ist eine Erinnerung, die ich gerne löschen würde. Ich habe sie hunderte Male
besprochen und meistens spüre ich nichts mehr, aber manch-

mal, so wie heute, wenn Kinder hier ankommen, dann ist es wieder da.« Kyron wendet mir das Gesicht zu. »Deswegen ist es gut, wenn die Erinnerung mit der Zeit verblasst.«

»Hinterfragst du das alles manchmal?«

Er schüttelt den Kopf. »Auch das hört auf. Und das ist auch gut.«

Ich schlucke und senke schnell den Kopf, damit er es nicht sieht. Kyron streicht mir eine Strähne hinter das Ohr und verharrt dort mit der Hand. Ich spähe hoch. Kyron streichelt über die empfindliche Haut an meinem Nacken und mich durchströmen Gefühle, die ich für Kyron nicht haben sollte. Etwas zögernd lehnt er sich vor und küsst mich. Ich partizipiere nicht, aber ich wehre mich auch nicht. Kyrons Lippen sind weich und warm, wie Juls. Mir gefällt der Kuss, obwohl es wehtut, dies zuzugeben. Dann ist er auch schon vorbei und Kyron schaut mich prüfend an. »Du sagst Nein, wenn du das nicht möchtest, oder?«

»Ja, nein, ich meine ja.« Wir fangen an zu lachen. »Ich sage Nein, wenn ich es nicht möchte.«

»Jame ist mit der ersten Phase der Reinigung fertig«, sagt Kyron unvermittelt.

»Was heißt das?« Die alte Angst überfällt mich.

»Das heißt, dass du ihn besuchen darfst.«

Überwältigt hebe ich die Hände vor mein Gesicht. Kyron zieht sie sanft weg. »Du darfst ruhig weinen.«

»Aber heißt es nicht, dass ich eure Regeln nicht akzeptiere?«

Kyron schüttelt den Kopf. »Nein, das heißt nur, dass du berührt bist. Das ist ja nicht verboten.«

Wieder muss ich lachen, trotz meiner Tränen. »Langsam komme ich mir blöd vor.«

»Ist ja noch kein Meister vom Himmel gefallen.«

Mari steht vor mir, die Hände in die Hüften gestemmt. Sie überragt mich um Längen. Ich bin höchstens drei Jahre alt und halte einen Topf mit verbranntem Weizenbrei. Die Wange schmerzt noch von Lidas Hand. Mari funkelt meine Mutter an. »Ist ja noch kein Meister vom Himmel gefallen.«

»Stimmt«, antworte ich.

24

Der Raum ist völlig anders als der, in dem ich Sim traf, obwohl es der gleiche Trakt ist, das Quartier. Wir haben eine Treppe in den zweiten Stock hinauf genommen, in dem die Fenster tiefer sind als im Erdgeschoss und mehr Licht hereinlassen. Insgesamt macht dieses Stockwerk mehr den Eindruck eines offiziellen Gebäudes als das untere, welches eine heimelige Stimmung erzeugen soll.

Die Wände dieses Raumes sind hell gestrichen. Bodenlange, dünne Gardinen verleihen ihm eine schlichte Eleganz.

Kyron hat den ganzen Weg hierher meine Hand gehalten und ich bin froh, dass wir Jul nicht begegnet sind. Erst an der Tür zum Besucherzimmer ließ Kyron mich los und ließ mich alleine eintreten.

Am Fenster steht ein kleiner viereckiger Tisch, seitlich daran Stühle. Auf einem sitzt Jame, der andere ist noch frei für mich. Mein Bruder sieht mir mit neutralem Gesichtsausdruck entgegen. Ich bleibe vor ihm stehen, bereit, ihn in meine Arme zu schließen, aber Jame macht keine Anstalten, aufzustehen. Stattdessen setze ich mich.

»Hallo.«

»Hallo.«

Vorsichtig strecke ich meine Hand nach seiner aus, aber er zieht sie zurück und vergräbt sie zwischen den Oberschenkeln. Ich stecke meine Hände unter den Tisch.

»Wie geht es dir?«

»Gut.«

»Bekommst du genug zu essen?«

»Wir sind im *gelobten Land*, natürlich bekomme ich genug zu essen.«

»Und sonst, ich meine ...«

»Ich darf nicht darüber sprechen«,unterbricht er mich.

»Verstehe«, sage ich, obwohl ich nicht verstehe. »Wenn du hier rauskommst, dann sind die drei Monate um und du kannst bald deine Ausbildung beginnen«, plappere ich los. »Die Lehrerausbildung.«

»Dafür muss ich sechzehn sein.«

»Oh.«

»Ich komme in ein Internat.«

Überrascht sehe ich ihn an.

»Wo soll ich sonst hin, wenn du hierbleibst?«

»Ich hatte darüber noch nicht nachgedacht«, gebe ich zu.

»Du brauchst mich auch nicht mehr zu besuchen.«

»Ich möchte dich aber besuchen.«

»Wenn du nicht kommst, kann ich mich schon mal daran gewöhnen.« Er steht auf.

»Jame, ich ...«

»Ich möchte auf mein Zimmer.«

Ich erhebe mich ebenfalls. »Wir haben noch Zeit, ich möchte hören, wie es dir geht, was du hier so machst.«

Jame tritt an die Tür und klopft. Über die Schulter sieht er zu mir. »Du hast deine Pflicht getan. Ich verstehe das, man hat es mir erklärt. Alle Kinder werden von ihren Familien getrennt und ich bin ja fast erwachsen.«

Die Tür öffnet sich.

»Aber das heißt doch nicht, dass man sich nie wieder sieht«, rufe ich verzweifelt. James Gesicht verzieht sich für eine Sekunde weinerlich, dann hat er sich schon wieder im Griff.

»Machs gut, Lore«

Im Gang empfängt ihn eine dunkelhaarige Frau und entfernt sich mit ihm. Kyron steht in der offenen Tür und schaut mich an. »Soll ich warten?«

»Nur einen Moment, bitte.«

»Okay«, antwortet er und zieht von außen die Tür zu.

Ich sinke auf meinen Stuhl. Damit habe ich nicht gerechnet. Dass auch wir getrennt werden. Wieso glaubte ich, dass ich anders behandelt werde? Weil ich der beste Neuling bin? Jarl hat unrecht. Es hilft mir gar nichts, mitzumachen.

***

Der Weg zurück ist Folter. Jede Ecke, jede Tür, an der wir vorbeikommen, ist eine Versinnbildlichung des Gefängnisses, das ich mir selbst geschaffen habe. Diese Gebäude werden ab jetzt mein Leben sein. Ohne die Menschen, die ich liebe und ohne jede Aussicht auf Veränderung.

Ich bleibe stehen und wende mich Kyron zu. »Wie hältst du das nur aus?«

Er runzelt die Stirn.

Ich zeige um mich. »Willst du nie raus?«

»Wozu?«

»Wolltest du nie etwas anderes erleben? Wie es wirklich da draußen ist?«

Kyron schüttelt langsam den Kopf. »Nein. Hast du Zweifel?«

»Nein. Natürlich nicht.«

Ich gehe weiter.

»Wenn du welche hast, kannst du mit mir darüber sprechen.«

»Ich habe keine Zweifel, ich bin nur durcheinander«, wehre ich ab.

»Abschiede tun weh«, sagt Kyron.

»Vor allem, wenn sie nicht sein müssen«, murmle ich.

»Wie bitte?«

»Ja, tun sie«, sage ich laut.

»Dein Armband ist rot«, bemerkt Kyron.

Wieder bleibe ich stehen. »Ich bin traurig, Kyron, und dafür braucht man kein Armband, um das zu merken.«

Er sieht mich verletzt an. »Ich habe gemerkt, dass du traurig bist.«

»Gut, dann verstehst du ja sicher auch, dass ich jetzt alleine sein will.«

In seine verletzte Miene mischt sich Wut. »Sicher«, antwortet Kyron. »Sag Bescheid, wenn es dir wieder besser geht.«

Ich unterdrücke den Impuls, ihm zu sagen, dass er ja auf seinem Display nachschauen kann, wann das ist, und nicke stattdessen.

»Sei mir nicht böse, ich gehe laufen, dann wird es wieder besser sein.«

Kyrons Gesicht entspannt sich. »Tu das. Bis später.«

»Bis später.« Ich drehe mich um und folge dem Gang zu meinem Trakt. Erst als ich mir sicher bin, dass Kyron mich nicht mehr sieht, biege ich ab und steuere Trakt B an.

KASPER

Kasper steht vor dem Bett und sieht alles wie durch einen Filter. Die Farben unnatürlich getrübt, irgendwie rotstichig, die Formen leicht verschwommen. Er steht lange da, bis er begreift, was er sieht. Dass dort seine Eltern liegen, eng umschlungen, Stirn an Stirn, die Gesichter leicht bläulich, die Lippen so blass, als habe man sie wegretuschieren wollen. Obwohl er es schon weiß, berührt Kasper vorsichtig den Arm seines Vaters, der Ewa starr an sich gedrückt hält. Die Haut ist gummiartig und kalt, darunter hart. Kasper kennt sich nicht besonders aus, aber er glaubt, dass der Tod vor etwa zwölf bis vierundzwanzig Stunden eingetreten sein muss, denn irgendwann löst sich die Starre wieder auf. So etwas hat er tatsächlich in der Schule gelernt, warum, weiß er nicht.

Kasper ist klar, dass er jetzt eigentlich traurig sein müsste. Sogar verzweifelt wohl, aber alles, was er denkt, ist: Was wollten sie damit beweisen? Dass die Liebe stärker ist als der Tod? Dass sie ungehorsam sind bis in alle Ewigkeit? Solle er bestraft werden, weil er endlich bereit war, sich dem System anzupassen?

Seine Mutter hat einen traurigen Zug um den Mund, sogar jetzt als Leiche, und Kasper erinnert sich nicht, ob dieser Zug schon immer da war oder erst in letzter Zeit dazu kam. Ewas Hand liegt flach auf dem Rücken ihres Mannes, die Finger leicht gespreizt.

Kasper starrt auf ihre Hand, die aussieht, als wolle sie gleichzeitig beschützen und festhalten. Er spürt diese Hand auf seinem Rücken, noch warm, nicht erstarrt, spürt den leichten

Druck der Fingerkuppen seiner Mutter, wenn er weinte oder Fürsorge brauchte. Dieser zarte, trotzdem bestimmende Druck vermochte es, seine Welt wieder zusammenzusetzen, wenn sie zerbrochen war. Im Internat wünschte er sich diesen leichten Druck am Rücken so sehr, dass ihm das Herz brannte. Ihm war nicht bewusst, dass Ewa seinem Vater auf die gleiche Weise Halt gab. Selbst bis in den Tod hinein.

Langsam lässt sich Kasper auf dem äußersten Rand des Bettes nieder, betrachtet die Stelle, wo die Füße seines Vaters die Decke erhöhen, dreht den Kopf ein bisschen weiter nach hinten zu den etwas kleineren Erhebungen seiner Mutter. Kasper fühlt sich leer und gleichzeitig schwer. Dann trifft ihn die Erkenntnis, dass er nun alleine ist.

Er kippt zur Seite und zieht die Knie an den Bauch, macht sich so klein, wie er kann, dort am Bettende unter den Füßen seiner toten Eltern. Es gelingt ihm, ein bisschen zu weinen, was sich ungewohnt anfühlt, denn er hat im Internat beschlossen, nie wieder zu weinen. So kommt er sich jetzt ein bisschen merkwürdig vor, als spiele er Theater oder so.

Das schmale Kautschukband an seinem Handgelenk registriert diese verschiedenen Regungen in Kasper und in einem dunklen Raum mit vielen Monitoren zeichnet ein Gerät sie als Kurven auf. Da sich keine Besonderheiten verzeichnen lassen, wird keine Markierung gesetzt oder gar ein Ruf an den zuständigen Mitarbeiter gesandt. Kaspers Gefühle bleiben im Normbereich.

25

Es ist das erste Mal, das ich in Juls Zimmer bin. Es ist das erste Mal, das ich mich überhaupt in einem Privatbereich von Jul befinde. Früher trafen wir uns in der alten Markthalle oder auf offenem Feld, ein Treffen bei mir oder bei ihm war undenkbar und hätte mindestens Arbeitslager bedeutet.

»Es ist schön«, sage ich. Jul hat die Arme verschränkt und beobachtet mich, während ich mich umsehe. An der Wand hängen Fotos, die er die ganze Flucht dabei gehabt haben muss. Ich drehe mich nach ihm um.

»In einer Hülle an den Bauch geklebt«, beantwortet er meine lediglich gedachte Frage. Ich betrachte wieder die Fotos. Auf einem ist seine Familie zu sehen. Der Mutter, die ich einmal auf dem Markt traf, sind weder die vielen Kinder noch ihr Alter anzusehen. Neben den Fotos sind zwei Kohle-Zeichnungen, eine zeigt den Kern eines halbierten Kürbisses, die andere einen Apfel.

»Hast du die gemacht?«, frage ich.

»Mein Bruder«, schüttelt Jul den Kopf.

»Ihr könnt alle zeichnen?«, frage ich. Jul hat von mir einmal ein Porträt angefertigt, das mich zu Tränen gerührt hat.

»Nur wir zwei. Die anderen sind eher handwerklich begabt.«

Über das Bett ist eine dunkelgrüne Decke gebreitet, auf dem Fensterbrett steht eine Vase mit blühenden Zweigen.

»Ich habe nur die genommen, die am Boden lagen.«

»Du musst dich nicht entschuldigen.«

»War mir nicht sicher, wie ernst du die Regeln nimmst.«

»Heruntergefallenes ist erlaubt.«

Ich betrachte einen kleinen Tisch, auf dem mehrere lose Blätter liegen, manche beschriftet. Über dem Tisch hängt ein Blatt mit nur einem Wort: Liebe.

Erstaunt drehe ich mich wieder zu Jul um.

»Nicht so, wie die es meinen«, erklärt er.

»Sondern?«

»Eher im Sinne von Mut.«

Jul räumt seine Kleidung von dem einzigen Stuhl. »Möchtest du dich setzen?«

Ich schüttle den Kopf. Jul nimmt statt meiner Platz.

»Wie meinst du das?«

»Mir hat es den Mut geschenkt, dir zu folgen, und nun gibt es mir hoffentlich den Mut, das Richtige zu tun.«

»Und was ist das Richtige?«

»Mir selbst treu bleiben. Was ich angefangen habe, zu Ende bringen. Ich bin dir nachgegangen, um ein freies Leben mit dir zu führen. Um nicht mehr in ständiger Angst zu verharren. Dich nicht verstecken zu müssen. Mich nicht zu verstecken. Das war der Grund. Aber es ist nicht das, was ich gefunden habe.«

»Was passiert jetzt?«

»Wir werden wachsen. Und wenn wir genügend sind, werden wir in die Öffentlichkeit treten.«

»Wie viele sind es?«

»Viele.«

»Was wäre meine Aufgabe?«

»Rekrutieren. Kontakte knüpfen. Informationen weitergeben. Recherchieren. Es gibt viele Aufgaben.«

»Und Jame? Sim?«

»Ich muss das mit Sisdal besprechen.«

»Ohne sie mache ich es nicht.«

»Ich weiß.«

Ich lehne mich an die Tischkante, weil mir ein bisschen schummerig wird von unserem Gespräch.

»Du wirst zwei Ausbildungen machen, die offizielle und unsere.«

»Hast du sie schon gemacht?«

Jul schüttelt den Kopf. »Nein, ich bin auch erst am Anfang.«

»Und jetzt?«

»Du darfst dir nichts anmerken lassen. Mach alles genauso weiter, spiel ihr Spiel mit.«

»Für sie ist es kein Spiel.«

Jul greift nach meiner Hand.

»Ich mag sie«, sage ich.

»Ich weiß, dass du unter ihnen Freunde hast.«

»Sie vertrauen mir.«

»Vielleicht kannst du sie für uns gewinnen«, flüstert Jul.

Wir sehen uns lange in die Augen und es ist, als würde ich durch einen Tunnel in ihn hineingezogen werden, vorbei an allen Barrieren und Verletzungen, bis ich an den Grund seiner Seele vordringe, weil er mich bis dahin lässt. Jul zieht mich an der Hand zu sich. Ich rutsche von der Tischkante, ihm entgegen, und schlinge die Arme um seinen Nacken. Seine Hände umgreifen meine Hüften und wandern von dort zu meinem Rücken. Eng umschlungen sitzen wir auf dem kleinen Stuhl und küssen uns, bis ich fast keine Luft mehr bekomme. Jul hantiert plötzlich hinter meinem Rücken herum, dann kapiere ich, dass er sein Armband abnimmt. Ich löse meins ebenfalls. Dann küssen wir uns weiter, während die beiden Armbänder, achtlos auf den Tisch geschleudert, violett vor sich hin leuchten.

***

Ich liege bei Jul im Arm auf dem Bett und sehe zur Decke, an der sich eine kleine Papierspirale an einem dünnen Faden dreht. Jul zupft gedankenverloren an einer Haarsträhne von mir herum, sein geknöpftes Leinenhemd ist ein bisschen hochgerutscht und zeigt ein Stück von seinem Bauch mit einem schmalen Streifen Härchen unter dem Nabel. Mein dünnes, langes Kleid hat sich bei unserem Geküsse um mich gewuselt und gibt mir das Gefühl, in einem Kokon zu liegen. Ich habe ewig nicht mehr solch einen Frieden verspürt.

»Ich weiß jetzt, was ich will«, sage ich. Jul wendet ein wenig den Kopf und betrachtet mich. »Hm?«

»Dich.«

»Wusstest du das vorher nicht?«

»Doch, aber irgendwie ist es mir verloren gegangen in dem Neuen. Als wenn ich mich verlaufen hätte.«

»Mhm«, macht Jul wieder. Die Spirale über uns rotiert unermüdlich weiter.

»Woher hast du das?«

»Selbstgemacht«, antwortet Jul. »Früher hatte ich so eine in meinem Zimmer, von meiner Mutter. Wir alle hatten eine. Ich die kleinste, Kimi die größte.«

»Du hast deine Vergangenheit mitgenommen.«

»Ich lasse sie mir nicht wegreden«, sagt Jul.

»Weil du eine schöne Vergangenheit hast.« Ich stütze mich auf. »Meine Mutter hat mir nie etwas Schönes gemacht. Ich glaube, sie hasste mich.«

»Ich glaube, sie hatte Angst.«

»Das ist keine Entschuldigung«, sage ich.

»Nein, ist es nicht«, stimmt Jul mir zu und zieht mich wieder näher. »Aber du wirst auch bissig, wenn du Angst hast. Vielleicht seid ihr euch ähnlicher, als du denkst.«

Ich boxe ihm kräftig in die Seite.

»Au«, lacht Jul, »siehst du?«

Ich vergrabe meine Nase an seinem Hals und atme Juls Duft ein, einen Arm um seinen Rumpf geschlungen.

Hinter mir fängt etwas an zu piepsen. Irritiert sehen wir zum Tisch, auf dem eines der Armbänder grellgelb leuchtet. Ich springe auf und greife danach, erschrocken lasse ich es wieder fallen, denn es ist eiskalt.

Jul ist aufgestanden. »Meins macht das nicht.« Er zeigt mir sein schwarzes, unauffälliges Armband. »Leg es an.«

»Nicht hier«, sage ich und gebe ihm einen Kuss.

»Ich sage dir Bescheid«, ruft Jul mir nach, aber da bin ich schon auf dem Flur und auf dem Weg zu meinem Trakt.

***

Erst als ich Trakt B verlassen habe und im Garten stehe, traue ich mich, das Armband wieder anzulegen. Die Kälte ist unangenehm und es dauert etwas, bis es sich aufwärmt und wieder schwarz ist. Um mich herum ist kein Mensch, trotzdem habe ich das Gefühl, als seien hunderte Augenpaare auf mich gerichtet. Schnell überprüfe ich, ob mein Kleid an seinem Platz ist und fahre mir durch die Haare. Auf dem Armband leuchtet die grüne Schrift auf. *Wo warst du?*

Reflexartig sehe ich mich um und hebe das Armband an den Mund. »Duschen.«

Drei Sekunden vergehen, vier, fünf. Ich starre auf mein Handgelenk. Endlich leuchtet die Antwort auf. *Nimm niemals das Armband ab.*

Ich schlucke. So deutlich wurde es mir noch nie gesagt. Ich halte das Armband wieder vor die Lippen. »Okay.«

Wie es aussieht, wird es ab jetzt schwieriger, etwas heimlich zu tun.

26

»Warte!«, stoppt Kyron mich. »Ist er schon on?«, ruft er Beth zu, die sich mit etwa zwanzig anderen um den Infopoint am Speisesaal von Trakt A schart. Kurz schaut sie über die Schulter. »In zwei Minuten.«

»Komm«, sagt Kyron und zieht mich an der Hand zu der Ansammlung, die zu neunzig Prozent aus freiwilligen Helfern besteht. Die wenigen Flüchtlinge machen Kyron sofort Platz, aber auch die Helfer treten auseinander, um ihn und mich durchzulassen. Kyron lächelt zu den Seiten. »Danke, geht schon, wir sehen auch von hier.« Freundliches Lächeln zurück, dann wenden sich alle Köpfe wieder dem Infopoint zu, auf dem eine digitale Zeitanzeige rückwärts läuft. Darunter Bilder aus der Vogelperspektive von verschiedenen Landstrichen der *Neuen Welt*. Mitreißende Musik untermalt die Videos. Dann wird das Bild dunkelrot und die Musik verstummt. Stattdessen erklingen die ersten Takte eines Herzschlages, sowie damals bei Jefferson Maklarens Auftritt. Wieder scheint das Wummern von überallher zu kommen, vom Boden vibriert der Herzschlag durch meine Fußsohlen in mich hinein. Auf dem Infopoint erscheint Jefferson und strahlt uns an. Es ist fast, als wäre er wirklich da. Keiner spricht, jeder sieht gebannt zu dem Anführer. Er breitet die Arme aus und aus seinen nach oben gerichteten Handflächen tauchen bewegte Bilder auf, die emporsteigen und wie kleine Vögel davonflattern. Sie erinnern mich an das Buchcover von *Liebe*. Jedes Bild transportiert eine Botschaft: Lachende Jugendliche. Kristallklare Bäche. Eine Schar Kinder, eingehüllt in pastellfarbene Gewänder, jedes mit einem Buch in der Hand. Alte und junge Hände, die ineinandergreifen. Frauen und Männer, die gemeinsam eine Kette bilden und große Säcke weiterreichen. Sie sehen angestrengt aus, trotzdem lächeln die meisten.

»In was für einer Welt möchten wir leben?«, fragt Jefferson. »Aus welchen Fehlern müssen wir lernen? Auf welche Erfolge können wir aufbauen?« Er nimmt die Arme herunter und die letzten Bilder fliegen davon. Die Kamera weicht zurück, jetzt sehen wir Jefferson in voller Größe auf einer Art Podest stehen, dahinter eine Leinwand.

»Das Oberhaupt der *Neuen Welt* darf nur ein Diener sein. Ein Diener des Volkes, der dessen Willen umsetzt. Ich bin und war dieser Diener, aber ich bin nicht frei von Fehlern und dafür möchte ich mich in aller Aufrichtigkeit entschuldigen.« Jefferson sieht ernsthaft bekümmert aus.

»Die Stellenverlagerung von Belize-Harbour nach Katmanda Engineering war kurzsichtig und hat die Cleansing-Forschung verlangsamt. Jeder Fehler, der begangen wurde, birgt aber auch gleichsam die Chance, zu lernen. Wir wissen nun, dass es nicht reicht, ein Experten-Team von einem Ort zu einem anderen zu senden. Wir wissen nun, dass wir mehr Experten benötigen. Dass wir Geld investieren müssen! Und wir sollten keine Angst davor haben, Geld an den richtigen Stellen auszugeben. Denn wohin fließt das Geld, das in Forschung investiert wird?« Jefferson zeigt in Richtung Kamera und somit zu uns. »Dorthin, wo es seinen Nutzen entfalten kann. Zu euch, liebe Neuländerinnen und Neuländer. Ihr seid das Volk. Und zu eurem Nutzen muss jede Handlung, die von uns ausgeht, sein. Nicht zum Nutzen von uns Politikern oder zum Nutzen großer Firmen. Nein! Denn mehr Wissen bedeutet sauberes Wasser, gesunde Lebensmittel und ein Re-Natured Meer!«

Zustimmende Ausrufe umhüllen mich. Kyron nickt bejahend zum Infopoint.

»Doch was bewegt die Menschen neben diesen Schauplätzen der großen Politik? Was macht dir Sorgen?« Maklaren scheint durch die Kamera auf mich zu zeigen. »Oder dir?« Nun zeigt er etwas zur Seite. Beth und alle nahe um sie Herumstehenden lächeln. »Sprich mit mir. Teil mir deine Bedürfnisse, Hoffnungen, Fragen mit. Ich sitze in keinem goldenen Turm. Ich gehöre dir.« Eine emotionale Melodie erklingt, dann erscheint auf der Leinwand hinter Maklaren ein etwa sechs Jahre altes Mädchen mit Zöpfen. Maklaren lacht. »Hallo, junge Frau, wer bist denn du?«

»Hallo Jefferson, mein Name ist Knowlence«, antwortet die Kleine. Von den Zuschauern um den Infopoint kommen verschiedene Reaktionen, manche schmunzeln leise, ein paar »Ohs« und »süß« sind zu hören. Knowlence stellt ihre Frage, die genauso gut von mir hätte kommen können oder von den Kindern, die vor vier Tagen von ihrer Mutter getrennt wurden. »... ob du auch Kinder hast und ob du die dann auch vermisst, so wie ich meine Modder?«

»Ja, ich habe zwei Kinder, Knowlence. Ich vermisse sie nicht, weil ich jeden Tag meine Liebe zu ihnen schicke und weiß, dass auch sie mich lieben«, erklärt Jefferson, und mir wird flau in der Magengegend. Ist es möglich, wirklich so zu fühlen? Meine Gedanken schweifen ab zu Jame und ich versuche, nichts als Liebe für ihn zu spüren, ohne Anhaftung, ohne Erwartung, so wie Jefferson es lehrt. Aber es gelingt mir nicht. Denke ich an meinen Bruder, spüre ich den dringenden

Wunsch, ihn körperlich bei mir zu haben. Ihn zu hören. Zu sehen. Zu riechen. Wie muss es Lida ergangen sein, ihren geliebten Sohn, vermutlich der einzige Mensch, den sie überhaupt liebt, fortzuschicken. Ist das die Liebe, von der Maklaren spricht? Die den anderen über sich selber stellt, egal in wie viele Teile das Herz zerspringt? Hat Lida aus Liebe gehandelt? Ich habe meine Mutter nie für fähig gehalten, solche Gefühle zu haben.

Jefferson verabschiedet sich von Knowlence und kündigt die Eltern seines Assistenten an. Ich erinnere mich an den blassen, schwarzhaarigen Jungen auf der Bühne und frage mich, ob das sein Assistent ist. Die Eltern erscheinen auf der Leinwand und es ist klar, dass es sich bei dem Assistenten um den Schwarzhaarigen handelt. Das Paar, das mit skeptischem Ausdruck auf Jefferson Maklaren blickt, ist die zweigeteilte Variante ihres Sohnes. Die Mutter blass, mausblond und mit tiefbraunen Augen, der Vater schmal, mit dichten schwarzen Haaren, die glatt und gleichzeitig störrisch in alle Richtungen stehen. Jefferson begrüßt die beiden herzlich und stellt sie als Ewa und Jonah Bukeschke vor, als ein Paar, das nicht von Anfang an den neuen Weg der Liebe beschreiten konnte, sich aber in den letzten Jahren dem System zuwandte. Jefferson lobt die beiden, dreht sich zu uns um und zwinkert verschwörerisch. Einiges aufgeregtes Atmen und Kichern ist zu vernehmen. Ich halte die Luft an und warte gespannt, was Jefferson als Nächstes sagt.

»… bitte ich euch heute, einen Schritt weiter zu gehen und euch von der Anhaftung zueinander zu lösen. Ich verspreche euch, ihr werdet es nicht bereuen. Ihr werdet erblühen in eurer ganzen Schönheit!«

Der Ausdruck, der sich auf Ewa Bukeschkes Gesicht zeigt, quetscht mir das Herz zusammen.

»Seid ihr bereit?«, fragt Maklaren mit verführerischer Stimme. Alles an Ewa und Jonah schreit ›Nein‹, stattdessen flüstern beide: »Ja.«

Es ist mir unmöglich, wieder einzuatmen, zumindest fühlt es sich so an. Meine Kollegen haben zufriedene Gesichter und es ist leiser Beifall zu hören. »Grandios«, wispert Kyron. Fassungslos sehe ich ihn an. Ich wende den Kopf und entdecke Nevin unter den Zuschauern. Unverwandt schaut er mich an. Wie gefesselt starre ich zurück. Dann senkt er den Kopf und wendet sich leise um. Ich sehe ihm nach, mit dem unbestimmten Gefühl, dass uns irgendetwas verbindet.

SISDAL

Mit dem Kopf im Nacken dreht Jul sich um sich selbst, immer wieder ungläubig aufschnaubend. Sisdal kann sich ein Lächeln nicht verkneifen, während sie ihn dabei beobachtet. Dann legt auch sie den Kopf in den Nacken und blickt an den riesigen Bücherregalen empor, die bis zu der Galerie unter der verglasten Kuppel reichen. Jul macht zwei Schritte rückwärts und Sisdal legt aus Reflex ihre Hand auf seinen Rücken, halb um ihn abzuwehren, halb um ihn zu stützen. Flüchtig lächelt Jul sie an. Sisdal lässt ihre Hand auf seinem Rücken, der sich warm und fest anfühlt. Es fällt ihr schwer, die Finger nicht auf und ab zu bewegen. Jul reagiert nicht darauf, er ist zu beschäftigt, die Größe dieses Ortes zu erfassen.

»Komm, es geht noch weiter.« Sisdal verstärkt den Druck auf Juls Rücken wie zufällig und sie gehen auf die gewundene Treppe zu, die zur Galerie führt.

»Wie ist es möglich, Stahl so in einem Stück zu biegen?« Jul fährt mit der Hand über die kalte Oberfläche des Geländers.

»Das Gebäude ist uralt, alles hier drin. Früher war so eine Bauweise gar nicht selten.«

»Früher?«, fragt Jul.

»Vor dem *Vorfall*.«

Abrupt bleibt Jul stehen und streicht wiederholt über die gleiche Stelle des Handlaufs. »Es ist etwas rau.«

»Ja, ich denke, es war ganz glatt ursprünglich, aber mit der Zeit ist die Oberfläche porös geworden. Trotzdem hält es sicher noch weitere Jahrhunderte.«

Jul nickt und steigt langsam Stufe für Stufe hinauf, den Geruch der Bibliothek in sich einsaugend und mit den Augen überall gleichzeitig. Sisdal kann sich nicht erinnern, jemals einen schöneren Menschen gesehen zu haben. Nicht wegen des Äußerlichen, sondern wegen der Art, wie Jul Dinge wahrnimmt und betrachtet, mit allen Sinnen, alle Gefühle an der Oberfläche.

Sie erreichen die Galerie und sehen hinab in die Halle, in der sich nur wenige Menschen leise bewegen. Der bedeckte Himmel taucht die Bibliothek in ein gedämpftes Licht, genug um die Einbände lesen zu können, aber so dezent, dass es nicht aufdringlich wirkt. Jul schlendert zwischen den hohen Regalwänden umher, bleibt ab und zu stehen und legt den Kopf schief, um den Titel eines Buches zu lesen.

»Die meisten Frauen können bei uns nicht lesen. Sie gehen nicht lange genug zur Schule.«

Sisdal nickt.

»Als ich Lore kennenlernte, verriet sie mir, dass sie heimlich liest. Sie hat ein unbewohntes Haus gefunden, voller Bücher. Sie wollte es mir immer zeigen, aber es kam nie dazu.«

Sisdal hat wenig Lust über Lore zu reden, dennoch nickt sie wieder.

»Sie war das sonderbarste Mädchen, das ich kannte.« Jul dreht sich grinsend zu Sisdal um. »Da wusste ich noch nicht, dass es Wesen wie Sim gibt – kriegerische Frauen, die in Wäldern leben. Lore schon. Sie hatte Angst vor den Wäldern und ich habe sie deswegen aufgezogen.« Er wird ernst und bleibt stehen. »Wir müssen etwas tun, sonst wird Lore sich nicht überzeugen lassen.«

»Ihr habt gesprochen?«, fragt Sisdal und versucht, den Stich zu ignorieren, den es ihr versetzt.

»Ja, sie ist bereit, uns zu helfen, aber nur, wenn wir Jame und Sim helfen.«

»Es gibt nichts, was wir für sie tun können.«

»Wir müssen, Sisdal.« Jul fixiert sie. »Wir müssen!«, wiederholt er eindringlich.

»Lore ist an der Quelle, sie macht die Ausbildung und ist dicht an Kyron dran. Wenn jemand etwas tun kann, dann sie.«

»Kannst du nicht oder willst du nicht?«

»Sie hat einen Antrag gestellt, mit etwas Glück bekommt Sim Aufschub …«

»Und Jame?«

»Er will keinen Kontakt.«

Jul schüttelt den Kopf. »Niemals. Das kommt nicht von ihm!«

Sanft berührt Sisdal Juls Arm. »Wir können es auch ohne sie schaffen.«

Jul fixiert sie. »Wenn Lore nicht dabei ist, gehe ich zurück.«

Beherrscht atmet Sisdal ein. »Triff keine voreiligen Entscheidungen. Ich denke darüber nach. Aber alles, was mir dazu einfällt, wäre ein Risiko.«

»Ich bin bereit, es einzugehen.«

»Du vielleicht, aber du bist nicht der Einzige, an den ich denken muss.«

Juls Miene verschließt sich. »Gut, dann sag mir Bescheid, wenn du darüber nachgedacht hast.«

Sisdal nickt. Sie hat jetzt nur noch wenig Lust, Jul die Buchfragmente aus der alten Zeit zu zeigen, aber darum sind sie hier.

»Sollen wir?« Sie zeigt zu dem hinteren, kaum beleuchteten Teil der Galerie und führt Jul zu einem verstaubten Regal an der hintersten Wand. Mit dem Saum ihres langen Kleides wischt sie über ein paar dicke Wälzer. »Hier sind die wahren Schätze«, erklärt sie. Jul betrachtet die eingestaubten Bücher. »Scheinen noch nicht so viele mitbekommen zu haben.« Sisdal lächelt wider Willen.

»Hast du sie gelesen?«, fragt Jul.

»Nur einen Bruchteil. Ich glaube, man müsste Jahre hier verbringen, um sie alle zu lesen. Schau, wie dünn die Seiten zum Teil sind.«

Sie zieht ein Buch heraus, das einen harten, dunklen Einband hat – eine Nicht-Farbe, die sowohl blau, grün, rot oder grau gewesen sein kann – und schlägt es auf. Jul reibt eine pergamentdünne Seite zwischen den Fingern. »Unglaublich. Bei uns war das Papier ganz dick und grob.«

»Hier«, Sisdal drückt ihm zwei Brocken in die Hand, »die nimmst du. Und ich«, sie zieht drei weitere heraus, »nehme diese hier.«

»Wir lesen?«, fragt Jul.

»Was dachtest du denn?«, grinst Sisdal und bugsiert ihn zu einem Tisch am Ende zweier Regalwände.

»Gut, lesen wir«, antwortet Jul.

KASPER

Es ist deutlich weiter entfernt, als Kasper vermutet hatte. Rund fünf Meilen hinter den Toren von Mosk sieht er endlich Lichter, die in der Dämmerung leuchten und einen Hinweis auf ziviles Leben geben. Kein Bus fährt hierher, zumindest hat Kasper keine Haltestellen gesehen. Es gab auch nichts Beachtenswertes, für das es sich gelohnt hätte, eine zu bauen, zumindest keine Siedlung oder Ähnliches. Kasper bleibt stehen, zieht seinen Kragen ein wenig herunter, um Luft an die verschwitze Haut zu lassen. Wie kommt Jefferson jeden Tag von hier in die Stadt? Fährt er mit dem Fahrrad? Während Kasper ein wenig verschnauft, versucht er, sich zu erinnern, ob er Jefferson jemals auf einem Fahrrad sah, kommt aber zu dem Ergebnis, dass so frisch, wie sein Chef jeden Tag erscheint, es unwahrscheinlich ist, dass er Rad fährt. Sicher gibt es einen Gemeindebus, der die Arbeiter – egal ob Politiker oder Verkäufer – in die Stadt und wieder zurückbefördert, und dafür braucht es keine Zwischenstopps oder überflüssige Haltestellen.

Je näher Kasper der Siedlung in der anbrechenden Dunkelheit kommt, desto klarer wird ihm, dass hier vermutlich keine einfachen Leute wie Verkäufer oder Coiffeure wohnen. Hinter dichten, hohen Hecken ragen breite Dächer empor, die große Häuser vermuten lassen und selbst in diesem fahlen frühabendlichen Licht wie frisch poliert glänzen. Beeindruckt bleibt Kasper stehen und lässt seine Augen über die dunkelgrünen, blickdichten Hecken gleiten. Vogelgezwitscher dringt ihm aus einigen entgegen und Kasper erinnert sich, dass jetzt Nistzeit ist und die Hecken bis zum Sommeranfang nicht geschnitten werden dürfen. In der Stadt hat er nie verstanden, warum, aber das

Gezwitscher zeigt ihm deutlich, wie sinnvoll diese Regel ist. Wie durchdacht *alles* ist. Kasper durchströmt Stolz, obwohl er keine der zahllosen Regeln erfunden hat. Aber er ist Teil eines großen Ganzen, das sagt ihm auch Jefferson.

»Ja«, flüstert Kasper in das Gezwitscher und lächelt. Rechts vor sich entdeckt er eine Ausbuchtung in einer der Hecken, von der er vermutet, dass es sich um eine Weggabelung handelt. Er ist am Ziel. Schnell überprüft er, ob sein Leinenhemd noch ordentlich in der Leinenhose steckt und der Knopf des Jacketts geschlossen ist. Glücklicherweise ist ihm nicht anzusehen, dass er fünf Meilen im Stechschritt zurückgelegt hat. Ein Marsch, bei dem er an nichts anderes dachte, als daran, wie Jefferson ihn wohl empfangen würde. Wie er seine Hand zu ihm ausstrecken und ihm Trost und vor allem Sinn schenken würde. Ihm den Sinn in dem aufzeigen würde, was seine Eltern getan haben. Erst jetzt kommt Kasper der Gedanke, dass Jefferson verärgert reagieren könnte. Es ist sein wohlverdienter Feierabend, den er sicher mit Freunden verbringen möchte.

Ich bin auch sein Freund, beruhigt Kasper sich, und Jefferson ist der beste Mensch, den ich kenne und er wird verstehen. Abgesehen davon, dass er der einzige Mensch ist, den Kasper überhaupt noch hat. Aber darüber möchte Kasper nicht zu lange nachdenken, denn dann spürt er wieder das Loch, das in seiner Brust klafft. Vielmehr möchte er Jeffersons warmherzige, väterliche Art spüren, die ihn einhüllt. Ob er ihm erlaubt, zum Essen zu bleiben? Hoffentlich, denn auch in Kaspers Magen klafft ein Loch. Seit er seine Eltern vorgestern Abend fand, hat er nur Wasser getrunken, hatte fast das Gefühl, nie wieder essen zu müssen oder zu wollen, aber jetzt kommt sein

Hunger mit voller Macht zurück. Er denkt an die Sandwiches von Ewa, die auch Jefferson mittlerweile liebt, und an den Nussbraten seines Vaters, den er nie wieder schmecken wird. Doch, das wird er! Er muss nur nach dem Rezeptbuch der Eltern suchen, aktiv bleiben, den Tod bei den Hörnern packen. Das ist sein einziger Schutz, den er sich seit dem Verlassen des Elternhauses wie einen Mantel übergeworfen hat. Darunter blutet der Verlust, den nur einer mildern kann.

Kasper erreicht die Ausbuchtung, die tatsächlich einen Weg dahinter freigibt, der aber nach wenigen Metern durch ein schmiedeeisernes Tor versperrt ist. Kasper tritt nahe an das Tor heran und späht durch die Eisenstäbe in das mittlerweile fast im Dunkeln liegende Areal dahinter. Der Weg führt etwa zehn Meter weiter, bevor er abknickt und durch eine zweite hohe Hecke verdeckt wird. Kasper stellt sich auf die Zehenspitzen und reckt sich, aber keine Chance, er erkennt absolut nichts.

Hinter ihm nähert sich ein Surren. Reflexartig weicht Kasper nach rechts aus und drückt sich dicht an die Hecke. Nur wenige Sekunden später biegt ein Elektrofahrzeug in den Weg ein und gleitet an Kasper vorbei auf das Tor zu. Für einen kurzen Moment macht Kasper mehrere Personen in dem Wagen aus, unter ihnen eine Frau, wie er glaubt, am Steuer und daneben ein Mann. Kaspers Herz stockt für einen Moment, als er Jefferson Maklaren in ihm erkennt. Vor dem Tor bremst das Auto etwas ab, wie von unsichtbarer Hand gleiten die Torflügel auf, und der Wagen fährt hindurch. Einen Moment lang wartet Kasper ab. Das Fahrzeug folgt einem Knick, die Flügel des Tores gleiten zusammen. Erst als sie fast geschlossen sind, setzt Kasper sich in Bewegung und schlüpft lautlos wie ein Schatten hindurch.

27

»Vier Wochen«, sagt Johnson.

»Okay«, antworte ich. »Das ist … danke!«

»Sport und Ernährung. Wenn sie sich verweigert, wird sie trotzdem abgeschoben. Mach ihr klar, dass dies ihre Chance zum Überleben ist.«

Ich nicke beflissen. »Mach ich. Danke!«

Johnson betrachtet mich wohlwollend. »Du eckst an, Lore, aber mir gefällt, wie du den Kampf mit dir selbst aufgenommen hast. Ich spüre, dass du wirklich willst.«

»Ich möchte mein Bestes geben.«

Johnson nickt lächelnd. »Du bist auf einem guten Weg.«

»Danke.«

»Du kannst sie zum Speisesaal Trakt B bringen.«

»Jetzt?« Ich kann es nicht glauben, dass plötzlich alles so glattgeht.

»Die Zeit will gut genutzt sein«, lächelt Johnson. Ich möchte sie vor Glück umarmen.

»Danke«, wiederhole ich stattdessen. »Danke, danke, danke!«

***

»Jetzt iss.« Ich schiebe Sim den Teller mit Pfannkuchen zu, die gleiche Kreation, die ich auch für James Geburtstagsfrühstück ausgewählt hatte. Sims Augen sind gierig auf das Essen gerichtet, trotzdem schiebt sie den Teller von sich weg. »Gemästet zu werden, um dann in die Verbannung geschickt zu werden, perverser gehts ja wohl nicht.« Sie späht zu mir und zieht den Teller wieder zu sich. »Tschuldigung. Danke. Ich hoffe, du musstest nichts Schlimmes dafür tun.« Ich schüttle den Kopf und sehe mich prüfend um. Außer uns ist der Saal fast leer. Nur am anderen Ende, weit weg vom Fenster, sitzen die drei Wanderarbeiter, die ich schon aus dem Bus kenne. Sim folgt meinem Blick zu ihnen und wendet sich schnell wieder ab. Ein Schatten huscht über ihr Gesicht.

»Schlechte Erinnerungen?«, frage ich.

»Willst du mir die Beichte abnehmen?«, faucht sie.

»Wie wäre es mit Mournen?«, gebe ich zurück. Widerwillig grinst Sim. »Werde ich wohl bald wieder machen, wie es aussieht.«

Sie starrt den Pfannkuchen an.

»Sieh es pragmatisch«, sage ich, »entweder bereitet es dich auf den langen Marsch zurück in die Wälder vor ...«

»Wo mir Ooltest und Antoine die Haut abziehen werden«,fällt mir Sim ins Wort.

»... oder ich schaff dich hier raus und du bist kräftig genug, um mir ausnahmsweise mal eine Hilfe zu sein«, beende ich meinen Satz. Sim hebt die Brauen. »Was soll ich für dich tun, mit Wölfen kämpfen?«

»Iss. Sie beobachten dich. Und mich.«

Sim stutzt und sieht sich um.

»Nicht gucken«, flüstere ich.

»Du machst mir Angst«, wispert Sim zurück.

»Iss einfach. Das ist die Abmachung. Essen und Sport.«

Sim schnaubt. »Die sind echt bekloppt hier. Sport!«

Ich grinse und Sim fängt endlich an zu essen.

»Und, schmeckts?«

»Das weißt du doch«, antwortet sie. Ich schaue zu, wie sie gemächlich einen Pfannkuchen nach dem anderen verdrückt, plus die Früchte, plus den gesamten Sirup, der ihr Kinn verklebt.

»Wie lange hattest du nichts mehr?«, frage ich.

»Ich hab schon jeden Tag etwas bekommen, aber ich war im Hungerstreik.«

»Hungerstreik?«

»Das machen die Arbeiter in der Metropole, wenn sie etwas durchsetzen wollen. Sie essen nicht mehr, bis sie zu schwach zum Arbeiten werden.«

»Das ist furchtbar!«, sage ich.

»Aber sehr effektiv«, antwortet Sim und wischt mit dem Handrücken über ihr Kinn. Hinter ihr geht die Tür zum Saal auf. Eine Gruppe Flüchtlinge steckt die Köpfe herein und zieht sich bei unserem Anblick gleich wieder zurück. Eine Aussätzige und eine Freiwillige – auf diese Gesellschaft ist niemand erpicht, auf jeden Fall keiner von den Altländern.

Sim ist fertig und legt ihr Besteck ab. »Danke.« Sie lächelt zaghaft.

»Gerne.«

Sim senkt den Blick auf die Tischplatte. Ich sehe mich wieder um und bemerke, dass die Wanderarbeiter nicht mehr da sind. Jetzt ist die Gelegenheit. Ich halte mein Armband zu, Sim bemerkt es. Tonlos bewegt sie die Lippen. Ich lese ›Schreib es auf‹.

»Aufschreiben?«, frage ich leise. Sim nickt. Ich bin irritiert, sie kann doch nicht lesen, aber sie nickt mir wieder, diesmal auffordernd, zu. Ich stehe auf und finde auf dem Tresen einen Zettel und einen Stift, ähnlich den Kohlestiften, die ich von zuhause kenne, sicher aber ein anderes Material, hier wird ja nichts verbrannt. Zurück am Tisch beuge ich mich über das bräunliche Papier und schreibe in geraden, hoffentlich leicht lesbaren Buchstaben: *Es gibt eine Bewegung. Jul hilft.*

Ich schiebe Sim den Zettel über den Tisch und behalte die Tür im Auge. Es ist keine Essenszeit und die meisten sind bestimmt in Schulungen, Beichten und Seminaren, aber man weiß ja nie.

Sim besieht sich den Zettel genau. Immer wieder gleiten ihre Augen über die Buchstaben, als taste sie jeden einzelnen ab. Dann hebt sie erstaunt den Kopf und formt mit den Lippen: Jul? Ich nicke. Ein breites Lächeln erscheint auf Sims Gesicht. Sie streckt den Arm nach mir aus und knufft mich.

»Brav«, sagt sie, nun wieder laut.

»Du musst noch aufessen«, erwidere ich. Sim stutzt, dann kapiert sie. »Ach so, ja.« Sie verzieht das Gesicht und reißt den Zettel in Streifen. Ich nehme ihr die Hälfte ab und stecke sie mir in den Mund. Grinsend zermalmen wir die Papierstreifen zu Brei und schlucken sie herunter. Hinter Sim geht wieder die Tür auf.

»Ach hier seid ihr«, ruft Lilith. Ich lasse den Stift unauffällig in die tiefe Tasche meines langen, wallenden Rockes gleiten. Lilith kommt an unseren Tisch und inspiziert den leeren Teller. »Klasse, Sim, das sieht doch gut aus.«

Sim hebt spöttisch die Brauen. Kurz scheint Lilith verunsichert, aber sie lacht darüber hinweg. »Dann kann ich dich ja gleich zum Interview bringen.«

»Bei wem?«, frage ich.

»Nevin, Anordnung von Sisdal.«

»Wer ist Sisdal?«, will Sim wissen.

»Die Neue«, antworten ich und Lilith unisono.

»Warum muss ich zum Interview? Es ist doch alles geklärt. Wenn ich gehen muss, warum soll ich dann noch beichten?«

»Vielleicht gibt es neue Sachverhalte, die geprüft werden müssen«, mutmaßt Lilith.

»Neue Sach…, das ist doch Quatsch!« Sim wird lauter, als sie sollte. Ich lege ihr meine Hand auf den Arm, was sie mit einem finsteren Blick quittiert. »Vielleicht bedeutet es aber auch etwas Gutes, vielleicht musst du doch nicht gehen«, beruhige ich sie. Lilith schürzt missbilligend die Lippen. »Niemals falsche Hoffnungen säen«, mahnt sie mich. »Du kennst die Regel.«

Ich beiße mir auf die Lippen und nicke. Wie gerne würde ich Sim sagen, dass Sisdal laut Jul die Bewegung ist. Dass vielleicht sie es ist, die Sim rausschafft aus dem Camp. Aber tut sie das wirklich? Warum führt sie dann nicht selbst das Interview?

»Kyron sucht dich übrigens«, unterbricht Lilith meine Gedanken. »Er arbeitet beim Gewächshaus, am besten du schaust gleich mal hin.«

Ich nicke und unterdrücke einen Seufzer. Sim blinzelt nervös, aber es gibt keine Möglichkeit ihr ein Zeichen der Beruhigung zu geben, abgesehen davon, dass ich nicht weiß, ob es Grund zum Beruhigen gibt. Also drehe ich mich weg und räume das Geschirr auf ein Tablett. »Wir sehen uns.«

Meine Freundin antwortet nicht mehr. Lilith bringt sie zur Tür und dreht sich dort zu mir um. Sie sieht aus, als wolle sie etwas sagen. Fragend hebe ich die Brauen, doch sie schüttelt, wie für sich selbst, den Kopf und führt Sim hinaus. Stirnrunzelnd sehe ich meinen beiden Freundinnen nach, die unterschiedlicher nicht sein könnten.

SISDAL

»Hier.« Jul hält den Finger auf eine Textstelle, Sisdal beugt sich darüber und liest. Liest noch mal. Und ein drittes Mal. Sie zieht sich einen Stuhl heran, was sich auf der stillen Galerie der Bücherei wie ein Gewitter anhört, setzt sich, nimmt Jul das schwere dicke Buch aus der Hand und fährt Zeile für Zeile mit dem Finger ab. Geduldig beobachtet Jul sie dabei.

Die Stirn in Falten gelegt, bewegt Sisdal lautlos die Lippen. Schließlich hebt sie den Kopf und sieht Jul an. »Das ist es«, sagt sie. »Genau nach so etwas suchen wir.« Sie schluckt, senkt den Kopf, scheint ein paar Momente wie erstarrt. Dann schaut sie wieder auf, diesmal sind ihre Augen feucht. »Es ist also wirklich nicht von ihm.«

»Von wem?«, fragt Jul.

»Jarek Dragan Slowitzki.«

Verständnislos sieht Jul Sisdal an. Die erhebt sich, greift sich ihren Umhängebeutel vom Stuhl am Nebentisch und zieht ein schwarzes Buch mit bunten Vögeln darauf hervor. Sie reicht es ihm. »Das solltest du kennen.«

»Habs schon mal gesehen«, antwortet Jul. »Lore hat es sich geliehen.«

Sisdal setzt sich wieder hin, schlägt das Buch mit den Vögeln auf und legt es neben Juls dicken Band.

»Lies«, fordert sie ihn auf. Zögernd beugt Jul sich darüber, liest ein paar Zeilen, schaut auf den Text in dem dicken Buch und wieder zurück.

»Ich verstehe«, sagt er nach einer Weile.

»Wir leben eine Lüge«, stellt Sisdal fest.

»Es ist eine Idee«, gibt Jul zurück. Sisdal verengt die Augen.

»Eine Idee kann nicht gelogen sein. Er hatte eine Vision und er hat gefunden, was er den Menschen geben musste. Es war das, was die Menschen brauchten. Damals, nach dem *Vorfall*.«

»Offenbar nicht nur dann«, bemerkt Sisdal und ist sich durchaus ihres ironischen Untertons bewusst. Aus einem Impuls heraus legt Jul seine Hand auf ihre. Sisdals Blick wandert kurz dahin, spürt Juls warme Finger auf ihren, bewusster, als ihr recht ist, und mehr, als für die Situation angemessen.

»Aber bestätigt das nicht umso mehr die Richtigkeit?«, fragt Jul leise. Er nickt zu dem dicken Band. »Und das beweist ja nicht, dass es alles woanders herkommt.«

Sisdal zieht ihre Hand unter Juls hervor, nimmt das dicke Buch und blättert ein paar Seiten vor und zurück, die Stirn weiter in Falten gelegt. Jul würde sie gerne glatt streichen, so wie damals bei Lore, als sie sich das letzte Mal heimlich trafen, vor der Flucht und bevor sich alles veränderte. Als sie noch nicht wussten, dass es das letzte Treffen für eine lange Zeit sein würde. Damals sorgte sich Lore, wie sie die Monate bis zu ihrer Volljährigkeit überstehen sollte. Wie wichtig ihnen das damals vorkam. Wie wenig sie wussten.

Wie fremdgesteuert legt Jul einen Daumen sanft auf Sisdals Stirn und streicht sie nach außen aus. Mit einem leisen Seufzer schließt Sisdal die Augen und holt Jul damit in die Wirklichkeit zurück. Schnell lässt er die Hand sinken.

»Nicht«, flüstert Sisdal. Sie möchte seine Hand festhalten und zwingen, sie weiter zu streicheln.

»Bitte hör nicht auf.«

Zögernd legt Jul seine Finger wieder sanft auf ihre Stirn und fährt über ihre helle, ebenmäßige Haut. Es fühlt sich gut an, gleichzeitig nagt das schlechte Gewissen an ihm. Es ist, als ob Lore ihn dabei beobachtet, obwohl sie weit weg im Camp ist. Sisdal umfasst sein Handgelenk und führt seine Hand zu ihrer Wange. Mit schräg gelegtem Kopf schmiegt sie sich an sie. Ihre Haut fühlt sich weich in Juls Handfläche an. Jetzt, wo ihre Miene entspannt ist, wird ihm bewusst, wie attraktiv Sisdal ist. Auf eine erwachsene Weise. Erwachsener als Lores jugendliches, wenn auch apartes Gesicht. Lore. Plötzlich ist Jul, als sei sie es, die ihre Wange in seine Hand schmiegt. Vorsichtig löst er die Finger von Sisdals Gesicht, erwartet Enttäuschung oder Wut zu sehen, stattdessen öffnet sie die Augen und ruft überrascht aus: »Das ist es!« Schnell hebt sie die Hand vor den Mund und wiederholt etwas leiser: »Das ist es.«

»Was?«, fragt Jul.

»Du hattest recht! Es ging Slowitzki um Inspiration, Hoffnung, Glaube, und er hat es in den alten Büchern gefunden. Aber es ist nicht gestohlen und auch keine Lüge.«

»Sondern?«, fragt Jul.

»Es ist eine Übersetzung. *Liebe* ist eine Übersetzung!« Befreit lacht Sisdal. Sie nimmt das dicke Buch und fuchtelt damit vor Jul herum. »Verstehst du nicht? Das ist der Weg!«

Verständnislos schaut Jul Sisdal an. Sie atmet einmal durch und bemüht sich, ihre Aufregung in verständliche Worte zu fassen. »Wir müssen die Puzzleteile finden und den Neuländern zugänglich machen. Wenn sie verstehen, worauf *Liebe* basiert, wo es wirklich herkommt, was die eigentliche Idee ist, werden sie sehen, dass Maklaren vom Weg abgekommen ist. Dass Slowitzki was anderes meinte!« Sisdals Wangen sind vor Aufregung gerötet.

»Was, wenn das Puzzle Maklaren bestätigt?«, wirft Jul ein. Sisdal schüttelt den Kopf. »Niemals. Ich spüre, dass etwas anderes gemeint ist. Lies doch nur. Lies.«

»Ich habe es schon gelesen«, sagt Jul.

»Dann lies noch mal«, insistiert Sisdal. »Wo ist die Seite?« Sie will das Buch schütteln. Jul nimmt es ihr vorsichtig ab und schlägt es an der Stelle auf, an die er ein paar Haare von sich als Markierung gelegt hat. Anerkennend hebt sie die Brauen.

»Komm. Lies es mir vor.«

Jul wirft ihr einen zweifelnden Blick zu, verwundert über das Maß der Aufregung, und liest mit leiser, klarer Stimme vor. Sisdal hört ihm aufmerksam zu.

»Und?«, fragt sie schließlich. Jul nickt. »Ja, du hast recht.«

»Gib Lore Bescheid. Wenn sie mir hilft, helfe ich ihr. Wir werden viele Verbündete brauchen, um das abzuarbeiten.« Jul folgt ihrem Blick entlang der wandhohen Regale und nickt langsam. Dann legt er den Kopf in den Nacken und schaut durch das Deckenglas in die sternenklare Nacht.

KASPER

Ohne genau zu wissen, warum, verharrt Kasper im Schutz der Hecke, bis es dunkel ist. Er versteht nicht, weshalb er jetzt, wo er dort ist, wo er sich hinsehnte, nichts als Furcht verspürt. In seinem Kopf kreisen die Gedanken. Was war das für ein Fahrzeug und wer waren die Menschen darin? Lebt Jefferson in einer Kommune? Und warum hat er ihm nie davon erzählt? Genau genommen hat Jefferson kein einziges Mal durchblicken lassen, wie oder mit wem er lebt. Kasper nahm immer an, dass er alleine wohnt, so wie er. In einer kleinen, praktischen Wohnung, Ressourcen schonend, so wie es von guten Neuländern erwartet wird.

Neben der Furcht plagen Kasper Gewissensbisse, hier eingedrungen zu sein. Natürlich ist das Unsinn, denn jeder in der *Neuen Welt* darf sich dort bewegen, wo er möchte. Das besagt das Gesetz der großen Freiheit. Es gibt kein ›meins‹. Alles für alle, jeder für jeden.

Der Abend schluckt das letzte Tageslicht und Kasper sieht nichts anderes mehr als die Silhouette der Hecken und einige erst kärglich blühende Baumkronen. Angestrengt lauscht er und löst sich zaghaft aus seinem Versteck. An dem rauen Stoff seiner Leinenjacke bleiben ein paar Nadeln der Thuja-Hecke hängen und verbreiten einen würzigen Geruch. Es erinnert ihn an sein Internat, das von einer großen Thuja-Hecke umgeben war, die ihm immer das Gefühl gab, in einem dunkelgrünen Labyrinth gefangen zu sein. Außerdem hasste er die Trichterspinnen, die sich gerne in Kolonien darin einnisten. Schnell wischt er sich mit der Hand über die Schulter, falls er versehentlich eine Trichterspinne mit aufgelesen hat.

Kasper tastet sich mit ausgestreckten Armen durch die Dunkelheit und fühlt sich hilflos, so halb blind und orientierungslos. Dicht hinter dem Tor muss die zweite Hecke sein. Seine Hände ertasten sie, wandern nach rechts daran entlang bis zu ihrem Ende. Er umrundet sie und etwa zwanzig Meter vor ihm erscheint ein Haus, mit nur zwei beleuchteten Fenstern im Erdgeschoss, ein kleines und ein größeres mit zugezogenen hellen Vorhängen. Dahinter bewegen sich Schatten, entschwinden, tauchen wieder auf.

Das Licht hinter dem kleineren Fenster erlischt. Kasper steht ein paar Momente im Schutz der Nacht, dann strafft er die Schultern. Das ist Jeffersons Zuhause, der Wohnort seines Mentors, Freundes und Führers. Es gibt keinen Grund, Angst zu haben. Langsam nähert er sich dem Gebäude, das Wärme und Behaglichkeit ausstrahlt, also genau das, wofür Kasper gekommen ist. Jefferson wird verstehen und er wird nicht ärgerlich sein, dass Kasper sich einschlich. Genau genommen nutzte er ja nur den Moment des offenen Tores. Kasper atmet ein paar Züge länger aus als ein und die Furcht weicht der Sehnsucht nach einem freundlichen Wort und Jeffersons pragmatischer, mutmachender Art, die ihm helfen wird, den Schmerz zu vertreiben. Seine Eltern werden nicht gewinnen. Liebe wird gewinnen. Die echte, so wie Jefferson sie predigt.

Kurz spürt Kasper die Hand seiner Mutter auf dem Rücken – *Ewas* Hand, verbessert sich Kasper in Gedanken – mit gespreizten Fingern, sanft und stark zugleich. »Weg!«, entfährt es Kasper und er zuckt bei seiner eigenen Lautstärke zusammen.

Wieder bewegt sich ein Schatten hinter dem Vorhang. Jefferson?

Kasper verlässt den Steinweg, der zur Haustür führt, und nähert sich dem erleuchteten Fenster. Seine Augen wandern über die breite Hausfassade hinauf zum Dach. Sicher wohnt hier eine Kommune. Das Haus ist so groß, dass es locker zehn bis zwölf Menschen beherbergen kann. Viele scheinen nicht zuhause zu sein, so dunkel wie es ist. Ob er, Kasper, es jemals in den innersten Kreis von Jefferson schafft? Nicht als Mitarbeiter, sondern als Vertrauter, als Freund? Als jemand, der Jefferson so nahe ist, dass er mit ihm unter einem Dach wohnen darf? Was würde er nicht alles dafür geben.

Kasper tritt nahe an das Fenster heran, das an der unteren Kante einen Spalt geöffnet ist. Die Vorhänge bewegen sich sachte in dem Luftzug, sodass für einen Moment eine Lücke entsteht, die Kasper den Blick in den Raum dahinter freigibt. Alltagsgeräusche dringen heraus. Klapperndes Geschirr, leises Lachen und gedämpfte Stimmen. Wie ein Dieb presst sich Kasper an die Hauswand und stiert auf die Stelle, wo der Vorhang die Wand berührt, begierig darauf, dass ein weiterer Luftzug den Vorhang bewegt und er mehr erhascht von dem Leben da drinnen, von dem er so gerne Teil wäre.

Kasper wartet. Lauscht den Stimmen, die als Klangfetzen zu ihm getragen werden. Mann? Frau? Angestrengt legt Kasper die Stirn in Falten, als würden seine Ohren dadurch hellhöriger, die Klänge schärfer extrahiert werden.

Der Vorhang bauscht sich am Rand, die Lücke öffnet sich. Mit angehaltenem Atem sieht Kasper in den Raum, der so warm erleuchtet, so einladend ist.

Zwei Atemzüge vergehen, dann schließt sich die Lücke. Kaspers Miene ist eingefroren, sein Herz stolpert. Verwirrt dreht er sich vom Fenster weg, bis sein Rücken die kühle Hauswand berührt. Aus dem Raum dringt ein Kichern. Hell und unschuldig. Nein, das kann nicht sein!

Weiter an die Wand hinter sich gepresst, wendet Kasper den Kopf, sieht zur Kante des Vorhangs, wartet bis zum nächsten Lufthauch, zum übernächsten, zum überübernächsten, immer weiter, fügt die Ausschnitte in seinem Kopf zusammen, versteht, versteht gleichzeitig nicht. Eine Hand hier, der Ausschnitt eines Gesichts dort, Besteck, Wortfetzen.

Tränen rinnen Kasper über die blassen Wangen, eine für jeden Verlust, am schmerzvollsten die für die Enttäuschung.

Noch lange, nachdem die Personen den Raum verlassen haben, sogar noch lange, nachdem die Lichter in den anderen Räumen angingen und wieder aus, steht Kasper noch da, die Wange an die Hauswand gedrückt, den Blick fest auf die Kante des Vorhangs gerichtet, sein Gesicht verzerrt und das Herz leer.

Zum dritten Mal in seinem Leben verlässt Kasper alles Bisherige und wendet sich einem neuen Pfad zu. Zunächst unsichtbar, nur in seinem Innersten, dennoch unumkehrbar.

28

Jul fängt mich vor meinem Trakt ab. »Es ist so weit.«

»Ich versteh nicht ...«

»Wir müssen uns beeilen. Pack zusammen, was dir etwas bedeutet, Sisdal trifft dich am Busterminal Trakt B.«

»Was ist mit Jame?«

»Wir kümmern uns um Jame. Und Sim.«

Es stört mich, dass Jul von ›wir‹ spricht, behalte es aber für mich.

»Und du?«

»Ich weiß nichts Genaues, außer, dass ich dich informieren soll.«

Plötzlich wird mir mulmig zumute. Mir gefällt es nicht, keine Informationen zu haben. Jul scheint es zu spüren. »Wir können ihr vertrauen.«

»Wohin bringt sie uns?«

»Das hat sie mir nicht gesagt.«

Ich runzle die Stirn.

»Sicherheitsmaßnahme«, fügt Jul hinzu. Zögernd nicke ich. »Kann ich mich noch verabschieden?«

In Juls Gesicht lese ich die Antwort. Mitfühlend streicht er mir über die Wange. »In fünfzehn Minuten, okay?«

***

Statt mich zu beeilen, gehe ich langsam durch die Gänge. Schon wieder ein Aufbruch ohne Abschied, ohne es selbst gewählt zu haben. Ich möchte jeden Schritt spüren und bewusst gehen. Wenigstens meine Füße sollen den Entscheidungen folgen, die ich treffe, und seien sie noch so klein — wie, mich langsam oder schnell zu bewegen.

In meinem Zimmer lasse ich mir abermals Zeit, die wenigen Gegenstände, die ich besitze, in die Hand zu nehmen, ein letztes Mal zu spüren. Das Wasserglas für die Vitamine, der Vorhangstoff, der wie eine kühle Flüssigkeit durch meine Finger gleitet, die bauschigen Kissen. Aus dem Schrank hole ich zwei Kleider, die ich unter mein heutiges ziehe.

Was soll ich sonst mitnehmen? Juls Eichelanhänger trage ich um den Hals, meine alte Kleidung wurde mittlerweile verbrannt, wie Kyron mir berichtete, bin ja jetzt eine von ihnen. Essen kommt mir in den Sinn, aber sicher wird Sisdal uns nicht hungern lassen. Dann wiederum weiß ich nicht, über welche Möglichkeiten sie verfügt. Werden wir draußen schlafen, in einem Haus, und wenn ja, wo wird es sein?

Ich lasse mich auf das Bett sinken, sehe mich um und verabschiede mich still von meinem Leben Nummer drei.

***

Auf den Fluren ist es so voll wie zu Essenszeiten. Johnson entdeckt mich und winkt mir zu, während sie sich zu mir durcharbeitet.

»Jefferson ist unterwegs zu einem spontanen Besuch im Camp.«

»Schon wieder?«, frage ich. »Er war doch gerade erst da.«

»Wegen der Re-Naturing-Sache. Es ist ihm ein Anliegen, die Freiwilligen in den Camps persönlich zu informieren. Du hast davon gehört?«

»Nicht wirklich, aber ich sah die Ansprache auf dem Info-point, er erwähnte etwas davon.«

»Es war keine große Sache, wie ich finde, aber er geht eben mit gutem Beispiel voran, dass man sich seinen Fehlern stellen muss.«

»Ja«, nicke ich und wippe unruhig auf und ab.

»Komm doch gleich mit mir mit«, schlägt Johnson vor.

»Äh, das geht nicht, ich … Kyron wartet«, rede ich mich heraus.

»Kyron wird sicher auch zu Jeffersons Rede gehen.«

»Ja, stimmt, ich such ihn schnell.«

»14 Uhr, komm nicht zu spät, du weißt, die Plätze …«

»Ich werde da sein«, rufe ich im Loslaufen. »Wer würde das schon verpassen wollen!«

»Diesmal Sektion A«, ruft Johnson zurück, dann verschwindet ihr glücklich strahlendes Gesicht in der Menge. Zu Jefferson Maklaren strömen also alle. Ich gehe gegen den Strom auf Sektion B zu.

Als ich am Busterminal Sektion B ankomme, ist dieser wie ausgestorben. Jeffersons Ankunft muss sich rasend schnell verbreitet haben, ich kann mich nicht erinnern, eine Ankündigung durch die Lautsprecher gehört zu haben. Obwohl ich jetzt zur anderen Seite gehöre, wünschte ich mir, Teil der gläubigen Masse zu sein, die ihr Heil in einer Person findet, ohne zu hinterfragen. Wie viel einfacher mein Leben dann wäre.

Ich lasse meinen Blick über den leer gefegten, sonnigen Platz vor dem Terminal wandern. Soll ich mein Armband abnehmen? Oder fällt das jetzt besonders auf? Ich ärgere mich, dass Sisdal so sparsam mit Informationen umgeht. Wie soll man da vertrauen?

Hinter mir höre ich schnelle Schritte und drehe mich erschrocken um. Jeffersons blasser, schwarzhaariger Assistent bleibt stehen und starrt mich aus tief liegenden, dunklen Augen an. In dem Moment tritt Sisdal aus dem Terminal, erfasst mich mit ihrem Blick, dann den Assistenten. Der löst sich aus seiner Schockstarre und eilt auf sie zu. Eine Millisekunde zögert Sisdal, dann wendet sie ihre Augen von mir ab und geht ihm entgegen. Sobald sie aufeinandertreffen, redet er leise, aber offensichtlich aufgeregt, auf sie ein. Mir fällt auf, dass sein Armband trotz seiner Erregung schwarz bleibt. Sisdal legt dem Assistenten die Hand vertrauensvoll auf den Rücken und führt ihn weg.

Ich warte eine halbe Stunde, aber Sisdal kehrt nicht zurück. Niemand kommt, um mir zu sagen, was ich jetzt tun soll, oder was als Nächstes passiert.

Ich gehe zurück zu meinem Trakt und fühle mich auf merkwürdige Weise erleichtert, dass mein Abschied verschoben wurde. Ich möchte nicht gehen, ohne mich zu verabschieden, selbst wenn es ein Abschied ist, den meine Freunde als solches nicht erkennen.

***

Ohne anzuklopfen, schlüpfe ich in Juls Zimmer und lehne mich mit dem Rücken an die geschlossene Tür. Überrascht setzt Jul sich im Bett auf und legt ein Buch zur Seite.

»Lore, was machst du hier?«

»Und du?«, frage ich zurück.

»Ich habe auf Nachricht gewartet, ob alles geklappt hat.«

Wir sehen uns stumm an.

»Was ist schiefgegangen?«, fragt Jul schließlich.

»Jeffersons Assistent ist aufgetaucht.«

Beunruhigt erhebt sich Jul. »Maklarens Assistent? Hat er was gesagt?«

Ich schüttle den Kopf. »Sisdal ist mit ihm weggegangen und kam nicht mehr zurück.«

Jul greift sich eine Jacke vom Stuhl. »Ich geh sie suchen.«

Ich halte ihn fest. »Und ich?«

»Sei weiter bereit.« Er drückt mir einen schnellen Kuss auf und lässt mich alleine in seinem Zimmer zurück. Ich schaue mich um, beherrsche aber meine Neugier, das Zimmer genauer zu inspizieren, und gehe ebenfalls.

***

Kyrons Gesichtsausdruck spricht Bände. Schon von Weitem sehe ich, dass etwas passiert ist und er der Überbringer einer schlechten Nachricht ist. Bei mir angekommen, legt er mir die Hand auf den Rücken und schiebt mich mit sanfter Gewalt zur Glastür in Richtung Garten. »Komm mit.«

Mein Gehirn schmilzt innerhalb von Sekunden unter der Last der Fragen zusammen. Was ist geschehen? Wurde ich verraten? Von wem? Ist Sisdal doch die Feindin? Was ist mit Jul? Sim? Bin ich schuld? Habe ich einen Fehler gemacht?

Im Garten bugsiert mich Kyron zu meinem Lieblingsplatz, nach wie vor grob, in einer für Neuländer völlig untypischen Art. Vor der Bank lässt er mich mit violett pulsierendem Armband los. Fasziniert starre ich darauf. Kyron sieht sich um, schnauft, als sei er gerannt, sammelt sich ein paar Atemzüge lang und lässt sich auf die Bank sinken.

»Was ist passiert, Kyron?«

Seine Miene ist unlesbar, eine Mischung aus betrübt und verärgert, oder er ist verwirrt, so habe ich ihn jedenfalls noch nie gesehen. Kurz schaut er auf, dann fixiert er wieder etwas vor sich auf dem Boden. Ich setze mich neben ihn, unsicher, ob meine Nähe gut oder schlecht ist.

»Habe ich etwas getan?«, frage ich vorsichtig. Kyron nimmt meine Hand, hebt sie an seinen Mund und presst die Lippen daran. Mit geschlossenen Augen sitzt er da wie eine Statue. Endlich lässt er meine Hand sinken und sieht mich an.

»Oh, Lore, warum hast du nur gelogen?«

Mein Magen zieht sich zusammen.

»Ach, was red ich, natürlich hast du. Du bist klug, du wusstest, dass du es tun musstest.«

In meine Übelkeit mischt sich Verwirrung. Kyron mustert mich. »Du weißt wirklich nicht, wovon ich spreche?«

Ich schüttle den Kopf, unfähig etwas zu sagen.

»Weißt du, wie Phase zwei der Reinigung abläuft?«

Wieder schüttle ich den Kopf. »Niemand wollte mir erklären, was die Reinigung ist.«

»Natürlich nicht.« Kyron lächelt bekümmert. »Du bist noch nicht so weit in der Ausbildung. Ich sollte auch nicht …«

»Doch«, stoppe ich ihn. »Doch, bitte, sag es mir.«

Kyrons blaue Augen wirken dunkel. Prüfend betrachtet er mich. »Gut, ich … du musst es wissen.« Er zieht die Lippen ein, als zögere er. »Also, in der zweiten Phase der Reinigung wird der Patient – wir sprechen bei Straftätern von Patienten«, kurz schaut er auf, um meine Reaktion zu überprüfen, aber ich reiße mich zusammen und bleibe reglos, »wird der Patient in einen tranceähnlichen Zustand versetzt. Die Technik ist sehr kompliziert, daher darf nicht darüber gesprochen werden. Niemand soll auf eigene Faust an Patienten herumdoktern, ohne richtig ausgebildet zu sein.«

»Tranceähnlicher Zustand«, erinnere ich ihn.

»Ja. Dieser Zustand wird Somnambulismus genannt und der Sinn liegt darin, dass unser Bewusstsein, das wie ein Wächter unser Unterbewusstes bewacht, durch diesen Zustand umgangen werden kann. Du musst es dir wie ein Tor vorstellen, an dem der Wächter, unser Bewusstsein, die Tür zu unseren Erinnerungen, allem Verdrängten, eigentlich allen Erfahrungen, die wir im täglichen Leben nicht brauchen können oder wollen, fest verschlossen hält und jedes Eindringen verhindert. Du weißt, wie sehr wir daran glauben, dass alles offenbart werden muss, um wirklich frei zu sein.«

Ich schlucke und nicke langsam.

»Gespräche können nicht alles hervorlocken und viele Altländer haben gelernt, ihre wahren Gedanken und Gefühle zu unterdrücken. Aber die meisten von euch«, Kyron verbessert sich, »von uns waren es auch gewohnt, Anweisungen zu befolgen, deswegen funktioniert diese Form der Trance bei Altländern sehr gut.«

»Wir wehren uns nicht«, flüstere ich.

»Nein, ihr lasst es geschehen«, bestätigt Kyron. »Und das ist gut! Wenn jemand sich außergewöhnlich verhält, wie zum Beispiel dein Bruder, dann ist die Reinigung ein Weg, herauszufinden, was dahinter steckt. Um den Patienten davon zu befreien.« Er sieht mich traurig an.

»Jame hat Phase zwei der Reinigung durchlaufen.«

Mein Kopf fühlt sich an, als sei er mit nassem Zement gefüllt, schwer und unförmig. Kyron drückt die Finger meiner Hand zusammen, sodass es schon fast wehtut.

»Jame hat gestanden.«

In mir macht es Plopp, eine unsichtbare Blase platzt lautlos auf und entlässt zischend die unter Verschluss gehaltenen Ängste des letzten Jahres. Am Boden vor mir liegt der blutbesudelte Ludewig Lunginger, meine Mutter gräbt mit bloßen Händen ein Grab, James Finger umklammern einen blutigen Stein, an dem einzelne Haare wie Spinnenbeine abstehen.

Ein unkontrollierbares Zittern erfasst meinen Körper. In Kyrons erschrockenem Gesicht sehe ich, dass mit mir etwas ganz und gar nicht in Ordnung ist. Dann wird es schwarz um mich herum.

***

Ein regelmäßiges Piepen dringt an mein Ohr. Blinzelnd öffne ich die Augen. Mein rechter Zeigefinger fühlt sich eingeklemmt an. Ich hebe ihn vor mein Gesicht und betrachte das kleine Gerät, das daran geklemmt. Von der Klammer führt ein Kabel zu einem Apparat, von dem das Piepsen kommt. Verwundert sehe ich mich in dem schlichten, kargen Raum um. Er hat kein Fenster, aber rechts von mir ist eine Tür mit einem Glasfenster. Dahinter leuchtet es hell, aber nicht unangenehm. Das Spital. Ich erinnere mich an das Licht in den Gängen, als ich am Tag der Ankunft hier untersucht wurde. Wir wurden getrennt. Es war unheimlich, aber das Licht spendete Trost, so warm und empfangend. Wir wurden getrennt. Mein Hirn arbeitet zäh. Wir wurden getrennt. Jame.

Schnell setze ich mich auf. An der Seite meines Bettes befinden sich flache Gitter. Umständlich wühle ich meine Beine unter der dünnen Decke hervor und rüttle am Gitter, um es runterzuklappen.

Die Tür öffnet sich und eine Frau in cremefarbenem Gewand schwebt herein. »Na, na, na, na, na!«, ruft sie freundlich und drückt mich sanft zurück auf die Matratze.

»Ich muss zu meinem Bruder«, protestiere ich.

»Aber nicht mit dem Pulsoximeter«, lächelt sie und nimmt mir die Klemme vom Finger ab. Mir fällt auf, dass ich kein Armband trage.

»Bekommst du sofort zurück«, sagt die Frau und zieht es aus der Gewandtasche. »Die Daten gehen sonst durcheinander«, erklärt sie und reicht mir das Armband. Ich lege es flach auf mein Handgelenk, sofort schließt es sich darum wie eine zweite Haut.

»Wie geht es dir?«

»Gut«, antworte ich ungeduldig. Sie zückt einen Stift und hält ihn mir vor das Gesicht. »Einmal mit den Augen folgen, bitte.«

Ich sehe dem Stift nach, den sie nach links und rechts bewegt.

»Gut, du bekommst jetzt noch etwas zu essen, dann checken wir noch mal deine Werte und dann kannst du voraussichtlich gehen.«

»Ich habe keinen Hunger«, sage ich und hantiere wieder an dem Gitter.

»Kyron hat uns schon gewarnt, dass du so etwas sagen könntest. Aber wer wenig isst, ist auch schwach auf den Beinen. Hast du öfter Kreislaufprobleme?«

»Ich, also«, stammle ich, »sagt Kyron das?«

Die Frau lächelt. »Er war sehr verschwiegen, keine Sorge, aber er merkte an, dass du vermutlich das Mittagessen heute ausgelassen hast.«

Ich nicke. »Ja, das wird es gewesen sein. Dumm von mir.«

»Neyla bringt dir gleich etwas.« Sie streckt mir die Hand entgegen. »Dunja.«

Ich schüttle ihre Hand, bemerke in dieser Geste wieder die Aussage, dass ich jetzt eine von ihnen bin, und antworte: »Lore.«

KASPER / SISDAL

Er möchte sprechen, aber er kann nicht. Die Gedanken fegen durch sein Gehirn. Doch selbst die vorgefertigten Sätze, die er sich auf der Fahrt hierher zurechtlegte, schaffen es nicht, an die Oberfläche zu dringen. Dort herrscht Windstille, während im Hintergrund ein Orkan fegt.

Auf der Fahrt verweilte Jeffersons Blick ab und zu auf Kasper. Momente, in denen sich Kasper ertappt fühlte, obwohl Jeffersons Miene keine Schlüsse auf seine Gedanken zuließ. In das Ertappt-sein-Gefühl mischte sich Wut, denn nicht er, Kasper, lebte mit einem Geheimnis, sondern Jefferson Maklaren.

Der verhielt sich wie immer: charmant, warmherzig, einnehmend. Kasper dachte an die Magier aus seinen Kinderbüchern, die Ewa ihm früher vorlas. Auch Jefferson ist ein Magier, und er ist der beste seines Fachs.

Abwartend betrachtet Sisdal Kasper. Der Junge ist blass und kraftlos, sogar mehr als Sisdal ihn in Erinnerung hatte. Mit hängenden Schultern und schlaffer Muskulatur hockt er in dem Stuhl, in dem sonst die Beichtableger sitzen. Sein Mund formt tonlos Worte, die nicht aus ihm rauskommen wollen. Er erinnert Sisdal an einen Fisch auf dem Trockenen, der nach Luft japst.

Sie wartet. Sie ist es gewohnt, dass ihr Gegenüber sich erst besinnen muss, und sie weiß, dass es dem Gesprächspartner das Gefühl gibt, den Gang der Unterhaltung zu bestimmen, wenn er diese eröffnet. Sisdal wartet auf das, was kommt. Dabei denkt sie an das Mädchen, Lore, die sich offenbar gut unter Kontrolle hat. Nicht eine Regung verriet, dass sie auf Sisdal wartete und von der Kehrtwendung der Ereignisse überrascht wurde.

Kasper seufzt lang und gedehnt. Sisdal hebt kaum merklich die Brauen, eine lang eingeübte Geste, die unterschwellig vermittelt: Du darfst mir alles beichten, bei mir bist du sicher.

Sisdals Brauen heben sich kaum merklich. Diese kleine Geste bringt den Knoten in Kasper zum Platzen, als hätte sie mit Ewas Stimme gesagt: Du darfst mir alles beichten, bei mir bist du sicher.

»Meine Eltern sind tot«, sagt Kasper, bemüht darum, seine zitternde Stimme verständlich sein zu lassen. »Jefferson wies sie an, sich zu trennen.«

Sisdal nickt bedächtig.

Kasper muss vor Anspannung hicksen. Das hat ihn schon als Jugendlicher verfolgt. Mochte er ein Mädchen: hicksen. Schrieb er einen Test: hicksen. Wie sehr er das hasste. Kasper wendet den Kopf von Sisdal ab und fixiert die Fußleiste.

»Ich habe sie gefunden.«

Sisdal atmet hörbar ein.

»Und ich habe sie verachtet«, fährt Kasper fort. »Dass sie mir alles kaputtmachen. Dass sie sich nicht für mich freuen. Nicht verstehen.«

Durch einen Schleier von Tränen sieht Kasper Sisdal an. »Ich war so wütend!« Er schluckt. »Weil sie nicht gehorcht haben!« Ehe er sie aufhalten kann, laufen ihm die Tränen über die Wangen, sammeln sich an seinen markanten Kieferknochen, um dann in dicken Tropfen auf die Tischplatte zu platschen.

Es fällt Sisdal schwer, nicht ihre Hand über den Tisch zu strecken und sie tröstend auf Kaspers zu legen. Amal lehrte sie
Mitgefühl, aber das jahrelange Training in der NW-Educate-
Riege hat es gebändigt, so weit, dass sie es verstecken kann.
Doch der blasse Junge da tut ihr leid. Wie oft hat sie ihn schon
weinen sehen? Damals im Internat, als er neu war und sie so
jung, dass sie fast selbst als Schülerin durchging, stattdessen
aber seine Lehrerin war. Er hat alles verloren, weil er eine falsche Entscheidung nach der anderen traf. Dennoch regen sich
neben dem Mitgefühl Zweifel. Ist er nur ein grandioser Schau-
spieler? Von Maklaren angestiftet, oppositionelle Kräfte aus
dem Weg zu räumen? Sisdal ist sich sicher, dass mit solchen
Mitteln gearbeitet wird. Schließlich tut sie es auch. Soweit sie
beurteilen kann, wird Kasper glauben, dass sie ihn damals für
Maklaren testete. Was glaubt er jetzt? Was zweifelt er an?

Sisdal sucht in seinem Gesicht nach Antworten, aber alles,
was sie erkennt, ist ein gebrochener Mensch. Tief beschämt
und verwirrt. Jeder Muskel an ihm zittert. Die Stimme, seine
Schultern, alles an ihm zuckt unaufhörlich, wie unter Strom
gesetzt. Nein, das ist nicht gespielt.

»Wütend, weil sie nicht gehorcht haben«, sagt er jetzt und
presst die Lippen so fest aufeinander, dass sie weiß werden.
Hilfesuchend hebt er den Blick.

Bedächtig streckt Sisdal ihre Hand aus und streicht über
seine.

»Ich weiß sein Geheimnis«, flüstert Kasper so leise, dass
Sisdal glaubt, sich verhört zu haben. Sie lehnt sich etwas vor,
den Blick auf seine Lippen geheftet.

»Ich weiß sein Geheimnis«, wiederholt Kasper und diesmal ist sich Sisdal sicher.

»Was ist es?«, wispert sie. Kasper schlägt die Augen nieder und beugt sich weit zu ihr über den Tisch.

29

Wie versprochen bringt mir wenige Minuten, nachdem Dunja ging, Neyla, ein dunkelhaariges Mädchen mit Schatten unter den Augen, ein Tablett mit einem Sandwich und einem Obstsalat darauf. Ich schlinge beides herunter, lasse Neyla meinen Blutdruck messen und bin schon auf dem Gang. Orientierungslos sehe ich mich um. Eine Weile folge ich dem Gang nach links, aber weder Infopoints noch Hinweisschilder begegnen mir, daher kehre ich um und laufe in die andere Richtung. Nach mehreren Biegungen finde ich endlich einen Infopoint. Auf der Säule erscheint eine mir unbekannte Freiwillige.

»Hallo Lore, wie kann ich dir helfen?«

»Zeig mir meinen Standort.«

Anstelle der Freiwilligen erscheint eine Karte, auf der ein Kreuz meinen Standort in Trakt F markiert, der zwar neben dem Schlaftrakt von uns Freiwilligen liegt, aber ich befinde mich auf der abgewandten Seite, recht weit weg. Was jedoch meine Aufmerksamkeit fesselt, ist das Gebäude mit der Bezeichnung ›Quartier‹. Jame und Sims Unterbringung.

Ich starre mehrere Minuten auf den Plan und versuche, mir den Weg genau zu memorieren. Dabei verfärbt sich mein Armband in ein blasses Rot. Ganz oder gar nicht.

Ich laufe die Gänge zurück und schaffe es unbemerkt von Dunja oder Neyla in mein Patientenzimmer. Schnell nehme ich das Armband ab und lege es auf den Beistelltisch neben dem Bett.

***

Vorsichtig stecke ich den Kopf aus der Tür und höre Stimmen vom einen Ende des Gangs, die sich aber weder nähern noch entfernen. Außerhalb der Saison ist offenbar wenig los hier.

Ohne mich umzudrehen und in der Hoffnung, dass mir niemand nachsieht, laufe ich auf nackten Sohlen los, den Plan im Kopf und wie eine durchscheinende Projektion vor meinem inneren Auge.

Wie genau ich Jame hier herausschaffen kann oder gar wohin, weiß ich nicht. Aber ich weiß, dass ich schneller sein muss als die ablaufende Uhr. Kurz flammt die irrsinnige Hoffnung in mir auf, man habe Sim und Jame zusammengesteckt – zwei Straftäter, zur Deportation freigegeben – aber Sim hat Aufschub bekommen, während James Zeit unerbittlich abläuft.

Endlich erkenne ich die Gänge des Traktes, den ich schon mit Johnson und, erst kürzlich, mit Kyron besucht habe. Ich vermute meinen Bruder im zweiten Stock, in der Nähe des Besucherzimmers. Hinter einer der Türen mit der Durchreiche.

Beim Besucherzimmer angelangt, höre ich leise Stimmen hinter der verschlossenen Tür. Ich sehe den menschenleeren Gang zu beiden Seiten hinab und presse mein Ohr dicht an das Holz. Doch die Menschen darin sprechen zu leise, als dass ich sie verstehen könnte. Es ist nicht einmal herauszuhören, ob es sich um Männer oder Frauen handelt. Wird noch jemand abgeschoben? Wer wird hier besucht? Suzan? Ist Suzan in Schwierigkeiten? Wieder versuche ich zu lauschen, aber keine Chance.

Vorsichtig schleiche ich von Tür zu Tür, öffne die Durchreichen leise einen Spalt breit, spähe in die Zimmer dahinter. Aber jedes ist leer, die Betten unberührt und ordentlich, die wenigen Sitzgelegenheiten unbesetzt. Ich gehe weiter, bedrückt von der Menge der Türen, die erahnen lassen, wie viele Flücht-linge es nicht schaffen, sich so schnell zu integrieren wie ich. Nach dem letzten Raum wende ich mich enttäuscht ab, um im Erdgeschoss weiterzusuchen. Bei der Glastür zum Treppenhaus laufe ich Lilith in die Arme. Wir fixieren uns, ich erschrocken, sie mit verengten Augen und zusammengepressten Lippen. Tausend Ausreden rasen durch meinen Kopf, eine unsinniger als die andere.

»Ich will zu Jame«, sage ich, weil es die Wahrheit ist und mir kein Gesetz einfällt, dass diesen Wunsch verbietet, auch nicht in dieser Welt.

Liliths verschlossene Miene verwandelt sich in eine schuldbewusste. »Der ist verschwunden.«

»Verschwunden?« Eine Welle von Wut schwappt in mir hoch. »Ihr habt nicht mal gewartet, dass ich mich verabschie-den kann? Ihm Trost spenden?« Ich bin drauf und dran, mich auf sie zu stürzen.

»Er ist verschwunden, Lore«, wiederholt Lilith ungewöhn-lich laut. »Wir wissen nicht, was passiert ist.«

»Wie kann das sein?«, schreie ich. »Wie kann jemand aus einem Gefängnis-Trakt verschwinden?«

Bei dem Wort ›Gefängnis‹ zuckt Lilith merklich zusam-men. Aber statt sich zu verteidigen, hebt sie hilflos die Schul-tern. »Ich weiß es nicht. Wir wissen es nicht.«

Fassungslos sehe ich sie an.

»Es tut uns leid«, sagt Lilith und streckt die Hand nach mir aus. Ich weiche zurück. »Er wird sterben. Und ihr seid schuld!« Mir schießen Tränen in die Augen. »Ihr seid schuld, wenn er stirbt.« Ich zwänge mich an ihr vorbei und spüre lange ihren bedrückten Blick, der sich auf meinem Rücken einbrennt. Ich schaue nicht zurück. Soll sie doch ersticken an ihrer Betroffenheit.

***

Ich stehe am Zimmerfenster und starre in die Dunkelheit. Ab und zu huschen Personen von einem Trakt zum anderen, immer in Eile, als erwarten sie die Gefahr hinter dem nächsten Busch oder Baum. Flüchtlinge. Die Neuländer gehen anders, so als hätten sie alle Zeit der Welt und als sei ihnen nie etwas Schlimmes passiert.

Es klopft, und obwohl ich nicht darauf reagiere, höre ich, wie hinter mir die Tür geöffnet wird.

»Lore?«

Überrascht drehe ich mich um. Nevin steht in der Tür. »Das hast du vergessen.« Er hält mein Armband hoch und stellt meine Kautschukstiefel ab. Mit dem Armband kommt er herüber. Ich habe kein Interesse, es ihm abzunehmen. Aber ich habe auch keine Lust, mit ihm zu diskutieren. Stumm nehme ich das Armband entgegen und lege es um.

»Du wirst beim Training erwartet.«

Mit den Fingern fahre ich die falsche Holzmaserung meines Tisches entlang. Vielleicht verwandle ich mich jetzt in Suzan, in eine abwesende, durchgedrehte Frau.

»Du musst«, sagt Nevin jetzt. Überrascht hebe ich den Kopf. Er lächelt freundlich. »Du wirst froh sein.«

Was für ein merkwürdiger Satz. Langsam und schwerfällig folge ich Nevin hinaus. Keine Ahnung, was für ein Training ansteht. Mein Arbeitsplan ist irgendwo zwischen Spinnenweben in die hinterste Ecke meines Kopfs gerutscht.

Nevin läuft vor mir her, offenbar im vollen Vertrauen, dass ich ihm folge, denn er dreht sich nicht einmal nach mir um. Aber wohin sollte ich auch laufen. Ich unterdrücke ein Kichern, während ich hinter Nevin hertrabe. Offenbar kennen mich die Neuländer durch die vielen Beichten schon besser, als ich mich selbst. Denn dachte ich im Zimmer darüber nach, zu rebellieren, um deportiert zu werden, bin ich jetzt so willenlos wie ein betäubtes Kalb.

30

Der Raum, den wir betreten, ist von Tageslicht durchflutet und in weiche Pastellfarben gehalten. Ein dünner, hellblauer Vorhang weht vor einer offenen Terrassentür sanft im Wind. Alles wirkt friedlich und einladend, trotzdem weiche ich erst einmal erschrocken zurück. Aus einer Sitzecke mit hellen Möbeln sehen mir Sisdal und Jeffersons Assistent entgegen. Unwillkürlich sehe ich mich nach seinem Chef um. Doch stattdessen erblicke ich Suzan, Beth vom Kantinendienst und die dreifache Mutter, deren Kinder erst kürzlich von ihr getrennt wurden und die mit rotgeweinten, geschwollenen Augen auf einem Sofa sitzt.

An der rechten Wand des großen Seminarraumes bedienen sich drei Personen, die ich aufgrund ihrer geraden Körperhaltung und gesunden Gesichtsfarbe als Neuländer identifiziere, an Obst in Schalen.

Der Vorhang wird von Jul, der von der Terrasse hereinkommt, zur Seite geschoben und wieder zurechtgerückt. Ich möchte mich in seine Arme stürzen und von Jame berichten. Doch er sieht nicht einmal zu mir, sondern zu Nevin, der hinter mir die Tür schließt. »Kommt bitte in einen Kreis zusammen.« Alle lassen ihre Aktivitäten augenblicklich ruhen und stellen sich auf. Jul nickt mir kurz zu und ich platziere mich zwischen ihm und Nevin. Mir gegenüber steht Suzan und macht einen wesentlich klareren Eindruck als üblicherweise.

Nevin hebt die Hand, an der er das Armband trägt, auf Brusthöhe, die anderen im Kreis folgen seinem Beispiel. »Dreimal kurz.« Er tippt dreimal kurz auf sein Armband und alle, auch ich, kopieren die Bewegung.

»Von links nach rechts wischen, zweimal von unten nach oben und wieder dreimal tippen«, weist Nevin uns weiter an. Fragend sehe ich zu Jul, der auf sein Armband konzentriert ist. Nevin hebt seines direkt vor den Mund und flüstert: »Recess.«

»Recess«, raunt es um mich herum. Jetzt schaut Jul mich drängend an. Ich sage »Recess«, etwas lauter als die anderen, was jeder mit einem Blick quittiert. Nevin lässt die Hand sinken und nickt Sisdal zu. »Fünfzehn Minuten.«

»Setzt euch«, fordert sie uns auf. Folgsam begeben sich alle in die Sitzecke und quetschen sich zusammen. Ich klemme zwischen Beth und Suzan und obwohl es Frauen sind, ist mir die Berührung unangenehm. Jul sitzt rechts von Beth und lehnt sich hinter ihrem Rücken etwas zu mir. »Es abzunehmen ist zu auffällig, aber pausieren geht für eine kurze Zeit. Das wird auch im Spital gemacht, damit ...«

»... die Daten nicht durcheinanderlaufen«, beende ich seinen Vortrag. Er nickt leicht irritiert.

Sisdal und Maklarens blasser Assistent bauen sich vor uns auf. Sie sucht seinen Blick, er nickt kaum merklich und lässt sie vortreten, so wie sonst Jefferson.

»Willkommen«, beginnt Sisdal ihre Ansprache, so wie alle Ansprachen hier begonnen werden. Irgendwie schaffen es die Neuländer, es immer so zu sagen, dass man sich tatsächlich persönlich eingeladen und willkommen fühlt.

»Ich möchte euch Kasper vorstellen. Ihr werdet ihn schon oft gesehen haben, er ist Jefferson Maklarens persönlicher Assistent.«

Allgemeines Genicke, die Neugier im Raum greifbar. Mir brennt es unter den Nägeln, laut ›Jame ist verschwunden‹ zu rufen. Was tun wir hier?

»Kasper ist Jefferson so nahe wie kaum ein anderer.«

Das Gesicht des Assistenten verzieht sich, ob in Spott oder Schmerz, ist nicht zu lesen.

»Aber nun hat er Dinge erfahren, die Jefferson bisher erfolgreich verdeckt hielt und die weitreichende Folgen haben, sollten sie öffentlich werden.«

Mit einer Geste fordert Sisdal Kasper auf, vorzutreten. Einen Moment verharrt er, als hindere ihn eine unsichtbare Kraft daran, sich zu bewegen. Dann nimmt er Sisdals Platz ein, während sie in den Hintergrund tritt. Ich muss an die Fernsehansprachen unserer Regierungsmitglieder in der Alten Welt denken. Einmal monatlich erhielten wir Anweisungen, wie mit Ernteüberfluss, Ernteausfällen, Sturmschäden, Clan-Konflikten und ähnlichem umzugehen sei – eine Aneinanderreihung von lebensfremden Vorschlägen, mit denen man sich dann abmühte, um keinen Ärger zu bekommen. Die Redner wechselten in einer immer gleichen Choreografie die Plätze, um zum Volk zu sprechen. Vortreten, reden, zurücktreten, schweigen. Nie kommentierten wir diese Fernsehauftritte, aber es kam mir vor, als fände selbst Lida das Prozedere genauso albern wie ich.

Kasper senkt den Kopf und seufzt leise. Wir warten.

Jame ist verschwunden!

Jul lehnt sich etwas vor.

Hörst du mich nicht? Er wird sterben!

Alle Blicke sind auf Kasper gerichtet, der holt tief Luft.
»Liebe, sagt Jefferson, muss frei fließen, denn nur die uneingeschränkte Liebe macht uns vollkommen.«

Suzan wirft Nevin einen Blick zu.

»Die letzten Wochen mit Jefferson waren … sie waren das Beste für mich.«

Ich fixiere Juls Hinterkopf, während er sich weiter gebannt vorbeugt, und versuche, mental in sein Hirn einzudringen.

Hilf mir!

»Aber Jefferson Maklaren hat mich belogen«, sagt Kasper. »Er hat uns alle belogen. Jefferson Maklaren glaubt nicht an das, was er predigt.« Kasper hebt den Kopf und sieht uns an. »Ich war bei seinem Haus und ich habe gesehen, dass er ein Verräter ist.« Er hebt die Stimme. »Jefferson Maklaren hat eine Frau und fünf Kinder. Und er lebt mit ihnen zusammen.«

Baff schauen wir Kasper an.

***

Ein aufgeregtes Flüstern hat sich im Raum ausgebreitet. Suzan und Nevin stecken die Köpfe zusammen, die drei Freiwilligen sind aufgestanden und jetzt bei Sisdal. Jul sitzt betroffen neben der dreifachen Mutter, die ihre Hände vor das Gesicht geschlagen hat und heillos schluchzt. Mir ist ebenfalls zum Heulen zumute. Ein Klatschen schreckt mich auf und ich sehe zu Sisdal. »Hört uns bitte weiter zu.«

Das Flüstern verstummt, nur die Mutter weint unterdrückt weiter.

»Bitte«, wiederholt Sisdal. Jul hebt die Hand, Sisdal bedeutet ihm, zu sprechen. Er wendet sich an Kasper. »Hast du Beweise für deine Anschuldigungen?«

Der Assistent schüttelt den Kopf. »Aber ich werde sie vorlegen.«

Jetzt hebt Nevin die Hand. »Ist Jefferson klar, was du weißt?«

»Nein«, antwortet Kasper knapp.

»Er darf es auf keinen Fall erfahren, bevor wir bereit sind.«

»Wird er nicht«, antwortet Kasper. Sisdal legt ihm die Hand auf die Schulter. »Danke, Kasper. Du hast uns die Information gegeben, die wir brauchen, um der Bevölkerung zu beweisen, dass Jefferson nicht vertrauenswürdig ist. Aber wir müssen vorsichtig sein und genau erörtern, wie wir mit dieser Information umgehen. Jede Destabilisierung der *Neuen Welt* muss vermieden werden! Was wir wollen, ist ein friedlicher Wandel. So fordern es die Aussteiger. Gehen alle damit d'accord?«

Außer mir und Kasper nicken alle. Sisdal sieht mich an. »Lore?«

»Ja, natürlich«, beeile ich mich zu antworten, obwohl ich gerne wüsste, wer die ›Aussteiger‹ sind.

»Ein Umbruch funktioniert nur, wenn es Alternativen gibt. Echte Alternativen. Die Enttäuschung über Jefferson wird gewaltig sein und wir dürfen die Bevölkerung mit dieser Enttäuschung nicht alleine lassen.«

Sisdal wendet sich Jul zu. »Jul, bitte berichte ihnen, was du entdeckt hast.«

Mein Freund erhebt sich und endlich sieht er mich richtig an, als spräche er nur zu mir. »Sisdal und ich waren in der Bibliothek von Mosk.«

Ein Stich der Eifersucht bohrt sich in mich, aber ich schaue Jul weiter fest in die Augen.

»Sie zeigte mir die Bücher, die die Neuländer Jahre nach dem *Vorfall* zusammentrugen – wunderbare, sonderbare Geschichten und Fragmente aus einer anderen Zeit.«

Jul lächelt mir zu. *Du würdest es lieben*, sagt mir sein Blick.

»In einem dieser Bücher fand ich etwas, dass ich euch vorlesen möchte.«

Sisdal reicht ihm ein dickes, dunkelgraues Buch. Er schlägt es auf und späht noch einmal zu mir rüber.

»Wenn ich mit Menschen- und mit Engelzungen redete und hätte der Liebe nicht, so wäre ich ein tönendes Erz oder eine klingende Schelle. Und wenn ich prophetisch reden könnte und wüsste alle Geheimnisse und alle Erkenntnis und hätte allen Glauben, sodass ich Berge versetzen könnte, und hätte der Liebe nicht, so wäre ich nichts. Und wenn ich alle meine Habe den Armen gäbe und meinen Leib dahingäbe, mich zu rühmen, und hätte der Liebe nicht, so wäre mir's nichts nütze.

Die Liebe ist langmütig und freundlich, die Liebe eifert nicht, die Liebe treibt nicht Mutwillen, sie bläht sich nicht auf,

sie verhält sich nicht ungehörig, sie sucht nicht das Ihre, sie lässt sich nicht erbittern, sie rechnet das Böse nicht zu,

sie freut sich nicht über die Ungerechtigkeit, sie freut sich aber an der Wahrheit;

sie erträgt alles, sie glaubt alles, sie hofft alles, sie duldet alles.

Die Liebe höret nimmer auf, wo doch das prophetische Reden aufhören wird und das Zungenreden aufhören wird und die Erkenntnis aufhören wird. Denn unser Wissen ist Stückwerk und unser prophetisches Reden ist Stückwerk.

Nun aber bleiben Glaube, Hoffnung, Liebe, diese drei; aber die Liebe ist die größte unter ihnen.«

***

Im Seminarraum herrscht Totenstille. Fragend sieht Jul zu Sisdal, räuspert sich in die Stille hinein und setzt sich auf seinen Platz. Kasper hat die Augen niedergeschlagen, fast als schlafe er. Sisdal betrachtet uns, einen nach dem anderen.

»Zuerst war ich auch schockiert, dachte, alles sei eine Lüge, unsere gesamte Zivilisation auf dem Diebstahl von Worten aufgebaut. Aber dann wurde mir bewusst, dass es sich genau andersherum verhält. Slowitzki hat eine Verbindung geschaffen, zu einer Zeit lange vor dem *Vorfall*. Wir sind nicht besonders und wir sind ganz offenbar nicht die Ersten, die versuchen, eine vernünftige und friedliche Gesellschaft zu erschaffen. Das, was Jul gerade vorlas, ist alt, wurde sogar weit vor der Zeit des *Vorfalls* verfasst. Diese Art der Sprache wird heute nicht mehr benutzt, aber Slowitzki muss erkannt haben, dass diese Worte eine Basis schaffen und er hat sie für uns übersetzt. Die Worte sind gestohlen, aber die Idee ist absolut und somit zeitlos. Eine Idee kann nicht gestohlen werden, eine Idee steht jedem Menschen zur Verfügung. Slowitzki hat die Idee weiterentwickelt, für uns Menschen, nicht gegen uns. Er hat etwas Wunderbares daraus gemacht!« Sisdals Wangen glühen. »Und heute liegt es an uns, seine Idee, diese Idee …«, sie zeigt auf das Buch, das Jul in den Händen hält, »erneut zu übersetzen.«

»Wie?«, fragt Beth.

»Wir müssen die alten Fragmente finden, aus denen *Liebe* zusammengesetzt wurde.«

Nevin hebt die Hand. »Aber wer sagt, dass es noch mehr gibt? Vielleicht hat Slowitzki nur diesen Teil … übersetzt und alles andere stammt wirklich von ihm.«

»Möglich, aber solange wir es nicht wissen, müssen wir suchen. Und ich spüre, dass da mehr ist. Als Kind las ich viel in den Fragmenten und heute scheint es mir, dass ich schon oft über Inhalte aus *Liebe* stieß, ohne es zu erkennen. Es war so undenkbar, dass ich nicht sah, was vor mir lag. Je mehr Fragmente wir finden, desto einfacher wird es, die Bevölkerung zu überzeugen. Nur mit Wissen können wir den Neuländern ein neues Konzept anbieten. Nur dann können sie wählen, ob sie es annehmen möchten.«

Ich sehe zu Jul. Sollte es ihm ebenfalls aufstoßen, dass Sisdal nur von Neuländern spricht, so ist ihm nichts anzumerken.

»Du willst Jefferson eine Chance lassen?«, fragt Beth ungläubig.

»Nur wer eine Wahl hat, ist wirklich frei«, kontert Sisdal. Gespannt sieht sie uns an. Als Erstes fängt Nevin an zu klatschen. Dann applaudieren auch die anderen. Jul schließt die Terrassentür und zum Klatschen kommen zustimmende Rufe. Selbst Kaspers Mundwinkel wandern etwas nach oben.

Jul kommt und nimmt mich in den Arm. »Das ist der Anfang«, flüstert er. Ich hebe den Kopf und sehe ihm in die Augen. Sein Blick ist weich und zugänglich. Es tut mir leid, den Moment zu zerstören. »Jame ist verschwunden.«

»Ich weiß«, sagt Jul und grinst.

31

»Wie, wo, wann?«, will ich wissen. Jul läuft mit großen Schritten vor mir her, ich stolpere ihm nach. Erst am Ende des Gartens, geschützt von Büschen, hält er an – genau dort, wo mir gestern Kyron von James Beichte berichtete. Jul, Kyron, Jame. Mir schwirrt der Kopf.

Jul senkt seine Stimme zu einem Wispern. »Der Ort ist geheim, Sisdal lässt uns einzeln hinbringen.«

»Uns?«

»Hier können wir nicht bleiben.«

»Nein, natürlich nicht. Aber …«

Jul späht zu Trakt A. »Es ist so aufregend, jetzt wo es losgeht.«

Mir gefällt die Aufregung überhaupt nicht. Zuviel davon im letzten Jahr. Wo ist mein langweiliges, gleichförmiges Leben geblieben?

»Wo werden wir wohnen?«, frage ich.

»Egal, Hauptsache, wir sind zusammen.« Jul wirkt abwesend, obwohl er mit mir spricht. Ich knete meine Hände. »Sie sprach nur von den Neuländern.«

Er dreht mir den Kopf zu.

»Ich will sie nachholen.«

Jul presst die Lippen aufeinander.

»Kieno, Mari und Lida«, setze ich nach.

»Ich weiß, von wem du sprichst.« Er sieht mich an. »Glaubst du nicht, dass ich meine Familie auch vermisse?«

Ich schlucke.

»Aber jetzt müssen wir uns erst einmal selbst retten.«

»Wo ist Jame?«

»Ich sagte doch, das ist geheim.«

»Wann kann ich ihn sehen?«

»Ich weiß es nicht.«

»Wir sind doch viel zu wenige.«

»Es gibt noch mehr.«

»Die ›Aussteiger‹?«

»Ich weiß es nicht.«

»Was weißt du denn?«

Jul seufzt genervt. »Lore, ich kann dir all diese Fragen nicht beantworten, aber wir müssen ihr vertrauen!«

Er stockt und zieht mich in seine Arme. »Weine.«

»Was?«

»Tu, als ob du weinst. Jetzt!«

Ich komme mir blöd vor, zucke aber mit den Schultern und gebe schluchzende Laute von mir, die an Juls Brust dumpf klingen.

»Lauter«, zischt er. Ich schluchze geräuschvoller und plötzlich fühlt es sich gar nicht mehr falsch an. Jul hält mich fest. Eine dritte Hand legt sich auf meine Schulter. »Lore?«

Kyron.

»Die Sache mit Jame«, erklärt Jul.

»Ich weiß nicht, was ich sagen soll, Lore, es tut mir so leid.«

Ich hebe leicht den Kopf und nicke. Die Tränen laufen wie von selbst. Wenn Lida wüsste, dass Heulen auch für etwas gut sein kann!

Kyrons Miene ist mitfühlend. »Es wäre gut, wenn du später zur Beichte kommst, du weißt … reden …«

»… und vergessen«, beendet Jul seinen Satz mit ironischem Unterton.

»Ja.« Ich wische mir über die Augen. »Danke, Kyron.«

Der lächelt und entfernt sich wieder.

»Was wollte er hier?«, frage ich.

»Was wohl, dich überwachen.«

»Was?«

»Er ist auf dich angesetzt, Lore, wusstest du das nicht?«

Ich senke den Kopf, damit Jul meine Enttäuschung nicht sieht. Er drückt mir einen Kuss auf die Stirn. »Jetzt musst du nur noch Sim rausholen.«

»Ich?«

»Na, klar«, scherzt Jul, »du hast mich befreit, dann wird Sim ein Klacks. Immerhin kann sie selbst laufen.«

Immerhin hat er nicht seinen Humor verloren, denke ich grimmig.

***

Auf dem Weg zu meinem Zimmer laufe ich Welf in die Arme. Sofort verfinstert sich seine Miene.

»Warum warst du nicht bei der Ansprache?«

»Ich, ich konnte nicht, ich habe Kyron gesucht«, stottere ich.

»Der war natürlich bei Jefferson.«

»Gut, dann suche ich ihn dort.«

»Du hast es verpasst, die Rede ist vorbei.«

»Und du, warum bist du nicht bei der Rede?«, frage ich.

»Wie ich schon sagte, sie ist vorbei.«

Hinter mir klackt die Glastür zum Trakt. Welfs Miene hellt sich auf. »Sisdal!«

»Hallo Welf.« Sisdal strahlt ihn an und nähert sich mit Kasper, was Welf mit einem anerkennenden Nicken quittiert. »Braucht Jefferson irgendetwas?«

»Seinen Assistenten«, scherzt Welf.

»Ich habe mich an seiner Stelle versichert, dass Sisdal sich gut im Camp eingelebt hat. Jefferson hat nur sehr wenig Zeit.«

»Natürlich!« Welf klingt kleinlaut.

»Kann ich gehen?«, frage ich ihn.

»Sicher«, Sisdal lächelt sanft, »ich habe von deinem Bruder gehört, tut mit sehr leid.«

Ohne dass ich es spielen muss, werden meine Augen wieder feucht. Braucht ja keiner zu wissen, dass es aus Freude ist. Selbst Welf macht ein freundliches Gesicht. »Du solltest darüber reden«, mahnt er.

»Wie ich schon sagte«, benutze ich seine Worte, »ich war gerade auf der Suche nach Kyron.«

Sisdal lächelt und legt Welf die Hand auf die Schulter. Ohne mich weiter zu beachten, entfernt sie sich mit ihm. »Wie lief die Unterbringung der drei Kinder?«

»Erwartungsgemäß. Sobald sie das schöne Gelände und die vielen anderen Kinder sahen, hatten sie schon vergessen, warum sie weinten.«

»Kinder«, lacht Sisdal. »Auf welches Landgut hat Nevin sie gebracht?«

»Belaire.«

Die beiden biegen ab und ich drehe mich um. Hinter mir steht Kasper und starrt mich an. Ich starre zurück. Er wendet sich jäh ab und marschiert mit schnellen Schritten davon.

***

Mein Zimmer ist verändert. Auf den ersten Blick scheint alles gleich, aber das Laken ist an den Seiten exakt in die Matratze eingeschlagen, so wie ich es nie hinbekommen würde. Lives war spitze darin, aber ich nicht. So wie meine jüngste Schwester Kieno, bin ich ordentlich, aber nicht penibel.

Jemand war hier drinnen.

Ich öffne den Schrank. Meine Kleider hängen ordentlich an den Haken. Drei sind leer. Mahnend baumeln sie an der Kleiderstange. Drei Kleider fehlen, wo nur eines fehlen sollte.

Ich ziehe alle drei Kleider aus und hänge die zwei, die ich drunter trug, zurück in den Schrank. Was wurde noch entdeckt?

Mit einem Seufzer lasse ich mich auf das Bett fallen. Etwas knistert. Ich wippe im Sitzen auf und ab, wieder knistert es.

Meine Finger passen nicht zwischen Bettrahmen und Matratze. Ich muss aufstehen, um die Hand reinzuschieben. Mit den Fingerspitzen ertaste ich Papier. Vorsichtig hebe ich die Matratze an. Mehrere Blätter klemmen in der Ritze. Sie sind so hauchdünn, dass es verwundert, dass sie überhaupt knistern können. Vorsichtig hole ich sie heraus und betrachte sie. Es sind mehrere Seiten mit eingeklammerten Textpassagen. Ich lese die erste Klammer:

Überwinde den Zorn durch Herzlichkeit.
Vergelte Böses durch Gutes.
Den Geizigen überwinde durch Geben.
Durch Wahrheit überwinde den Lügner.
Sieg erzeugt Hass,
denn der Besiegte ist unglücklich.

Niemals in der Welt hört Hass auf durch Hass.
Hass hört durch Liebe auf.

Mein Armband nimmt eine rötliche Farbe an. Ich halte ein weiteres Fragment in der Hand! Mit den Seiten auf der Brust lege ich mich auf den Rücken. Kurz einatmen, lang ausatmen. Nach ein paar Atemzügen wird mein Armband wieder schwarz. Ich werde von Tag zu Tag besser.

KASPER

Mit kalten Fingern, aus denen alles Blut gewichen ist, umklammert Kasper das kleine Gerät in seiner Hosentasche. Diesmal hat ihn ein Fahrzeug in einem Suburb außerhalb von Mosk abgesetzt – ein Community-Bus für die hier wohnenden Arbeiter, viel kleiner als die Busse, die Kasper sonst nutzt. Von hier aus hat er nur knapp zweieinhalb Meilen zu laufen anstatt fünf.

Kasper lässt das Gerät in der Tasche los und schaltet zum zweiten Mal in dieser Woche sein Armband auf Recess. Er fragt sich, wann es jemandem auffällt, dass der Assistent des Führers der *Neuen Welt* sich zum wiederholten Mal aus dem System klinkt. Zumindest kann er so nicht geortet werden. Ob er behaupten sollte, er habe es gänzlich verloren?

Kasper beschließt, später darüber nachzudenken, und geht los. Die Blasen von seinem letzten Besuch melden sich zwar, doch die Aufgabe, die vor Kasper liegt, ist so einnehmend, dass er den Schmerz kaum wahrnimmt.

Vor ihm liegt die Straße menschenleer da und hinter ihm ist nichts als die lange, gerade Schnur aus recyceltem Gummi, fest wie Asphalt, flexibel wie Kautschuk und haltbar wie Stein. Und vor allem nachhaltig. Die Lebensader der *Neuen Welt*. Kasper ist stolz auf diese Errungenschaften und er fragt sich, ob die heutige Gesellschaft nicht doch höher entwickelt ist als die vor dem *Vorfall*. Wer weiß schon, von wem die Schriften stammen? Doch die sind nicht der Grund, warum er diesen Weg auf sich nimmt, deswegen kann es ihm egal sein.

Nach etwa fünfundvierzig Minuten sieht Kasper die Hecken der Community vor sich auftauchen, innerhalb derer Jeffersons

Haus steht. Sein Puls beschleunigt und auch die letzte Spur von Schmerzen an den Füßen oder Müdigkeit ist verflogen.

Auf leisen Sohlen joggt er los, bis er die Hecke vor dem schmiedeeisernen Tor erreicht und dort denselben Platz wie letzte Woche einnimmt. Kasper hat Geduld und alle Zeit der Welt. Es gibt niemanden mehr, der auf ihn wartet, oder der sich freut, ihn zu sehen.

Das warmherzige Gesicht seiner Mutter taucht vor seinem inneren Auge auf. Er spürt ihre Hand auf dem Rücken, die gespreizten Finger. »Es tut mir leid«, flüstert Kasper in die Leere. Er beißt sich auf die Lippe, sodass es wehtut und ein bisschen metallisch schmeckt. Konzentriert starrt er auf die Ausbuchtung in der Hecke, die die Einfahrt zum Tor markiert. Seine Finger streichen über das kalte Metallgehäuse der kleinen Kamera in der Hosentasche. Vergeltung. Der einzige Gedanke, der noch in Kaspers Kopf herrscht. Vergeltung. Er beißt die Zähne fester zusammen. Der metallische Geschmack in seinem Mund schwillt an. Kasper lächelt.

32

Drei Tage nichts, keine Information. Weder über Jame, noch über Sim, die seit dem Gespräch bei Nevin nicht mehr zu mir gebracht wurde. Ein paarmal sah ich Nevin im Speisesaal oder in Seminaren, aber immer wenn ich auf ihn zuging, entfernte er sich, so als wolle er nicht mit mir in Verbindung gebracht werden.

Anders als bei Jame, redet niemand über Sim, was mich hoffen lässt, dass sie sich noch im Camp befindet. Mein Bruder wiederum ist das Gesprächsthema Nummer eins. Egal wo ich langgehe, wird mir hinterhergeschaut. Die Altländer starren mich unverhohlen an, in ihren Gesichtern die Frage, wie das zusammenpasst: ein Vorzeigeflüchtling, die nun Freiwillige ist, und ein rebellischer Totschläger, der aus dem Paradies flüchtete.

Die Neuländer verhalten sich weniger offensichtlich, doch auch ihr Tuscheln begleitet mich überall hin. Ich bemühe mich um einen angemessen verstörten Gesichtsausdruck und gebe mich wortkarg.

Jul kommt aus dem Fitnessraum, verschwitzt und mit einem Handtuch um den Hals. Sein kastanienbraunes Haar klebt ihm in Strähnen am Kopf, seine Stirn glänzt. Er sieht aus wie ein Neuländer, selbstbewusst und mit durchgestrecktem Rücken.

»Endlich.« Ich umarme ihn, lasse aber gleich wieder los, weil sein Hemd feucht ist. Er lächelt. »Ich dusche schnell, wollen wir zusammen essen?«

»Okay.«

Jul eilt los.

»Danke«, rufe ich ihm nach.

»Wofür?«

Ich sehe mich um. Es ist keiner in der Nähe, trotzdem gehe ich lieber näher an ihn heran. »Das Fragment«, flüstere ich.

Jul schüttelt fragend den Kopf.

»Keine Sorge, ich habe sie wieder versteckt.«

»Wovon sprichst du?«

»Die Buchseiten, die du bei mir versteckt hast. Ich passe gut darauf auf.«

Jul wird blass. Ich schlucke. »Du warst das nicht?«

»Komm mit.«

***

Sisdal sieht mich fassungslos an, dann nickt sie Jul zu. »Wir gehen in den Beichtraum.«

Er wendet sich ab und ich folge Sisdal durch Trakt B zu den Beichträumen. Wortlos hält sie mir die Tür des Raumes auf, in dem ich sonst von Lilith interviewt werde. Mir fällt auf, dass ich meine Freundin schon lange nicht mehr gesehen habe, weil ich sie aufgrund der ganzen Ereignisse schlicht und ergreifend vergaß.

Sisdal schließt die Tür hinter mir und weist zum Tisch. »Bitte.«

Sie setzt sich mir mit ihrem Display gegenüber.

»Sollten Gefühlsregungen aufkommen, sind sie dokumentiert und einer Beichte zuzuordnen. Hast du schon über James Verschwinden gesprochen?«

Ich schüttle den Kopf.

»Gut, dann ist dies offiziell die Beichte dazu.«

Sie aktiviert das Display und an meinem Handgelenk kribbelt es.

»Erzähl.«

Ich berichte in Kürze, wie ich die Seiten zwischen Bett und Matratze fand und was deren Inhalt ist, soweit ich es von dem schnellen Überfliegen erinnere.

»Und dir ist niemand auf deinem Weg zum Zimmer begegnet?«

»Außer dir, Kasper und Welf nicht«, antworte ich.

»Hast du eine Vermutung?«

»Nein.«

»Es war keiner von uns, dafür war keine Zeit. Jemand weiß von Juls Entdeckung und will dir etwas mitteilen, die Frage ist nur was.«

»Vielleicht hat die Person die gleiche Entdeckung gemacht wie ihr und wollte die Sachen nur loswerden.«

»Aber warum dann bei dir?«

»Oder ihr wurdet in der Bibliothek beobachtet«, überlege ich weiter. Nachdenklich schüttelt Sisdal den Kopf. »Kannst du mir die Seiten zeigen?«

»Ich muss sie holen.«

»Gut, ich warte hier.«

***

Die Ritze zwischen Matratze und Bett ist leer. Tastend schiebe ich meine Finger hinein, hebe die Matratze an und suche, auf allen Vieren kriechend, unter dem Bett. Nichts.

Ich lasse mich neben dem Bett auf den Po plumpsen und schlage die Hände vor mein Gesicht. Was ist hier los?

Von draußen dringen Schreie durch mein gekipptes Fenster. Sofort bin ich auf den Beinen. So schreien kann nur eine, und das Gebrüll kommt von Trakt B. Ich renne los.

***

Vor dem Busterminal hat sich eine Menschentraube gebildet. Mühsam halten Freiwillige körperkontaktlos Altländer zurück, die einen Blick auf das erhaschen wollen, was da vor sich geht. Das Ganze läuft still ab, eine tonlos vordrängende Menge – im Gegensatz dazu die gellend lauten Schreie, die kaum mehr menschlich klingen und die die Wut dahinter umso deutlicher hervorheben. Ich versuche, mich durch die Menge zu schieben, scheitere aber an einer Wand aus Rücken.

»Ihr Schweine, verreckt in eurer Scheiße!«

Es ist eindeutig Sim, die da brüllt.

»Was geht hier vor?«, frage ich eine Frau in der Reihe vor mir. »Sie wird deportiert«, flüstert sie zurück.

»Aber sie hat Aufschub bekommen«, sage ich. Die Frau hebt die Schultern und linst wieder über die Köpfe der vor ihr Stehenden. Ich entdecke Nevin seitlich der Menge. Er gibt mir mit einem Wink zu verstehen, dass ich herüber kommen soll. Ich umrunde die Menge und bahne mir auf Nevins Höhe einen Weg durch einige Schaulustige. »Entschuldigung, ich bin Freiwillige, Entschuldigung, Entschuldigung …«

Die Altländer weichen zurück. Bei Nevin angekommen, sehe ich Sim, die den Kopf leicht zurücknimmt, vorstößt und

Welf ins Gesicht rotzt. Der schiebt seinen Kiefer vor und dreht sie von sich weg.

Sim entdeckt mich. Augenblicklich wird sie still.

»Du darfst dich noch verabschieden«, sagt Nevin zu mir. Die Blicke der Altländer folgen Sims Blick und bleiben auf mir liegen. Plötzlich herrscht Totenstille.

Ich trete vor, während die Menge zurückweicht und mich zu meiner Freundin durchlässt. In ihren Augen liegt Furcht, gleichwohl glimmt Kampfgeist in ihnen, so wie ich es von Sim kenne. Still lässt sie sich von mir in den Arm nehmen, hebt zaghaft die Hände und umarmt mich zurück. Unauffällig drehe ich meinen Kopf so, dass mein Mund fast auf ihrem Ohr liegt.

»Du schaffst das«, wispere ich. Sims kurze, abstehende Haare kitzeln mich an der Lippe. Ein paar Momente verharren wir, bevor wir uns lösen und uns in die Augen sehen.

Alles wird gut.

Sie nickt kaum merklich.

»Abführen!«, bellt Welf. Seine zwei Schergen flankieren Sim links und rechts, die sich nun kampflos zu einem Fahrzeug mit seitlicher Schiebetür führen lässt. Vor ihr gleitet die Tür auf und Sim steigt ein. Nevin nimmt am Steuer Platz, den Blick gesenkt, niemanden beachtend. Fast lautlos gleitet das Fahrzeug los. Die Menge der Schaulustigen löst sich innerhalb von Sekunden auf und gibt den Blick auf Jul frei, der mit verschränkten Armen an einer Säule des Terminals lehnt. Seine Mundwinkel verziehen sich zu einem Lächeln. Er stößt sich von der Wand ab und schlendert davon, während mir die Erleichterung in Wellen durch den Körper strömt.

***

Das Beichtzimmer ist leer. Die Information, dass die Buchseiten verschwunden sind, blockiert mein Gehirn. Dass Sisdal nicht gewartet hat, ebenfalls. Sim und Jame sind weg. Wer hat das heute veranlasst? Wohin werden sie gebracht? Nevin liebt Suzan, ihm kann ich vertrauen. Das spüre ich. Ich muss es glauben, was bleibt mir sonst? Und es ist Zeit, sich zu verabschieden, auch das spüre ich.

Lilith. Bei ihr wird es am schwersten. Deswegen kommt sie als Letzte dran.

KASPER

Gegen 21 Uhr hört Kasper endlich das leise Surren des Wagens. Wie letzte Woche, schlüpft Jefferson Maklarens Assistent im Schutz der Dunkelheit hinter dem Fahrzeug durch das sich schließende Tor. Diesmal wartet er nicht, sondern läuft gebückt weiter bis zu einem dickstämmigen Baum in der Nähe des Hauses. Kasper sieht kurz zur Baumkrone, aber ohne sein Blätterwerk erkennt er den Baum nicht, vermutet aber eine Eiche. Von hier aus hat er einen guten Blick auf das Haus. Der Wagen hält nahe der Eingangstür, ein paar Personen steigen auf der von Kasper abgewandten Seite aus und betreten das Haus. Hinter dem kleinen Fenster geht das Licht an. Kinderstimmen sind zu hören, dann wird die Haustür geschlossen und verschluckt sie.

Kasper geduldet sich, bis das Licht hinter dem kleinen Fenster ausgeht. Kurz darauf wird es in dem Zimmer mit den Vorhängen hell. Ein Esszimmer, wie Kasper nun weiß. Ein Raum nur zum Essen. Wie dekadent, denkt Kasper, und dann, ob er warten soll, bis die Familie bei Tisch sitzt. Jetzt bloß keinen Fehler machen.

***

Eine halbe Stunde vergeht, bis sich im Esszimmer endlich was tut und sich Schatten hinter den Vorhängen bewegen. Kasper schleicht von dem Baum zum Fenster und holt die Kamera aus der Hosentasche. Sie ist um ein Vielfaches kleiner als die, die

Jeffersons Filmteam benutzt, um den Führer der *Neuen Welt* in Szene zu setzen. Aber etwas Professionelleres war im Kofen-Quarter nicht aufzutreiben, ohne Namen und persönliche Daten angeben zu müssen.

Nervös schaltet Kasper das kleine Gerät an. Ein roter Punkt leuchtet auf, der ihm beim Ausprobieren im Geschäft nicht aufgefallen war. In der Dunkelheit wirkt dieses kleine Licht aufdringlich und Kasper wünschte, er hätte etwas zum Abkleben dabei.

Mit einem Finger auf dem Lämpchen wendet er seine Aufmerksamkeit dem Fenster zu. Der Spalt zwischen Vorhang und Wand ist diesmal größer als beim letzten Mal, wie Kasper zufrieden feststellt. Nach einigem Herumprobieren findet er eine Position, aus der er den gesamten Tisch mit seinen sieben Familienmitgliedern ins Visier bekommt. Jefferson hat drei Söhne und zwei Töchter. In der Öffentlichkeit spricht er immer von zwei Kindern. Vermutlich eine Taktik, denn jeder, der etwas Hirn hat, kann sich ausrechnen, das fünf Kinder mindestens sieben Jahre Beziehung voraussetzen. Zumindest, wenn man alle mit derselben Frau gezeugt hat. Doch hat er für Letzteres Beweise? Kasper kommen für einen Moment Zweifel. Er späht durch den Sucher der Kamera. Er hat darauf geachtet, dass er keine mit Display kauft, da es in der Nacht leuchten würde. Mit der Linse tastet er die Gesichter der Kinder ab, dann betrachtet er eingehend Jeffersons Lebensgefährtin. Dunkle, große Augen, hohe Wangenknochen, volle Lippen. Die Kinder sind eindeutig alle von ihr. Sie sind eine perfekte Symbiose aus Jefferson und der Frau, so als hätten sie nur die guten Gene abbekommen.

Kasper betätigt das kleine Knöpfchen am Gehäuse der Kamera und bemerkt, dass die rote Lampe auf Grün schaltet. Wieder presst er den Finger auf den leuchtenden Punkt und beobachtet die Familie durch den Sucher. Hände reichen Speisen über den Tisch, die Kinder kabbeln sich, ein strenger Blick der Erwachsenen, dann ein nachsichtiges Lächeln. Der jüngste Sohn, vielleicht vier, klettert auf Jeffersons Schoß. Ins Gespräch vertieft, hält er den Kleinen in alltäglicher Selbstverständlichkeit an sich gedrückt. Kasper saß früher auch so auf dem Schoß seines Vaters, der ihn dann kitzelte oder mit den Beinen auf und ab wippte, sodass Kasper drohte herunterzufallen. Immer fing ihn sein Vater im scheinbar letzten Moment auf und in Kasper wuchs das Vertrauen, dass ihn sein Vater immer auffangen würde, egal, wie sehr das Leben ihn auf und ab wippt.

Jefferson knetet dem Kleinen sanft den Rücken, während er seiner Frau zuhört. Die sitzt im Stuhl, zurückgelehnt, ein Arm ruht auf der Lehne. Kurz verzieht sich ihr Gesicht, sie sagt etwas zu einem der Mädchen, dann entspannt sich ihre Miene und sie wendet sich wieder Jefferson zu. Die Szene ist so banal, dass Kasper instinktiv weiß, dass sie die Kraft eines Tsunamis hat.

33

Ich finde Kyron in dem Raum mit den Monitoren. Die zeigen den leeren Gang hinter dem Mauertor. Kurz wendet Kyron mir den Kopf zu, dann starrt er wieder zu den Bildschirmen. Ich schließe leise die Tür und trete an seinen Tisch. »Was machst du hier?«

Er atmet langsam und geräuschvoll ein, ohne den Blick von den Monitoren zu wenden.

»Du sahst aus, wie ich mich damals fühlte. Dort.« Er nickt zum Bildschirm, auf dem das Innere der Mauer zu sehen ist. »So entschlossen. Als hättest du keine Angst.«

»Ich hatte Angst«, sage ich.

»Den drei anderen hat man es angesehen. Wir hatten Sorge, dass Jame kollabiert. Und bei Sim wussten wir, dass wir aufpassen müssen, dass sie nicht handgreiflich wird. Juls Blick war deinem ähnlich, aber er war schwach. Du warst stark. Die Stärkste von euch vieren.«

Ich weiß nicht, was ich sagen soll und streiche mit den Fingern über die Tischkante. Ein Hauch von Staub bleibt an meinen Kuppen hängen.

»Ich dachte, du wärst wie ich. Dass du dich schnell einlebst, schnell aufsteigst.« Kyron lacht freudlos. »Bist du ja auch.« Er sieht auf.

»Aber du ... ich weiß nicht, wie du es machst, aber du lügst.«

Ich schlucke.

»Du lügst bei den Beichten. Warum schlägt das Display nicht an?«

Hilflos schüttle ich den Kopf. Kyrons Finger umklammern etwas. Eine Ahnung beschleicht mich.

»Was ist das?«

»Sag du es mir, Lore.«

Kyron öffnet die Finger etwas und ich erkenne hauchdünnes Papier. »Das stammt aus den Fragmenten. Was hat das zu bedeuten?«

»Hast du es gelesen?«

Kyrons Lider flackern kurz.

»Ich weiß nicht, was es bedeutet. Jemand hat es bei mir versteckt. Aber ich weiß nicht, warum.«

»Und das soll ich dir glauben?«

»Es ist die Wahrheit.«

»Du bist eine gute Lügnerin, Lore.«

»Nein, bin ich nicht«, entgegne ich. »Ich trage meine Gefühle nur einen Millimeter unter der Haut. Meine Mutter hat das an mir gehasst.«

Kyron mustert mich, seine Augen so kalt wie blaues Eis. »Wenn du das hier nicht versteckt hast, warum hast du es nicht gemeldet?«

»Du sagst doch selber, es sei aus den Fragmenten. Es ist nicht verboten. Und ich wusste nicht, wer es dort hingetan hat oder warum. Es hätte jeder sein können, auch du.«

»Ich?« Abrupt und mit wutverzerrtem Gesicht steht Kyron auf. »Warum sollte ich etwas heimlich tun, wenn es doch nichts zu verbergen gibt?« Er knüllt die Seiten zusammen. Ich schnelle vor und bekomme eine Ecke zu fassen. Das dünne Papier zerreißt. Kyron zieht seine Hand weg und ballt bedrohlich die Faust vor meinem Gesicht.

»Kyron!«, japse ich.

Er lässt die Faust sinken. »Niemals«, er lehnt sich näher zu mir, »niemals, hörst du, werde ich mich hinreißen lassen. Aber wenn ich herausbekomme, dass du hiermit etwas zu tun hast«, er öffnet die Hand mit den Buchseiten, »dann schwöre ich bei meinem Leben, dass ich dich deportieren lasse. Ohne Rückkehrchance.«

»Und ich dachte, du liebst mich«, sage ich.

»Nicht so sehr wie die *Neue Welt*. Nicht so sehr«, schüttelt Kyron mit kalter Miene den Kopf. Er taxiert mich von oben bis unten und verlässt den Raum. Ich hebe den Fetzen Papier vom Boden auf. Kaum ein zusammenhängender Satz ist zu entziffern. Wie sollen wir jemals die Quelle der Textpassage wiederfinden?

SISDAL

Wie tausend kleine Kinderfinger prasselt der Regen unaufhörlich auf das Blechdach des Bushäuschens vor dem Eingang des Kofen-Quarter.

Äußerlich ruhig lauscht Sisdal auf jedes sich nähernde Geräusch, was bei dem heftigen Regen schwer ist. Endlich erscheint eine Silhouette in den grauen Fäden. Kasper hat die Schultern hochgezogen und die Hände in den Hosentaschen vergraben. Hastig kommt er auf das Bushäuschen zu. Sisdal steht von der Bank auf.

Wie aus dem Nichts schießt von links ein Elektroauto heran und reißt Kasper bei vollem Tempo um, fährt ein Stück weiter, hält. Kasper zuckt und bleibt mit verrenkten Gliedmaßen auf dem gummiartigen Asphalt liegen. Der Wagen setzt zurück und hält neben Kasper. Zwei Personen springen heraus, heben den reglosen Jungen von der Straße und verfrachten ihn in das Fahrzeug. Geisterhaft verschwindet es in der grauen Regenwand.

Erst jetzt hebt Sisdal ihre Hand zum Mund und presst sie darauf. Schrill quiekend sinkt sie auf die Knie und wiegt sich vor und zurück, bis die Schockwelle abebbt.

***

Sie findet es am Bordstein. Klein, grau, unauffällig. Ein flacher, wasserdichter, rechteckiger Behälter.

Sisdal schaut sich nicht um, überlegt nicht zweimal. Rasch hebt sie den Gegenstand auf, betritt das Kofen-Quarter und verschwindet in einem Gang, um zwischen den Menschenmassen unsichtbar zu werden.

34

Durchnässt und tropfend schließt Sisdal hinter Jul, Nevin und mir die Tür des Beichtraumes. Sie schaltet wortlos und ohne uns anzusehen ihr Armband auf Recess. Wir drei anderen sehen uns an und machen es nach.

Allein, Sisdal anzusehen, genügt, mir eine Gänsehaut zu verpassen. Nasse Kleidung auf der Haut – meine persönliche Hölle.

Sisdal schnieft und legt ein kleines, graues Kästchen auf den Tisch. Nichts an ihr ist heute wie sonst. Normalerweise sieht Sisdal aus wie frisch geschlüpft: rosig, gesund und mit der selbstbewussten Ausstrahlung einer Anführerin. Heute wirkt sie fahrig, abgesehen von ihrem desolaten Äußeren.

Nevin tritt an den Tisch und lächelt. »Ist es das?«

Sisdal nickt knapp und stellt sich mit verschränkten Armen an das Fenster, den Rücken zu uns gekehrt. Ich schaue zu Jul, der ratlos die Schultern hebt. Wir nehmen am Tisch Platz. Nevins Stuhl schabt laut über den Boden, als er ihn ein wenig vorzieht, um Platz zu nehmen. Abwartend blicken wir auf Sisdals Rücken.

»Er ist tot«, sagt sie und dreht sich zu uns um.

»Was?« Juls Stimme klingt fassungslos. Nevin hebt die Hände vor das Gesicht und atmet laut ein. Ich habe Probleme, zu folgen.

»Vor meinen Augen … ein Fahrzeug … es ging so schnell … und der Regen … Ich habe niemanden erkannt.«

»Wurdest du gesehen?«, fragt Jul besorgt. Hilflos hebt Sisdal die Schultern. »Ich weiß nicht. Sie hätten mich doch auch … wenn sie mich …« Sie bricht ab. Jul steht auf und rückt ihr einen Stuhl zurecht. »Setz dich.«

Folgsam nimmt sie Platz und nickt zu dem Kästchen. »Er muss es beim Aufprall verloren haben.«

Wir betrachten stumm das Ding vor uns. Eben noch eine Verheißung, jetzt eine Mahnung.

»Er wusste es«, bricht Nevin unser Schweigen.

»Ja, es war eindeutig eine Exekution. Jetzt wissen wir, wozu Jefferson fähig ist.«

»Nenn ihn Maklaren«, knurrt Nevin, »er ist es nicht wert, beim Vornamen genannt zu werden.«

Betretenes Schweigen. Ich weiß nicht, was meine Aufgabe hier sein soll, warum ich dazugerufen wurde.

»Ihr müsst fort von hier, keiner von uns ist hier mehr sicher«, sagt Sisdal.

Mit Grausen denke ich an meine letzte Begegnung mit Kyron. Wenn er wüsste.

»Was ist mit dir?«, fragt Nevin.

»Ich spiele den Film ein …«, Sisdal beißt sich auf die Lippen und schüttelt den Kopf. »Wir sind noch nicht soweit.«

»Aber die Bevölkerung muss es wissen«, insistiert Nevin.

»Wir haben noch keine Alternative anzubieten. Es ist ein zu großes Risiko. Was, wenn Chaos ausbricht?«

»Er lässt Menschen töten«, flüstert Nevin auf sie ein. »Er lügt. Die Bevölkerung hat ein Recht darauf, das zu wissen. Sie müssen selber wählen dürfen, das hast du selbst gesagt.«

Sisdal sitzt mit hängendem Kopf tiefnachdenklich da. Fast tut sie mir leid. Jul und Nevin sehen sie gebannt an. Mich stört, wie Jul sie anblickt. Wofür tun wir das alles hier? Wofür tut er es? Geht es noch um mich?

»Ich spreche zur Nation«, sagt Sisdal plötzlich. »Ihr müsst weg. Ich spiele den Film ein, aber wir können ihn nicht zeigen, ohne etwas zu erklären. Nevin, du übernimmst den Transport, ich komme nach.«

»Das ist zu gefährlich«, mahnt Jul. »Und wir brauchen dich.«

»Bis jetzt weiß niemand, dass ich involviert bin. Aber es bleibt nicht viel Zeit. Ihr müsst das Camp verlassen«, wiederholt sie.

»Heute?« Mit offenem Mund sieht Nevin sie an. »Suzan muss vorbereitet werden, wie soll ich sie von jetzt auf gleich hier rausschaffen?«

»Es gibt keine Alternative, Nevin.«

»Sie hat recht.«

Alle sehen mich an.

»Kyron weiß von den Fragmenten. Er hat sie bei mir gefunden.«

»Kyron?«, fragt Sisdal. »Und hat er auch …«

Ich schüttle den Kopf. »Ich weiß nicht, wer sie dort deponiert hat.«

»Das heißt, es sind mindestens zwei außer uns hier im Camp, die davon wissen«, folgert Nevin.

»Und wir wissen nicht, ob pro oder contra«, fügt Sisdal hinzu. »Es bleibt dabei. Heute.«

»Wie?«, fragt Jul. Sisdal sieht zu mir. »Wir brauchen dich, Lore.«

»Was soll ich tun?«

»Jeder im Camp weiß, was du wegen Jame und Sim durchmachst. Niemand würde sich wundern, wenn du einen Aufruhr veranstaltest.«

Ich weiß nicht, wieso, aber ich finde es beleidigend, dass offenbar alle denken, ich sei eh kurz vor einem Nervenzusammenbruch.

»Und Suzan? Jarl? Wie passen die mit in die Szene rein?«, fragt Nevin.

»Sie sind Persona Triales. Du weißt, dass sie beim kleinsten Vergehen deportiert werden.«

»Das ist nicht dein Ernst!« Auf Nevins Stirn steht eine steile Falte. »Außerdem würde sie«, er zeigt auf mich, als wäre ich eine Angeklagte, »in die Reinigung gebracht werden.«

»Nicht, wenn ich den Aufruhr vor Kyron veranstalte«, werfe ich ein. »Er hat mir gedroht, mich beim kleinsten Vergehen deportieren zu lassen.«

Sisdal nickt, ihr Gesichtsausdruck ist entschlossen. »Du fährst den Transporter, Nevin. Die anderen müssen einzeln das Camp verlassen. Ihr trefft euch in Mosk und fahrt von dort aus zusammen.«

»Und Jul?«, frage ich. Sie schaut ihn an. Ich umfasse seinen Arm. »Er muss mit!«

Sisdal nickt. Jul sieht sie an. »Brauchst du mich hier?«

Ich schlucke, umklammere aber weiter seinen Arm.

»Nein«, erwidert Sisdal. »Du nimmst deinen Part wie besprochen ein. Das liebende Paar, das nicht getrennt werden will. Sie werden nicht zögern, dich mit abzuschieben.«

Jul sucht meinen Blick, aber ich drehe den Kopf weg. Sisdal aktiviert wieder ihr Armband. »Sobald ihr weg seid, spiele ich den Film ein. Heute Abend schalten wir ihn on air.«

Jul und Nevin aktivieren ebenfalls ihre Armbänder. Nevins Miene ist angespannt und sein Armband verfärbt sich dunkelorange. Er entfernt sich ein paar Schritte vom Tisch und wendet sich ab. Ich kann ihn atmen sehen.

»Lore?«, sagt Jul. »Dein Armband.«

Ich schüttle den Kopf und verlasse den Raum.

***

Ziellos laufe ich durch die Gänge, bis ich eine einsame Nische finde, in der ich mich an die kühle Wand lehne.

Du nimmst deinen Part wie besprochen ein.

Oder brauchst du mich hier?

Wenn ich mein Armband aktiviere, wird es sicher knallrot. Ich atme einige Male tief durch, ohne mich zu beruhigen. Oh nein, es wird mich keine Mühe kosten, einen Aufruhr zu veranstalten. Das liebende Paar zu spielen schon eher.

Jetzt ist die letzte Chance, mich zu verabschieden. Mit einem Eisenring um meine Brust mache ich mich auf, die einzige Person zu suchen, um die es mir leidtut.

SISDAL

Sobald die drei das Zimmer verlassen haben, richtet sich Sisdal notdürftig die Haare und trocknet sich mit der Innenseite ihrer Jacke ab. Dann nimmt sie wieder am Tisch Platz, holt ihr Display aus der Tasche und aktiviert es. Über einen Reiter an der unteren Leiste öffnet sie das Kommunikationsprogramm und gibt einen Code ein. Nach wenigen Sekunden erklingt die Stimme ihrer Mutter.

»Godden Dagg?«

»Amal, ich bins.«

»Sisdal!«

»Es ist so weit.«

Am anderen Ende herrscht für einen Moment Stille.

»Wie viele?«

»Fünf sind auf dem Weg, zehn kommen morgen Abend an.«

»So wenige?«

»Es ist etwas passiert.«

»Verstehe. Inklusive dir?«

»Ohne mich.«

Wieder Stille.

»Mama?«

»Ja.«

»Ich komme nach.«

»Ja.«

»Ich verspreche es.«

»Pass auf dich auf.«

»Bis dann.« Sisdal tippt auf das Display, das schwarz wird. Eine Weile bleibt sie so sitzen, den Blick ins Leere gerichtet.

Sisdal liebt Amal dafür, dass sie ihr nie einen Vorwurf macht, egal, wie sie sich sorgt. Dass sie immer da ist, wenn Sisdal sie braucht. Immer da war. Familie. Liebe. Das ist es, wofür sie es tut. Es ist richtig. Trotz des Risikos.

Sisdal ballt die Fäuste, spannt den ganzen Körper an, das Gesicht. Dann lässt sie alle Muskeln los. Ruhe kehrt in ihr ein. Dann kneift Sisdal sich entlang der Wangenknochen in die Wangen, bis sie rosig und frisch leuchten. Ein weiterer Trick Amals. Sie positioniert die kleine Kamera so, dass sie auf eine der pastellfarbenen Wände zeigt. Sisdal stellt sich davor und aktiviert das Gerät durch ein kurzes Händeklatschen. Das grüne Lämpchen leuchtet auf. Um Sisdals Mund erscheint ein warmherziges Lächeln.

35

Lilith schaut überrascht auf. »Lore, bist du hier zum Reden?«
Sie schickt sich an, ihr Display zu aktivieren, während ich die
Tür zum Beichtzimmer schließe.

»Nein, ich habe dich vermisst«, antworte ich wahrheitsgemäß.

Lilith senkt den Kopf und auf ihrer sonst so glatten, eben-
mäßigen Stirn erscheinen kleine Falten.

»Es tut mir leid, was mit Jame passiert ist«, sagt sie.

»Ich weiß.«

Lilith steht am Fenster, ich gehe auf sie zu.

»Warum glaubst du, hat er das getan?«

»Vielleicht war es gar nicht seine eigene Wahl«, erwidere
ich wieder wahrheitsgemäß. Lilith schaut mich an. »Wie meinst
du das?«

»Er ist in Sicherheit«, antworte ich. »Und ich möchte, dass
du das weißt.«

Lilith mustert mich, forschend, fragend. Ich nehme sie bei
der Hand und ziehe sie zum Tisch. Wir setzen uns. Lilith späht
zu meinem Armband, das schwarz ist.

»Es wird sich etwas ändern. Für dich, für uns alle.«

Lilith sieht auf ihre Hand, die ich noch immer halte, dann
in mein Gesicht.

»Hast du es gefunden?«

»Was?«

Sie schüttelt den Kopf. »Ach, nichts.«

Plötzlich dämmert es mir.

»Du warst das?«

»Es war dumm, es fiel mir zufällig in die Hände, ich war verwirrt …«

»Halt«, sage ich. »Warum hast du sie bei mir versteckt?«

Lilith hebt die Schultern. »Hast du es gelesen?«

Ich nicke.

»Ich wusste nicht, mit wem ich darüber reden sollte. Du warst nicht da, dann wollte ich sie loswerden, am liebsten vergessen. Ein Impuls. Es tut mir leid.«

Ich nicke.

»Es sind schöne Worte, aber …«

»… aber sie stehen auch in *Liebe*.«

»Nur anders«, bestätigt Lilith. »Was hat das zu bedeuten?«

»Dass es aus der Zeit vor *Liebe* stammt.«

Lilith nickt. »Ist es das, was du mit Veränderung meinst?«

»Auch.«

»Wird es schlimm?«

»Ich weiß es nicht, ich hoffe nicht.«

»Was hast du damit zu tun?«

»Nicht viel. Ich weiß es nicht einmal genau. Aber es sind Dinge passiert … Dinge, die nicht gut sind. Und ich muss tun, was für Jame richtig ist.«

»Du verlässt uns?«

»Ja.«

»Und was ist mit Kyron?«

»Kyron wird seine Welt verteidigen und ich meine.«

Lilith schaut eine Weile vor sich hin.

»Ich verstehe nicht, was los ist, und ich weiß nicht, ob ich nicht eigentlich Angst haben sollte. Aber ich bewundere, wie du liebst. Das ist anders als die Liebe, die ich kenne. Sie kennt keine Kompromisse.«

»Vielleicht ist meine Liebe aber auch viel dümmer als deine. Vieles, was ich hier gelernt habe, macht für mich Sinn und ihr seid alle so ... so kontrolliert und es scheint euch gut dabei zu gehen. Ihr seid gesund und fröhlich.«

»Aber?«, fragt Lilith.

»Aber ihr seid auch nicht freier, als wir es waren.«

Lilith zieht nachdenklich die Brauen zusammen. Nach einer Weile lächelt sie. »Ich mag dich, Lore Rufersen.«

»Ich mag dich auch, Lilith ...«

»Koschek.«

»... Lilith Koschek.«

Sie lehnt sich vor und wir umarmen uns lange und fest.

***

Die Sonne scheint mir warm ins Gesicht. Kyron hat recht, der Sommer muss hier wundervoll sein. Um mich herum blühende Büsche und Bäume. Es leuchtet in rosé und weiß. Der feuchte Boden ist von zartem Hellgrün bedeckt. Das weiche Gras spüre ich nicht durch die festen Sohlen meiner Kautschukstiefel, aber ich weiß, dass es weich ist, dass es weich sein muss. Dies ist das *gelobte Land*, der Ort, von dem ich träumte, mein Hort des Schutzes, der Ort, den ich in wenigen Augenblicken hintergehen werde.

350

Um mich herum Campbewohner, Freiwillige und Flüchtlinge, die ihre Mittagspause im Garten genießen, sich auf Bänken zusammendrängen, umherschlendern, froh, dass der heftige Regen vorüber ist und die Sonne wieder scheint.

Meine Finger umklammern das Papier, auf dem nur wenige Sätze stehen, denn ich weiß, dass ich nicht weit kommen werde. Hektisch geschriebene Worte aus der Erinnerung, auf grobem, mehrmals recyceltem Papier. Meine Haare heben sich im leichten Wind von den Schultern und der Stoff des dünnen Kleides umspielt meine Beine. Ich sauge jede Empfindung auf wie ein Schwamm, um sie unwiderruflich in mein Gedächtnis einzubrennen. Ich will nichts verlieren von dem Guten, denn nur die Erinnerungen werden mich durch dunkle Zeiten tragen. Sie haben Unrecht, die Frauen im Wald und die Neuländer. Nicht das Vergessen ist wichtig zum Überleben, nicht das Auflösen allen Schmerzes. Es ist die Selektion der Erinnerungen, die den Unterschied macht.

***

Wie erwartet kommt Kyron mit einem Teller und einem Glas Wasser aus Trakt A, um ebenfalls seine Pause im Garten zu verbringen. Es ist so weit. Ich schließe kurz die Lider, hinter denen sich Tränen sammeln, schlucke und öffne die Augen wieder. Kyron hat mich entdeckt und sieht mich aus der Entfernung an. Spürt er, was kommt? Langsam hebe ich das Blatt hoch über meinen Kopf.

»Jefferson Maklaren ist ein Lügner!«, rufe ich. »Und hier halte ich den Beweis!«

Kyron wendet sich mir langsam zu, sein Blick drohend. Ich senke das Blatt vor meine Brust. »Diese Worte hat sein Assistent niedergeschrieben.«

Ich beginne, mit lauter Stimme vorzulesen, was ich selbst verfasst habe: »Mein Name ist Kasper Bukeschke und ich lege hiermit Zeugnis dessen ab, was ich mit eigenen Augen sah.«

Die ersten Köpfe wenden sich mir zu. Ich hebe meine Stimme weiter an. »Jefferson Maklaren ist ein Lügner, denn er lebt nicht nach den Gesetzen der *Neuen Welt*!«

Kyron ist mit wenigen großen Schritten bei mir und streckt befehlend die Hand aus. »Gib mir das!«

Ich weiche zurück und rufe die nächsten Worte in den Garten hinein. Einige habe sich von ihren Decken erhoben.

»Er befiehlt euch, eure Kinder wegzugeben und lässt euch glauben ...«

Kyron schnappt nach dem Papier, im Hintergrund sagt jemand etwas.

»Er belügt auch dich, Kyron! Euch alle!«, rufe ich.

»Beruhige dich, Lore«, zischt er zwischen zusammengepressten Lippen hervor. Ich greife nach dem Blatt und zerre daran. »Lies es, Kyron, damit du die Wahrheit kennst. Lies es!«

Ohne auf mein Gekritzel zu schauen, zerreißt Kyron das Blatt. Hinter mir nähern sich feste, schwere Schritte.

»Mitkommen!«

Welf.

Ich entreiße Kyron das Papier und halte es hoch. »Lest das Zeugnis von Kasper Bukeschke, der nun tot ist, gestorben durch Jefferson Maklarens Hand!«

Welf greift nach dem Papier, aber er ist nicht schnell genug. Ich werfe die Fetzen in die Luft, die um uns herum wieder herabregnen. »Kasper Bukeschke ist tot und Jefferson Maklaren ist sein Mörder!«, brülle ich. Welf schickt sich an, mich zu packen.

Ich stürze vor, um ihn zu schubsen und weiß, was jetzt kommt. Welf nutzt die Angriffskraft, packt meinen Arm und dreht ihn mir auf den Rücken, sodass ich hinfalle und laut aufschreie. »Nein! Nein! Nein!«

Welf drückt mich zu Boden und mit einem Schlag setzt die unangenehme Erinnerung an den Anführer der Puppenfamilie ein.

Hechelnder, nasser, faulig riechender Atem an meinem Ohr.

»Nicht, nicht, nein, bitte! Nicht!«, kreische ich, wie damals. Welf reißt mich hoch und stellt mich hin. Die Erinnerung verfliegt.

»Abführen!«

Kyron stellt sich uns in den Weg und schaut Welf eindringlich an. Kaum merklich schüttelt er den Kopf. Kurz lockern sich Welfs Finger um mein Handgelenk, dann packt er wieder feste zu und bugsiert mich in die Gegenrichtung, auf Trakt B zu.

»Neeeeiiin!«, brülle ich. Einige der Umstehenden schlagen die Hände vor den Mund. Eine Altländerin hält ihrem Kind die Ohren zu. Aus der Entfernung höre ich Rufe. Ich winde mich in Welfs Griff und versuche, hinter mich zu sehen. »Jul? Juuu-ul!«

»Was ist hier los?«, fragt Jul atemlos. »Wo wird sie hinge-bracht?«

»Back off!«, befiehlt ihm Kyron.

»Nein! Wo bringt ihr sie hin?«

»Jul!«, schluchze ich. Er drängt sich an Kyron vorbei und versucht, mich Welfs Griff zu entziehen.

»Back off!«, brüllt nun auch der. Jul umklammert mich von vorne, während Welf mir weiter einen Arm auf den Rücken hält, mit dem anderen hänge ich mich an Jul. Kyron nickt Welfs Schergen zu, die nun ihrerseits versuchen, Jul von mir zu lösen.

»Lasst mich«, schreit der.

»Lass sie los«, fordert Kyron ihn auf. »Jetzt. Es ist deine letzte Chance.«

Einen Moment lang lockern sich Juls Arme um mich und ich fürchte schon, dass er mich wirklich loslässt, aber dann drückt er mich wieder fest an sich. Seine Lippen streifen mein Ohr und ich höre ihn wispern: »Nur du, nur du, nur du.« Er sieht mich an, unsere Blicke verhaken sich, dann dreht er den Kopf Kyron zu. »Ich gehe mit ihr.«

Kurz flackert es in Kyrons Augen, dann nickt er Welf zu. Jul lässt sich von dessen Schergen in die Mitte nehmen. Welf selber scheint mir nicht zu vertrauen und drückt mir weiter die Hand auf den Rücken, während wir zum Busterminal B geführt werden.

***

In dem Transporter sitzen bereits Jarl und Suzan, wobei Sitzen bei ihr nicht der richtige Ausdruck ist. Man muss ihr etwas gegeben haben, denn sie kann kaum die Augen offen halten. Ihr Po ist bis an den Rand der Sitzfläche gerutscht, während ihr Oberkörper schlaff nach hinten lehnt. Jarl hält seinen Arm vor ihren Bauch, wahrscheinlich um sie daran zu hindern, ganz aus dem Sitz zu rutschen. Finster sieht er mich und Jul an, als wir in das Gefährt steigen. Mir liegt eine Begrüßung auf der Zunge, aber bei seinem Anblick lasse ich es besser. Stumm nehmen Jul und ich ihnen gegenüber Platz. Vier Sitze sind noch frei.

Welf steckt den Kopf in den Wagen. »Armbänder.« Fordernd streckt er die Hand aus. Jul und ich nehmen unsere ab und reichen sie ihm. Ohne ein weiteres Wort zieht Welf sich zurück. Ich reibe mein Handgelenk, das sich plötzlich nackt und verwundbar anfühlt. Jarl wendet seinen Blick auf das Fenster neben sich, das abgedunkelt ist und die Sicht nach draußen verhindert. Weiß er, was gespielt wird? Mit fragendem Blick wende ich mich Jul zu, der sich sichtbar nervös im Wagen umblickt. Die Sitze sind aus lederähnlichem Material und erinnern mich an die Innenseiten der Felle, die wir aus Schutz vor der Kälte im Wald trugen. Nur das hier alles in weichen Pastelltönen gehalten ist, hauptsächlich in Gelb. So sieht also die Deportation aus. Ein letztes Mal die Sinne beruhigen, bevor es zurück in die Wildnis geht.

»Warum werden wir nicht einfach durch das Tor zurückgeschickt?«, frage ich Jul.

»Weil sie Angst haben, dass wir davor stehen bleiben und sie uns auf ihren Monitoren beim Sterben zuschauen müssen«, antwortet Jarl, ohne den Kopf zu wenden. »Wir werden eine Tagreise entfernt abgesetzt. Es gibt eine Vereinbarung.«

»Eine Vereinbarung mit wem?«, hake ich nach.

Jetzt dreht Jarl sich mir zu. »Mit der Regierung.«

Mit einer schnellen Bewegung gleitet die Seitentür zu. Eine dunkle Scheibe trennt unseren Teil von der Fahrerkabine und es wird für einen Moment finster. Dann springen kleine Lämpchen an, die Tageslicht simulieren.

»Der Regierung drüben?« Ungläubig sehe ich Jarl an. »Sie wissen von der *Neuen Welt*?«

Jarl nickt.

»Warum …«, mir fehlen kurz die Worte, »warum sagen sie, dass es das *gelobte Land* nicht gibt?«

»Was würde passieren, wenn alle davon wüssten?«, fragt Jarl zurück. Ich schlucke. »Dann würden alle hierher wollen. Aber warum will unsere Regierung das nicht?«

»Wer sagt, dass es unsere Regierung ist, die das nicht will?« Jarl wendet sich wieder dem blinden Fenster zu.

Baff lehne ich mich im Sitz zurück. Deswegen sollen wir so gut integriert werden. Sie wollen keine Rückkehrer, die von der *Neuen Welt* berichten. Und es ist besser, wenn wir sterben. Aber nicht vor ihrer Tür. Mir wird komisch. Ich sehe zu der dunklen Scheibe, hinter der unser Fahrer oder unsere Fahrerin sitzt und hoffe inständig, dass es sich um Nevin handelt.

***

Nach etwa einer Stunde Fahrt hält der Transporter. Jul, Jarl und ich sehen uns an. Suzan ist mittlerweile eingeschlafen und ihr Kinn hängt so tief auf ihrer Brust, dass ich befürchte, dass ihr Nacken später furchtbar schmerzen wird.

Vorne rechts hören wir eine Tür aufgehen, aber keine Gespräche. Die Seitentür öffnet sich, davor fahles Licht, es dämmert.

»Hi.«

»Hey.«

Ein Mann und eine Frau – zwei der drei Freiwilligen aus dem Treffen mit Sisdal – werfen Taschen in den Fußraum und steigen ein. Hinter ihnen kommt die dreifache Mutter mit leerem Blick herein. Der Mann mustert Suzan kurz und setzt sich neben sie, die Frau nimmt links von Jul Platz. Die Mutter scheint unentschieden, ob sie neben dem Mann oder der Frau sitzen soll, bis die Freiwillige ihr ein Zeichen gibt, an ihre Seite zu kommen.

»Fidan«, sagt der Mann zu mir, »wir hatten uns das letzte Mal noch nicht vorgestellt. Das ist Lane.«

Lane, die Freiwillige, lächelt uns kurz nervös zu. Jarl schaut irritiert zwischen den beiden und der Mutter hin und her.

»Was … warum …«

»Hat sie dir nichts gesagt?« Lane weist auf Suzan.

»Was gesagt?«, fragt Jarl.

»Wohin wir fahren.«

»Wie …«, mit offenem Mund starrt Jarl vor sich hin, »wir fahren nicht auf die andere Seite?«

Lane und Fidan schütteln die Köpfe. Mir fällt ein Felsbrocken vom Herzen. Selbst die Mutter scheint für eine Sekunde aus ihrer Trance zu erwachen.

»Was hat das zu bedeuten?«, fragt Jarl.

»Nicht jetzt«, antwortet Fidan. »Nur soviel, ihr werdet in Sicherheit gebracht.«

»In Sicherheit vor wem?«, fragt Jarl, aber niemand antwortet ihm mehr. Ich betrachte die Mutter, die eisern zum blickdichten Fenster schaut und keine Anstalten macht, sich vorzustellen. Alles an ihr strahlt Resignation aus und ich frage mich, warum Sisdal beschlossen hat, sie mitzunehmen. Mit Suzan und ihr wird es ungleich schwerer, etwas in Bewegung zu setzen, geschweige denn einen Aufstand zu formieren. Ich strecke ihr die Hand hin. »Ich bin Lore.« Schlaff und energielos ergreift sie meine Hand. »Uma.« Dann wendet sie das Gesicht wieder der Scheibe zu. Jarl starrt auf das gegenüberliegende Fenster, wir anderen in den Fußraum auf unsere Schuhe. Ungewöhnlicherweise tragen die Freiwilligen hochgeschnürte, kurze Stiefel mit dicker Sohle. Ich frage mich, wo wir hinfahren.

Leise gleitet der Wagen dahin. Mit der äußeren Dämmerung werden auch im Wageninneren die Lichter gedimmt. Nach einer Weile flüstert Lane: »Beth?«

Fidan hebt die Schultern.

SISDAL

Geduldig steht Sisdal in der Schlange vor der Essensausgabe. Hinter den Panoramafenstern ist es fast dunkel. Sisdal spürt bereits die weiche Luft und riecht die Blumen, die an ihrem Ziel auf sie warten. Wie lange sie schon nicht mehr dort war. Warum fällt einem erst ein, wie sehr man etwas vermisst, wenn man sich diesem wieder zuwendet?

Leise seufzend löst Sisdal den Blick vom Fenster und tritt weiter vor. Wenn sie ehrlich zu sich ist, weiß sie, dass sie den Gedanken nicht ertrug, nach Hause zurückzukehren und ihren Vater nicht mehr vorzufinden. Trauer ist etwas, das sich nicht wegreden lässt, nur die Zeit lindert Trauer. Vorausgesetzt, man wird vorher nicht verrückt, so wie Suzan. Es tut Sisdal leid, dass Nevin sie unter Medikamente setzen musste, aber Suzan ist ein unkalkulierbares Risiko. In einem Moment normal, im nächsten in einer völlig anderen Welt. Sie ist nicht einmal sonderlich attraktiv und Sisdal fragt sich, was Nevin in ihr sieht.

Die Frau vor Sisdal wendet sich mit ihrem Tablett vom Tresen ab.

»Was magst du?«, fragt Beth.

»Wie immer«, antwortet Sisdal und lächelt. Beth schenkt dampfenden Tee in einen Becher und reicht ihn ihr mit beiden Händen. »Pass auf ...«, sagt Beth. Ihre Finger berühren sich, der Becher gleitet von Beths in Sisdals Hände, das kleine graue Kästchen von Sisdals in Beths. »... er ist heiß.«

Ihre Augen suchen sich, dann lassen sie ihre Hände los und Sisdal wendet sich einem Tisch am Fenster zu. Ein Platz, von dem man am Tag einen fantastischen Blick in den Garten hat.

***

Der Community-Bus rumpelt über die Straße, anders als die gefederten Busse, in denen die Altländer nach Mosk gefahren werden. Sisdal tippt auf ihr Armband und überprüft die Zeit. 18:45 Uhr. Unruhe erfasst sie, obwohl sie gut in der Zeit ist. Sie wird nur das Nötigste packen.

Vor der Hauptzentrale steigt Sisdal aus dem Community-Bus aus und sieht an der Glasfassade des Gebäudes empor, die selbst in der Dunkelheit glänzt. Wie sehr sie dieses Viertel liebt. Ich komme zurück, und zwar genau hierher, schwört sich Sisdal. Irgendwo da oben sitzt Maklaren, dessen Stern am Sinken ist, ohne dass er es weiß.

Sisdal wendet sich von dem Gebäude ab und eilt die Straße hinab, sich dicht in den Schatten drückend, obwohl kein Grund dazu besteht. Noch ist sie ein Niemand. Eine zwar freundliche, ehrgeizige und durchaus aufstrebende NW-Educate-Mitarbeiterin, aber außerhalb Maklarens engstem Kreis kaum jemandem bekannt. Wird er enttäuscht sein? Sie hat eine Menge von ihm gelernt. Hat genau beobachtet, wie man Menschen lenkt, wie man sich Freunde macht. Ihr Vater erzählte Sisdal einst eine Gute-Nacht-Geschichte, die er in den alten Fragmenten fand. Sie handelte von einem Mann, der so geschickt Flöte spielte, dass ihm Ratten wie blind folgten und er so eine Stadt von einer Plage befreite. Doch er fand seinen Lohn für die Tat zu gering und aus Rache lockte er die Kinder der Städter mit seinem Spiel, so wie zuvor die Ratten, und führte sie in den Tod. In Maklarens Gegenwart fühlt Sisdal sich oft an diese Geschichte erinnert. Sie will eine andere Führerin sein, den Menschen eine Wahl lassen und für Ehrlichkeit stehen.

Ungebetenerweise kommt ihr Jul in den Sinn. Und Lore. Wie ehrlich ist sie ihnen gegenüber und sich selbst? Es ist jetzt nicht die Zeit, darüber nachzudenken. Sisdal strafft ihre Schultern und betritt ein hohes, schmales Backsteinhaus am Ende der Straße.

***

Als Erstes zermalmt Sisdal die Walnussschalen, die sie sich aus dem Camp mitgebracht hat, in einer Mühle und setzt Wasser auf. Dann tritt sie vor ihren Badezimmerspiegel, greift sich eine dicke Strähne ihres blonden Haares und schneidet sie dicht unter dem Ohr ab. Strähne um Strähne fällt zu Boden, bis Sisdals Haar zu einem kurzen Bob geschnitten ist.

Zurück an der Küchenzeile gießt sie das kochende Wasser auf das Walnussschalenpulver und rührt es zu einer Paste an. Während der Brei abkühlt, packt sie. Obwohl sie viele Jahre hier lebte, hat sie kaum persönliche Gegenstände. Sie war oft unterwegs, über Monate sogar, im Internat bei den Schülern.

Alles Persönliche ist bei Amal geblieben und außer bei ihrer Mutter hat sich Sisdal auch nirgends heimisch gefühlt.

Mit der leichten Reisetasche in der Hand schaut Sisdal sich sorgsam im Raum um. Sie möchte nicht, dass Unterwäsche oder andere intime Sachen herumliegen, wenn sie ihr Wohnstudio auf den Kopf stellen.

Sisdal kann nichts Kompromittierendes entdecken. Sie trägt die Schale mit der Walnusspaste ins Badezimmer und schmiert sich die Haare damit ein. Hundertzwanzig Minuten soll es einziehen, heute müssen neunzig reichen. Wieder überprüft sie die Uhrzeit: 19 Uhr. Noch zwei Stunden.

Sisdal kehrt in den Wohnraum zurück, bereitet sich ein Sandwich und setzt sich damit in die einzige Sitzgelegenheit des Studios, einen Sessel. Essend starrt sie vor sich hin und versucht, sich leer zu machen von Emotionen und Gedanken. Jetzt nur nicht die Nerven verlieren.

***

Um Viertel vor neun wäscht Sisdal sich die Haare aus. Mit nun braunem, kurzem Bob und ihrer Reisetasche über der Schulter lässt sie ein letztes Mal den Blick durch ihr kleines Studio schweifen, und bleibt kurz an ihrem Armband auf dem Küchentresen hängen. Entschlossen drückt Sisdal die Klinke der Wohnungstür herunter und verlässt ihr Zuhause.

36

Um 21 Uhr flackern im gesamten Westflankencamp die Infopoints auf. In den Speisesälen und Seminarräumen fahren scheinbar wie von Geisterhand die Leinwände von den Decken. Freiwillige wie Flüchtlinge lassen alle Aktivitäten ruhen und scharren sich um die Übertragungsstätten, sobald Jefferson Maklarens Herzschlag ertönt.

Kyron und Lilith finden sich vor dem Infopoint nahe des Speisesaals Trakt A ein. Kyron fällt auf, dass Lilith blass aussieht und fahrig wirkt.

»Was ist los?«, ruft er ihr schon auf dem Weg zu. Lilith hebt die Schultern. »Wieder eine Ansprache?«, fragt Kyron, als sie nebeneinander vor der Infosäule stehen.

»Warum flackert das so?«, fragt jemand.

»Moment mal«, ruft ein Mädchen. »Das ist ein Vorhang.«

Kyron kneift die Augen etwas zusammen. Jetzt erkennt auch er, dass das Flackern von einem Vorhang herrührt, der sich leicht im Wind bewegt und die Lücke zwischen sich und der Wand öffnet und schließt. Der Blickwinkel verändert sich und das Bild zoomt näher an den Spalt heran.

»Was soll das sein?«, fragt dasselbe Mädchen. »Kinder?«

Kyrons Atem setzt für einen Moment aus, als er hinter dem Kind Jefferson Maklaren erkennt, der dem Kleinen in völliger Selbstverständlichkeit den Rücken knetet. Mit schreckgeweiteten Augen dreht Kyron sich zu Lilith um.

***

Die letzten Kunden laufen durch das Kofen-Quarter, bevor die Geschäfte schließen. Der alte Buchhändler hat die Bücher auf den Auslagen mühsam mit seinen gichtgeplagten Händen abgedeckt und wendet sich dem Kassenraum zu, als die Monitore an den Hallenwänden anspringen. Sicherheitsmonitore, die eine geordnete Evakuierung sicherstellen sollen, falls mal ein Feuer ausbricht oder ein anderer Notfall eintritt. Der alte Buchhändler schaut sich suchend um, riecht oder sieht aber nirgends Flammen. Er wendet sich dem nächstgelegenen Monitor zu, der merkwürdig flackert. Nach und nach treten weitere Händler aus ihren Geschäften, gerade rechtzeitig, um das gleichmäßige Wummern zu vernehmen, dass Jefferson Maklarens Ansprachen ankündigt.

Und dann sieht der alte Buchhändler Jefferson Maklaren, aber anders, ganz und gar anders als sonst.

***

Jefferson Maklaren schließt seine Haustür auf. In der Diele ist es dunkel. Er zieht sein Leinenjackett aus und hängt es an die Garderobe. »Nora?«, ruft er, erhält aber keine Antwort. Aus dem Wohnzimmer dringen leise Geräusche, wie ein Klopfen. Jefferson horcht einen Augenblick in die Dunkelheit hinein, dann nähert er sich dem Esszimmer, von dem ihm das Klopfen immer lauter entgegenschallt. Erst an der Tür versteht Jefferson, dass es das Geräusch ist, das sonst immer seine Auftritte begleitet. Langsam schiebt er die Tür auf, wodurch ein Streifen

Licht in den Flur fällt. Nora und seine Kinder sitzen wie eingefroren vor dem Display, das an einer Vase auf dem Tisch lehnt. Jefferson nähert sich ihnen von hinten und sieht über ihre Schultern. Auf dem Display das Zimmer, in dem er sich befindet, mit denselben Menschen darin, und wenn sie nicht anders positioniert wären, würde Jefferson sich jetzt nach der Kamera umdrehen.

Das Display wird schwarz und das Wummern verstummt. Nora atmet angespannt aus und dreht sich zu Jefferson um. Das Display leuchtet wieder auf.

»Sisdal?«, sagt Jefferson. Die schaut ihm vom Display entgegen.

»Liebe Neuländer. Die Bilder, die wir gerade sahen, sind Zeugnisse eines Betrugs. Betrug in einem Ausmaß, das viele von uns zu erfassen wissen. All jene, die im Glauben an unser System Menschen aus ihrem Leben entlassen haben, im Glauben, ihnen Gutes und Recht damit zu tun. Eltern haben ihre Kinder in die vermeintliche Freiheit gegeben, Erwachsene ihre Lebenspartner, Kinder ihre Eltern. Ich habe viele Jahre als Lehrerin gearbeitet und ich habe das Leid, das dieses System auslöst, aus nächster Nähe miterlebt. Kinder, die nicht mehr essen vor Kummer. Jugendliche, die in die Schweigsamkeit gehen, weil ihnen die Worte für ihre Trauer fehlen. Ich habe, wie ihr, lange an die Richtigkeit von Jefferson Maklarens Interpretation von *Liebe* geglaubt. Weil er es uns glaubhaft gemacht hat. Weil er uns aufzufangen schien. Die Jüngeren unter uns kennen es nicht mehr anders. Aber möchten wir so leben? Möchten wir vergessen, wie es ist, zueinander zu gehören, Schutz in der

Liebe unserer Familien zu finden? Ist es nicht wichtig, eine Wahl zu haben? Jefferson Maklaren hat uns keine Wahl gelassen, er hat uns seinen Glauben aufgezwungen.«

Sisdal macht eine Pause und Jefferson fühlt sich, als sehe sie ihn direkt durch die Kamera an.

»Jetzt wissen wir, dass Jefferson Maklaren nicht einmal selbst an das glaubt, was er predigt. Er lebt mit Frau und Kindern unter einem Dach, in einem Haus, das für eine ganze Kommune Platz bieten würde. Er lebt so, wie er es uns verbietet.«

Wieder pausiert Sisdal, sammelt sich. »Ich weiß, dass viele von euch nun Angst haben. Auch ich hatte Angst, als ich die Bilder sah. Doch nicht alles ist Lüge. Jarek Dragan Slowitzkis Werk *Liebe* ist geschaffen worden, damit wir eine bessere Gesellschaft werden. *Liebe* IST die Wahrheit. Aber nicht so, wie Jefferson Maklaren sie uminterpretiert hat. Denn der einzige Zweck, dies zu tun, ist, uns zu schwächen. Das Volk zu schwächen. Wer keinen Halt hat, kein Zuhause, der ist formbar. Aber es ist noch nicht zu spät. Und wir sind nicht alleine. Ihr seid nicht alleine. Wir haben uns und wir haben die Werke von Slowitzki. Wir wissen, wie gutes Leben geht! In zwei Jahren sind Wahlen. Entscheidet euch für den Weg, den ihr gehen wollt. Seid frei!«

Sisdal legt die Hände auf der Brust übereinander und senkt das Kinn. Das Display wird schwarz.

37

Wir sind die ganze Nacht durchgefahren und jetzt, wo die Seitentür aufgleitet, sehe ich, dass der Morgen graut. Nevin steht vor der Tür. Blasse Atemwolken verlassen seinen Mund. »Zieht die Jacken an«, er reicht uns einen Stapel der kanarienvogelgelben, »es ist noch sehr frisch und je höher wir kommen, umso kälter wird es.«

Nacheinander klettern wir aus dem Transporter und ziehen die Jacken an. In der Luft liegt eine klare Schärfe. Hinter dem Bus erhebt sich ein Berg und auch um uns herum ist es hügelig. Abseits der Straße fällt das Gelände ab.

»Wie hoch sind wir?«, fragt Fidan.

»Etwa 1000 Meter über dem Meeresspiegel«, antwortet Nevin. »Wir müssen noch mal ungefähr 800 Höhenmeter überwinden. Stellt euch auf einen langen Marsch ein.«

Wir nicken und mir fällt erst jetzt auf, dass die dritte Freiwillige vom Treffen mit Sisdal auch da ist. Sie muss vorne bei Nevin gesessen haben. Jetzt sieht sie auf und lächelt mich an.

»Penca«, stellt sie sich vor. »Lore.«, antworte ich. Penca nickt wissend.

»Was ist mit Beth?«, fragt Lane Nevin.

»Sie dachte, es wäre am sichersten, wenn sie den Film einspielt. Sisdals Ansprache sollte im Anschluss folgen, deswegen musste sie schon aus dem Camp sein.«

Lane sieht besorgt aus. »Ich hoffe, sie hat es geschafft.«

»Natürlich hat sie das«, sagt Nevin und steckt den Kopf in den Bus. »Suzan. Suzan, wach auf.«

»Was ist?«, höre ich Suzans benommene Stimme.

»Du musst aussteigen, Suzan«, drängt Nevin. Er schaut weiter in den Bus, bis Suzan blinzelnd und mit wirrem Haar den Kopf aus dem Bus steckt. Nevin hilft ihr heraus.

»Wo sind wir?«, fragt Suzan ihn.

»Wir sind in der Verwaltungsregion Katmanda. Wir müssen da hoch.« Er nickt in Richtung Bergrücken. Zweifelnd sieht Suzan hinauf. Nevin greift in eine Tasche und verteilt Sandwiches. »Esst vorher was, wir müssen bei Kräften sein.«

Ich lasse mich neben Jul nieder und packe mein Sandwich aus. »Katmanda, genau meine Region, laut Jason«, versuche ich zu scherzen. Jul lächelt mich von der Seite an. »Ist doch schön hier.«

»Stimmt«, sage ich und beiße ab. Jarl nähert sich und bleibt gebeugt vor mir stehen. »Wusstest du davon?«

»Dass wir rausgebracht werden?«

Jarl nickt.

»Ja. Aber nicht, ob es funktioniert.«

»Nevin hat uns einfach abgeführt und Suzan so ein Ding in den Mund gesteckt. Ich dachte, jetzt ist er auch verrückt geworden.«

»Er wollte nicht, dass etwas schiefgeht.«

»Er hätte es mir sagen müssen.«

»Hättest du freiwillig mitgemacht?«,frage ich ihn.

»Ich hätte abgeraten«, brummt Jarl. »Wo werden wir hingebracht?«

»Zu einer Frau namens Amal«, sagt Jul. Ich sehe ihn an. »Ich dachte, du hättest keine Informationen.«

»Nur diese eine«, sagt Jul. »Mehr weiß ich auch nicht, ehrlich.«

»Und warum das alles?«, mischt sich Jarl in unser Gespräch.

***

Es ist anstrengender, die ganze Zeit aufwärtszulaufen, als ich dachte. Ich bin längst nicht mehr so trainiert wie auf der Flucht aus dem Wald. Kein Holzhacken mehr, keine schweren körperlichen Arbeiten. Nur das Barren-Training und NestonAct. Jul hingegen scheint der Marsch nichts auszumachen. Die meiste Zeit läuft er mit Nevin vorweg, nur manchmal hält er inne und schaut sich nach mir um. Ich ignoriere sein Warten und seine Blicke und konzentriere mich auf einen gleichförmigen, wenig anstrengenden Rhythmus. Die 800 Höhenmeter verlaufen in vielen Windungen und der Weg kann höchstens als Trampelpfad bezeichnet werden. Aber offenbar sind hier schon andere lang gelaufen, das beruhigt mich ein wenig.

***

Nevin trabt an mir vorbei. Ich gehe weiter, dreh dabei aber den Kopf, um zu sehen, was los ist. Suzan sitzt etwa zwanzig Meter unterhalb von uns im Gras. Jarl redet auf sie ein und versucht, sie hochzuziehen. Nevin erreicht die beiden, Jarl und er nehmen Suzan in die Mitte. Ihre Füße schlurfen über den Boden und ich muss an Jul denken, als wir ihn aus der Gemeinschaft geholt haben und er zu geschwächt war, um die Füße zu heben. Ich sehe zu Jul hoch, wie er nun kräftig den Berg hochgeht, als könnte ihm keine Anstrengung der Welt etwas anhaben. Jetzt braucht er mich nicht mehr, so wie ich damals ihn nicht mehr zum Schutz brauchte. Ich schätze, das ist etwas Gutes.

»Pause«, ruft Nevin von unterhalb und wir anderen lassen uns dort, wo wir stehen, ins Gras plumpsen.

***

Die Sonne steht so tief, dass sie es nicht mehr über die Bergkuppe schafft. Mit ihrem Verschwinden ist es empfindlich kalt geworden, und wir alle tragen wieder unsere gelben Jacken. Meine ist etwas zu groß und ich frage mich, wo Nevin sie so schnell – und vor allem, ohne aufzufallen – herbekommen hat. Oder werden die Deportierten damit ausgestattet? Ich mag nicht denken, dass die Neuländer so perfide sein könnten.

»Da ist es«, höre ich Lane aufgeregt flüstern. Ich wende meinen Blick nach oben. Nicht weit entfernt ragt ein großes Holzhaus auf, aus dessen Schornstein Rauch steigt.

»Ist es das wirklich?«, ruft Fidan Nevin zu, der etwas abgeschlagen neben Suzan hergeht.

»Ich denke schon,«, ruft der und ihm ist die Erleichterung anzuhören.

Jul wartet, bis ich ihn eingeholt habe. »Bereit?«

»Wofür?«, frage ich.

»Ein neues Leben anzufangen.«

»Schon wieder?«, sage ich und es klingt nicht so lustig, wie ich wollte. Jul streicht mir über die Wange, schiebt die Finger in meine Haare und küsst mich fest auf den Mund. Dann sieht er mich an. »Du hast recht. Es ist kein neues Leben. Es ist das Leben, das wir haben und wir machen das Beste daraus.«

Lächelnd nicke ich. Jul schiebt seine Hand in meine und wir steigen die letzten Meter gemeinsam zum Haus hoch.

Die Haustür öffnet sich und eine große, schlanke Frau tritt heraus. Ihre dunklen Haare sind von grauen Strähnen durchzogen, ihr Gesicht ist markant und ausdrucksstark. Und ich weiß jetzt auch, von wem Sisdal ihre braunen Augen hat.

»Willkommen«, sagt sie, »ich bin Amal.«

Hinter ihr stürmen drei Kinder aus der Tür. Beim Näherkommen erkenne ich in ihnen die zwei Mädchen und den Jungen von Uma. Die stößt einen Schrei aus, so gellend, als durchbohre sie ein Dolch. Uma fällt auf die Knie und schließt ihre Kinder in die Arme. Wir anderen bleiben stehen und sehen auf die vier herab. Amal hält gerührt eine Hand vor ihren Mund. Hinter ihr kommt noch jemand an die Tür. Ich löse mich von Jul und gehe langsam auf die Hütte zu. Jame tritt mit ernstem Gesicht heraus, bleibt aber an der Türschwelle stehen. Sein Ausdruck ist abweisend. Ich ignoriere das und ziehe ihn in meine Arme. Erst rührt sich Jame nicht, dann legt er zögerlich die Hände auf meine Schulterblätter. Lauwarm und nichtssagend. Ich sauge seinen Geruch ein und halte ihn an mich gedrückt, hoffe, dass sich sein Druck ebenfalls verstärkt, dass er mir zeigt, dass er froh ist, mich zu sehen. James Arme sinken runter und bleiben schlaff an den Seiten hängen. Über seine Schulter hinweg bemerke ich Sim, die mich aus der Hütte heraus schief anlächelt.

Christine Heimannsberg lebt mit ihrer Familie am Chiemsee. Sie arbeitet als Hörfilmautorin sowohl für verschiedene TV-Sender als auch für Kino-Produktionen, ist als Zeitschriftenredakteurin tätig und unternimmt gelegentliche Ausflüge in ihren ersten Beruf als Schauspielerin. Mehrmals wurde sie schon für den „Deutschen Hörfilmpreis" nominiert, und 2011 für den „New Berlin Film Award" in der Kategorie „bester Spielfilm" mit dem Film ATME, für den sie das Drehbuch schrieb, die Hauptrolle spielte und den sie produzierte. *Gelobtes Land - Gloov* ist der zweite Band ihrer Debütroman-Reihe HOOP – GLOOV – LEEV.

Danksagung:

Es gibt einige Menschen, ohne die diese Trilogie vermutlich deutlich chaotischer und voller Fehler wäre. Schon seit HOOP begleitest du mich, liebe Kristina, mit strenger Beharrlichkeit und absoluter Unterstützung. Vielen Dank, dass du mich auf die großen und kleinen Probleme aufmerksam machst! Des Weiteren danke ich Elisabeth, die den ersten Band lektorierte und mir auch für GLOOV ihre Zeit als Testleserin als auch ihr wertvolles Feedback zur Verfügung stellte, ebenso wie Wiebke Bredemeyer. Vielen Dank auch an Jessica Sicking und Simon Freiherr von Heeremann für die Covergestaltung und den Ideenaustausch!

Neben den ganz konkreten Hilfen am Buch gibt es die Menschen, die es bereits mehrere Jahre aushalten, dass meine Themenauswahl seit Beginn der Trilogie doch sehr eingeschränkt ist. Dies sind: meine herzallerbeste Schwester Simone, mein großartiger Mann Andreas, meine Kinder Ro-Ro, my sweetheart Sigi, the one and only Magoscha, die wunderbare Marianne und meine Eltern – alle vier. Ihr seid das Salz in meiner Suppe!